ANDRZEJ SAPKOWSKI

Andrzej Sapkowski est né en 1948 à Lodz, en Pologne. Après des études d'économie et de commerce, le succès spectaculaire qu'il a remporté avec le cycle consacré au sorceleur l'a décidé à devenir un romancier à plein temps.

Traduit en plus de sept langues, il est toujours un best-seller européen avec plus d'un million d'exemplaires vendus, une adaptation au cinéma et en série TV. Il dépasse ainsi, dans son pays, Stephen King ou Michael Crichton !

W0467001

LE DERNIER VŒU

SCIENCE-FICTION

Collection dirigée par Bénédicte Lombardo

ANDRZEJ SAPKOWSKI

LE DERNIER VŒU

Traduit du polonais
par Laurence Dyèvre

BRAGELONNE

Titre original :
OSTATNIE ZYCZENIE

Le Code de la propriété intellectuelle n'autorisant, aux termes de l'article L. 122-5, 2 et 3 a, d'une part, que les « copies ou reproductions strictement réservées à l'usage privé du copiste et non destinées à une utilisation collective » et, d'autre part, que les analyses et les courtes citations dans un but d'exemple ou d'illustration, « toute représentation ou reproduction intégrale ou partielle faite sans le consentement de l'auteur ou de ses ayants droit ou ayants cause est illicite (art. L. 122-4).
Cette représentation ou reproduction, par quelque procédé que ce soit, constituerait donc une contrefaçon sanctionnée par les articles L. 335-2 et suivants du Code de la propriété intellectuelle.

© 1993, Andrzej Sapkowski.
© 2003, Bragelonne, pour la traduction française.

ISBN : 2-266-15143-6

La voix de la raison 1

Elle arriva chez lui au petit matin.

Elle entra discrètement, tout doucement, à pas feutrés, flottant dans la pièce comme un fantôme, un spectre. Le froufrou de sa mante à capuchon sur sa peau nue était le seul bruit qui accompagnait ses gestes. C'est pourtant cet infime bruissement, à peine audible, qui réveilla le sorceleur, ou plutôt le tira du demi-sommeil qui le berçait avec monotonie. Il était comme dans un gouffre insondable, en suspens entre le fond et la surface d'une mer paisible, parmi des lianes de goémons qui ondulaient tout doucement.

Il ne bougea pas, il n'eut même pas un frémissement. La jeune fille s'approcha de lui, se défit de sa mante et puis lentement, avec hésitation, ploya un genou qu'elle appuya contre le bord du lit. Il l'observait à travers ses cils baissés en feignant toujours de dormir. La fille grimpa avec précaution sur le lit, sur lui, et l'enserra de ses cuisses. Prenant appui sur ses bras tendus, elle effleura son visage de ses cheveux qui fleuraient la camomille. Résolue et comme impatiente, elle se pencha, lui caressant la paupière, la joue, la bouche, de la pointe de ses seins. Il sourit et l'attrapa par les épaules, d'un geste très lent, avec retenue et délicatesse. Elle se redressa, échappant à ses doigts, rayonnante, éclairée par en dessous ; la lueur brumeuse de l'aube estompait son éclat. Il remua, mais d'une ferme pression des deux mains, elle lui interdit de changer de position ; avec des mouvements légers mais décidés de ses hanches, elle exigeait une réponse.

Il répondit. Elle ne reculait plus devant ses mains, elle renversa la tête en arrière, secoua ses cheveux. Sa peau était fraîche et étonnamment lisse. Ses yeux, qu'il vit lorsqu'elle approcha son visage du sien, étaient grands et sombres comme ceux d'une ondine.

Bercé, il sombra dans une mer de camomille dont le calme disparut pour céder la place à la tempête de ses flots mugissants.

Le sorceleur

I

On raconta par la suite que l'homme était arrivé par le nord, par la porte des Cordiers. Il allait à pied, menant par la bride son cheval chargé de bagages. L'après-midi était bien avancé, cordiers et bourreliers avaient déjà fermé leurs échoppes, la ruelle était déserte. En dépit de la chaleur, l'homme portait un manteau noir jeté sur ses épaules. Il attirait l'attention.

Il s'arrêta devant l'auberge *Au vieux Narakort.* Il resta planté là quelques minutes, à écouter le brouhaha des conversations. L'auberge, comme d'habitude à cette heure, était noire de monde.

L'inconnu n'entra pas au *Vieux Narakort.* Il entraîna son cheval plus loin, vers le bas de la rue, où se trouvait un autre cabaret, plus petit, qui s'appelait *Au Renard.* Le cabaret était vide. Il n'avait pas très bonne réputation.

Le patron leva la tête de son tonneau de cornichons marinés pour toiser son client. L'étranger, qui n'avait pas ôté son manteau, se tenait devant le comptoir; raide, figé, il ne disait mot.

— Qu'est-ce que ça sera ?

— Une bière, répondit l'inconnu.

Il avait une voix désagréable.

Le cabaretier s'essuya les mains à son tablier de toile et remplit un bock en grès. Le pot était ébréché.

L'inconnu n'était pas vieux, mais il avait les cheveux pratiquement blancs. Sous son manteau, il portait un pourpoint de cuir râpé, lacé à l'encolure et sur les manches. Quand il se débarrassa de son manteau, tous remarquèrent le glaive suspendu à sa ceinture dans son dos. Qu'il eût une arme n'avait en soi rien d'étonnant : à Wyzima, presque tout le monde se promenait armé. Cependant, personne ne portait son glaive suspendu dans le dos comme un arc ou un carquois.

L'inconnu n'alla pas s'asseoir à une table, au milieu des rares clients. Il resta au comptoir, scrutant le cabaretier. Il avala une gorgée de bière.

— Je cherche une chambre pour la nuit.

— Y en a pas, grogna le cabaretier en considérant les bottes de son client, sales et poussiéreuses. Allez voir au *Vieux Narakort.*

— Je préférerais ici.

— Y en a pas.

Le cabaretier identifia enfin l'accent de l'inconnu. C'était un Riv.

— Je paierai, dit l'étranger à voix basse, marquant comme de l'hésitation.

C'est alors que toute cette horrible histoire a commencé. Un butor au visage marqué par la petite vérole et à la mine patibulaire se leva et s'approcha du comptoir. Il n'avait pas quitté l'étranger des yeux depuis son entrée dans le cabaret. Ses deux compagnons vinrent se placer juste derrière lui, à deux pas au plus.

— Y a pas de place, gredin, vagabond de Riv, râla le grêlé en serrant l'inconnu de près. On n'a pas besoin de types comme toi par ici. Wyzima est une ville bien !

L'inconnu prit son bock et s'écarta. Il regarda le cabaretier, mais celui-ci évitait son regard. Il n'avait pas la moindre intention de défendre le Riv. Après tout, qui est-ce qui aimait les Riv ?

— Tous les Riv sont des voleurs, poursuivit le grêlé, qui puait la bière, l'ail et la méchanceté. Tu entends ce que je te dis, espèce de paon-de-nuit ?

— Il n'entend pas, il a de la merde dans les oreilles, dit l'un de ses deux acolytes, ce qui provoqua les ricanements de l'autre.

— Paye et fiche-moi le camp ! hurla le grêlé.

Alors seulement l'inconnu le regarda.

— Je finis ma bière.

— On va t'y aider, grinça le butor.

L'homme envoya promener le bock que tenait le Riv, puis attrapa celui-ci par l'épaule en glissant les doigts sous le baudrier qui lui barrait la poitrine en diagonale. L'un de ses compagnons leva le poing, prêt à frapper. L'étranger se tortilla comme un ver et déséquilibra le grêlé. Il dégaina son glaive qui siffla dans son fourreau et brilla d'un bref éclat en réfléchissant la lumière des lanternes. Ce fut la confusion générale. Des cris. Un des clients se rua vers la sortie. Une chaise culbutée tomba avec fracas, des pots de grès heurtèrent le sol avec un bruit sourd. Les lèvres tremblantes, le cabaretier contemplait le crâne horriblement défoncé du grêlé qui se laissait choir, les doigts agrippés au comptoir, puis disparaissait de sa vue comme s'il se noyait. Les deux autres gisaient par terre; l'un ne bougeait plus, l'autre se tordait dans des mouvements convulsifs au milieu d'une flaque sombre qui s'agrandissait à vue d'œil. Un cri aigu de femme, hystérique, vrillant les oreilles, vibra dans l'air. Le patron du cabaret eut un hoquet et se mit à vomir.

L'étranger recula contre le mur. Ramassé, crispé, sur ses gardes. Tenant son glaive à deux mains, il fouettait l'air de la pointe. Personne ne bougeait. La terreur, telle de la boue glacée, recouvrait les visages, paralysait les membres, obstruait les gorges.

Des gardes firent irruption dans le cabaret en faisant grand tapage, ils étaient trois. Ils devaient se trouver à proximité. Ils tenaient leurs martinets prêts à entrer en action mais dégainèrent leur glaive dès qu'ils aperçurent les cadavres. Le Riv s'adossa au mur; de sa main gauche, il tira un poignard glissé dans sa botte.

— Lâche ça! hurla un garde d'une voix tremblante. Lâche ça, bandit! Et suis-nous!

Un deuxième garde donna un coup de pied dans une table qui l'empêchait d'atteindre le Riv par le flanc.

— File chercher du renfort, Treska! hurla-t-il au troisième, resté près de la porte.

— Inutile, fit l'inconnu en baissant son glaive. J'y vais tout seul.

— Tu vas nous suivre, graine de chien, et au bout d'une corde! gueula le garde, tout tremblant. Lâche ton glaive, sinon je te défonce le crâne!

Le Riv se redressa. Il s'empara prestement d'une dague dissimulée sous son aisselle gauche et, brandissant son bras droit dans la direction des gardes, traça dans l'air un signe rapide et compliqué. On vit alors scintiller les clous dont étaient généreusement garnies les manchettes de son pourpoint de cuir, qui lui montaient jusqu'au coude.

Les gardes reculèrent aussitôt en se protégeant la figure de leurs avant-bras. Un client se leva d'un bond, un autre s'enfuit vers la porte. La femme poussa un nouveau cri, sauvage, terrifiant.

— J'y vais tout seul, répéta l'inconnu d'une voix sonore, métallique. Et vous trois, marchez devant ! Conduisez-moi chez le burgrave ! Je ne connais pas le chemin.

— Oui, seigneur, bredouilla l'un des gardes avec un air penaud.

Il avança vers la sortie en jetant des regards inquiets autour de lui. Les deux autres le suivirent précipitamment en marchant à reculons. L'inconnu les imita en rangeant son glaive dans son fourreau et son poignard dans sa botte. Tandis qu'ils passaient devant les tables, les clients se cachaient la tête sous les pans de leur vêtement.

II

Velerad, le burgrave de Wyzima, se gratta le menton ; il réfléchissait. Il n'était ni superstitieux ni peureux, mais l'idée de rester en tête à tête avec l'homme aux cheveux blancs ne lui souriait guère. Il finit par se décider.

— Sortez ! ordonna-t-il aux gardes. Et toi, assieds-toi ! Non, pas ici. Plus loin, si tu veux bien.

L'inconnu s'assit. Il n'avait plus son glaive ni son manteau.

— Je t'écoute, dit Velerad en jouant avec le lourd

sceptre posé sur son bureau. Je suis Velerad, le burgrave de Wyzima. Qu'as-tu à me dire, honoré brigand, avant que je te fasse jeter au cachot ? Trois hommes tués et une tentative d'ensorcellement ! Tu y vas fort ! Pour de tels forfaits, chez nous, à Wyzima, c'est le supplice du pal ! Mais comme je suis un homme juste, je vais d'abord t'écouter. Parle !

Le Riv délaça son pourpoint et tira de l'encolure un parchemin blanc.

— Aux croisées des chemins, dans les tavernes, cet appel est placardé partout, fit-il doucement. C'est vrai, ce qui est écrit dessus ?

— Ah ! grommela Velerad en regardant les runes gravées sur la peau de chèvre. C'est de cela qu'il s'agit ! Comment n'y ai-je pas pensé plus tôt ? Eh bien, oui, c'est vrai, tout ce qu'il y a de plus vrai. Cet appel porte la signature du roi Foltest, seigneur de Temeria, Pontar et Mahakam. C'est donc que c'est vrai. Mais un appel est une chose, et la loi une autre. Ici, à Wyzima, c'est moi qui fais respecter l'ordre et la loi ! Et je ne permettrai pas qu'on assassine des gens. Tu m'entends ?

Le Riv acquiesça d'un signe de tête.

— Tu as ton emblème de sorceleur ? demanda Velerad, haletant de colère.

L'inconnu replongea la main dans l'encolure de son pourpoint et en extirpa un médaillon rond, suspendu à son cou par une chaînette en argent. Le médaillon figurait une tête de loup montrant les crocs.

— Tu as un nom ? Tu n'es pas obligé de me donner le vrai. Ce n'est pas pour satisfaire ma curiosité, mais pour la commodité de la conversation.

— Je m'appelle Geralt.

— Allons-y pour Geralt. De Rivia, à en juger par ton accent ?

— Oui.

— Bien. Tu sais quoi, Geralt ? Laisse tomber ! (Velerad tapota l'appel du plat de la main.) C'est une affaire sérieuse. Beaucoup s'y sont déjà essayés. Ça, mon frère, c'est autre chose que de flanquer une rossée à quelques vauriens.

— Je le sais. C'est mon métier, burgrave. Il est écrit sur l'appel qu'il y a trois mille orins de récompense.

— Trois mille, oui. (Velerad eut une moue de dédain.) Et la main de la princesse, si l'on en croit la rumeur, même si Sa Gracieuse Majesté Foltest n'a rien écrit de tel.

— La princesse ne m'intéresse pas, dit tranquillement Geralt, impassible, les mains posées sur les genoux. Il est écrit « trois mille ».

— Quelle époque ! soupira le burgrave. Quelle époque pourrie ! Qui aurait pensé, il y a encore vingt ans, même en ayant bu, qu'il existerait un jour des professions comme celle de sorceleur ! Les sorceleurs ! Ces tueurs ambulants de basilics ! Ces vainqueurs ambulants de dragons et de noyeurs ! Geralt ? On a le droit de boire de la bière dans ta corporation ?

— Bien sûr.

Velerad frappa dans ses mains.

— Qu'on apporte de la bière ! ordonna-t-il. Et toi, Geralt, rapproche-toi ! Peu m'importe ce qu'on dira !

La bière était fraîche et mousseuse.

— C'est une époque pourrie, monologuait Velerad en ingurgitant son bock. La vermine en tout genre pullule. À Mahakam, dans les montagnes, les bébés garous fourmillent partout... Dans les forêts d'autrefois, il y avait au moins des loups qui hurlaient ; maintenant, il n'y a plus que des vampires, des sortes de noctules ; où que tu craches, tu tombes sur un loup-garou ou quelque autre peste. Dans les campagnes, des ondines et des pleureuses enlèvent des enfants, on parle déjà de centaines. Il apparaît des maladies dont personne n'avait jamais entendu parler, à vous en dresser les cheveux sur la tête ! Et pour compléter le tableau, ça ! fit-il en repoussant le parchemin sur le bureau. Il n'est pas étonnant, Geralt, que les gens fassent si souvent appel à vos services.

— C'est un appel du roi, burgrave. (Geralt redressa la tête.) Vous pouvez me fournir des détails ?

Velerad se renversa en arrière sur sa chaise et croisa les mains sur son ventre.

— Des détails, tu dis ? Je peux t'en fournir, oui. Ce ne sont pas des informations de première main, mais elles sont de bonne source.

— C'est justement ce qui m'intéresse.

— Tu as de la suite dans les idées. Comme tu veux. Écoute ! (Velerad avala une gorgée de bière puis reprit en baissant la voix :) Quand Sa Gracieuse Majesté Foltest était encore prince héritier, sous le règne du vieux Medell, son père, Sa Gracieuse Majesté nous montrait déjà de quoi elle était capable, et elle était capable du pire. Nous comptions que ça lui passerait avec l'âge. Or, à peine couronné, dès la mort du vieux roi, Foltest s'est surpassé. Au point que nous en avions tous la mâchoire qui se décrochait. Pour être bref, disons qu'il est allé jusqu'à faire un enfant à sa propre sœur, Adda. Adda était sa cadette, ils étaient inséparables. Mais personne ne se doutait de rien. Enfin, la reine, peut-être... Bref, voilà qu'on découvre qu'Adda a un gros ventre, et Foltest commence à causer mariage ! Avec sa sœur, tu imagines, Geralt ? La situation était alors diablement tendue. Vizimir de Novigrad, qui avait décidé de marier sa Dalka à Foltest, avait envoyé une ambassade. Nous avons eu toutes les peines du monde à empêcher le roi, en le retenant par les pieds et les mains, de courir insulter les émissaires. C'est heureux que nous y soyons arrivés, car Vizimir n'aurait pas manqué de nous étriper pour se venger de cet affront. Ensuite, grâce à l'aide d'Adda qui a influencé son cher frère, nous avons réussi à dissuader le gamin d'un mariage précipité. Adda a accouché, dans les temps réglementaires, et comment ! À présent, écoute bien, car c'est là que l'affaire commence ! Il n'y a pas eu beaucoup de gens à voir de près la chose qui est née. Mais l'une des deux accoucheuses s'est jetée par une fenêtre du donjon. Quant à l'autre, elle a eu un coup de folie et en est restée timbrée. Je me dis donc que ce superbâtard ne devait pas être très beau à voir. C'était une fille. D'ailleurs, elle est morte aussitôt ; personne, semble-t-il, ne s'était empressé de nouer son cordon ombilical. Adda, pour son bonheur, est morte en couches. Et ensuite, mon frère, Foltest a joué les imbéciles, pour la énième fois. Il n'aurait pas dû garder le superbâtard dans un sarcophage, dans les souterrains du palais, il aurait dû soit l'incinérer soit, est-ce que je sais ? l'enterrer quelque part dans un endroit perdu.

— Il ne sert à rien d'épiloguer maintenant. (Geralt leva la tête.) En tout cas, il aurait fallu appeler un Lettré.

— Tu veux parler de ces grippe-sous avec des étoiles sur leur chapeau ? Bien sûr qu'on en a appelé ! Il en est accouru une dizaine. Mais c'était après qu'on eut découvert que la chose sortait la nuit de son sarcophage. Elle n'en est pas sortie tout de suite, tant s'en faut ! Pendant les sept années qui ont suivi son enterrement, on a eu la paix. Mais voilà qu'une nuit, c'était la pleine lune, on entend du tapage au château, des cris, une confusion indescriptible ! Ce n'est pas la peine que je te raconte, ce sont des choses que tu connais, et puis tu as lu l'appel. Dans son cercueil, le bébé avait grandi, beaucoup grandi, et des dents lui avaient poussé, bien comme il faut. En un mot, c'était devenu une strige. C'est dommage que tu n'aies pas vu les cadavres comme moi je les ai vus. Tu n'aurais pas manqué de faire un grand détour pour éviter Wyzima.

Geralt l'écoutait sans broncher.

— Alors, poursuivit Velerad, comme je te l'ai dit, Foltest a rameuté toute une foule de sorciers. C'était à celui qui glapirait le plus fort ; ils ont presque failli en venir aux mains et se battre avec les gros bâtons dont ils sont armés, certainement pour chasser les chiens qu'on leur lâche dessus, et je pense qu'on leur en lâche dessus régulièrement. Excuse-moi, Geralt, si tu ne partages pas mon opinion sur les magiciens ; vu ton métier, tu les vois probablement sous un autre jour, mais pour moi, ce ne sont que des fainéants et des imbéciles. Vous, les sorceleurs, vous inspirez davantage confiance. Vous êtes, comment dirais-je ? plus concrets.

Geralt sourit sans faire de commentaires.

— Bon ! Revenons-en à notre propos. (Le burgrave, après un coup d'œil dans son bock, se reversa de la bière et resservit le Riv.) Les conseils de certains sorciers ne paraissaient pas bêtes du tout. L'un d'eux proposait de mettre le feu au château, le sarcophage et la strige auraient brûlé avec. Un autre conseillait de lui trancher la tête d'un coup de bêche. D'autres étaient partisans de ficher des chevilles en bois de tremble dans différentes parties de son corps ; en plein jour, bien sûr, quand la diablesse dormait dans son cercueil, épuisée après ses réjouissances nocturnes. Hélas, il s'en est trouvé un, un bouffon avec un bonnet pointu perché sur son crâne chauve, un ermite bossu, pour inventer qu'un charme avait été jeté sur l'enfant et qu'il était possible de le rompre ; ensuite la strige redeviendrait la petite fille de Foltest, mignonne comme un cœur ; pour cela, il n'y avait qu'à passer toute une nuit dans la crypte et le tour serait joué. Après quoi — tu imagines, Geralt, quel écervelé c'était —, il est allé passer la nuit au manoir. Comme tu peux t'en douter, il n'en est pas resté grand-chose, juste son bonnet et son gourdin, je crois. Mais Foltest s'est accroché à cette idée comme du gratte-cul à la queue d'un chien. Il a interdit toute tentative de tuer la strige et a convoqué à Wyzima des charlatans des coins les plus reculés du pays, pour qu'ils désenvoûtent la princesse. Il fallait voir la compagnie ! Elle était pittoresque ! Des bonnes femmes tordues, des boiteux, si sales, mon frère, si pouilleux que c'était pitié. Et que je t'opère un charme par-ci et que je t'opère un charme par-là, de préférence devant une assiette de soupe et un pot de bière. Bien sûr, plusieurs ont été rapidement démasqués par Foltest ou par le conseil ; quelques-uns ont même été condamnés au pilori, mais il n'y a pas eu assez de condamnations. Si ça n'avait tenu qu'à moi, ils auraient tous été pendus. Pendant ce temps, la strige continuait à déchiqueter à belles dents tous ceux qui se présentaient, sans faire de quartier, faisant fi des escrocs et de leurs formules magiques, je pense qu'il est inutile que je le précise. Je ne crois pas non plus avoir à préciser que Foltest n'habitait plus au château. Plus personne n'y habitait.

Velerad s'interrompit, vida son bock. Le sorceleur se taisait.

— Il y a six ans que ça dure, Geralt, car la « chose » est née il y a à peu près quatorze ans. Entre-temps, nous avons eu d'autres soucis, nous nous sommes battus contre Vizimir de Novigrad, pour des motifs sérieux et qu'on pouvait comprendre — une affaire de poteaux de bornage que nous voulions déplacer —, et non pas pour des affaires de filles ou de liens de parenté. Foltest, soit dit entre parenthèses, commence enfin à envisager vaguement de se marier et il examine les portraits qu'envoient les cours voisines, alors que jusqu'ici il avait l'habitude de les jeter dans les latrines. Mais sa manie le reprend de temps en temps ; il envoie alors des hommes à cheval à la recherche de nouveaux sorciers. Et puis il a promis cette récompense de trois mille orins, à la suite de quoi sont apparus quelques toqués, des chevaliers errants, même un pâtre, un innocent connu dans toute la contrée. Paix à son âme. Quant à la strige, elle se porte bien. Elle dévore juste quelqu'un de temps en temps. On s'y fait. Les héros qui essayent de la désenvoûter ont au moins ça de positif que la bête se repaît sur place au lieu de traîner à l'extérieur du manoir. Et Foltest a un nouveau château, vraiment beau.

— Pendant ces six ans... (Geralt releva la tête.) Pendant ces six ans, il ne s'est trouvé personne pour en venir à bout ?

— Eh bien, non ! (Velerad jeta sur le sorceleur un

regard scrutateur.) Il faut croire que c'est impossible et il va falloir qu'il s'y résigne. Je parle de Foltest, Sa Gracieuse Majesté, notre souverain bien-aimé, qui continue à faire clouer ses appels à la croisée des chemins. Mais les volontaires se font, comme qui dirait, plus rares. Il y en a eu un récemment, certes, mais il voulait que les trois mille lui soient versés d'avance. Alors, on l'a mis dans un sac et jeté dans un lac.

— Ce ne sont pas les escrocs qui manquent.

— Oui, ça ne manque pas. Il y en a même beaucoup, approuva le burgrave sans quitter le sorceleur du regard. C'est pour cela que quand tu iras au palais, ne demande pas l'or d'avance. Si tant est que tu y ailles.

— J'irai.

— Eh bien, ça te regarde ! Cependant, n'oublie pas mon conseil ! Et puisqu'il est question de la récompense, on reparle ces temps-ci de l'autre partie, je l'ai évoquée tout à l'heure, à savoir la main de la princesse. Je ne sais pas qui a inventé ça, mais si la strige ressemble à ce qu'on raconte, la plaisanterie est particulièrement macabre. Malgré tout, il n'a pas manqué d'imbéciles pour filer au galop jusqu'au manoir dès que le bruit s'est répandu que c'était une occasion d'entrer dans la famille royale. Concrètement, deux compagnons cordonniers. Pourquoi les cordonniers sont-ils si bêtes, Geralt ?

— Je ne sais pas. Et des sorceleurs, burgrave ? Des sorceleurs s'y sont frottés ?

— Il y en a eu plusieurs, et comment donc ! Généralement, quand ils apprenaient qu'il fallait juste désenvoûter la strige et non pas la tuer, ils haussaient les épaules et pliaient bagage. Du coup, les sorceleurs sont remontés dans mon estime, Geralt. Après eux, il en est venu encore un, plus jeune que toi. Je ne me rappelle pas son nom, si tant est qu'il me l'ait donné. Lui s'y est frotté.

— Et alors ?

— La princesse aux dents acérées a dispersé ses tripes sur une sacrée distance ! À une demi-portée d'arc.

Geralt hochait la tête.

— Il n'y en a pas eu d'autres après ?

— Si, il y en a eu encore un.

Velerad se tut un instant. Le sorceleur ne le pressait pas.

— Oui, finit par reprendre le burgrave, il y en a eu un autre. Au début, quand Foltest l'a menacé du gibet s'il tuait ou blessait la strige, il a juste éclaté de rire et s'est mis à faire ses bagages. Mais finalement, euh...

Velerad baissa de nouveau la voix, il murmurait presque, penché par-dessus la table.

— ... finalement, il a accepté. Vois-tu, Geralt, il y a ici, à Wyzima, quelques personnes intelligentes, des gens haut placés, même, qui sont las de toute cette affaire. Le bruit court que ces gens ont discrètement persuadé le sorceleur de tuer la strige sans faire de cérémonie ni perdre son temps à jeter des charmes ; il n'aurait qu'à dire au roi que le charme n'avait pas opéré, que sa fille était tombée dans les escaliers, bref, qu'il s'était produit un accident au cours de l'opération. Le roi, certes, se mettrait en colère et ne lui verserait pas un orin de récompense, mais l'affaire n'irait pas plus loin. Ce fripon de sorceleur a répliqué que si c'était pour tuer la strige gratis, nous n'avions qu'à y aller nous-mêmes. Eh bien ! Nous n'avions pas le choix... Nous nous sommes cotisés, nous avons marchandé... Sauf que tout ça n'a servi à rien...

Geralt fronça les sourcils.

— À rien, dis-je, déclara Velerad. Le sorceleur n'a pas voulu y aller tout de suite, dès la première nuit. Il préférait traîner, rester aux aguets, rôder dans le coin. D'après ce qu'on raconte, il a fini par voir la strige, vraisemblablement en pleine action parce que la bête ne sort jamais de sa crypte simplement pour se dégourdir les jambes. Il a décampé la nuit même. Sans prendre congé.

Geralt fit une légère grimace qu'il fallait sans doute interpréter comme un sourire.

— Ces gens intelligents, commença-t-il, ont certainement gardé leur argent. Les sorceleurs ne se font pas payer d'avance.

— Oui, dit Velerad, bien sûr qu'ils l'ont gardé.

— La rumeur publique ne dit pas combien ?

Velerad eut un large sourire.

— Certains disent huit cents...

Geralt remua la tête en signe de dénégation.

— D'autres parlent de mille, marmonna le burgrave.

— Ce n'est pas beaucoup, si l'on tient compte du fait que la rumeur a tendance à tout amplifier. Après tout, le roi en offre trois mille.

— N'oublie pas la fiancée ! se gaussa Velerad. Mais de quoi parlons-nous ? On sait que tu n'obtiendras pas ces trois mille.

— Et comment le sait-on ?

Velerad appliqua un bon coup du plat de la main sur la table.

— Geralt, ne ternis pas l'image que j'ai des sorceleurs ! Cette affaire dure déjà depuis plus de six ans ! La strige expédie près d'une cinquantaine de personnes par an, même s'il y a moins de victimes aujourd'hui parce que tout le monde se tient à distance du château. Non, mon frère, je crois aux sortilèges, j'ai déjà vu beaucoup de choses et j'ai confiance dans les pouvoirs des mages et des sorceleurs, jusqu'à un certain point, cela va de soi. Mais ce désenvoûtement est une ineptie qui a germé dans la tête d'un vieillard bossu et morveux, abêti par sa pitance d'ermite. C'est une bêtise à laquelle plus personne ne croit. À part Foltest. Non, Geralt ! Adda a mis au monde une strige parce qu'elle a couché avec son frère, voilà la vérité, et aucun sortilège n'y pourra rien. La strige dévore des êtres humains, comme toutes les striges, et il faut la tuer, normalement, simplement. Écoute ! Il y a deux ans, des paysans d'un trou perdu des environs de Mahakam sont allés en groupe massacrer à coups de ranches le dragon qui dévorait toutes leurs brebis, et ils n'ont même pas jugé utile de s'en vanter. Pendant ce temps, nous, ici, à Wyzima, nous attendons un miracle et à chaque pleine lune, nous barricadons nos portes et ligotons des criminels à un pieu devant le manoir en escomptant que la bête, une fois repue, retournera dans son cercueil.

— Ce n'est pas un mauvais moyen, dit le sorceleur en souriant. La criminalité a diminué ?

— Pas le moins du monde.

— Pour aller au château, au nouveau, c'est par où ?

— Je t'y conduirai personnellement. Que penses-tu d'une proposition de la part de ces gens intelligents ?

— Burgrave, dit Geralt, à quoi bon se presser ? D'abord, quelles que soient mes intentions, il peut réellement se produire un accident au cours de l'opération.

Alors, ces gens intelligents devraient bien se demander comment me protéger de la colère du roi et préparer les mille cinq cents orins dont parle la rumeur publique.

— On avait dit mille.

— Non, seigneur Velerad, dit le sorceleur d'un ton sans réplique. L'homme à qui vous en donniez mille s'est enfui sans demander son reste rien qu'à la vue de la strige. Ça veut dire que le risque est supérieur à mille. Est-il supérieur à mille cinq cents ? C'est ce qu'on verra. Bien entendu, je prendrai congé avant de partir !

Velerad se gratta la tête.

— Geralt ! Mille deux cents ?

— Non, burgrave. Ce n'est pas un boulot facile. Le roi en offre trois mille. Et je dois vous dire qu'il est parfois plus facile de désenvoûter que de tuer. L'un ou l'autre de ceux qui m'ont précédé aurait bien fini par tuer la strige si ç'avait été aussi simple. Vous pensez qu'ils se sont laissé dévorer simplement parce qu'ils avaient peur du roi ?

— D'accord, mon frère. (Velerad branla la tête d'un air mélancolique.) Marché conclu. Seulement, pas un mot au roi d'un éventuel accident au cours de l'opération ! C'est un conseil d'ami.

III

Foltest était mince, il avait un joli, un trop joli visage. Il ne doit pas avoir encore la quarantaine, estima le sorceleur. Assis sur un nain sculpté dans du bois noir, le roi avait les jambes tendues vers l'âtre auprès duquel se réchauffaient deux chiens. Sur un coffre à côté de lui, était assis un homme barbu, d'âge mûr, solidement bâti. Un autre homme se tenait debout derrière le roi. Richement vêtu, le visage empreint de fierté. C'était un grand dignitaire.

— Ainsi vous êtes un sorceleur de Rivia, dit le roi en rompant le silence qui suivit le préambule de Velerad.

— Oui, seigneur, dit Geralt en inclinant la tête.

— Pourquoi tes cheveux ont-ils blanchi comme ça ? Je vois bien que tu n'es pas vieux. C'est dû à des sortilèges ? Bon, bon ! Calme-toi ! Ne dis rien ! C'était juste une plaisanterie ! Tu as quelque expérience, comme j'ose le croire ?

— Oui, seigneur.

— Je serais heureux que tu m'en parles.

Geralt s'inclina encore davantage.

— Pourtant, vous savez, seigneur, que notre code nous interdit de parler de ce que nous faisons.

— C'est un code pratique, honoré sorceleur, fort pratique. Enfin, sans entrer dans les détails, ça veut dire que tu as eu affaire à des noctules ?

— Oui.

— À des vampires, à des goules ?

— Aussi.

Foltest marqua une hésitation.

— À des striges ?

Geralt regarda le roi droit dans les yeux.

— Aussi.

Foltest détourna la tête.

— Velerad !

— J'écoute Votre Gracieuse Majesté.

— Tu l'as mis au courant des détails ?

— Oui, Votre Gracieuse Majesté. Il affirme que la princesse peut être désenvoûtée.

— Je le sais depuis longtemps. De quelle manière, honoré sorceleur ? Ah, c'est vrai, j'ai oublié ! Le code ! Bon. Juste une petite remarque. Plusieurs sorceleurs sont déjà venus me voir. Velerad, tu le lui as dit ? Bien. C'est ainsi que j'ai appris que votre spécialité, c'est plus tuer que désenvoûter. Tuer n'entre pas en ligne de compte. S'il tombe un seul cheveu de la tête de ma fille, tu poseras la tienne sur le billot. C'est tout. Ostrit, et vous, monsieur Segelin, restez pour lui fournir tous les renseignements qu'il vous demandera. Ils posent toujours beaucoup de questions, les sorceleurs. Nourrissez-le bien et qu'on le loge au château ! Qu'il n'aille pas traîner dans les auberges !

Le roi se leva, siffla ses chiens et se dirigea vers la porte en faisant voltiger la paille répandue sur le sol de la salle. Arrivé à la porte, il se retourna.

— Si tu réussis, sorceleur, la récompense est à toi. Tu recevras peut-être même une rallonge si tu fais du bon travail. Bien sûr, il n'y a pas une once de vérité dans les balivernes qui circulent parmi le peuple quant à un mariage avec la princesse. Tu ne penses tout de même pas que je donnerais ma fille au premier vagabond venu ?

— Non, seigneur. Je ne le pense pas.

— C'est bien. Ça prouve que tu es intelligent.

Foltest sortit en refermant la porte derrière lui. Velerad et le dignitaire, debout jusque-là, s'installèrent aussitôt autour de la table. Le burgrave but la coupe du roi encore à moitié pleine, jeta un coup d'œil dans la cruche et lâcha un juron. Ostrit, qui occupait le fauteuil de Foltest, regardait le sorceleur du coin de l'œil tout en caressant l'accoudoir sculpté. Segelin, le barbu, invita Geralt à s'asseoir.

— Asseyez-vous, honoré sorceleur ! Asseyez-vous ! On va nous apporter à souper tout de suite. De quoi souhaiteriez-vous parler ? Le burgrave Velerad a déjà dû tout vous dire. Je le connais et je sais qu'il parle plutôt trop que pas assez.

— J'ai juste quelques questions.

— Nous vous écoutons.

— Le burgrave m'a dit qu'après l'apparition de la strige, le roi a fait venir de nombreux Lettrés.

— Oui. Surtout ne dites pas « la strige » ! Dites « la princesse » ! Cela vous évitera de commettre cette erreur en présence du roi... et vous échapperez aux désagréments que cette erreur entraîne.

— Est-ce qu'il y avait parmi eux des Lettrés connus ? Des Lettrés célèbres ?

— Oui, il y en a eu, à ce moment-là et plus tard. Mais je ne me rappelle pas leurs prénoms... Et vous, monsieur Ostrit ?

— Je ne m'en souviens pas non plus, fit le dignitaire. Mais je sais que certains jouissaient de gloire et d'estime. On a beaucoup parlé d'eux.

— Est-ce qu'ils admettaient l'idée que l'effet d'un sortilège peut être annulé ?

— Ils étaient loin d'être tous d'accord, fit Segelin avec un sourire. Quel que soit le sujet. Mais cette affirmation a été lancée. Ce devait être quelque chose de simple, qui ne demandait même pas de compétences magiques. D'après ce que j'ai compris, il suffisait que quelqu'un passe une nuit dans la crypte à côté du sarcophage, du coucher du soleil jusqu'au troisième chant du coq.

— C'est simple, en effet, pouffa Velerad.

— J'aimerais que vous me décriviez la... princesse.

Velerad se leva brusquement.

— La princesse a l'allure d'une strige ! hurla-t-il. De la strige la plus strige dont j'aie jamais entendu parler ! Sa Grandeur la fille du roi, ce maudit super bâtard, a quatre coudées de haut ; elle fait penser à une barrique de bière ; elle a une gueule qui va d'une oreille à l'autre, pleine de dents aiguisées comme des poignards, des yeux rouges et des boucles rousses, de grosses paluches griffues de chat sauvage qui descendent jusqu'à terre ! Je m'étonne que nous n'ayons pas encore commencé à adresser son portrait aux cours amies ! La princesse, que la peste l'étouffe, a déjà quatorze ans, il est temps de songer à la marier à quelque prince héritier !

— Modère tes paroles, burgrave, dit Ostrit en fronçant les sourcils et en jetant un coup d'œil vers la porte.

Segelin esquissa un sourire.

— Cette description, quoique très imagée, correspond assez bien à la réalité, et c'est bien ce que vous vouliez savoir, honoré sorceleur, n'est-ce pas ? Velerad a oublié de préciser que la princesse se déplace à une vitesse incroyable et qu'elle est beaucoup plus forte que le laisseraient penser sa taille et sa stature. Et elle a bien quatorze ans, c'est un fait. Dans la mesure où c'est important.

— Ça l'est, dit le sorceleur. Elle n'attaque les gens qu'à la pleine lune ?

— Oui, quand elle attaque à l'extérieur du château, répondit Segelin. À l'intérieur du château, des gens meurent quelle que soit la phase de la lune. Mais elle ne sort qu'à la pleine lune, et pas à chaque fois.

— Est-ce qu'elle a déjà attaqué en plein jour ?

— Non. Jamais.

— Elle dévore toujours ses victimes ?

Velerad cracha sur la paille avec vigueur.

— Que le diable t'emporte, Geralt ! On va souper dans un instant ! Peuh ! Elle les dévore, elle plante ses dents dedans, elle les abandonne, ça doit dépendre de son humeur. À l'un, elle n'a arraché que la tête, elle en a éventré deux ou trois autres et en a rongé quelques-uns proprement, à vif, si l'on peut dire. Putain de sa mère !

— Attention, Velerad ! siffla Ostrit. Raconte ce que tu veux sur la strige, mais n'insulte pas Adda en ma présence parce qu'en présence du roi, tu ne t'y risques pas !

— Est-ce qu'il y a eu des gens qui ont survécu à ses attaques ? demanda le sorceleur, faisant mine de ne pas avoir remarqué l'explosion de colère du dignitaire.

Segelin et Ostrit échangèrent un regard.

— Oui, dit le barbu. Tout au début, il y a six ans, elle a agressé deux soldats qui montaient la garde à l'entrée de la crypte. Il y en a un qui a réussi à s'enfuir.

— Et après, glissa Velerad, il y a eu le meunier qu'elle a attaqué aux environs de la ville. Vous vous rappelez ?

IV

On amena le meunier tard dans la soirée du lendemain dans la petite pièce au-dessus du corps de garde où avait été logé le sorceleur. Il fut amené par un soldat portant un manteau à capuchon.

La conversation ne donna pas de grands résultats. Le meunier, terrorisé, bredouillait, bégayait. Ses cicatrices en dirent davantage au sorceleur : la strige avait un écartement des mâchoires impressionnant et des dents effectivement acérées dont quatre très longs crocs sur la mâchoire supérieure, deux de chaque côté ; ses griffes étaient assurément plus acérées que celles des chats sauvages, mais moins recourbées. C'était d'ailleurs ce qui avait permis au meunier de s'arracher à leur étau.

Son examen terminé, Geralt congédia le meunier et le soldat d'un signe de tête. Le soldat poussa le paysan derrière la porte et ôta son capuchon. C'était Foltest en personne.

— Tu peux t'asseoir, dit le roi. Je ne suis pas en visite officielle. J'ai appris que tu étais allé au manoir dans la matinée. Tu es satisfait de ta reconnaissance du terrain ?

— Oui, seigneur.

— Quand passes-tu à l'action ?

— Après la pleine lune. Elle est dans quatre jours.

— Tu préfères d'abord l'observer ?

— Ce n'est pas utile. Mais rassasiée, la... princesse sera moins agile.

— La strige, maître, la strige. Ne prends pas de gants avec moi. Elle ne sera une princesse qu'après. C'est d'ailleurs de ça que je suis venu te parler. Réponds-moi franchement, en oubliant qui je suis. Sois bref et clair : elle sera une princesse, oui ou non ? Et ne te retranche pas derrière ton code, s'il te plaît !

Geralt s'essuya le front.

— Je vous confirme, roi, qu'il est possible de faire disparaître le charme. Et si je ne me trompe, c'est effectivement en passant une nuit au manoir. Le troisième chant du coq, dans la mesure où il surprendra la strige en dehors de son sarcophage, fera disparaître le charme. C'est généralement ainsi qu'on procède avec les striges.

— C'est si simple ?

— Ce n'est pas simple. D'abord, il faut survivre à cette nuit. Ensuite, les événements peuvent ne pas suivre la norme. Par exemple, il peut falloir non pas une nuit, mais trois. Trois nuits de suite. Et puis il y a aussi des cas..., disons... désespérés.

— Oui, vitupéra Foltest. C'est ce que certains n'arrêtent pas de me dire. Il faut tuer le monstre parce que son cas est incurable. Maître, je suis sûr qu'on s'en est déjà entretenu avec toi. Hein ? On t'a demandé de tuer cette cannibale sans cérémonie, d'entrée, et de dire au roi qu'il n'y avait pas moyen de faire autrement. Si le roi ne te paie pas, nous le ferons. C'est un moyen très pratique. Et peu onéreux. Car le roi fera décapiter ou pendre le sorceleur, et l'or restera dans leur poche.

— Vous ferez absolument décapiter le sorceleur, roi ? demanda Geralt en se renfrognant.

Foltest regarda longuement le Riv dans les yeux.

— Le roi n'en sait rien, finit-il par dire. Mais un sorceleur doit prendre cette éventualité en compte.

Geralt, à son tour, resta un moment sans rien dire.

— J'ai l'intention de faire tout ce qui est en mon pouvoir, fit-il enfin. Mais si les choses tournent mal, je défendrai ma vie. Vous aussi, seigneur, vous devez prendre cette éventualité en compte.

Foltest se leva.

— Tu ne me comprends pas. Il ne s'agit pas de ça. Il est clair que tu la tueras si tu te sens en danger, que ça me plaise ou non. Sinon, c'est elle qui te tuera à coup sûr, irrévocablement. C'est une affaire que je n'ébruite pas, mais je ne punirai personne qui la tuerait pour se défendre. Cependant, je ne permettrai pas qu'on la tue sans essayer de la sauver. Il y a déjà eu différentes tentatives : on a incendié le vieux château, on lui a tiré dessus à l'arc, on a creusé des trous, tendu des pièges et des chausse-trappes tant que je n'en ai pas eu fait pendre quelques-uns. Mais il ne s'agit pas de ça. Maître, écoute-moi.

— Je vous écoute, roi.

— Après les trois chants du coq, la strige aura disparu, si j'ai bien compris. Et qu'y aura-t-il à sa place ?

— Si tout marche bien, une jeune fille de quatorze ans.

— Avec des yeux rouges et des dents de crocodile ?

— Ce sera une adolescente normale. Sauf que...

— Eh bien, continue !

— Normale physiquement.

— Me voilà servi ! Et psychiquement ? Il lui faudra chaque matin un seau de sang pour son petit déjeuner ? Une cuisse de jeune fille ?

— Non. Psychiquement... il n'est pas possible de le dire... Je pense qu'elle aura l'âge mental, est-ce que je sais, d'un enfant de trois ou quatre ans. Il lui faudra des soins attentifs pendant longtemps.

— C'est certain. Maître ?

— Je vous écoute, roi.

— Est-ce que ça peut revenir plus tard ?

Le sorceleur ne répondit pas.

— Ah ! fit le roi. C'est possible ! Et que se passerait-il alors ?

— Si jamais elle mourait après être restée sans connaissance pendant plusieurs jours, il faudrait brûler son corps. Sans tarder.

Foltest se rembrunit.

— Mais je ne pense pas que les choses en arriveront là, ajouta Geralt. Pour plus de sécurité, seigneur, je vais vous donner quelques indications pour réduire le danger.

— Tout de suite ? Ce n'est pas trop tôt, maître ? Et si...

— Tout de suite, le coupa le Riv. Tout peut arriver, roi. Il n'est pas exclu que le matin, vous trouviez dans la crypte la princesse désenvoûtée à côté de mon cadavre.

— Vraiment ? Malgré mon autorisation de la tuer pour te défendre ? Une autorisation, d'ailleurs, à laquelle tu ne semblais pas attacher tellement d'importance.

— L'affaire est grave, roi. Il y a un grand risque. Aussi écoutez-moi : la princesse devra toujours porter un saphir, de préférence avec une inclusion, qui sera suspendu à son cou par une chaînette en argent. Elle devra le porter tout le temps. Jour et nuit.

— Qu'est-ce que c'est qu'un saphir avec une inclusion ?

— C'est un saphir avec une petite bulle d'air à l'intérieur de la pierre. En outre, il faudra de temps en temps faire brûler, dans la cheminée de la chambre où elle dormira, des branches de genévrier, de genêt et de coudrier.

Foltest resta songeur.

— Je te remercie pour tes conseils, maître. Je m'y conformerai si... Maintenant, à ton tour de m'écouter. Si tu constates que son cas est désespéré, tue-la. Si tu la désenvoûtes et que la fille n'est pas... normale..., si tu as l'ombre d'un doute et si tu crains de ne pas avoir pleinement réussi, tue-la aussi. N'aie pas peur ! Tu n'as rien à craindre de ma part. Je crierai sur toi devant les gens, je te chasserai du château et de la ville pour la forme. Bien entendu, tu ne recevras pas la récompense. Mais peut-être que tu réussiras à obtenir quelque chose de qui tu sais.

Ils restèrent un moment silencieux.

— Geralt.

Foltest appelait le sorceleur par son prénom pour la première fois.

— Oui, roi.

— Qu'y a-t-il de vrai dans ce qu'on raconte, à savoir que si l'enfant est née comme ça, c'est parce qu'Adda était ma sœur ?

— Il n'y a pas grand-chose de vrai. Il faut rompre le charme, les effets d'une malédiction ne disparaissent pas d'eux-mêmes. Mais je pense que c'est à cause de votre liaison avec votre sœur qu'un charme a été jeté sur l'enfant.

— C'est ce que je pensais. C'est aussi ce que disaient certains Lettrés. Geralt ? Qu'est-ce qui provoque ce genre d'affaires ? Des charmes, de la magie ?

— Je ne sais pas, roi. C'est aux Lettrés d'étudier les causes de ces phénomènes. À nous, les sorceleurs, il nous suffit de savoir qu'ils peuvent être provoqués par une volonté concentrée. Et de savoir comment en venir à bout

— En tuant ?

— Le plus souvent. C'est en général pour ça qu'on nous paye. Il est rare qu'on nous demande des désenvoûtements, roi. Le plus souvent, les gens veulent simplement se préserver d'un danger. Mais quand un monstre a des êtres humains sur la conscience, il s'y ajoute le mobile de la vengeance.

Le roi se leva, fit quelques pas dans la pièce et s'arrêta devant le glaive du sorceleur accroché au mur.

— Avec ça ? demanda-t-il sans regarder Geralt.

— Non. Celui-là est destiné aux humains.

— C'est ce que j'ai entendu dire. Tu sais quoi, Geralt ? J'irai avec toi dans la crypte.

— C'est exclu.

Foltest se retourna, les yeux brillants.

— Est-ce que tu sais, sorcier, que je ne l'ai jamais vue ? Ni après sa naissance ni... depuis. J'avais peur. Je risque de ne plus jamais avoir l'occasion de la voir, n'est-ce pas ? J'ai au moins le droit de voir comment tu t'y prendras pour l'assassiner.

— C'est exclu, je le répète. Ce serait courir à une mort certaine. Pour moi également. Si jamais mon attention, ma volonté faiblissent... Non, roi.

Foltest fit demi-tour, se dirigea vers la porte. Geralt eut un moment l'impression qu'il allait sortir sans dire un mot, sans un geste d'adieu. Mais le roi s'arrêta et le regarda.

— Tu inspires confiance, dit-il. Mais je sais que tu es un drôle de lascar. On m'a raconté ce qui s'est passé à l'auberge. Je suis sûr que tu as tué ces brigands dans le seul but de faire parler de toi, de secouer les gens, de me secouer. Il est évident pour moi que tu aurais pu les battre sans les tuer. Je crains de ne jamais savoir si ton intention est de sauver ma fille ou de la tuer. Mais j'accepte. Je ne peux pas faire autrement. Tu sais pourquoi ?

Geralt ne répondit pas.

— Parce que je pense, dit le roi... Je pense qu'elle souffre. N'est-ce pas ?

Le sorceleur posa sur le roi un regard pénétrant. Il n'acquiesça pas, ne hocha pas la tête, il ne fit pas le moindre geste, mais Foltest comprit. Il connaissait la réponse.

V

Geralt jeta un dernier coup d'œil par une fenêtre du manoir. La nuit tombait vite. De l'autre côté du lac, on voyait scintiller les petites lumières de Wyzima. Les alentours du manoir étaient déserts ; depuis six ans, une bande de terre en friche séparait la ville de cet endroit dangereux où il ne restait que quelques ruines, des solives vermoulues et les restes d'une palissade pleine de brèches qu'on avait de toute évidence jugé peu rentable de démonter pour la remonter ailleurs. Le roi lui-même avait transféré sa résidence très loin de là, presque à l'autre bout de la cité. Son nouveau château formait une masse sombre qui se découpait au loin sur le ciel en train de prendre sa couleur bleu nuit.

Le sorceleur, qui se trouvait dans l'une des salles vides, pillées, retourna à la table poussiéreuse sur laquelle il faisait ses préparatifs, sans se presser, calmement et avec grand soin. Du temps, comme il le savait, il en avait à revendre. La strige ne quitterait pas la crypte avant minuit.

Devant lui, sur la table, était posé un petit coffret garni de ferrures. Il l'ouvrit. On pouvait voir à l'intérieur, serrés dans des compartiments tapissés d'herbes sèches, de petits flacons de verre sombre. Le sorceleur en sortit trois.

Il ramassa par terre un paquet allongé enveloppé de peaux de brebis maintenues par une courroie. Il les déroula, en sortit un fourreau noir et brillant couvert de rangées de symboles et de signes runiques d'où dépassait la poignée décorative d'un glaive. Il dénuda la lame qui chatoya d'un éclat pur. Elle était en argent massif.

Geralt murmura une formule, but successivement le contenu de deux des flacons, posant la main gauche sur le pommeau de son glaive après chaque gorgée. Et puis il s'enveloppa soigneusement dans son manteau noir et s'assit par terre. Il n'y avait aucun siège, ni là ni ailleurs dans tout le manoir.

Il resta assis sans bouger, les yeux fermés. Son souffle, d'abord égal, s'accéléra soudainement, il devint rauque, saccadé, avant de s'arrêter complètement. La mixture que le sorceleur avait avalée lui permit de contrôler totalement le travail de tous les organes de son corps. Elle était essentiellement composée d'ellébore, de stramoine, d'aubépine et d'euphorbe. Les autres ingrédients ne possédaient de nom dans aucune langue humaine. Pour quelqu'un qui n'y était pas habitué comme l'était Geralt depuis son enfance, cet élixir aurait été un poison mortel.

Le sorceleur tourna brusquement la tête. Son ouïe, d'une acuité à présent supérieure à la normale, n'eut pas de mal à saisir dans le silence un léger bruit de pas dans la cour d'honneur envahie d'orties. Ce ne pouvait pas être la strige. Il faisait encore trop jour. Geralt jeta son glaive sur son dos, cacha son balluchon dans l'âtre de la cheminée en ruine et, aussi silencieux qu'une chauve-souris, monta l'escalier en courant.

Dans la cour, il faisait encore suffisamment jour pour que l'homme qui arrivait pût distinguer le visage du sorceleur. L'homme — c'était Ostrit — recula brusquement, une grimace spontanée de terreur et de dégoût lui tordit la bouche. Le sorceleur eut un rictus. Il savait quel air il avait : le mélange de mandragore, d'aconit et d'euphraise donne au visage la couleur de la craie, et les pupilles occupent tout l'iris ; cependant, il permet de voir dans les ténèbres les plus épaisses, et c'était le but poursuivi par Geralt.

Ostrit se ressaisit vite.

— Tu as déjà l'air d'un cadavre, sorcier, lui dit-il. Sans doute à cause de la peur. Ne crains rien ! Je t'apporte ta grâce.

Le sorceleur ne répondit pas.

— Tu n'entends pas ce que je te dis, espèce de guérisseur de Rivia ? Tu es sauvé. Et riche ! (Ostrit soupesa dans sa main une assez grosse bourse qu'il jeta aux pieds de Geralt.) Mille orins. Prends-les, enfourche ton cheval et fiche le camp d'ici !

Le Riv ne disait toujours rien.

— Ne me regarde pas en écarquillant les yeux comme ça ! s'écria Ostrit en haussant la voix. Et ne me fais pas perdre mon temps ! Je n'ai pas l'intention de moisir ici jusqu'à minuit. Tu ne comprends pas ? Je ne désire pas que tu désenvoûtes la princesse. Non, ne te dis pas que tu as deviné. Je ne suis pas du côté de Velerad et de Segelin. Je ne veux pas que tu la tues. Tu dois tout simplement ficher le camp. Les choses doivent demeurer telles qu'elles sont.

Le sorceleur ne bougea pas. Il ne voulait pas que le

dignitaire se rendît compte à quel point ses gestes et ses réactions étaient maintenant accélérés. La nuit tombait vite, la situation était favorable dans la mesure où la pénombre du crépuscule était encore trop vive pour ses pupilles dilatées.

— Et pourquoi, seigneur, les choses doivent-elles demeurer telles qu'elles sont ? demanda-t-il en tâchant de prononcer chaque mot lentement.

— Ça, dit Ostrit en relevant fièrement la tête, c'est une chose diablement personnelle qui ne te regarde pas.

— Et si jamais je le savais ?

— Tiens ! Tiens !

— Il sera plus facile d'écarter Foltest du trône si la strige tourmente les gens encore plus ? Si les dignitaires et le peuple n'en peuvent plus du tout de la folie du roi, n'est-ce pas ? Je suis venu chez vous en passant par Redania, par Novigrad. On y raconte beaucoup de choses sur le fait que certains, à Wyzima, voient le roi Vizimir comme un sauveur et un véritable monarque. Mais moi, seigneur Ostrit, je ne m'intéresse ni à la politique, ni à la succession au trône, ni aux révolutions de palais. Je suis ici pour accomplir mon travail. Vous n'avez jamais entendu parler du sens du devoir et de la simple honnêteté ? De l'honnêteté professionnelle ?

— Prends garde ! N'oublie pas à qui tu parles, vagabond ! s'écria Ostrit, furieux, en posant la main sur la poignée de son glaive. J'en ai assez, je n'ai pas l'habitude de discuter avec le premier venu ! Regardez-moi ça ! Tout de suite l'honnêteté, les codes, la morale ! Et qui est-ce qui dit ça ? Un brigand qui, à peine arrivé, assassine des hommes ! Qui se prosterne devant Foltest et derrière son dos marchande avec Velerad comme un tueur à gages ! Et tu oses me prendre de haut, valet ? Tu oses feindre d'être un Lettré ? Un mage ? Un sorcier ? Espèce de sorceleur galeux ! Fous le camp avant que je te transperce la gueule du plat de mon épée !

Le sorceleur n'eut même pas un frémissement.

— C'est vous qui allez partir d'ici, seigneur Ostrit, dit-il. La nuit s'épaissit.

Ostrit recula d'un pas et dégaina comme l'éclair.

— C'est toi qui l'auras voulu, sorcier. Je vais te tuer. Tes machinations ne te serviront plus à rien. J'ai une pierre de tortue.

Geralt sourit. La réputation du pouvoir de la pierre de tortue était aussi répandue qu'usurpée. Mais le sorceleur ne songeait pas à perdre ses forces en formules magiques et encore moins à croiser son fer en argent avec celui d'Ostrit. Il esquiva les moulinets de l'épée du dignitaire et d'un coup de poignet, de sa manchette ornée de clous d'argent, frappa celui-ci à la tempe.

VI

Ostrit reprit rapidement connaissance, il promena son regard dans l'obscurité épaisse. Il s'aperçut qu'il était attaché. Il ne voyait pas Geralt, debout à côté de lui. Mais il comprit où il était et poussa des hurlements prolongés, terrifiants.

— Tais-toi, lui dit le sorceleur. Sinon, tu vas l'attirer avant l'heure.

— Maudit meurtrier ! Où es-tu ? Détache-moi immédiatement, bandit ! Pour ce forfait, tu seras pendu, fils de chienne !

— Tais-toi !

Ostrit haletait.

— Tu vas la laisser me dévorer alors que je suis attaché ? demanda-t-il, d'une voix plus calme, avant de prononcer une injure grossière, presque dans un murmure.

— Non, dit le sorceleur. Je vais te libérer. Mais pas maintenant.

— Canaille ! siffla Ostrit. Pour détourner la strige ?

— Oui.

Ostrit se tut. Il cessa de se débattre.

— Sorceleur ?

— Oui.

— C'est vrai que je voulais renverser Foltest. Je ne suis pas le seul. Mais je suis le seul à avoir souhaité sa mort, je voulais qu'il meure en souffrant d'atroces tortures, qu'il devienne fou, qu'il pourrisse vif. Tu sais pourquoi ?

Geralt ne répondait pas.

— J'aimais Adda, la sœur du roi, la maîtresse du roi, la putain du roi. Je l'aimais... Sorceleur, tu es là ?

— Oui.

— Je sais ce que tu penses. Mais ce n'est pas ça. Crois-moi, je n'ai jeté aucun sort. Je ne m'y connais pas en sortilèges. Juste une fois, en colère, j'ai dit... Juste une fois. Sorceleur ? Tu m'écoutes ?

— Oui.

— C'est sa mère, la reine. Ça ne peut être qu'elle. Elle ne supportait pas de les voir, Adda et lui... Ce n'est pas moi. Moi, j'ai essayé juste une fois de persuader Adda, tu sais. Mais Adda... Sorceleur ! J'ai perdu la tête et je lui ai dit... Sorceleur ? Ce serait moi ? C'est moi ?

— Ça n'a plus d'importance.

— Sorceleur ? Minuit approche ?

— Oui.

— Laisse-moi partir plus tôt. Donne-moi plus de temps.

— Non.

Ostrit n'entendit pas le grincement du couvercle du sarcophage, mais le sorceleur l'entendit, lui. Il se pencha et trancha de son poignard les liens du dignitaire. Ostrit ne demanda pas son reste. Il se leva d'un bond, boitilla d'une façon disgracieuse, les jambes engourdies, puis se mit à courir. Son regard s'était suffisamment accoutumé à l'obscurité pour voir le chemin qui menait de la salle principale vers la sortie.

La dalle qui bloquait l'entrée de la crypte se souleva et retomba avec un grand fracas. Geralt, qui s'était caché par mesure de précaution derrière la balustrade de l'escalier, aperçut la silhouette difforme de la strige qui filait en souplesse, avec rapidité et assurance, dans le sillage du bruit des pas d'Ostrit. La strige n'avait émis aucun son.

Un cri tremblant, monstrueux, infernal, déchira la nuit, secoua les vieux remparts et dura, crescendo et decrescendo, vibrant. Le sorceleur était incapable d'évaluer exactement la distance — son ouïe exacerbée le trompait —, mais il savait que la strige avait eu tôt fait d'attaquer Ostrit. Trop tôt.

Il sortit de son abri pour aller se poster tout près de l'entrée de la crypte. Il se débarrassa de son manteau, fit un mouvement des épaules pour rectifier la position de son glaive, enfila ses gants. Il disposait encore d'un petit moment. Il savait que même repue depuis la dernière pleine lune, la strige n'abandonnerait pas si vite le cadavre d'Ostrit. Le cœur et le foie constituaient de précieuses provisions pour sa longue léthargie.

Le sorceleur attendait. Selon ses calculs, trois heures environ le séparaient des premières lueurs de l'aube. Seul le chant du coq pourrait l'induire en erreur. D'ailleurs, il n'y avait probablement plus de coqs dans les environs.

D'abord, il l'entendit. Elle avançait lentement, en traînant les pieds par terre. Et puis il la vit.

La description qu'on lui en avait faite était exacte. Sa grosse tête disproportionnée, plantée sur un cou très court, était entourée d'une auréole de cheveux rougeâtres, crépus et emmêlés. Ses yeux brillaient dans le noir comme deux braises.

La strige se tenait immobile, les yeux fixés sur Geralt. Soudain elle ouvrit la gueule, comme pour faire étalage de ses énormes dents blanches et pointues, à la suite de quoi elle claqua la mâchoire d'un coup sec évoquant la fermeture d'un coffre. Elle bondit aussitôt, sur place, sans élan, ses griffes ensanglantées tendues vers le sorceleur.

Geralt fit un bond en arrière et une brusque volte-face, la strige le frôla, fit elle aussi volte-face en lacérant l'air de ses griffes. Elle ne perdit pas l'équilibre et repartit immédiatement à l'attaque en faisant demi-tour ; ses dents claquèrent juste devant la poitrine de Geralt. Le Riv fit un bond dans l'autre sens, opéra trois tours sur lui-même en vrombissant, pour désorienter la strige. En faisant un bond en arrière, il lui assena sur le côté de la tête un coup sans élan mais puissant, avec les pointes en argent fichées dans son gant au niveau des jointures.

La strige poussa un rugissement de rage qui remplit

le manoir d'un écho retentissant, tomba sur le sol, s'immobilisa et se mit à hurler, des hurlements sourds, inquiétants, furieux.

Le sorceleur eut un sourire mauvais. Comme il l'escomptait, sa première tentative se voyait couronnée de succès. L'argent était mortel pour la strige, comme pour la plupart des monstres engendrés par des charmes. Il y avait donc une chance pour que cette bête hideuse fût comme les autres, ce qui pouvait garantir la réussite du désenvoûtement ; quant à son glaive en argent, son ultime recours, il pourrait garantir sa survie à lui.

La strige n'était pas pressée de repartir à l'attaque. Cette fois, elle s'approchait lentement en montrant les crocs, bavant d'une façon répugnante. Geralt recula, décrivit un demi-cercle en avançant prudemment les pieds ; tantôt ralentissant tantôt accélérant ses mouvements, il déconcentrait la strige, l'empêchait de se mobiliser pour sauter. Tout en marchant, le sorceleur déroulait une longue chaîne fine et solide, alourdie au bout. La chaîne était en argent.

Au moment où la strige s'élança pour sauter, la chaîne siffla dans l'air et s'enroula en un clin d'œil autour des épaules, du cou et de la tête du monstre comme un serpent. La strige s'effondra en plein saut en émettant un cri aigu qui déchirait les tympans. Elle se débattait sur le sol en poussant d'horribles rugissements, sans qu'on sût si c'était de colère ou à cause de la douleur cuisante que lui infligeait le métal haïssable. Geralt était content ; s'il l'avait voulu, tuer la strige ne lui aurait alors posé aucun problème insurmontable. Mais le sorceleur ne dégainait pas son glaive. Jusqu'à présent, le comportement de la strige ne lui donnait aucune raison de croire que son cas pouvait être incurable. Il recula à distance respectueuse et, sans quitter des yeux la forme qui se tortillait sur le sol, prenait de profondes inspirations. Il se concentrait.

La chaîne lâcha, les maillons en argent se répandirent en pluie de tous les côtés en tintant sur la pierre. Aveuglée par la rage, la strige se rua à l'attaque en hurlant. Geralt attendait calmement ; il leva la main droite et dessina devant lui le Signe d'Aard.

La strige fut projetée à plusieurs pas en arrière, comme frappée par un marteau, mais elle se maintint sur ses jambes, sortit ses griffes, dénuda ses crocs. Ses cheveux se dressèrent sur sa tête et se mirent à flotter comme si elle était prise dans une bourrasque. Avec difficulté, en râlant, elle avançait. Pas à pas, lentement, mais elle avançait.

Geralt s'inquiéta. Il ne s'attendait pas à ce que le Signe, si simple, paralysât complètement la strige, mais il ne s'attendait pas non plus à ce que la bête vainquît si facilement la résistance. Il ne pouvait tenir le Signe trop longtemps, c'était trop épuisant, et la strige n'avait plus qu'à peine une dizaine de pas à parcourir. Il ôta subitement le Signe et fit un bond de côté. Comme il s'y attendait, la strige, surprise, vola en avant, perdit l'équilibre, bascula, glissa sur le sol et roula dans l'escalier, dans l'ouverture béante de l'entrée de la crypte. En bas, retentirent ses hurlements barbares.

Pour gagner du temps, Geralt sauta dans l'escalier qui menait à une petite galerie. Il n'avait pas monté une demi-marche que la strige surgissait de la crypte en se déplaçant à toute allure comme une énorme araignée noire. Le sorceleur attendit de la voir se lancer à sa poursuite dans l'escalier, pour franchir la balustrade et sauter en bas. La strige tournoya dans l'escalier, rebondit et fonça sur lui dans un incroyable bond de plus de dix mètres. Elle ne se laissait plus si facilement piéger par ses pirouettes ; à deux reprises, ses griffes égratignèrent le pourpoint en cuir du Riv. Mais un nouveau coup des pointes d'argent de son gant repoussa la strige avec la violence du désespoir et la fit vaciller. Geralt, sentant la fureur monter en lui, balança d'avant en arrière, s'arc-bouta et d'un énergique coup de pied dans le flanc, terrassa la strige.

Le rugissement qu'elle émit surpassa en puissance tous ses cris précédents. Le crépi du plafond en tomba.

La strige se releva, tremblante d'une colère incontrôlée et d'une pulsion meurtrière. Geralt attendait. Il avait dégainé son glaive et de la pointe décrivait des cercles dans l'air ; il avançait, contournait la strige en veillant à ce que les mouvements de son épée fussent décalés par rapport au rythme de ses pas. La strige ne sautait pas, elle se rapprochait lentement, suivant des yeux la raie claire de la lame.

Geralt s'arrêta brusquement et se figea, le glaive en l'air. La strige, déconcertée, s'immobilisa également. Le sorceleur décrivit de la pointe un lent arc de cercle, fit un pas du côté de la strige. Puis un autre. Puis il sauta en faisant tournoyer son glaive au-dessus de sa tête.

La strige se recroquevilla, battit en retraite en zigzaguant. Geralt était de nouveau tout proche, son fer miroitait dans sa main. Les yeux du sorceleur s'illuminèrent d'un éclat inquiétant ; derrière ses dents serrées se précipitaient des rugissements rauques. La strige recula de nouveau, poussée en arrière par la force de la haine, de la colère et de la violence concentrées qui émanaient de l'homme en train de l'attaquer et qui l'assaillaient par vagues en s'infiltrant dans son cerveau et ses entrailles. Effrayée, au point d'en avoir mal, par un sentiment encore inconnu d'elle, elle laissa échapper un piaulement de contrariété, fit un tour sur elle-même et s'élança dans une fuite folle dans l'obscur labyrinthe des couloirs du manoir.

Geralt, frissonnant, se tenait au milieu de la salle. Seul. Il fallait du temps, pensa-t-il, avant que cette danse au bord du gouffre, ce ballet endiablé, macabre, du combat aboutît au résultat espéré, lui permît de fusionner psychiquement avec son adversaire, d'être en harmonie avec les couches de volonté concentrée qui débordait de la strige. De la volonté mauvaise, maladive, qui était à l'origine de la strige. Le sorceleur trembla au souvenir du moment où il avait absorbé cette charge de mal pour la diriger sur le monstre, comme un miroir. Il n'avait encore jamais rencontré une telle concentration de haine et de folie meurtrière, même pas chez les basilics qui jouissaient pourtant dans ce domaine d'une sacrée réputation.

Tant mieux, se disait-il en se dirigeant vers l'entrée de la crypte qui faisait comme une énorme flaque noire sur le sol. Tant mieux ! Le choc que la strige elle-même a subi en était d'autant plus fort ! Ainsi, il aurait un peu plus de temps pour agir avant que la bête hideuse se remît du choc. Le sorceleur se demandait s'il aurait encore la force de fournir le même effort. L'action des élixirs diminuait et l'aube était encore loin. Il était hors de question que la strige retournât dans la crypte avant les premières lueurs de l'aurore, sinon tout le mal qu'il s'était donné n'aurait servi à rien.

Il descendit l'escalier. La crypte n'était pas grande,

elle contenait trois sarcophages de pierre. Le couvercle du premier à partir de l'entrée était à moitié écarté. Geralt sortit de son sein le troisième flacon, il en but rapidement le contenu et pénétra dans le tombeau où il disparut. Comme il s'y attendait, c'était un double tombeau, pour la mère et pour la fille.

Il tira le couvercle sur lui seulement quand lui parvint d'en haut un nouveau rugissement de la strige. Il s'allongea sur le dos, à côté de la dépouille momifiée d'Adda, et traça sur l'intérieur du couvercle le Signe d'Yrden. Il posa sur sa poitrine son glaive et un minuscule sablier phosphorescent. Il croisa les mains. Il n'entendait plus les hurlements de la strige qui fouillait le manoir. D'une façon générale, il cessait petit à petit d'entendre parce que le colchique et la chélidoine commençaient à agir.

VII

Quand Geralt ouvrit les yeux, le sable avait déjà coulé dans le vase inférieur du sablier, ce qui voulait dire que sa léthargie avait même été plus longue qu'elle aurait dû. Il tendit l'oreille, mais n'entendit rien. Ses sens fonctionnaient à nouveau normalement.

Il empoigna son glaive, glissa la main sur le couvercle du sarcophage en murmurant une formule, à la suite de quoi il déplaça légèrement la dalle de quelques pouces.

Aucun bruit.

Il écarta davantage le couvercle, s'assit et aventura la tête à l'extérieur du tombeau, son arme prête à entrer en action. L'intérieur de la crypte était plongé dans l'obscurité, mais le sorceleur savait que dehors, le jour commençait à poindre. Il battit le briquet, alluma une lanterne miniature, la souleva en projetant des ombres fantastiques sur les murs de la crypte.

Elle était déserte.

Il s'extirpa non sans mal du sarcophage, meurtri, engourdi, transi de froid. C'est alors qu'il l'aperçut. Elle gisait sur le dos, près du tombeau, nue, inconsciente.

Elle était plutôt laide. Toute menue, avec des petits seins pointus, sale. Ses cheveux, d'un roux fauve, lui descendaient presque jusqu'à la taille. Posant la lanterne sur la dalle, il s'agenouilla près de la fille et se pencha sur elle. Elle avait les lèvres pâles ; le coup qu'il lui avait assené avait laissé un gros hématome sur ses pommettes. Geralt posa son glaive et retira son gant pour lui retrousser la lèvre supérieure sans plus de cérémonie. Elle avait des dents normales. Il chercha sa main plongée dans ses cheveux emmêlés. Il allait palper cette main quand il aperçut ses yeux ouverts. Trop tard.

Elle lui agrippa le cou de ses griffes en le lacérant en profondeur, le sang de Geralt lui éclaboussa la figure. Elle poussa un hurlement, cherchant de son autre main à atteindre ses yeux. Il s'abattit sur elle, bloquant ses poignets des deux mains, la clouant au sol. Elle claqua les dents, à présent trop courtes, devant le visage de Geralt. Il lui donna un coup de tête dans la figure, augmenta sa pression en l'étouffant. Elle n'avait plus la force qu'elle avait auparavant, elle se démenait juste sous lui, hurlait en crachant du sang, son sang à lui, qui lui inondait la bouche. Le sang coulait à flots. Le temps manquait. Le sorceleur poussa un juron et lui planta les dents dans le cou, juste sous l'oreille; il serra les dents du plus fort qu'il put jusqu'à ce que les hurlements inhumains se transforment d'abord en cris aigus, désespérés, puis en gros sanglots; c'étaient les pleurs d'une jeune fille de quatorze ans à qui on fait du mal.

Dès qu'elle eut cessé de s'agiter, il la lâcha, se dressa sur les genoux, prit un morceau de toile dans une poche qui se trouvait sur sa manche et le pressa sur son cou. Il trouva son glaive à tâtons, appliqua la lame sur la gorge de la jeune fille inconsciente, se pencha sur sa main. La fille avait des ongles sales, cassés, ensanglantés, mais... normaux. Tout à fait normaux.

Le sorceleur se releva péniblement. Par l'entrée de la crypte se déversait déjà la grisaille moite du petit jour. Il se dirigea vers l'escalier, mais il vacilla et s'assit lourdement sur le sol. À travers la toile imprégnée, son sang coulait sur ses bras, dégoulinait dans une manche. Il défit son pourpoint, arracha sa chemise, la décousit, y tailla des chiffons qu'il noua autour de son cou en sachant qu'il devait faire vite parce qu'il n'allait pas tarder à s'évanouir...

Il y parvint. Puis il s'évanouit.

À Wyzima, de l'autre côté du lac, un coq, hérissant ses plumes dans la fraîcheur de l'humidité, chanta pour la troisième fois, d'une voix rauque.

VIII

Il découvrit les murs blanchis à la chaux et les poutres du plafond de la petite pièce située au-dessus du corps de garde. Il remua la tête et se tordit de douleur, il gémit. Son cou était couvert d'un épais bandage, solide, fait d'une main experte.

— Ne bouge pas, sorcier ! lui dit Velerad. Ne bouge pas, reste couché !

— Mon... glaive...

— Oui, oui. La seule chose qui compte, pour toi, c'est ton glaive en argent de sorceleur. Il est là, ne t'inquiète pas. Il y a ton glaive et ton coffret. Et les trois mille orins. Oui, oui, ne dis rien ! Je suis un vieil imbécile, et toi, tu es un sorceleur intelligent. Foltest n'arrête pas de répéter ça depuis deux jours.

— Deux...

— Eh oui ! Depuis deux jours. Elle t'a bien tranché le cou, on voyait tout ce que tu as à l'intérieur. Tu as perdu beaucoup de sang. C'est une chance que nous ayons foncé jusqu'au manoir après le troisième chant du coq. À Wyzima, cette nuit-là, personne n'a dormi. C'était impossible. Vous faisiez un vacarme invraisemblable. Je ne te fatigue pas avec mon bavardage ?

— La... princesse ?

— La princesse est comme toutes les princesses. Elle est maigre et un peu bébête. Elle pleure tout le temps et pisse au lit. Mais Foltest dit qu'elle va changer. Je ne pense pas qu'elle change en pire, hein, Geralt ?

Le sorceleur avait fermé les yeux.

— Bon, j'y vais. (Velerad se leva.) Repose-toi ! Geralt ? Avant que je m'en aille, dis-moi pourquoi tu voulais la mordre ? Hein ? Geralt ?

Le sorceleur dormait.

La voix de la raison 2

I

— Geralt !

Réveillé en sursaut, il dressa la tête. Le soleil, déjà haut, infiltrait de force des taches dorées aveuglantes par les volets à claire-voie, envahissait la pièce de sa lumière tentaculaire. Le sorceleur mit sa main en visière, un réflexe dont il n'avait pas réussi à se débarrasser, même si ce geste était inutile puisqu'il lui suffisait d'étrécir ses prunelles en fentes verticales.

— Il est déjà tard, dit Nenneke en ouvrant les volets. Vous avez bien dormi ! Iola, sauve-toi ! File !

La jeune fille se mit brusquement sur son séant, se pencha hors de la couche pour ramasser sa mante par terre. Geralt sentit un filet de salive refroidir sur son bras, à l'endroit où étaient posées les lèvres de la fille quelques instants plus tôt.

— Attends un peu..., dit-il d'une voix hésitante.

Elle lui jeta un regard et détourna son visage.

Iola était métamorphosée. Elle n'avait plus rien d'une ondine, plus rien de la lumineuse apparition embaumant la camomille qu'elle était à l'aube. Ses yeux n'étaient pas noirs, mais bleu pervenche. Elle avait des taches de rousseur sur le nez, la gorge et les bras. Ces taches de rousseur étaient tout à fait charmantes, en harmonie avec son teint et sa chevelure fauve. À l'aube, quand elle était son rêve, il n'y avait pas prêté attention. Avec honte et regret, il constata qu'il lui en voulait. Il lui en voulait de ne pas être restée un rêve. Et il ne se pardonnerait jamais de lui en vouloir.

— Attends un peu, répéta-t-il. Iola... Je voulais...

— Ne lui dis plus rien, Geralt ! intervint Nenneke. De toute façon, elle ne te répondra pas. Sauve-toi, Iola ! Dépêche-toi, mon petit !

Enveloppée dans sa mante, la jeune fille trottina vers la porte en faisant claquer ses pieds nus sur le sol, gênée, empruntée, les joues cramoisies. Rien chez elle ne faisait plus penser à... Yennefer.

— Nenneke, dit-il en attrapant sa chemise. J'espère que tu ne lui en veux pas... Tu ne vas tout de même pas la punir ?

— Tu es bête, lança la prêtresse en s'approchant de sa couche. Tu as oublié où tu es. Tu n'es ni dans un ermitage ni dans un couvent. Tu es dans le temple de Melitele. Notre déesse n'interdit rien aux prêtresses. Ou presque rien.

— Tu m'as interdit de lui parler.

— Je ne te l'ai pas interdit, je t'en ai fait remarquer l'inutilité. Iola ne parle pas.

— Quoi ?

— Elle ne parle pas parce qu'elle a fait vœu de silence. C'est une forme de renoncement grâce auquel... Ah ! Ce n'est pas la peine que je t'explique, de toute façon tu ne comprendras pas, tu n'essaieras même pas de comprendre. Je connais tes idées sur la religion. Non, ne t'habille pas tout de suite ! Je veux vérifier si ton cou cicatrise bien.

Elle s'assit sur le bord du lit, déroula adroitement les bandes de lin qui enveloppaient le cou du sorceleur sur plusieurs épaisseurs. Il fit une grimace de douleur.

Dès l'arrivée du sorceleur à Ellander, Nenneke avait défait les vilaines et grossières coutures qu'on lui avait faites à Wyzima avec une alêne de cordonnier. Elle avait incisé la blessure et fait un nouveau pansement. Le résultat était évident : il était arrivé au temple presque guéri, enfin, peut-être encore un peu raide, et maintenant, il était de nouveau malade et souffrait. Mais il ne protestait pas. Il connaissait la prêtresse depuis des années, il savait l'étendue de son savoir de guérisseuse et la richesse de sa pharmacie universelle. Une cure au temple de Melitele ne pouvait que lui faire du bien.

Nenneke tâta la région de la blessure, la nettoya et se mit à jurer. Il connaissait sa manière de faire par cœur, elle avait commencé dès le premier jour et n'omettait jamais de râler à chaque fois qu'elle voyait le souvenir laissé par les griffes de la princesse de Wyzima.

— Quelle horreur ! Comment peut-on se laisser frapper comme ça par une vulgaire strige ? Les muscles ! Les tendons ! Pour un peu, elle te tranchait la carotide ! Par la Grande Melitele, Geralt, qu'est-ce qui t'est arrivé ? Comment se fait-il que tu l'aies laissée approcher autant ? Qu'est-ce que tu voulais lui faire ? La sauter ?

Il ne répondit pas, il se contenta d'esquisser un sourire.

— Ne prends pas cet air bête. (La prêtresse se leva pour prendre un sac de bandages dans la commode. En dépit de son embonpoint et de sa petite taille, elle se mouvait avec grâce et souplesse.) Ce qui s'est passé n'a rien de drôle. Tu perds tes réflexes, Geralt.

— Tu exagères.

— Je n'exagère pas du tout. (Nenneke appliqua sur la blessure un onguent vert qui dégageait une forte odeur d'eucalyptus.) Tu ne dois pas te laisser blesser, or tu l'as fait, et en plus très sérieusement. Et même grièvement. Malgré tes capacités exceptionnelles de régénération, il va falloir des mois pour que ton cou retrouve toute sa mobilité. Je te mets en garde. Pendant cette période, ne cherche pas à mettre tes forces à l'épreuve en te battant avec un adversaire trop vif.

— Merci pour cette mise en garde. Donne-moi un autre conseil, si tu veux bien ! De quoi veux-tu que je vive pendant ce temps ? Tu voudrais que je fasse appel à quelques demoiselles, que j'achète une carriole et que j'organise une maison de prostitution itinérante ?

Nenneke haussa les épaules tandis que ses mains grassouillettes lui bandaient le cou avec des gestes sûrs, rapides.

— Tu voudrais que je te donne des conseils et que je t'apprenne à vivre ? Est-ce que je suis ta mère ? Allez, c'est fini. Tu peux t'habiller. On t'attend au réfectoire pour le petit déjeuner. Dépêche-toi, sinon tu te le prépareras tout seul. Je n'ai pas l'intention de retenir les filles aux cuisines jusqu'à midi.

— Où est-ce que je pourrai te retrouver ? Au sanctuaire ?

— Non, dit Nenneke en se levant. Pas au sanctuaire. Tu es toujours le bienvenu ici, sorceleur, mais ne viens pas rôder au sanctuaire. Tu n'auras qu'à aller te promener. C'est moi qui te retrouverai.

— Bien.

II

Geralt parcourait pour la quatrième fois la petite avenue de peupliers qui menait de l'entrée vers les bâtiments d'habitation et vers le sanctuaire blotti dans la roche abrupte, ainsi qu'au temple principal. Après un court moment de réflexion, il renonça à retourner à l'intérieur de celui-ci, obliqua dans la direction des jardins et des bâtiments de la ferme. Une quinzaine de prêtresses en robes de travail grises s'affairaient avec ardeur, sarclant les plates-bandes et nourrissant la basse-cour dans les poulaillers. La plupart d'entre elles étaient jeunes, parfois même très jeunes, presque des enfants. Certaines, en passant à côté de lui, le saluaient d'un signe de tête ou d'un sourire. Il répondait à leurs saluts sans en reconnaître aucune. S'il venait souvent au temple, une fois par an, certaines années deux fois, il ne rencontrait jamais plus de trois ou quatre têtes connues. Les filles arrivaient puis repartaient, soit dans d'autres temples, comme prophétesses, soit comme sages-femmes et guérisseuses spécialisées dans les maladies féminines et infantiles, ou encore comme druidesses itinérantes, préceptrices ou gouvernantes. Mais il en arrivait toujours de nouvelles, de partout, même de contrées fort lointaines. Le temple de Melitele, à Ellander, était célèbre et jouissait d'une réputation méritée.

Le culte de la déesse Melitele était l'un des plus

anciens et avait été en son temps l'un des plus répandus. Ses débuts remontaient à une époque immémoriale, avant l'apparition de l'homme. Presque toutes les races préhumaines et toutes les tribus humaines primitives, encore nomades, avaient vénéré une déesse des récoltes et de la fertilité, protectrice des agriculteurs et des jardiniers, patronne de l'amour et du couple. La plupart de ces cultes s'étaient fondus dans celui de Melitele.

Le temps, qui s'était montré plutôt sans pitié pour les autres religions et les autres cultes en les isolant efficacement dans des chapelles reculées et de petites églises oubliées, rarement visitées, enfouies dans les constructions des villes, s'était révélé clément pour Melitele. Melitele ne manquait ni d'adeptes ni de mécènes. Les Lettrés qui analysaient ce phénomène expliquaient généralement la popularité de la divinité en remontant aux précultes de la Grande Matrice, la mère nature. Ils soulignaient ses liens avec le cycle de la nature, avec le renouveau et d'autres phénomènes encore, aux noms ronflants. Un ami de Geralt, le troubadour Jaskier, qui aimait passer pour un spécialiste dans tous les domaines possibles et imaginables, cherchait des explications plus simples. Le culte de Melitele, expliquait-il, était un culte typiquement féminin. Melitele était la patronne de la fécondité, de l'enfantement, la protectrice des sages-femmes. Les femmes en couches devaient crier. Outre les hurlements habituels, leurs promesses en l'air, dont la teneur était toujours la même — plus jamais elles ne se donneraient à un gars à la manque —, toutes les femmes qui accouchaient ne pouvaient appeler à leur secours qu'une divinité, et Melitele était la déesse de la situation. Comme les femmes avaient toujours accouché, accouchaient et accoucheraient, démontrait le poète, alors la déesse n'avait pas à craindre de perdre de sa popularité.

— Geralt !

— Tu es là, Nenneke. Je te cherchais.

— Moi ? s'exclama la prêtresse en lui jetant un regard moqueur. Ce n'est pas Iola que tu cherches ?

— Iola aussi, avoua-t-il. Tu as quelque chose contre ?

— En ce moment, oui. Je ne veux pas que tu la déranges ni que tu la distraies. Elle doit se préparer et prier pour que cette transe puisse donner des résultats.

— Je t'ai déjà dit que je n'en voulais pas, fit-il sèchement. Je ne pense pas qu'une transe puisse m'aider.

— Et moi, dit Nenneke en faisant une moue boudeuse, je ne pense pas que ça puisse te faire de mal.

— Il ne sera pas possible de m'hypnotiser, je suis immunisé. J'ai peur pour Iola. L'effort à fournir peut être trop épuisant pour le médium.

— Iola n'est ni un médium ni une diseuse de bonne aventure atteinte de maladie mentale. Cette enfant jouit d'une grâce particulière de Melitele. Alors, si tu veux bien, arrête tes simagrées ! Je te l'ai dit, je connais tes idées sur la religion et elles ne m'ont jamais dérangée jusqu'à présent, pas plus qu'elles me dérangeront à l'avenir. Je ne suis pas une fanatique. C'est ton droit de croire que c'est la nature qui nous gouverne, ainsi que le pouvoir qu'elle recèle. Tu peux parfaitement penser que les dieux, dont ma Melitele, ne sont qu'une personnification de ce pouvoir inventée à l'usage des rustres pour qu'ils le comprennent plus facilement et en admettent l'existence. D'après toi, cette force est aveugle. Mais pour moi, Geralt, la foi permet d'attendre de la nature ce que personnifie ma déesse, à savoir l'ordre, la loi, le bien. Et l'espoir.

— Je le sais.

— Si tu le sais, alors pourquoi ces réserves sur la transe ? De quoi as-tu peur ? Que je t'oblige à te prosterner devant une statue et à chanter des cantiques ? Geralt, nous resterons juste assis un petit moment ensemble, toi, Iola et moi. Et nous verrons si les talents de cette jeune fille permettent de lire dans le nœud des forces qui t'entourent. Peut-être apprendrons-nous des choses qu'il serait bon de savoir. Et peut-être que nous n'apprendrons rien. Il n'est pas exclu que les forces du destin qui t'entourent ne veuillent pas nous apparaître, qu'elles restent cachées, impénétrables. Je n'en sais rien. Mais pourquoi ne pas essayer ?

— Parce que ça n'a aucun sens. Aucun nœud du destin ne m'entoure. Et quand bien même il y en aurait un, pourquoi diable aller fouiller dedans ?

— Geralt, tu es malade.

— Blessé, tu voulais dire.

— Je sais ce que je voulais dire. Il y a quelque chose qui ne va pas chez toi, je le pressens. Je te connais tout de même depuis que tu es tout petit ; quand je t'ai connu, tu étais haut comme trois pommes. Mais maintenant je sens que tu es pris dans un satané tourbillon, que tu es complètement emmêlé, emberlificoté dans un nœud qui se resserre petit à petit autour de toi. Je veux savoir de quoi il s'agit. Je ne peux pas y arriver seule, je dois m'en remettre aux talents de Iola.

— Est-ce que tu ne veux pas aller trop profond ? Pourquoi toute cette métaphysique ? Si tu veux, je vais me confier à toi. J'occuperai toutes tes soirées en te racontant les événements de ces dernières années, tous plus intéressants les uns que les autres. Si tu me trouves un tonnelet de bière pour que ma gorge ne se dessèche pas trop, on peut commencer dès aujourd'hui. Mais je crains fort de t'ennuyer car tu ne trouveras dans mes histoires aucun nœud, aucun enchevêtrement du destin. Oh ! ce ne sont que de banales histoires de sorceleur.

— Je t'écouterai avec plaisir. Mais une transe ne te ferait pas de mal, je te le répète.

— Tu ne penses pas, fit-il en souriant, que mon manque de foi quant à ses effets la rende d'avance inutile ?

— Non, je ne le pense pas. Et tu sais pourquoi ?

— Non.

Nenneke se pencha, le regarda droit dans les yeux avec un étrange sourire sur ses lèvres pâles.

— Car ce serait bien le premier signe qui me prouverait que le manque de foi a un pouvoir quelconque.

Un grain de vérité

I

De petits points noirs qui se déplaçaient sur le fond clair du ciel sillonné de bandes de brouillard attirèrent l'attention du sorceleur. Ils étaient nombreux. Les oiseaux tournoyaient en décrivant de lents cercles tranquilles et puis piquaient tout à coup pour remonter aussitôt dans un grand battement d'ailes.

Le sorceleur observa les oiseaux un long moment, évalua la distance et le temps qu'il présumait nécessaire pour la parcourir, et corrigea son observation en prenant en compte le relief du terrain, l'épaisseur de la forêt, la profondeur et la largeur d'un ravin dont il soupçonnait l'existence. Enfin, il écarta son manteau, resserra de deux trous le baudrier qui lui barrait la poitrine en diagonale. Le pommeau de son glaive suspendu en travers de son dos dépassait de son épaule droite.

— On va se rallonger un peu le chemin, Ablette, dit-il. On va quitter la route. À mon avis, ces gros oiseaux ne tournoient pas au-dessus de cet endroit sans raison.

Sa jument, bien évidemment, ne lui répondit pas, mais elle obéit à la voix familière et avança.

— Qui sait ? Peut-être que c'est un élan à terre, dit Geralt. Ou autre chose. Allons voir !

Il y avait bel et bien un ravin à l'endroit que le sorceleur avait repéré. Il domina soudain les frondaisons d'arbres serrés dans une crevasse. Mais le ravin était en pente douce, le fond était sec, sans aubépines, sans vieux troncs pourrissants. Il le franchit facilement. De l'autre côté, il découvrit une forêt de bouleaux, puis une grande clairière et une lande à bruyère où des arbres cassés par le vent tendaient vers le ciel les tentacules de leurs branches et de leurs racines emmêlées.

Les oiseaux, effarouchés par l'apparition du cavalier, s'envolèrent à tire-d'aile en poussant des croassements sauvages, stridents, rauques.

Geralt aperçut tout de suite un premier corps, attiré par la blancheur d'un mantelet en peau de mouton et le bleu mat d'une robe qui se détachaient sur les touffes de laîche jaunie. S'il ne voyait pas le deuxième cadavre, il savait où il était : la présence de trois loups, qui regardaient paisiblement le cavalier assis sur leur arrière-train, trahissait l'endroit où il gisait. La jument du sorceleur s'ébroua. Les loups, d'un même mouvement, sans bruit, sans se presser, s'enfoncèrent dans la forêt en trottinant et en tournant leur tête triangulaire à intervalles réguliers dans la direction du nouveau venu. Geralt mit pied à terre.

La femme au mantelet blanc et à la robe bleue n'avait plus de visage, plus de gorge, et la majeure partie de sa cuisse gauche avait disparu. Le sorceleur passa à côté d'elle sans s'arrêter.

L'homme gisait le visage contre terre. Geralt ne

retourna pas le corps ; là non plus, les loups et les oiseaux n'avaient pas chômé. Il n'était d'ailleurs pas nécessaire de l'examiner davantage, un lacis noir de sang séché couvrait les épaules et le dos du pourpoint de laine. De toute évidence, l'homme était mort d'un coup qu'on lui avait assené sur la nuque, les loups n'avaient mis son corps à mal qu'après.

L'homme portait à sa large ceinture une bourse en cuir qui voisinait avec un sabre court dans un fourreau en bois. Le sorceleur l'arracha, jeta successivement dans l'herbe un briquet, un morceau de craie, de la cire à cacheter, une poignée de pièces d'argent, un étui en os renfermant un petit couteau à raser pliant, une oreille de lapin, trois clés enfilées sur un anneau, une amulette portant un symbole phallique. La pluie et la rosée avaient mouillé deux missives écrites sur de la toile, les runes étaient délavées, effacées. Une troisième lettre, écrite sur du parchemin, elle aussi abîmée par l'humidité, était lisible. Il s'agissait d'une lettre de crédit émise par la banque des nains de Murivel pour un marchand du nom de Rulle Asper ou Aspen. La somme n'était pas très importante.

Geralt souleva la main droite de l'homme. Ainsi qu'il s'y attendait, un anneau de cuivre qui serrait un de ses doigts enflés et bleuis portait l'emblème de la corporation des armuriers : un heaume stylisé muni d'une visière, et deux glaives croisés sous lesquels était gravée la rune A.

Le sorceleur revint au cadavre de la femme. Pendant qu'il retournait le corps, il se piqua le doigt à une rose attachée à la robe. La fleur était fanée, mais n'avait pas perdu sa couleur — les pétales étaient bleu foncé, presque bleu marine. C'était la première fois de sa vie que Geralt voyait semblable rose. Il retourna le corps complètement et frémit. Sur la nuque dénudée et déformée de la femme, il distingua de nettes traces de dents qui n'étaient pas des dents de loup.

Le sorceleur recula prudemment jusqu'à son cheval. Les yeux fixés sur la lisière de la forêt, il se remit en selle. Il fit deux fois le tour de la clairière pour examiner attentivement le sol, tout en jetant des regards circulaires.

— Oui, Ablette, dit-il tout bas en retenant son cheval. La chose paraît claire, mais elle ne l'est pas tout à fait. L'armurier et la femme sont arrivés de Murivel à cheval, ils venaient de ce côté de la forêt. Ils devaient rentrer chez eux, car personne ne garde longtemps sur soi des lettres de crédit à réaliser. Pourquoi sont-ils passés par ici au lieu d'emprunter la route ? C'est un mystère. Mais ils ont traversé la lande côte à côte. Pour une raison que j'ignore, ils sont tous deux descendus ou tombés de cheval. L'armurier est mort sur le coup. La femme a couru jusqu'à ce qu'elle tombe et meure, elle aussi. Quelque chose qui n'a pas laissé de traces l'a traînée par terre par la nuque en la tenant entre ses dents. Ça s'est produit il y a deux ou trois jours. Leurs chevaux se sont emballés, on ne les rattrapera pas.

La jument, bien sûr, ne lui répondait toujours pas, mais réagit à la voix familière en poussant des hennissements inquiets.

— La chose qui les a tués, poursuivit Geralt en regardant la lisière de la forêt, n'était ni un loup-garou ni une goule. Ni l'un ni l'autre n'aurait laissé derrière lui tant à manger pour les charognards. S'il y avait eu des marais par ici, j'aurais dit que ce sont des kikimorrhes ou des vyppères. Mais il n'y en a pas.

Le sorceleur se baissa pour soulever légèrement la couverture qui couvrait les flancs de son cheval, faisant apparaître, attaché à ses bagages, un second glaive à la garde brillante, décorative, et à la poignée noire crénelée.

— Oui, Ablette. On va se rallonger le chemin. Je dois vérifier pourquoi l'armurier et la femme n'ont pas emprunté la route. Si nous restons indifférents devant ce genre d'événements, nous ne gagnerons même pas de quoi t'acheter de l'avoine, n'est-ce pas, Ablette ?

Obéissante, la jument partit à travers les arbres cassés par le vent en franchissant avec précaution les trous laissés par les racines des arbres arrachés.

— Même si ce n'est pas un loup-garou, on ne va pas prendre de risque, reprit le sorceleur en sortant d'un sac accroché à sa selle un petit bouquet d'aconit séché qu'il suspendit au mors.

La jument s'ébroua. Geralt délaça l'encolure de son pourpoint et sortit son médaillon orné d'une tête de loup montrant les crocs. Le médaillon, au bout de sa petite chaîne d'argent, sautait au rythme des mouvements du cheval, scintillant comme du mercure sous les rayons du soleil.

II

Le sorceleur avait gravi une hauteur pour couper les lacets du sentier au tracé incertain et c'est du sommet de cette hauteur qu'il aperçut pour la première fois les tuiles rouges du toit pointu d'une tour. La pente, envahie de noisetiers, encombrée de branches mortes, couverte d'un épais tapis de feuilles jaunies, paraissait un peu dangereuse pour être descendue à cheval. Le sorceleur fit demi-tour, redescendit prudemment de l'autre côté et rejoignit le sentier. Il allait lentement, retenait son cheval à intervalles réguliers et, suspendu à sa selle, cherchait à repérer la trace du chemin.

Soudain la jument secoua la tête, poussa des hennissements sauvages et se mit à piétiner, danser sur le sentier en soulevant un tourbillon de feuilles mortes. Geralt entoura l'encolure d'Ablette de son bras gauche et forma le Signe d'Axia en croisant les doigts de sa main droite, qu'il passa ensuite sur la tête de sa monture en murmurant une formule magique.

— Les choses vont si mal que ça ? grommela-t-il en maintenant le Signe et en regardant autour de lui. Du calme, Ablette, du calme !

Le charme agit rapidement, mais la jument, pourtant stimulée par un coup de talon, repartit avec hésitation, sans conviction, perdant le rythme souple de son allure naturelle. Le sorceleur sauta lestement à terre et continua son chemin à pied en tirant son cheval par la bride. Il découvrit une muraille.

Entre la muraille et la forêt, il n'y avait aucun espace, aucune franche séparation. De jeunes arbustes et des buissons de genévriers mêlaient leurs feuillages à celui du lierre et de la vigne vierge agrippés au mur de pierre. Geralt dressa la tête. Au même moment, il sentit se coller sur sa nuque une petite créature molle, invisible, agaçante, qui avança sous ses cheveux en rampant. Il savait ce que c'était.

Quelqu'un contemplait la scène.

Il se retourna lentement, en douceur. Ablette s'ébroua, les muscles de son encolure frissonnèrent, s'agitèrent sous sa peau.

Sur la pente qu'il venait de descendre, une jeune fille se tenait immobile, une main appuyée sur le tronc d'un aulne. Sa longue robe blanche contrastait avec la masse noire et brillante de ses longs cheveux décoiffés qui lui arrivaient aux épaules. Geralt crut la voir sourire, mais il n'en était pas sûr, elle était trop loin.

— Salut ! dit-il avec un geste amical de la main.

Il fit un pas dans la direction de la jeune fille. Celle-ci tourna légèrement la tête pour suivre ses mouvements. Elle avait un visage pâle, d'immenses yeux noirs. Son sourire, si c'en était un, avait disparu, comme effacé d'un coup de chiffon. Geralt fit un nouveau pas en avant. Le feuillage frémit. La fille descendit la pente en courant comme une biche, se faufila entre les buissons de noisetiers et ne fut bientôt plus qu'un trait blanc qui disparut dans les profondeurs de la forêt. Sa longue robe ne semblait pas entraver ses mouvements.

La jument du sorceleur dressa brusquement la tête en poussant des hennissements plaintifs. Geralt, les yeux toujours tournés du côté de la forêt, fit machinalement le Signe pour la calmer. Puis il continua à longer la muraille en tirant son cheval par la bride, enfoncé jusqu'à la taille dans les bardanes.

Il rencontra une porte, solide, garnie de ferrures, fixée par des gonds très rouillés, munie d'un grand heurtoir en laiton. Après quelques secondes d'hésitation, Geralt s'apprêtait à saisir l'anneau vert-de-grisé quand il fit un brusque bond en arrière : au moment même, la porte s'entrouvrait avec force grincements et couinements, en repoussant derrière les battants des touffes d'herbes, des cailloux et de petites branches. Derrière la porte, il n'y avait personne. Le sorceleur n'aperçut qu'une cour d'honneur déserte, abandonnée, envahie d'orties.

Il entra en tirant son cheval. Abrutie par le Signe, la jument ne résistait pas, mais avançait à pas raides et hésitants.

La cour était ceinte sur trois de ses côtés par la muraille et des vestiges d'échafaudages en bois. La façade d'un petit château, bigarrée d'un crépi vérolé, tombé par plaques, de dégoulinades et de guirlandes de lierre, en constituait le quatrième côté. Les volets, à la peinture écaillée, étaient fermés. La porte également.

Geralt attacha les rênes d'Ablette à un poteau situé près de la porte du château et se dirigea lentement vers la bâtisse par une petite allée de gravier qui passait à proximité d'un petit bassin empli de feuilles et de saletés, entouré d'une margelle basse. Au milieu du bassin, se dressait une fontaine, sur un socle plein de fantaisie taillé dans de la pierre blanche, représentant un dauphin qui ployait en l'air sa queue ébréchée.

À côté du bassin, dans ce qui avait dû être une platebande dans un passé très lointain, poussait un massif de roses. N'était la couleur de leurs fleurs, les rosiers ressemblaient à tous les rosiers que Geralt avait eu l'occasion de rencontrer. Mais ces fleurs étaient particulières ; de couleur indigo, certains pétales présentaient de légers reflets pourpres à leur extrémité. Le sorceleur toucha une fleur, approcha son visage pour en humer le parfum. Elle avait l'arôme habituel des roses, juste un peu plus intense.

La porte du palais s'ouvrit en même temps que tous les volets dans un vacarme assourdissant. Geralt se redressa brusquement. Un monstre fonçait droit sur lui dans la petite allée, en faisant crisser le gravier.

Avec la rapidité de l'éclair, la main droite du sorceleur se leva au-dessus de son épaule droite tandis que sa main gauche secouait fortement sa ceinture sur sa poitrine, et la poignée de son glaive se retrouva toute seule dans sa main. Le fer, qui sauta du fourreau en émettant un sifflement, décrivit une petite courbe lumineuse et se figea, pointé dans la direction de la bête hideuse qui chargeait. À la vue du glaive, le monstre freina et s'arrêta. Le gravier gicla de toutes parts. Le sorceleur n'eut pas un frisson.

La créature humanoïde était vêtue d'habits râpés mais de bonne qualité, pourvus d'ornements du meilleur goût mais fort peu fonctionnels. Cependant, son caractère humanoïde n'allait pas au-delà de la fraise souillée de son pourpoint. Celle-ci était dominée d'une énorme tête poilue comme celle d'un ours, munie d'immenses oreilles, d'une paire d'yeux au regard fou et d'une gueule effrayante, pleine de crocs plantés de travers, où luisait une langue rouge, telle une flamme.

— Fous le camp d'ici, mortel! rugit le monstre en agitant ses grosses pattes, mais sans pour autant avancer. Fous le camp, sinon, je te dévore! Je te mets en pièces!

Le sorceleur ne bougea pas, il ne lâcha pas son glaive.

— Tu es sourd? Fous le camp! hurla la créature avant d'émettre un bruit qui tenait du couinement du porc et du brame du cerf solitaire.

Les volets de toutes les fenêtres claquèrent dans un grand fracas en provoquant la chute de débris et du crépi des rebords de fenêtres. Ni le sorceleur ni le monstre ne bougèrent.

— File pendant que tu es encore en vie! hurla la

créature d'une voix qui paraissait déjà moins assurée. Sinon...

— Sinon... ? l'interrompit Geralt.

Le monstre se mit à souffler violemment, pencha sa tête monstrueuse.

— Regardez-moi cet audacieux ! fit-il calmement en montrant ses crocs et en dardant un œil injecté de sang sur Geralt. Lâche ce fer, s'il te plaît ! Tu ne dois pas avoir compris que tu te trouves dans la cour de ma maison ! À moins que là d'où tu viens, il ne soit d'usage de menacer le maître des lieux d'une arme dans sa propre cour ?

— En effet, confirma Geralt. Mais c'est réservé aux gens qui accueillent leurs hôtes en poussant des rugissements et en leur annonçant qu'ils vont les mettre en pièces.

— Ah ! Peste ! s'excita le monstre. En plus, tu m'offenses, intrus ! En voilà, un visiteur ! Il s'introduit dans votre cour, abîme des fleurs qui ne sont pas à lui, joue les grands seigneurs et pense qu'on va lui apporter le pain et le sel. Peuh !

Le monstre cracha, souffla et referma sa gueule. Ses crocs inférieurs qui dépassaient à l'extérieur lui donnaient une allure de sanglier.

— Alors ? finit par dire le sorceleur en baissant son glaive. Nous allons rester longtemps debout ?

— Et qu'est-ce que tu proposes ? Qu'on se couche ? haleta le monstre. Range ce fer, je te dis !

Le sorceleur rengaina habilement son arme dans son dos ; sans la lâcher, il caressa le pommeau qui dépassait de son épaule.

— J'aimerais mieux que tu ne fasses pas de gestes

trop brusques, dit-il. Je peux dégainer mon épée à tout instant, plus vite que tu le penses.

— J'ai vu, râla le monstre. Sans lui, il y a longtemps que tu serais dehors, avec l'empreinte de mon talon sur le fondement. Qu'est-ce que tu veux ? D'où sors-tu ?

— Je me suis égaré, mentit le sorceleur.

— Tu t'es égaré, répéta le monstre avec une grimace inquiétante. Eh bien, retrouve ton chemin ! Autrement dit, dehors ! Tends l'oreille gauche vers le soleil et garde-la comme ça ! Tu te retrouveras bientôt sur la route. Allez ! Qu'est-ce que tu attends ?

— Il y a de l'eau ici ? demanda tranquillement Geralt. Mon cheval a soif. Et moi aussi, si ça ne te dérange pas trop.

Le monstre dansa d'un pied sur l'autre, se gratta l'oreille.

— Écoute un peu, toi ! fit-il. Tu n'as réellement pas peur de moi ?

— Je devrais ?

Le monstre regarda autour de lui, se racla la gorge, remonta son pantalon bouffant d'un geste énergique.

— Ah ! Peste ! Qu'est-ce que j'en ai à faire ! Un visiteur chez moi ! Ce n'est pas tous les jours qu'il m'arrive quelqu'un qui ne s'enfuit pas ou ne s'évanouit pas dès qu'il me voit. Allez, c'est bon ! Si tu es un voyageur fatigué et honnête, je t'invite à entrer. Si tu es un brigand ou un voleur, je t'avertis : cette maison exécute mes ordres. À l'intérieur de ces murs, c'est moi qui commande.

Il leva une patte velue. Tous les volets cognèrent de nouveau le mur, et la gorge de pierre du dauphin émit de sourds glouglous.

— Je t'invite, répéta-t-il.

Geralt le scrutait sans bouger.

— Tu habites seul ?

— En quoi ça te regarde avec qui j'habite ? interrogea le monstre en ouvrant la gueule de colère avant de pousser des ricanements sonores. Ah ! Je comprends. Tu dois croire que j'ai à mon service quarante valets d'une beauté égale à la mienne. Je n'en ai pas. Alors, peste ! Profites-tu de cette invitation que je te fais de si bon cœur ? Si tu ne veux pas, la porte est là, juste derrière ton postérieur !

Geralt s'inclina avec raideur.

— J'accepte votre invitation, dit-il d'un ton très protocolaire. Je ne manquerai pas aux règles de l'hospitalité.

— Tu es ici chez toi, repartit le monstre d'un ton tout aussi protocolaire et pourtant badin. Par ici, cher invité. Et amène ton cheval au puits.

L'intérieur du château avait lui aussi besoin d'être remis en état de fond en comble, mais tout était relativement propre et ordonné. Les meubles respiraient la belle ouvrage, même s'ils avaient été fabriqués dans des temps très anciens. Il flottait une forte odeur de poussière. On n'y voyait pas grand-chose.

— Lumière ! hurla le monstre, et aussitôt une flamme et de la suie jaillirent d'une torche de résine plantée dans un support de métal.

— Pas mal ! commenta le sorceleur.

Le monstre ricana.

— C'est tout l'effet que ça te fait ? En vérité, je vois qu'il en faut plus pour t'impressionner. Je te l'ai dit, cette maison exécute mes ordres. Par ici, s'il te plaît ! Fais attention, l'escalier est raide. Lumière !

Dans l'escalier, le monstre se retourna.

— Qu'est-ce que c'est que ce truc qui te pend autour du cou, cher invité ?

— Regarde !

Le monstre saisit le médaillon dans sa grosse patte, le haussa jusqu'à ses yeux en tirant légèrement sur la chaîne.

— Il a une vilaine expression, cet animal ! Qu'est-ce que c'est ?

— L'emblème de ma corporation.

— Ah ! Tu dois fabriquer des muselières. Par ici ! Lumière !

Ils entrèrent dans une grande salle totalement dépourvue de fenêtres. Une énorme table en chêne, sans rien d'autre dessus qu'un grand candélabre en cuivre vert-de-grisé couvert de festons de cire froide, en occupait le milieu. Sur un nouvel ordre du monstre, les bougies s'allumèrent et scintillèrent en éclairant la pièce d'une lueur.

L'un des murs de la salle était tapissé d'armes : des compositions de boucliers ronds, de pertuisanes, de piques et de guisarmes entrecroisés, de lourdes rapières et de haches. L'âtre d'une gigantesque cheminée, surmontée d'un alignement de portraits écaillés et éraflés, occupait la moitié du mur voisin. Sur celui qui faisait face à l'entrée, des trophées de chasse : des bois d'élans et de cerfs projetaient des ombres longilignes sur des hures de sangliers, des têtes d'ours et de chats sauvages montrant les dents, et sur des ailes ébouriffées et effilochées d'aigles et de vautours empaillés. Au centre, à la place d'honneur, se trouvait une tête de dragon de roche à la teinte marronnasse ; abîmée, elle perdait son étoupe. Geralt s'en approcha.

— C'est mon pépé qui l'a tué à la chasse, dit le monstre en fourrant une énorme bûche dans le gouffre de l'âtre. Ce doit être le dernier qu'on ait pu chasser dans la région. Assieds-toi, cher invité. Tu as faim, je suppose ?

— Je ne le nie pas, cher hôte.

Le monstre s'assit à la table, inclina la tête, croisa ses pattes velues sur son ventre, marmonna quelques instants en tournant ses énormes pouces et poussa un rugissement silencieux en cognant sa patte contre la table. Des plats et des assiettes apparurent dans un cliquetis d'étain et d'argent, des coupes émirent un son cristallin. Une délicieuse odeur de rôti, d'ail, de marjolaine et de noix muscade se répandit. Geralt ne manifesta aucun étonnement.

— Soit, dit le monstre en se frottant les pattes. C'est mieux que des domestiques, non ? Sers-toi, cher ami. Voici une poularde ! Tu as ici du jambon de sanglier ; là, du pâté de je ne sais trop quoi, de... quelque chose. Ici, nous avons des gelinottes. Non, peste ! Ce sont des perdrix. Je me suis trompé de formule. Mange ! Mange ! C'est de la saine nourriture, de la vraie. N'aie pas peur !

— Je n'ai pas peur.

Geralt trancha la poularde en deux.

— J'ai oublié que tu n'es pas de ces peureux ! pouffa le monstre. Comment t'appelle-t-on, par exemple ?

— Geralt. Et toi, cher hôte ?

— Nivellen. Mais dans le pays, on m'appelle le Dégénéré ou le Claqueur. Ils ont fait de moi un croquemitaine pour effrayer les enfants.

Le monstre engloutit le contenu d'une énorme coupe

et plongea les doigts dans un pâté en arrachant environ la moitié de la terrine.

— Ils ont fait de toi un croque-mitaine pour effrayer les enfants, répéta Geralt, la bouche pleine. Certainement à tort ?

— Tout à fait. À ta santé, Geralt !

— À la tienne, Nivellen !

— Comment tu trouves ce vin ? Tu as vu ? C'est du vin de raisin et non pas du vin de pomme. Mais si tu n'aimes pas ça, j'en ferai apparaître un autre.

— Merci. Il n'est pas mauvais. Tes talents de magicien sont innés ?

— Non. Je les ai depuis que tout ça a poussé. Ma gueule, s'entend. Je ne sais pas comment ça m'est venu, mais la maison réalise tous mes souhaits. Rien d'extraordinaire ! Je sais faire apparaître de la boustifaille, de quoi boire, des vêtements, des draps propres, de l'eau chaude, du savon. Toutes les femmes y arrivent sans sorcellerie. J'ouvre et ferme fenêtres et portes. J'allume le feu. Rien d'extraordinaire.

— Ça n'est tout de même pas rien. Et cette... cette gueule, comme tu dis, tu l'as depuis longtemps ?

— Depuis douze ans.

— Comment c'est arrivé ?

— En quoi ça te regarde ? Verse-toi à boire !

— Avec plaisir. Ça ne me regarde pas. Je te le demande par pure curiosité.

— C'est une raison qui peut se concevoir et qu'on peut admettre, fit le monstre en éclatant d'un rire sonore. Mais moi, je ne l'admets pas. Ça ne te regarde pas, un point c'est tout. Cependant, pour satisfaire ta curiosité ne serait-ce qu'en partie, je vais te montrer à quoi je ressemblais avant. Regarde donc les portraits là-haut. Le premier à partir de la cheminée, c'est mon papa. Le deuxième, la peste sait qui c'est. Et le troisième, c'est moi. Tu vois ?

Sous la poussière et les toiles d'araignée, Geralt put découvrir le portrait d'un bon petit gros au regard délavé, le visage triste, bouffi et boutonneux. Geralt, qui n'ignorait pas le penchant des portraitistes à flatter leurs clients, hocha la tête d'un air chagrin.

— Tu vois ? répéta Nivellen avec un rictus.

— Oui.

— Qui es-tu ?

— Je ne comprends pas.

— Tu ne comprends pas ? s'étonna le monstre en se redressant. (Ses yeux se mirent à luire comme des yeux de chat.) Mon portrait, cher invité, se trouve hors de la portée des bougies. Moi, je le vois, mais je ne suis pas un être humain. Du moins, pas en ce moment. Pour voir mon portrait, un être humain devrait se lever, se rapprocher et sans doute aussi prendre un chandelier. Or tu ne l'as pas fait. La conclusion est simple. Je te pose donc franchement la question : es-tu un être humain ?

Geralt soutint son regard.

— Si tu poses le problème de cette manière, répondit-il après un silence, je n'en suis pas tout à fait un.

— Ah bon ! Dans ce cas, tu n'interpréteras pas comme un manque de tact de ma part le fait que je te demande qui tu es.

— Je suis sorceleur.

— Ah bon ! répéta Nivellen au bout d'un moment. Si ma mémoire est bonne, les sorceleurs gagnent leur vie d'une étrange manière. Ils tuent des monstres de toutes sortes moyennant rétribution.

— Ta mémoire est bonne.

Un nouveau silence plana. Les flammèches des bougies vibraient, fusaient en fines languettes de feu et se reflétaient sur le cristal taillé des coupes, sur les cascades de cire qui s'écoulaient le long du candélabre. Nivellen ne bougeait pas de sa place, seules ses énormes oreilles remuaient légèrement.

— Admettons que tu aies le temps de sortir ton glaive avant que je te saute dessus, finit-il par dire. Admettons que tu aies même le temps de me porter une botte. Vu mon poids, il en faudrait plus pour m'arrêter, je te mettrai par terre rien qu'avec mon élan. Et ensuite, ce seront mes dents qui décideront. À ton avis, sorceleur, lequel de nous deux a le plus de chances de s'en tirer si l'on se saute à la gorge ?

Geralt, retenant du pouce le couvercle d'un pichet en étain, se versa du vin, avala une gorgée, se renversa sur le dossier de sa chaise. Il regardait le monstre en souriant, mais son sourire était particulièrement horrible.

— Ouuui ! dit Nivellen en gratouillant la commissure de sa gueule avec sa griffe. Il faut reconnaître que tu sais répondre à une question sans user ta salive. Je me demande comment tu vas te sortir de la suivante. Qui t'a payé pour me tuer ?

— Personne. C'est le hasard qui m'a conduit ici.

— Tu ne mentirais pas ?

— Il n'est pas dans mes habitudes de mentir.

— Et qu'est-ce qui est dans tes habitudes ? On m'a raconté des histoires de sorceleurs. Le souvenir que j'en ai, c'est que les sorceleurs enlèvent des enfants tout petits, qu'ils nourrissent ensuite d'herbes magiques. Ceux qui survivent deviennent à leur tour sorceleurs, des sorciers aux pouvoirs extraordinaires. On les forme à tuer, on en extirpe tous les sentiments et tous les réflexes humains. On en fait des monstres destinés à tuer d'autres monstres. J'ai entendu dire qu'il était grand temps de commencer à faire la chasse aux sorceleurs parce qu'il y a de moins en moins de monstres, et qu'eux sont de plus en plus nombreux. Mange une perdrix avant qu'elles soient complètement froides !

Nivellen prit une perdrix dans un plat, l'enfourna entière dans sa gueule et la croqua comme une biscotte en faisant craquer les petits os entre ses dents.

— Pourquoi ne dis-tu rien ? demanda-t-il la bouche pleine. Qu'est-ce qu'il y a de vrai dans tout ce qu'on raconte sur vous ?

— Pour ainsi dire rien.

— Et qu'est-ce qu'il y a de faux ?

— Il est faux de dire qu'il y a de moins en moins de monstres.

— C'est un fait. Ils sont plutôt nombreux, dit Nivellen en montrant ses crocs. Tu en as un juste devant toi, qui se demande s'il a bien fait de t'inviter. L'emblème de ta corporation m'a tout de suite déplu, cher invité.

— Tu n'es pas un monstre, Nivellen, dit le sorceleur d'un ton sec.

— Ah, peste ! Voilà du neuf ! Alors, qu'est-ce que je suis, d'après toi ? De la gelée de canneberge ? Une compagnie d'oies sauvages qui s'envole vers le sud par un petit matin triste de novembre ? Non ? Alors peut-être la vertu qu'une fille de meunier aux beaux nichons a perdue auprès d'une source ? Allez, Geralt, dis-moi qui je suis ! Tu ne vois pas que je meurs de curiosité ?

— Tu n'es pas un monstre. Si tu en étais un, tu ne

pourrais pas toucher ce plateau d'argent. Et jamais tu n'aurais touché à mon médaillon.

— Oh ! rugit Nivellen, si fort que les flammes des bougies se couchèrent un instant à l'horizontale. Décidément c'est le jour des révélations, de la révélation de grands et horribles secrets. Je vais apprendre que ces oreilles m'ont poussé parce que je détestais la bouillie d'avoine quand j'étais petit.

— Non, Nivellen, dit Geralt sans perdre son calme. C'est un sort qu'on t'a jeté. Et je suis certain que tu sais qui l'a fait.

— Et à quoi ça m'avance de le savoir ?

— On peut désenvoûter les gens. C'est possible dans la plupart des cas.

— Et bien sûr, en tant que sorceleur, tu sais le faire. Tu dis que c'est possible dans la plupart des cas ?

— Oui. Tu veux que j'essaye ?

— Non, je n'y tiens pas.

Le monstre ouvrit sa gueule et laissa pendre sa langue rouge, longue de deux empans.

— Ça t'en bouche un coin, hein ?

— Oui, avoua Geralt.

Le monstre ricana, se carra dans son fauteuil.

— Je savais que ça allait t'épater, dit-il. Ressers-toi à boire, installe-toi confortablement. Je vais te raconter toute mon histoire. Sorceleur ou pas, tu as un bon regard et j'ai envie de causer. Verse-toi à boire.

— Il n'y a plus rien.

— Ah, peste !

Le monstre se racla la gorge, puis donna un nouveau coup de patte dans la table. À côté des deux pichets vides apparut par enchantement une grosse bonbonne de terre dans un panier d'osier. Nivellen arracha le cachet de cire avec ses dents.

— Comme tu as pu le remarquer, commença-t-il en remplissant les coupes, la contrée n'est guère peuplée. Il y a un bout de chemin pour aller jusqu'aux villages les plus proches. Car, vois-tu, mon cher petit papa et aussi mon cher pépé, en leur temps, ne donnaient guère de motifs de les aimer à leurs voisins et aux marchands qui s'aventuraient sur la route. Toute personne qui avait le malheur de s'égarer par ici courait le risque, dans le meilleur des cas, de perdre sa fortune si papa le repérait du haut de la tour. Et deux ou trois villages voisins ont brûlé parce que papa considérait qu'ils ne payaient pas leur tribut avec assez d'empressement. Il n'y avait pas beaucoup de gens qui aimaient mon papa. À part moi, naturellement. J'ai beaucoup pleuré le jour où un chariot a rapporté ce qu'il restait de lui après un coup de glaive qui lui avait été assené à deux mains. En ce temps-là, mon pépé ne faisait plus de brigandage actif. Depuis qu'il avait reçu un coup de morgenstern sur le crâne, il bégayait affreusement, bavait et faisait souvent dans ses culottes. C'est moi qui, en tant qu'héritier, ai dû diriger les écuyers.

« J'étais jeune, à l'époque, poursuivit Nivellen, un vrai blanc-bec, alors les écuyers n'ont pas tardé à me mener par le bout du nez. Comme tu peux t'en douter, je les commandais comme un porcelet dodu peut mener une meute de loups. Bientôt on a commencé à faire des choses que papa, s'il avait vécu, n'aurait jamais permises. Je te fais grâce des détails, j'en viens au fait. Un beau jour, on est allés jusqu'à Gelibol, près de Mirt, où on a pillé le temple. Pour mon malheur, il y avait aussi une jeune prêtresse.

— Qu'est-ce que c'était comme temple, Nivellen ?

— La peste seule le sait, Geralt. Mais ça ne devait pas être un bon temple. Je me souviens que sur l'autel il y avait des crânes et des ossements et qu'un feu vert brûlait. L'odeur était horrible. Mais venons-en au fait. Les gars ont d'abord immobilisé la prêtresse pour lui arracher ses vêtements, puis ils m'ont dit qu'il fallait que je devienne un homme. Et l'imbécile de morveux que j'étais est devenu un homme. Pendant l'acte, la prêtresse m'a craché en pleine figure et s'est mise à vociférer.

— Quoi donc ?

— Que j'étais un monstre dans la peau d'un homme et que je serais un monstre dans la peau d'un monstre. Elle a parlé d'amour, de sang... Je ne me rappelle pas. Je crois qu'elle avait un petit poignard, un tout petit poignard caché dans ses cheveux. Elle s'est tuée et alors... On a filé au triple galop, Geralt, c'est moi qui te le dis, on a failli crever les chevaux. Ce n'était pas un bon temple.

— Et après ?

— Après, tout s'est passé comme l'avait dit la prêtresse. Quelques jours plus tard, je me lève et tous les serviteurs poussent des hurlements et prennent leurs jambes à leur cou dès qu'ils me voient. Je vais me voir dans une glace... Tu sais, Geralt, j'ai paniqué, j'en ai eu comme une attaque, je revois toute la scène à travers un brouillard. Pour être bref, il y a eu des morts. Plusieurs. J'utilisais tout ce qui me tombait sous la main, et j'étais soudainement devenu très fort. La maison m'aidait de son mieux : les portes claquaient, les meubles voltigeaient, le feu crépitait. Ceux qui en avaient le temps s'enfuyaient, pris de panique ; ma tante, ma cousine, les écuyers, que dis-je ? jusqu'aux chiens qui s'enfuyaient en hurlant, la queue entre les jambes. Gourmandine, ma chatte, s'est enfuie, elle aussi. Le perroquet de ma tante est même mort de peur. Bientôt je me suis retrouvé seul, je rugissais, je hurlais, je devenais fou, je cassais tout ce que je pouvais casser, en particulier les miroirs.

Nivellen s'interrompit, soupira, renifla.

— Quand la crise est passée, reprit-il au bout d'un moment, il était désormais trop tard pour faire quoi que ce soit. J'étais seul. Il n'y avait plus personne à qui je puisse expliquer que seule mon apparence physique avait changé et que même si j'apparaissais sous une forme horrible, je n'étais qu'un gamin malheureux qui sanglotait dans son château désert et pleurait la mort de ses serviteurs. Ensuite, j'ai été saisi d'une peur atroce : ils allaient revenir me tuer avant que j'aie eu le temps de m'expliquer. Mais personne n'est revenu.

Le monstre se tut un instant, il se moucha dans sa manche.

— Je ne veux pas revenir sur ces premiers mois, Geralt. Quand j'y repense, j'en tremble encore. J'en viens au fait. Je me suis longtemps, très longtemps terré dans le château, sans mettre le nez dehors. Dès que quelqu'un apparaissait, ce qui était rare, je restais enfermé. J'ordonnais juste à la maison de claquer les volets deux fois ou bien je hurlais tout mon soûl par une gargouille de la gouttière. En général, ça suffisait pour que le visiteur fasse voltiger derrière lui un gros nuage de poussière. Jusqu'au jour où, par une aube blafarde, je regarde par la fenêtre et qu'est-ce que je vois ? Un gros bonhomme qui coupe les roses du massif de ma chère tantine. Il faut que tu saches que ce ne sont pas des roses banales, mais des roses bleues de Nazair. C'est mon pépé qui en avait rapporté les plants. Fou de colère, j'ai bondi dehors. Quand le gros a retrouvé la parole qu'il avait perdue en me voyant surgir, il a crié qu'il voulait juste quelques fleurs pour sa petite fille, il m'a supplié de l'épargner, de lui laisser la vie sauve et la santé. J'étais prêt à le mettre dehors d'un coup de pied dans le derrière quand un souvenir m'est revenu brusquement. Je me suis rappelé un conte que ma nounou, Lenka, une vieille harpie, me racontait quand j'étais petit. Peste ! me suis-je dit. À ce qu'il paraît, les jolies filles changent les crapauds en princes, ou les princes en crapauds, alors peut-être... Peut-être que ces histoires renferment un grain de vérité, que c'est une chance... J'ai fait un bond de deux brasses de haut et j'ai hurlé si fort que la vigne vierge s'est décrochée du mur : « Ta fille ou la vie ! » Il ne m'est rien venu de plus malin à l'esprit. Le marchand, parce que c'était un marchand, s'est mis à brailler, après quoi il m'a avoué que sa fille n'avait que huit ans. Ça te fait rire ?

— Non.

— Moi, je ne savais pas si je devais rire ou pleurer sur mon satané destin. J'avais de la peine pour la petite du marchand, ça me faisait mal de la voir trembler. Je l'ai invitée à entrer, je lui ai donné à boire et à manger ; quand elle est partie, je lui ai rempli un petit sac d'or et de pierreries. Il faut que tu saches que dans les sous-sols du château il y avait un trésor qui datait du temps de papa. Comme je ne savais pas trop quoi en faire, je pouvais faire un geste. Le marchand rayonnait, il se confondait en remerciements à s'en baver dessus. Il a dû se vanter de son aventure parce que deux mois ne s'étaient pas écoulés qu'un autre marchand est arrivé. Avec un assez grand sac qu'il avait préparé. Et sa fille. Assez grande, elle aussi.

Nivellen étendit ses jambes sous la table et s'étira en faisant craquer son fauteuil.

— Je me suis mis d'accord avec le marchand en deux temps trois mouvements, poursuivit-il. Nous avons établi qu'il me la laisserait un an. J'ai dû l'aider à charger son sac sur son mulet, tout seul il ne l'aurait pas soulevé.

— Et la fille ?

— Pendant quelque temps, elle a été prise de convulsions chaque fois qu'elle me voyait, elle était persuadée que j'allais la manger. Mais au bout d'un mois, nous prenions nos repas ensemble, nous causions et allions faire de longues promenades. Mais même si elle était gentille et très dégourdie, j'avais la langue qui s'empêtrait quand je bavardais avec elle. Tu sais, Geralt, j'ai toujours été timide avec les filles, je me suis toujours ridiculisé, même devant les vachères qui avaient du purin sur les cuisses, alors que les écuyers les prenaient comme ils le voulaient, dans tous les sens. Même elles se moquaient de moi. Alors, me disais-je, avec la gueule que j'ai ! Je ne me forçais même pas à lui expliquer la raison qui m'avait amené à payer si cher une année de sa vie. L'année s'est traînée comme la puanteur dans le sillage des troupes levées en masse, jusqu'au jour où le marchand est revenu la chercher. Résigné, je me suis enfermé dans la maison et suis resté plusieurs mois sans réagir quand des visiteurs m'amenaient leurs filles. Mais après cette année passée en compagnie, j'ai compris combien il m'était difficile de n'avoir personne à qui adresser la parole.

Le monstre laissa échapper un bruit qui voulait être un soupir mais qui résonna comme un hoquet.

— La suivante, reprit-il au bout d'un moment, s'appelait Fenne. Petite, vive, elle gazouillait tout le temps, un vrai pinson. Elle n'avait pas du tout peur de moi. Un beau jour, c'était justement l'anniversaire de ma première coupe de cheveux, à l'âge de raison, nous avons bu tous les deux de l'hydromel et... Hé ! Hé !... Aussitôt après, j'ai sauté du lit pour courir au miroir. J'avoue que j'ai été déçu et que ça m'a déprimé : ma gueule n'avait pas changé, j'avais peut-être juste l'air un peu plus benêt. Et on dit que les contes renferment la sagesse populaire ! Elle ne vaut pas tripette, cette sagesse, Geralt ! Enfin, Fenne s'est empressée de faire de son mieux pour m'aider à oublier mes soucis. C'était une fille joyeuse, c'est moi qui te le dis. Tu sais le jeu qu'elle a imaginé ? On s'amusait tous les deux à effrayer les indésirables. Imagine : quelqu'un entre dans la cour, jette un regard circulaire et voilà que je bondis sur lui à quatre pattes en poussant des rugissements et que Fenne, entièrement nue, s'assied sur mon dos et sonne du cor de chasse de pépé ! (Nivellen, tordu de rire, faisait luire ses crocs blancs.) Fenne est restée chez moi une année entière, continua-t-il, et puis elle est retournée dans sa famille avec une belle dot. Elle s'est débrouillée pour se marier avec le propriétaire d'un cabaret, un veuf.

— Raconte la suite, Nivellen ! C'est passionnant.

— Vraiment ? demanda le monstre qui se grattait entre les oreilles en produisant un cliquetis. Bon, d'accord ! La suivante, Primula, était la fille d'un chevalier désargenté. Le chevalier est arrivé ici avec une vieille rosse décharnée, une cuirasse rouillée et des dettes à n'en plus finir. Je t'assure, Geralt, qu'il était aussi répugnant qu'un tas de fumier, et il en répandait l'odeur ! Primula, j'en aurais donné ma main à couper, avait dû être conçue pendant qu'il était parti à la guerre, parce qu'elle était tout à fait mignonne. À elle non plus, je ne faisais pas peur. D'ailleurs, ce n'est pas étonnant parce que, comparé à son père, je pouvais passer pour quelqu'un de tout à fait beau et gracieux. Comme j'ai pu le découvrir, elle avait un sacré tempérament et une fois que j'ai eu pris confiance en moi, je ne laissais pas échapper une occasion. Deux semaines plus tard, Primula et moi avions déjà des relations très intimes. Elle adorait me secouer par les oreilles en s'exclamant : « Mords-moi, animal ! », « Déchire-moi, affreuse bête ! » et des idioties de ce genre. Pendant les pauses, je courais jusqu'au miroir. Mais, figure-toi, Geralt, que je me regardais avec une inquiétude grandissante. J'aspirais de moins en moins à retrouver mon ancien physique de souffreteux. Tu sais, Geralt, de gars plutôt indolent, j'étais devenu un solide gaillard. Avant, je n'arrêtais pas d'être malade, je toussais et j'avais sans arrêt la goutte au nez, et désormais je n'attrapais jamais rien. Et les dents ? Tu ne me croirais pas si je te disais dans quel état étaient mes dents ! Alors que maintenant je peux mordre le pied d'une chaise. Tu veux que je te montre ?

— Non, ce n'est pas la peine.

— C'est peut-être aussi bien, dit le monstre en ouvrant sa gueule. Ça amusait les demoiselles de me voir faire le pitre, et il ne reste plus beaucoup de chaises entières dans la maison.

Nivellen bâilla, après quoi son énorme langue s'enroula en cornet.

— Ça me fatigue de causer, Geralt. En bref : après, il y en a eu encore deux, Ilka et Venimira. L'histoire se déroulait à chaque fois de la même manière, c'était à périr d'ennui. D'abord, un mélange de crainte et de réserve, puis des liens de sympathie, consolidés par quelques petits souvenirs de valeur, ensuite c'étaient les « Mords-moi ! Mange-moi tout entière ! » et puis le retour du papa, les tendres adieux et le trésor qui se réduit de plus en plus. J'ai décidé de prolonger mes pauses de solitude. Bien entendu, il y avait belle lurette que je ne croyais plus que le bisou d'une vierge pouvait modifier mon apparence. Je m'étais fait à cette idée et étais même parvenu à la conclusion que les choses étaient bien comme elles étaient. Il ne fallait rien y changer.

— Vraiment rien, Nivellen ?

— Si tu savais. Je te l'ai dit. Primo, mon physique me valait une santé de fer. Secundo, ma différence faisait aux filles l'effet d'un aphrodisiaque. Ne ris pas ! Je suis quasiment sûr et certain qu'en tant qu'homme, il aurait fallu que je me dépense comme un fou pour gagner les faveurs d'une Venimira, par exemple, qui était une fort belle demoiselle. J'ai comme l'impression qu'elle n'aurait même pas eu un regard pour le garçon du portrait. Tertio : la sécurité. Mon petit papa avait des ennemis, quelques-uns ont survécu. Ceux que les écuyers ont envoyés sous terre, sous mon pitoyable commandement, avaient de la famille. Les caves étaient pleines d'or ; sans la terreur que je fais naître, l'un ou l'autre serait venu pour s'en emparer. Ne seraient-ce que des paysans armés de fourches.

— Tu as l'air tout à fait certain de n'avoir rien fait sous ta forme actuelle qui te fasse encourir la défaveur de qui que ce soit, dit Geralt en jouant avec sa coupe vide. La défaveur d'un père ou de sa fille. D'un parent ou d'un fiancé. C'est réellement le cas, Nivellen ?

— Laisse tomber, Geralt ! s'emporta le monstre. De quoi parles-tu ? Les pères étaient fous de joie, je te l'ai dit, j'étais généreux au-delà de tout ce qu'on peut imaginer. Et leurs filles ? Si tu les avais vues quand elles arrivaient ici, avec leurs vilaines robes de gros drap, leurs menottes usées par les lessives, voûtées à force de porter des baquets. Primula, deux semaines après son arrivée chez moi, avait encore sur le dos et les cuisses les marques des coups de lanière que son chevalier de petit papa lui administrait. Chez moi, elles vivaient comme des princesses, elles ne prenaient dans leurs mains qu'un éventail, elles ne savaient même pas où était la cuisine. Je les vêtais et les parais de fanfreluches et de bijoux. Je faisais couler de l'eau chaude à la demande dans la baignoire d'émail sur laquelle mon cher papa avait fait main basse à Assengard, pour l'offrir à maman. Tu imagines ? Une baignoire en émail ! Il n'y a pas beaucoup de régents, qu'est-ce que je dis, de suzerains qui possèdent une baignoire en émail ! Pour elles, cette maison était une maison de rêve, Geralt. Et en ce qui concerne le lit, eh bien... Peste ! La vertu, par les temps qui courent, est plus rare qu'un dragon de roche. Je n'en ai forcé aucune, Geralt.

— Mais tu soupçonnais quelqu'un de m'avoir payé pour que je te tue. Qui aurait pu le faire ?

— Un coquin qui souhaitait ce qui reste dans ma cave et qui n'a plus de filles, dit Nivellen d'un ton expressif. La cupidité humaine est sans limites.

— Tu ne vois personne d'autre ?

— Non, personne.

Ils restèrent silencieux, les yeux rivés sur les petites flammes des bougies qui clignotaient nerveusement.

— Nivellen ! fit tout à coup Geralt. Tu es seul en ce moment ?

— Sorceleur, répondit le monstre après un silence, je pense qu'en principe, je devrais t'agonir d'insultes, te prendre par la peau du cou et te jeter dans l'escalier. Tu sais pourquoi ? Parce que tu me prends pour un imbécile. Depuis le début, je vois que tu dresses l'oreille, que tu n'arrêtes pas de regarder la porte. Tu le sais bien, que je n'habite pas seul ! Je me trompe ?

— Non. Excuse-moi !

— La peste soit de tes excuses. Tu l'as vue ?

— Oui. Dans la forêt, près de l'entrée du château. Est-ce la raison pour laquelle les marchands et leurs filles repartent bredouilles depuis un certain temps ?

— Alors, tu savais ça aussi ! Oui, c'est bien pour cette raison.

— Mc pcrmcts-tu de te demander si...

— Non. Je ne te le permets pas.

Un silence plana de nouveau.

— Bon, si telle est ta volonté, finit par dire le sorceleur en se levant. Je te remercie pour ton hospitalité, mon cher hôte. Il est temps que je reprenne la route.

— C'est juste, dit Nivellen en se levant, lui aussi. Pour diverses raisons, je ne peux pas t'offrir le gîte et je ne t'incite pas à passer la nuit dans ces forêts. Depuis que la contrée s'est dépeuplée, il ne fait pas bon traîner par ici la nuit. Tu devrais rejoindre la route avant le crépuscule.

— J'en tiendrai compte, Nivellen. Tu es sûr que tu n'as pas besoin de mon aide ?

Le monstre lui jeta un regard en biais.

— Tu es sûr que tu pourrais m'aider ? Que tu arriverais à me désenvoûter ?

— Je ne pensais pas seulement à cette aide-là.

— Tu n'as pas répondu à ma question. Encore que... Si, tu y as répondu. Tu n'y arriverais pas.

Geralt le regarda droit dans les yeux.

— Ce jour-là, lui dit-il, vous avez joué de malchance. Parmi tous les temples de Gelibol et de la vallée de Nimnar, il a fallu que vous choisissiez l'église de Coram Agh Ter, l'araignée à tête de lion. Pour rompre le charme que t'a jeté la prêtresse de Coram Agh Ter, il faut des connaissances et des compétences que je n'ai pas.

— Et qui les a ?

— En fin de compte, ça t'intéresse ? Tu disais que tu te trouves bien comme tu es.

— Oui. Mais pas autant que je pourrais l'être. J'ai peur de...

— De quoi as-tu peur ?

Le monstre s'arrêta dans l'embrasure de la porte, il se retourna.

— J'en ai assez que tu me poses sans arrêt des questions au lieu de répondre aux miennes, sorceleur. Apparemment, il faut t'interroger à l'avenant. Écoute, depuis quelque temps je fais des rêves affreux. Peut-être que le mot « monstrueux » serait plus approprié. Est-ce que j'ai raison d'avoir peur ? Sois bref, s'il te plaît !

— Est-ce qu'il t'est jamais arrivé de te réveiller de ce genre de rêve avec les pieds couverts de boue ? Avec des aiguilles de sapin ou de pin dans ton lit ?

— Non.

— Et est-ce que...

— Non. Sois bref, s'il te plaît !

— Non.

— Ah ! Enfin ! Allons-y ! Je te raccompagne.

Dans la cour, tandis que Geralt arrangeait le bât, Nivellen caressa la jument sur les naseaux, lui flatta l'encolure. Ablette, heureuse de ces caresses, inclina la tête.

— Les animaux m'aiment bien, se vanta le monstre. Et je le leur rends bien. Gourmandine, ma chatte, qui s'était d'abord enfuie, est revenue. Pendant longtemps, ç'a été le seul être vivant à me tenir compagnie dans mon malheur. Vereena aussi...

Il s'interrompit, fronça les sourcils. Geralt sourit.

— Elle aussi aime les chats ?

— Les oiseaux, fit Nivellen, l'air contrarié. Peste ! Je me suis trahi. Bon, tant pis ! Ce n'est pas une énième fille de marchand, Geralt, ni une énième tentative de découvrir un grain de vérité dans d'anciens contes. C'est sérieux. Nous nous aimons. Si tu ris, je te tire dans la gueule.

Geralt ne riait pas.

— Ta Vereena est probablement une ondine. Tu le sais ?

— Je le soupçonne. Elle est mince, elle a les cheveux noirs. Elle parle peu, dans une langue que je ne connais pas. Elle ne mange pas la nourriture des hommes. Elle disparaît des journées entières dans la forêt, puis revient. C'est un trait caractéristique des ondines ?

— Plus ou moins, dit le sorceleur en réglant la sangle. Tu penses certainement qu'elle ne reviendrait pas si tu redevenais un homme ?

— J'en suis sûr. Tu sais comme les ondines ont

peur des hommes. Peu de gens en ont vu de près. Et Vereena et moi... Eh ! Peste ! Salut, Geralt !

— Salut, Nivellen !

Le sorceleur donna un coup de talon dans le flanc de sa monture et se dirigea vers la porte du château. Le monstre l'accompagna en traînant les pieds.

— Geralt ?

— Je t'écoute.

— Je ne suis pas aussi stupide que tu le penses. Tu as suivi la trace d'un des marchands qui sont venus ici récemment. Est-ce qu'il est arrivé malheur à l'un ou à l'autre ?

— Oui.

— Le dernier est venu chez moi il y a trois jours. Avec sa fille, pas très belle, d'ailleurs. J'ai ordonné à la maison de fermer toutes les portes et tous les volets, je n'ai pas donné signe de vie. Ils ont flâné dans la cour et puis ils sont repartis. La fille a cueilli une fleur du rosier de tantine, qu'elle a accrochée à sa robe. Cherche-les ailleurs ! Mais fais attention, la contrée est dangereuse ! Je te l'ai dit, la nuit, la forêt n'est pas très sûre. Il s'y passe des choses qui ne sont pas belles à voir ni à entendre.

— Merci, Nivellen. Je ne t'oublierai pas. Qui sait, peut-être que je trouverai quelqu'un qui...

— Peut-être que oui, peut-être que non. C'est mon problème, Geralt, ma vie et mon châtiment. J'ai appris à supporter ma situation, je m'y suis fait. Si les choses s'aggravent, je m'y ferai aussi. Et si elles s'aggravent pour de bon, ne cherche personne ! Viens seul et mets un terme à l'affaire. En sorceleur. Salut, Geralt !

Nivellen fit demi-tour et repartit d'un pas alerte vers le château. Il ne se retourna pas une seule fois.

III

La contrée était déserte, sauvage, inhospitalière, inquiétante. Geralt ne regagna pas la route avant la tombée de la nuit, il ne voulait pas se rallonger le chemin, il coupa à travers la forêt. Il passa la nuit sur le sommet dénudé d'une haute colline, son glaive posé sur ses genoux, auprès d'un feu discret dans lequel il jetait de temps en temps de petites bottes d'aconit. Au milieu de la nuit, il aperçut la lueur d'un feu au fond de la vallée, et entendit des hurlements et des chants de fou, et quelque chose qui ne pouvait être que les cris d'une femme qu'on torturait. Il se rendit sur les lieux dès le point du jour. Mais il ne trouva qu'une clairière piétinée et des ossements carbonisés dans des cendres encore tièdes. Une ombre, dans la couronne d'un énorme chêne, criait et sifflait. Ce pouvait être une goule, mais ce pouvait être aussi un simple chat sauvage. Le sorceleur ne s'arrêta pas pour vérifier.

IV

Vers midi, alors qu'il abreuvait Ablette à une petite source, la jument poussa des hennissements aigus, recula en montrant sa denture jaune et en mordant son frein. Tandis que Geralt la calmait en formant machinalement un Signe, il aperçut un cercle régulier tracé par les chapeaux de petits champignons rougeâtres qui dépassaient de la mousse.

— Tu deviens une vraie hystérique, Ablette, dit-il. C'est un simple cercle du diable. Pourquoi fais-tu des scènes pareilles ?

La jument s'ébroua en tournant la tête vers lui. Le sorceleur s'épongea le front et fronça les sourcils, pensif. Puis, d'un bond, il se remit en selle et fit faire demi-tour à son cheval pour rebrousser chemin au plus vite.

— Les animaux m'aiment bien, marmonna-t-il. Excuse-moi, ma cocotte ! Tu es plus intelligente que moi.

V

La jument rabattait ses oreilles, s'ébrouait, ruait. Elle refusait d'avancer. Geralt ne la rassurait pas en formant un Signe. Il sauta de sa selle, passa les rênes par-dessus la tête du cheval. Il ne portait plus son vieux glaive sur son dos, dans son fourreau en peau de chagrin ; celui-ci était maintenant remplacé par une belle arme brillante à la garde en croix et à la poignée fuselée, bien équilibrée, terminée par un pommeau sphérique en métal blanc.

Cette fois, la porte du château n'eut pas à s'ouvrir pour le laisser entrer. Elle était ouverte comme il l'avait laissée en partant.

Un chant lui parvint. Il n'en comprenait pas plus les paroles qu'il ne pouvait identifier la langue dans laquelle on chantait. Ce n'était pas nécessaire, le sorceleur connaissait, sentait et comprenait la nature même, la réalité même de ce chant doux, pénétrant, qui répandait dans les veines une onde de frayeur qui donnait la nausée, paralysait.

Le chant s'interrompit brusquement et c'est alors qu'il l'aperçut.

Plaquée sur la croupe du dauphin, au milieu du bassin asséché, elle enlaçait la pierre moussue de ses petites mains diaphanes. Sous la tourmente de ses cheveux noirs tressés, elle dardait sur lui des yeux brillants grands ouverts, couleur d'anthracite.

Geralt s'approcha lentement de son pas souple, élastique, en décrivant une courbe qui partait du mur et passait à côté du massif de roses bleues. La créature collée à la croupe du dauphin le suivait des yeux en tournant vers lui son minuscule visage sur lequel était peinte une expression de nostalgie indescriptible, pleine de charme, qui faisait que l'on continuait à entendre son chant alors même que ses petites lèvres pâles, serrées, ne laissaient échapper aucun son.

Le sorceleur s'arrêta à dix pas. Son glaive, qu'il tira tout doucement de son fourreau en émail noir, étincela et scintilla au-dessus de sa tête.

— C'est de l'argent, dit-il. La lame est en argent.

Le petit visage pâle ne broncha pas, les yeux anthracite conservèrent leur expression.

— Tu ressembles tellement à une ondine, poursuivit tranquillement le sorceleur, que tout le monde pourrait s'y laisser prendre. D'autant plus que tu es un oiseau rare, tête de jais. Mais les chevaux ne se trompent jamais. Ils sentent les gens comme toi d'instinct, infailliblement. Qui es-tu ? À mon avis, une daudine ou une alpyre. Un vampire ordinaire ne s'exposerait pas au soleil.

Les commissures des lèvres pâles frémirent et se haussèrent légèrement.

— C'est Nivellen qui t'a attirée par son aspect, n'est-ce pas ? Les rêves qu'il a évoqués, c'est toi qui les faisais naître. Je peux deviner de quel genre de rêves il s'agissait, et je le plains.

La créature ne bougea pas.

— Tu aimes les oiseaux, poursuivit le sorceleur. Mais ça ne t'empêche pas de ronger la nuque des humains des deux sexes, hein ? En vérité, Nivellen et toi, vous auriez formé un beau couple ! Un monstre et une vampire, maîtres du château de la forêt. En un rien de temps, vous auriez régné en maîtres sur tous les environs. Toi, éternellement assoiffée de sang, et lui, ton défenseur, meurtrier sur commande, instrument aveugle. Mais pour y arriver, il fallait d'abord qu'il devienne un vrai monstre ; il ne pouvait pas être simplement un homme dissimulé sous un masque de monstre.

Les grands yeux noirs s'étrécirent.

— Que lui est-il arrivé, tête de jais ? Tu chantais, c'est donc que tu as bu du sang. Tu as joué ta dernière carte, autrement dit tu n'as pas réussi à neutraliser son intelligence. Je vois juste ?

La petite tête noire opina tout doucement, presque imperceptiblement, et les commissures de ses lèvres se haussèrent un peu plus. Le petit visage prit une expression de vampire.

— Maintenant, tu te considères certainement comme la maîtresse de ce château ?

Le hochement de tête fut cette fois plus net.

— Tu es une daudine ?

Un lent mouvement de dénégation lui répondit. Le sifflement qui retentit ne pouvait venir que de ces lèvres blêmes au sourire cauchemardesque, bien que le sorceleur ne les vît pas remuer.

— Une alpyre ?

Nouveau signe de dénégation.

Le sorceleur recula, serra plus fort la poignée de son glaive.

— Alors tu es une...

Les commissures des lèvres se haussèrent plus haut, toujours plus haut, les lèvres s'entrouvrirent...

— ... une brouxe ! s'écria le sorceleur en s'élançant vers le bassin.

Derrière les lèvres pâles, brillèrent des crocs blancs acérés. La vampire se releva brusquement, ploya l'échine comme un léopard et poussa un hurlement.

L'onde sonore frappa le sorceleur comme un bélier, elle lui coupa le souffle, lui écrasa les côtes, lui transperça les oreilles et le cerveau de pointes de douleur. Volant en arrière, il réussit encore à croiser les poignets pour former le Signe de l'héliotrope. Le charme, d'une force considérable, amortit sensiblement le choc lorsque son dos heurta le mur, mais il se sentit mal et le peu de souffle qui lui restait s'échappa de ses poumons avec un gémissement.

Au milieu du bassin, à l'endroit même où se trouvait encore quelques instants auparavant la jeune fille filiforme vêtue de sa robe blanche, sur la croupe du dauphin, une énorme chauve-souris noire aplatissait son gros corps luisant et ouvrait son étroite petite gueule allongée qui débordait de rangées d'aiguilles blanches. Ses ailes membranées se déployèrent, battirent sans un bruit, et la créature fonça sur le sorceleur telle la flèche d'une arbalète. Geralt, sentant dans sa bouche le goût ferrugineux du sang, cria une formule magique en lançant devant lui une main avec les doigts écartés pour former le Signe de Quen. En sifflant, la chauve-souris vira à toute allure, prit son envol en ricanant et piqua aussitôt à la verticale, droit sur la nuque du sorceleur. Geralt fit un bond sur le côté, porta une botte, manqua son coup. La chauve-souris, légère, gracieuse, effectua un demi-tour en ployant une aile, tournoya autour de lui et repartit à l'attaque en ouvrant sa gueule dentée, aveugle. Geralt l'attendait en pointant son glaive, qu'il tenait à deux mains, dans la direction du monstre. Au dernier moment, il bondit, non pas sur le côté, mais en avant, frappant du revers de l'épée, si vite que l'air hurla. Il la manqua. Cet échec fut pour lui une telle surprise qu'il en perdit momentanément son assurance et esquiva l'attaque un quart de seconde trop tard. Il sentit les griffes de la bête lui lacérer la joue, et une aile de velours humide claqua sur sa nuque. Il se ramassa sur lui-même, fit basculer le poids de son corps sur sa jambe droite et porta une botte en arrière avec un vigoureux élan, mais rata une nouvelle fois le monstre, d'une extraordinaire agilité.

La chauve-souris agita les ailes, prit son envol, plana en direction du bassin. Au moment où ses griffes crochues grincèrent sur la margelle, sa gueule monstrueuse, baveuse, s'estompait, se métamorphosait, disparaissait, mais les lèvres pâles qui apparaissaient à sa place ne parvenaient pas à dissimuler les crocs meurtriers.

La brouxe se mit à pousser des cris stridents et modula sa voix pour entonner un chant macabre ; elle fusilla le sorceleur d'un regard débordant de haine et se remit à hurler.

La vibration sonore fut si forte qu'elle rompit le Signe. Dans les yeux de Geralt, des taches noires et rouges se mirent à papillonner ; ses tempes et son sinciput se mirent à cogner. À travers la douleur qui lui vrillait les tympans, il commença à entendre des voix, des chants plaintifs et des gémissements, le son d'une flûte et d'un hautbois, la rumeur d'un ouragan. La peau de son visage gelait, s'engourdissait. Il se laissa glisser sur un genou, branla la tête.

La chauve-souris noire vola vers lui sans bruit en écartant largement ses mâchoires dentées pendant son vol. Geralt, bien qu'étourdi par la vibration de ses hurlements, agit d'instinct. Il se releva d'un bond, réglant immédiatement le rythme de ses gestes sur la vitesse du monstre, il fit trois pas en avant, une esquive et une volte-face, et lui assena des deux mains un coup aussi rapide que la pensée. La lame ne rencontra aucune résistance, ou à peine. Il entendit un hurlement, dû à la douleur provoquée par le contact de l'argent.

Tout en hurlant, la brouxe se métamorphosait sur la croupe du dauphin. Une tache rouge apparut sur sa robe blanche, légèrement au-dessus du sein gauche, sous une éraflure qui n'était pas plus longue que le petit doigt. Le sorceleur grinça des dents, le coup qui aurait dû trancher la bête en deux n'était qu'une égratignure.

— Crie, vampire ! gronda-t-il en essuyant le sang sur sa joue. Crie tout ton soûl ! Épuise toute ton énergie. Et alors, je te trancherai ta mignonne petite tête.

Tu te fatigueras le premier. Sorcier. Je vais te tuer.

Les lèvres de la brouxe ne remuaient pas, mais le sorceleur entendait ses paroles distinctement, elles retentissaient dans son cerveau, explosaient, résonnaient avec un bruit sourd, se répercutaient comme si elles avaient été prononcées sous l'eau.

— C'est ce qu'on va voir, articula-t-il, en se dirigeant vers la fontaine, penché en avant.

Je vais te tuer. Te tuer. Te tuer.

— C'est ce qu'on va voir.

— Vereena !

Nivellen, la tête inclinée, cramponné des deux mains au chambranle de la porte, se propulsa de la porte du château. D'un pas chancelant, il se dirigea vers le bassin et sa fontaine en agitant ses pattes qui manquaient d'assurance. La fraise de son pourpoint était tachée de sang.

— Vereena ! rugit-il une nouvelle fois.

La brouxe secoua la tête dans sa direction. Geralt bondit vers elle, son glaive prêt à frapper, mais la vampire fut la première à réagir. Des hurlements aigus et une nouvelle vibration coupèrent les jambes du sorceleur. Il tomba sur le dos et ses pieds griffèrent le gravier de l'allée. La brouxe se ramassa avant de bondir, ses crocs brillèrent comme des dagues de brigand. Nivellen, les pattes écartées tel un ours, tenta de l'attraper, mais elle lui hurla en pleine gueule en le projetant plusieurs brasses en arrière, contre l'échafaudage de bois adossé à la muraille, qui s'écroula dans un épouvantable fracas et l'enfouit sous une pile de planches.

Geralt était déjà debout, il courait en zigzag dans la cour, pour détourner l'attention de la brouxe. La vampire fit froufrouter sa robe blanche et fonça droit sur lui avec une légèreté de papillon, touchant à peine terre. Elle ne hurlait plus, n'essayait plus de se métamorphoser. Le sorceleur savait qu'elle était fatiguée. Mais il savait également qu'elle n'en représentait pas moins un danger mortel. Dans le dos de Geralt, Nivellen roulait au milieu des planches, rugissait.

Geralt fit un bond sur la gauche, exécuta un bref

moulinet de son glaive pour désorienter la brouxe. Celle-ci avança vers lui, blanche et noire, flottante, effrayante. Il l'avait sous-estimée, elle hurlait en courant. Il n'eut pas le temps de former le Signe, il vola en arrière, son dos alla cogner le mur, une douleur se propagea de sa colonne vertébrale jusqu'au bout de ses doigts, lui paralysa les bras, lui coupa les jambes. Il s'effondra sur les genoux. La brouxe bondit vers lui en poussant ses hurlements mélodieux.

— Vereena ! rugit Nivellen.

Elle se retourna. C'est alors que Nivellen prit son élan pour lui enfoncer l'extrémité pointue d'une perche de trois mètres de long entre les deux seins. Elle ne cria pas. Elle poussa juste un soupir qui fit frissonner le sorceleur.

Ils étaient debout. Nivellen se tenait fermement sur ses jambes et serrait la perche des deux mains, l'autre extrémité bloquée sous son aisselle. La brouxe, tel un papillon blanc épinglé, était accrochée à l'autre bout auquel elle aussi s'agrippait des deux mains.

La vampire poussa un soupir déchirant et pesa soudain avec force sur la pique. Geralt vit fleurir une tache rouge sur le dos de sa robe blanche, à l'endroit où sortait la pointe de la perche, dans un geyser de sang. Le spectacle était horrible, indécent. Nivellen hurla, fit un premier pas en arrière, puis un deuxième, et recula ensuite précipitamment, sans lâcher la perche, traînant derrière lui la brouxe transpercée. Après un ultime pas en arrière, il se retrouva adossé au mur du château. La pointe de la perche qu'il tenait sous le bras crissa sur le mur.

La brouxe, avec une lenteur langoureuse, glissa ses petites menottes le long de la pique, étendit les bras sur toute sa longueur, empoigna la perche et pesa de nouveau dessus de toutes ses forces. Plus d'un mètre de bois ensanglanté sortait maintenant de son dos. Elle avait les yeux grands ouverts, la tête renversée en arrière. Ses soupirs rythmés s'accélérèrent, avant de se transformer en râles.

Geralt se leva, mais fasciné par la scène, il ne parvenait pas à se résoudre à une action quelconque. Il entendit des paroles résonner sourdement à l'intérieur de son crâne comme sous la voûte d'un cachot froid et humide.

Tu es mien. Ou à personne. Je t'aime. Je t'aime.

Il y eut un nouveau soupir, épouvantable, vibrant, étouffé par des flots de sang. La brouxe imprima une secousse à la perche, glissa plus bas et tendit les mains. Nivellen poussa des rugissements désespérés ; sans lâcher la perche, il faisait tout pour repousser la vampire le plus loin possible. En vain. Elle progressa davantage, lui attrapa la tête. Il poussa des hurlements encore plus effrayants, secouant sa tête velue dans tous les sens. La brouxe s'approcha de lui, pencha la tête vers sa gorge. Ses crocs scintillèrent d'une blancheur aveuglante.

Geralt bondit. Comme mû par un ressort. Chaque geste, chaque pas qu'il lui fallait faire maintenant était dans sa nature, il le maîtrisait à la perfection ; chaque geste, chaque pas était prévisible, automatique et d'une assurance meurtrière. Trois pas rapides. Le troisième pas, ferme, décidé, comme les centaines de pas qu'il avait effectués auparavant, se termina sur le pied gauche. Une torsion du tronc, une botte prompte, vigoureuse. Il vit les yeux de la brouxe. Désormais, plus rien ne pouvait changer. Il entendit sa voix. Rien.

Il poussa un cri pour étouffer le mot qu'elle répétait. Le mot ne pouvait plus rien. Il frappa.

Il appliqua un coup sûr, comme il l'avait fait des centaines de fois, du plat de sa lame et, dans l'élan de son geste, exécuta aussitôt un quatrième pas puis fit volte-face. La lame, qui avait ralenti sa course vers la fin de son demi-tour, avança derrière lui en brillant, lâchant dans son sillage un chapelet de gouttelettes rouges. La chevelure de jais ondoya en s'ébouriffant, puis flotta dans l'air, flotta, flotta...

La tête tomba sur le gravier.

Il y a de moins en moins de monstres ?

Et moi ? Qui suis-je ?

Qui est-ce qui crie ? Les oiseaux ?

La femme en mantelet blanc et en robe bleue ?

La rose de Nazair ?

Quel silence !

Quel vide ! Quel désert !

En moi.

Nivellen, pelotonné contre le mur du château, secoué de spasmes et de frissons, gisait dans les orties, la tête entre ses bras.

— Lève-toi ! lui dit le sorceleur.

Le beau jeune homme allongé près du mur, bien bâti, au teint clair, se dressa sur son séant et promena son regard autour de lui. Il avait l'air hagard. Il se frotta les yeux avec ses poings, examina ses mains, tâta son visage. Il poussa un hurlement silencieux, introduisit un doigt dans sa bouche et le passa longuement sur ses gencives. Il se palpa de nouveau la figure et poussa un nouveau gémissement en touchant les quatre balafres sanguinolentes, enflées, sur sa joue. Il éclata en sanglots, puis explosa de rire.

— Geralt ! Comment se fait-il ? Comment se fait-il que... Geralt !

— Lève-toi, Nivellen. Lève-toi et viens ! J'ai des remèdes dans mes bagages. Nous en avons besoin tous les deux.

— Je n'ai plus... Ils ont disparu ? Geralt ? Comment ça se fait ?

Le sorceleur l'aida à se mettre debout en s'efforçant de ne pas regarder les minuscules mains diaphanes serrées sur la perche enfoncée entre les petits seins qu'épousait le tissu rouge trempé. Nivellen poussa un nouveau gémissement.

— Vereena...

— Ne regarde pas ! Allons-y !

Prenant appui l'un sur l'autre, ils traversèrent la cour en passant près du rosier bleu. Nivellen n'arrêtait pas de passer sa main libre sur sa figure.

— C'est incroyable, Geralt. Tant d'années après ? Comment est-ce possible ?

— Chaque légende renferme un grain de vérité, dit le sorceleur à voix basse. L'amour et le sang ont l'un et l'autre un immense pouvoir. Mages et savants se creusent la cervelle depuis des années, mais ils n'ont rien trouvé sinon que...

— Sinon que quoi, Geralt ?

— Sinon que l'amour doit être sincère.

La voix de la raison 3

— Je suis Falwick, comte Moën. Et voici le chevalier Tailles de Dorndal.

Geralt s'inclina avec nonchalance devant les chevaliers tout en les examinant. Tous deux portaient une armure et un manteau carmin orné de l'emblème de la Rose-Blanche sur la manche gauche. Cela l'étonna un peu parce qu'il savait que l'ordre de la Rose-Blanche n'avait pas de commanderie dans les environs.

Nenneke, dont le sourire était en apparence spontané et détendu, remarqua son étonnement.

— Ces messieurs de haut lignage, fit-elle négligemment en se carrant plus confortablement dans son fauteuil qui faisait penser à un trône, sont au service du duc Hereward qui a la grâce d'administrer ces terres.

— Du prince Hereward, la reprit Tailles, le plus jeune des chevaliers, qui souligna l'erreur de la prêtresse en la fixant de ses yeux bleu clair empreints d'hostilité. Du prince Hereward.

— Ne nous arrêtons pas à ces détails, dit Nenneke avec un sourire moqueur. De mon temps, l'usage voulait qu'on ne donnât le titre de prince qu'aux hommes de sang royal. Mais aujourd'hui, ça n'a plus guère d'importance, semble-t-il. Revenons-en aux présentations et aux motifs de la visite des chevaliers de la Rose-Blanche dans mon modeste temple. Il faut que tu saches, Geralt, que le chapitre de l'ordre sollicite des dons de Hereward, aussi de nombreux chevaliers de la Rose sont-ils entrés au service du prince. Et un grand nombre d'entre eux, comme Tailles ici présent, ont prononcé leurs vœux et adopté ce manteau rouge qui lui va si bien au teint.

— J'en suis très honoré, dit le sorceleur en s'inclinant aussi nonchalamment que la première fois.

— J'en doute, déclara froidement la prêtresse. Ils ne sont pas venus ici pour t'honorer. Bien au contraire. Ils sont venus exiger que tu décampes d'ici au plus vite. Pour être claire, brève et concise, ils sont venus pour te chasser. Si tu le prends pour un honneur, pas moi. Je prends ça pour une offense.

— Les nobles chevaliers se sont fatigués inutilement, d'après ce que j'entends, dit Geralt en haussant les épaules. Je n'ai pas l'intention de m'installer ici. Je vais décamper dans très peu de temps, sans qu'on ait besoin de me presser ni de me donner un coup de pouce.

— Immédiatement ! hurla Tailles. Sur-le-champ ! Le prince ordonne...

— Dans l'enceinte de ce temple, les ordres, c'est moi qui les donne, le coupa Nenneke d'un ton froid et autoritaire. Dans la mesure du possible, je fais en sorte que mes ordres ne soient pas trop en contradiction avec la politique de Hereward. Pour autant que celle-ci soit logique et rationnelle. Dans ce cas précis, elle ne l'est pas, aussi n'y accorderai-je pas plus d'importance qu'elle le mérite. Geralt de Riv est mon hôte, messieurs. Son séjour dans mon temple m'est agréable. Aussi Geralt de Riv restera-t-il dans ce temple aussi longtemps qu'il le souhaitera.

— Tu as le front de tenir tête au prince, damoiselle ? cria Tailles avant de rejeter son manteau sur son épaule en révélant toute la splendeur de sa cuirasse cannelée bordée de cuivre. Tu oses mettre en cause l'autorité du pouvoir ?

— Moins fort ! lui dit Nenneke en cillant des yeux. Baisse le ton ! Fais attention à ce que tu dis et à qui tu parles !

— Je sais à qui je parle. (Le chevalier fit un pas en avant. Falwick, le plus âgé des deux, le retint d'une main ferme, par le coude, en serrant si fort qu'on entendit son gantelet grincer. Tailles s'arracha de sa poigne d'un geste rageur.) J'exprime la volonté du prince, le maître de ces terres ! Sache, damoiselle, que nous avons dans la cour douze de nos soldats...

Nenneke prit un petit sac attaché à sa ceinture et en sortit un minuscule pot de porcelaine.

— Je ne sais vraiment pas ce qui peut arriver si je lâche ce pot sous tes pieds, Tailles, fit-elle sans perdre son calme. Il est possible que tes poumons explosent. Ou que tu te couvres de poils. À moins que ce soit les deux à la fois. Qui le sait ? La seule à le savoir est probablement Sa Majesté Melitele.

— Tu prends des risques en me menaçant de tes sortilèges, prêtresse ! Nos hommes...

— Si l'un ou l'autre de vos hommes lève la main sur la prêtresse de Melitele, il sera pendu aux acacias qui bordent la route de la ville, et cela avant que le soleil ait atteint l'horizon. Ils le savent très bien. Et tu le sais, toi aussi, Tailles. Alors, arrête de te comporter comme un manant ! C'est moi qui ai accouché ta mère, satané morveux, et ça me ferait de la peine pour elle. Mais ne tente pas le sort ! Ne me force pas à t'apprendre les bonnes manières !

— C'est bon ! intervint le sorceleur, déjà un peu las de toute cette affaire. J'ai l'impression que ma modeste personne va être à l'origine d'un grave conflit hors de proportion. Je n'en vois vraiment pas la raison. Monsieur Falwick, vous m'avez l'air d'être plus équilibré que votre compagnon, emporté, je vois, par la fougue de sa jeunesse. Écoutez, monsieur Falwick ! Je vous garantis que je vais bientôt quitter la région. Dans quelques jours. Je vous garantis aussi que je n'avais pas l'intention et n'ai toujours pas l'intention de travailler par ici, d'accepter de commandes ni de travaux. Je suis ici en tant que personne privée, je ne suis pas ici en tant que sorceleur.

Le comte Falwick le regarda droit dans les yeux. Geralt comprit aussitôt l'erreur qu'il venait de commettre. Il put lire dans le regard du chevalier de la Rose-Blanche une haine pure, inébranlable, que rien ne ternissait. Le sorceleur acquit alors la certitude que ce n'était pas le duc Hereward qui le chassait, mais Falwick et ses semblables.

Le chevalier se tourna vers Nenneke, s'inclina avec respect et prit la parole. Il parla d'un ton calme et courtois. Il s'exprima avec logique. Mais Geralt savait que Falwick mentait comme un chien.

— Vénérable Nenneke, je te demande pardon, mais le prince Hereward, mon suzerain, ne souhaite pas la présence du sorceleur Geralt de Riv sur ses terres et il ne la tolérera pas plus longtemps. Peu importe que Geralt de Riv chasse les monstres ou qu'il se considère comme une personne privée. Le prince sait que Geralt de Riv n'est pas une personne privée. Le sorceleur attire les ennuis comme un aimant la limaille. Nos magiciens se révoltent et écrivent des pétitions, nos druides, même, menacent de...

— Je ne vois aucune raison pour que Geralt de Riv paie pour l'effronterie des magiciens et des druides autochtones, le coupa la prêtresse. Depuis quand Hereward tient-il compte des avis des uns et des autres ?

— Cessons cette discussion ! dit Falwick en se raidissant. Est-ce que je ne m'exprime pas en termes suffisamment clairs, vénérable Nenneke ? Je vais donc le dire si clairement qu'on ne saurait être plus clair : ni le prince Hereward ni le chapitre de l'ordre ne toléreront un jour de plus la présence à Ellander du sorceleur Geralt de Riv, surnommé le Boucher de Blaviken.

— Nous ne sommes pas à Ellander ! s'exclama la prêtresse en se levant d'un bond de son fauteuil. Nous sommes dans le temple de Melitele ! Et moi, Nenneke, la grande prêtresse de Melitele, je ne supporterai pas une seconde de plus la présence de vos personnages dans l'enceinte de mon temple, messieurs !

— Monsieur Falwick, dit doucement le sorceleur à voix basse. Écoutez la voix de la raison ! Je ne veux pas de problèmes et vous non plus je suppose ! Je quitterai la région au plus tard dans trois jours. Trois jours, monsieur le comte. Je n'en demande pas plus.

— Et tu fais bien, dit la prêtresse avant que Falwick ait eu le temps de réagir. Vous avez entendu, jeunes gens ? Le sorceleur restera ici encore trois jours, car tel est son bon plaisir. Et moi, prêtresse de la Grande Melitele, je lui offrirai l'hospitalité pendant ces trois jours car tel est mon bon plaisir. Répétez mes paroles à

Hereward ! Non, pas à Hereward. Répétez-les à son épouse, la noble Ermella, en précisant que si elle tient à ce que les livraisons d'aphrodisiaques venant de ma pharmacie perdurent, il est préférable qu'elle calme son duc. Qu'elle retienne les humeurs et les prétentions de son époux, qui m'ont tout l'air de symptômes d'idiotie.

— Suffit ! s'écria Tailles d'une voix grêle qui se brisa en voix de tête suraiguë. Il n'est pas question que j'écoute une charlatane outrager ainsi mon suzerain et son épouse ! Je ne fermerai pas les yeux sur pareil outrage ! Désormais, c'est l'ordre de la Rose-Blanche qui gouvernera ici, nous allons mettre un terme à vos foyers d'obscurantisme et de superstition ! Et moi, chevalier de la Rose-Blanche...

— Écoute donc, morveux ! le coupa Geralt avec un sourire mauvais. Freine ta petite langue agitée. Tu parles à une dame qui doit être traitée avec respect. En particulier par un chevalier de la Rose-Blanche. Certes, pour devenir chevalier de cet ordre, il suffit aujourd'hui de payer mille couronnes de Novigrad au trésorier du chapitre, ce qui fait que l'ordre est rempli de fils d'usuriers et de tailleurs. Mais quelques traditions doivent néanmoins y subsister. Est-ce que je me trompe ?

Tailles blêmit et porta la main à son flanc.

— Monsieur Falwick, dit Geralt sans arrêter de sourire. S'il tire son épée, je la lui prendrai et la lui ferai tâter sur le fondement, à ce petit merdeux. Je le jetterai ensuite sur la porte qui se défoncera sous le choc.

Tailles prit de ses mains frémissantes un gantelet glissé dans sa ceinture et le jeta violemment sur le sol, aux pieds du sorceleur.

— Je laverai de ton sang l'affront fait à l'ordre, mutant ! hurla-t-il. Allons sur la terre battue ! Sors dans la cour !

— Tu as fait tomber quelque chose, petit, lui dit calmement Nenneke. Ramasse-le ! Ici, il est interdit de jeter quoi que ce soit par terre, tu es dans un temple. Falwick, emmène cet idiot d'ici, sinon ça va finir par un malheur ! Tu as compris ce que tu dois dire de ma part à Hereward ? D'ailleurs, je vais lui écrire personnellement, vous ne m'avez pas l'air de messagers dignes de confiance. Fichez le camp ! Vous trouverez la sortie tout seuls, j'espère ?

Falwick, en retenant Tailles, hors de lui, d'une poigne de fer, s'inclina devant Nenneke en faisant cliqueter son armure. Puis il regarda le sorceleur avec insistance. Le sorceleur ne sourit pas. Falwick jeta son manteau sur ses épaules.

— Ce n'était pas notre dernière visite, vénérable Nenneke, dit-il. Nous reviendrons.

— C'est bien ce que je crains, repartit froidement la prêtresse. Tout le déplaisir sera pour moi.

Le moindre mal

I

Comme à l'accoutumée, les chats et les enfants furent les premiers à le remarquer. Un gros matou tigré qui dormait sur un tas de bois chauffé par le soleil frémit, leva sa tête ronde, rabattit les oreilles, s'ébroua et décampa dans les orties. Un enfant de trois ans, Dragomir, le fils du pêcheur Trigla, qui faisait de son mieux, sur le seuil de sa chaumière, pour crotter encore davantage sa pauvre chemise déjà toute crottée, se mit à pousser des hurlements en écarquillant des yeux larmoyants sur le cavalier qui passait.

Le sorceleur avançait au pas, sans chercher à dépasser le char à foin qui barrait la ruelle. Derrière lui, trottait un âne bâté qui tendait l'encolure en tirant régulièrement sur la corde attachée à l'arçon de la selle. Outre le bât habituel, le baudet transportait en travers de l'échine une forme massive roulée dans une couverture. Le flanc gris-blanc de l'âne était couvert de traînées noires, du sang coagulé.

Le char à foin tourna enfin dans une ruelle adjacente qui conduisait au fenil et à l'embarcadère, d'où soufflaient de la brise et des relents de goudron et d'urine de bœuf. Geralt accéléra. Il ne réagit pas au cri étouffé que poussa une marchande de quatre-saisons en contemplant la patte osseuse et griffue qui dépassait de la couverture et tressautait à la cadence des pas de l'âne. Il ne se retourna pas non plus sur la petite foule qui le suivait, toujours plus nombreuse, frémissante d'excitation.

Comme à l'accoutumée, de nombreuses charrettes stationnaient devant la maison du maire. Geralt mit pied à terre, s'assura que son glaive était bien en place dans son dos, et accrocha la bride de son cheval à la petite barrière de bois. La foule qui le suivait forma un arc de cercle autour de l'âne.

Geralt entendit les cris du maire avant même d'entrer.

— C'est interdit, vous dis-je. C'est interdit, cornedouille ! Tu ne comprends pas quand on te parle, canaille ?

Geralt entra. Devant le maire — un petit homme ventripotent cramoisi de colère —, se tenait un croquant qui étreignait par le cou une oie en train de se débattre.

— Qu'est-ce que... Par tous les dieux ! C'est toi, Geralt ? Ou bien aurais-je la berlue ? (Puis il se retourna vers le paysan :) Emporte-moi ça, manant ! Tu es devenu sourd ?

— Des gens m'ont dit, bredouilla le croquant en louchant sur l'oie, qu'y faut apporter un petit quèque chose à not'maire, que sans ça, on peut pas...

— Qui t'a dit ça ? hurla le maire. Qui ? J'accepterais des pots-de-vin ? Moi ? Je l'interdis, je te dis ! Allez, ouste, dehors ! Salut, Geralt.

— Salut, Caldemeyn !

Le maire serra la main du sorceleur en lui donnant une tape amicale dans le dos.

— Ça doit faire dans les deux ans qu'on ne t'a pas vu, Geralt. Hein ? Il faut dire que tu ne tiens pas en place. D'où nous arrives-tu ? Ah, cornebidouille, qu'est-ce que ça peut faire ! Hé ! Que l'un ou l'autre nous apporte de la bière ! Assieds-toi, Geralt ! Assieds-toi ! Il y a pas mal d'agitation parce que demain c'est la foire. Quoi de neuf ? Raconte !

— Après. Sortons d'abord !

Dehors, le petit groupe de badauds avait presque doublé, mais l'espace libre autour de l'âne ne s'était pas réduit. Geralt repoussa la couverture. La foule poussa des exclamations de surprise et d'horreur et recula. Caldemeyn en resta bouche bée.

— Par tous les dieux, Geralt ! Qu'est-ce que c'est ?

— Une kikimorrhe. Vous n'offrez pas une récompense, monsieur le maire ?

Caldemeyn examina en dansant d'un pied sur l'autre la forme qui ressemblait à une araignée, couverte d'une peau noire desséchée, avec un œil vitreux, à la prunelle verticale, et des crocs effilés dans sa gueule ensanglantée.

— Où... D'où as-tu...

— Sur la digue, à environ quatre milles de la ville. Dans les marais. Caldemeyn. Il doit y avoir des morts, là-bas. Des enfants.

— Eh bien ! Je te l'accorde. Mais personne... Qui aurait pu croire... Hé, braves gens, rentrez chez vous ! Au boulot ! On n'est pas au spectacle ! Couvre ça, Geralt. Sinon ça va attirer les mouches.

Dans la salle, le maire s'empara d'un demi-setier de

bière qu'on avait apporté, et le vida d'une traite sans décoller les lèvres. Il poussa un profond soupir et renifla.

— Il n'y a pas de récompense, fit-il d'une voix lugubre. Personne n'imaginait même qu'il pouvait y avoir une chose pareille dans les marais salants. Il y a bien quelques personnes qui ont disparu dans ce coin-là. Mais... Peu de gens allaient traîner par là. Et comment se fait-il que tu te sois trouvé là ? Pourquoi n'as-tu pas suivi la grand-route ?

— Sur les grands-routes, j'ai du mal à trouver de quoi gagner ma vie, Caldemeyn.

— J'avais oublié, dit le maire en gonflant les lèvres pour réprimer un rot. Dire que c'était une contrée si tranquille ! Même les lutins n'y pissaient que rarement dans le lait des femmes. Et voilà que juste à côté d'ici tu trouves un félispectre. Il sied que je te remercie. Mais pour ce qui est de te payer, je ne peux pas. Je n'ai pas le budget nécessaire.

— Pas de chance ! Quelques sous m'auraient rendu service pour passer l'hiver, dit le sorceleur. (Il avala une gorgée de bière et essuya la mousse sur ses lèvres.) Je me rends à Yspaden, mais je ne sais pas si j'y arriverai avant que les neiges bloquent les routes. Je peux rester coincé dans l'une des petites villes fortifiées en bordure de la route de Luton.

— Tu comptes séjourner longtemps à Blaviken ?

— Non. Je n'ai pas le temps de m'attarder. L'hiver arrive.

— Où descends-tu ? Pourquoi pas chez moi ? Nous avons une chambre libre au grenier. Pourquoi te laisserais-tu dépouiller par ces voleurs d'aubergistes ? On causera, tu me raconteras ce qui se passe dans le vaste monde.

— Volontiers. Mais qu'en dira Libouche ? J'ai remarqué, la dernière fois, qu'elle ne me porte pas dans son cœur.

— Chez moi, les femmes n'ont pas voix au chapitre. Mais, entre nous, ne refais pas le coup que tu as fait la dernière fois, pendant un dîner.

— Tu veux parler de la fourchette que j'ai plantée dans un rat ?

— Non. Je veux parler du fait que tu aies mis dans le mille alors qu'on n'y voyait rien.

— Je pensais que ce serait amusant.

— Ça l'était. Mais ne le fais pas en présence de Libouche. Et pour ce qui est de cette... cette... comment tu dis... kiki...

— Kikimorrhe.

— Tu cn as besoin ?

— Qu'est-ce que j'en ferais ? S'il n'y a pas de récompense, tu peux la faire jeter dans le purin.

— Ce n'est pas une mauvaise idée. Hé là ! Karelka ! Borg ! Portepierre ! Il y a quelqu'un ?

Entra un sergent de ville portant sur l'épaule une pertuisane dont le fer heurta bruyamment les battants de la porte.

— Portepierre ! dit Caldemeyn. Prends quelqu'un pour t'aider et emmenez derrière les porcheries l'âne et la saloperie roulée dessus dans la couverture, et noyez-les dans le purin. Tu as compris ?

— À vos ordres. Mais... Monsieur le maire...

— Quoi donc ?

— Peut-être qu'avant de noyer cette chose hideuse...

— Eh bien, poursuis !

— On pourrait la faire voir à maître Irion. Des fois qu'elle pourrait lui servir.

Caldemeyn se frappa le front du plat de la main.

— Tu n'es pas bête, Portepierre. Écoute, Geralt ! Peut-être que notre sorcier local te filera quelque chose pour cette charogne. Les pêcheurs lui apportent des tas de poissons étranges, des octopèdes, des crécitres ou des kerguelènes. Beaucoup se sont fait pas mal d'argent avec ça. Viens, allons jusqu'au beffroi !

— Vous avez réussi à vous payer un magicien ? Il est là à demeure ou juste de passage ?

— À demeure. Il s'agit de maître Irion. Il habite Blaviken depuis un an. C'est un grand mage, Geralt, tu t'en rendras compte rien qu'à le voir.

— Je doute qu'un grand mage me paye ma kikimorrhe, dit Geralt en se renfrognant. Pour autant que je sache, on ne s'en sert pas pour produire des élixirs. Votre Irion se contentera sans doute de m'insulter. Les sorceleurs et les magiciens ne s'aiment pas beaucoup.

— Je n'ai jamais entendu dire que maître Irion ait insulté qui que ce soit. Qu'il te paye, ça, je ne le jurerai pas. Mais rien ne t'empêche de le lui demander. Il peut y avoir d'autres kikimorrhes dans les marais et que fera-t-on ? Que le magicien examine le monstre et jette un charme sur les marais au cas où !

Le sorceleur réfléchit un instant.

— Un point pour toi, Caldemeyn. Eh bien, d'accord ! Prenons le risque d'une rencontre avec maître Irion ! On y va ?

— On y va. Portepierre, chasse ces enfants et prends le bourricot par la corde. Où est mon chapeau ?

II

Le beffroi, une construction en blocs de granit taillés et polis couronnée de créneaux, avait une allure imposante et dominait les tuiles cassées des maisons et les chaumes défoncés des masures.

— Il l'a restaurée, à ce que je vois, dit Geralt. En jetant des sortilèges ou en vous poussant au boulot ?

— En jetant des sortilèges, essentiellement.

— Comment est-il, votre Irion ?

— C'est un type bien. Il aide les gens. Mais c'est un misanthrope peu bavard. Il ne sort pour ainsi dire jamais de sa tour.

Sur la porte ornée d'une rosace marquetée de bois clair, on pouvait voir un énorme heurtoir en forme de tête de poisson aplatie, aux yeux globuleux, avec un anneau de cuivre dans la petite gueule dentée. Caldemeyn, de toute évidence, connaissait le fonctionnement du mécanisme. Il s'approcha, se racla la gorge et récita :

— Le maire Caldemeyn salue maître Irion, il a une affaire à lui soumettre. Le salue également le sorceleur Geralt de Riv, pour la même affaire.

Pendant un long moment, rien ne se produisit, puis la tête de poisson remua enfin sa mâchoire dentée et lâcha un petit nuage de buée.

— Maître Irion ne reçoit pas. Passez votre chemin, bonnes gens !

Caldemeyn se dandina, jeta un coup d'œil à Geralt. Le sorceleur haussa les épaules. Portepierre se curait le nez d'un air grave et concentré.

— Maître Irion ne reçoit pas, répéta le heurtoir d'une voix métallique. Passez votre chemin, bonnes...

— Je ne suis pas un homme bon, l'interrompit Geralt d'une voix forte. Je suis sorceleur. Sur mon âne, j'ai une kikimorrhe que j'ai tuée tout près de la ville. Tout magicien résidant a le devoir de veiller à la sécurité des environs. Maître Irion n'est pas obligé de m'honorer de sa conversation ni de me recevoir, si tel est son désir. Mais qu'il examine la kikimorrhe et en tire des conclusions. Portepierre, détache la kikimorrhe et fais-la rouler juste devant la porte.

— Geralt, dit le maire à voix basse. Tu vas partir de Blaviken, toi, mais moi, il faudra que je...

— On y va, Caldemeyn. Portepierre, sors ton doigt de ton nez et fais ce que je t'ai demandé !

— Attendez ! dit le heurtoir d'une tout autre voix. Geralt, c'est bien toi ?

Le sorceleur poussa un juron étouffé.

— Je perds patience. Oui, c'est bien moi. Et qu'est-ce que ça change ?

— Approche-toi de la porte ! dit le heurtoir en lâchant un nouveau nuage de buée. Seul. Je vais t'ouvrir.

— Et la kikimorrhe ?

— Je n'en ai rien à faire. C'est à toi que je veux parler, Geralt. Uniquement à toi. Pardonnez-moi, monsieur le maire !

— Il n'y a pas de quoi, maître Irion, dit Caldemeyn. Salut, Geralt ! On se verra plus tard. Portepierre ! Emporte le monstre à la fosse à purin !

— À vos ordres.

Le sorceleur s'approcha de la porte marquetée, qui s'entrouvrit légèrement, juste ce qu'il fallait pour qu'il pût se glisser à l'intérieur. Elle claqua aussitôt derrière lui, le laissant plongé dans une obscurité totale.

— Hé ! appela-t-il sans cacher sa colère.

— Voilà ! répondit une voix étrangement familière.

La surprise fut si grande que le sorceleur vacilla et chercha un point d'appui. Il n'en trouva pas.

Il aperçut un verger envahi de fleurs blanches et roses, qui embaumait la pluie. Le ciel était coupé par un arc-en-ciel qui reliait les couronnes des arbres à une lointaine chaîne de montagnes bleues. Au milieu du verger, une modeste maisonnette, minuscule, disparaissait dans les mauves. Geralt constata, en jetant un coup d'œil à ses pieds, qu'il était enfoncé jusqu'aux genoux dans du serpolet.

— Allez, viens, Geralt ! dit la voix. Je suis devant la maison.

Geralt pénétra dans le verger, entre les arbres. Quelque chose qui bougeait sur la gauche attira son regard. Une jeune fille aux cheveux blonds, entièrement nue, longeait une rangée d'arbustes, chargée d'un plein panier de pommes. Le sorceleur se fit la promesse solennelle de ne pas s'étonner davantage.

— Enfin ! Salut, sorceleur !

— Stregobor ! s'étonna Geralt.

Le sorceleur avait rencontré, au cours de son existence, des voleurs à l'air de conseillers municipaux, des conseillers municipaux à l'air de mendiants, des débauchées ayant l'air de princesses, des princesses ayant l'air de vaches pleines et des rois de voleurs. Mais Stregobor avait toujours eu l'air de ce à quoi doit ressembler un magicien selon toutes les règles et toutes les représentations. Grand, maigre, voûté, avec d'épais sourcils blancs broussailleux et un long nez crochu. Pour compléter le tableau, il portait une longue et ample robe noire aux manches incroyablement larges et tenait à la main un très long bourdon surmonté d'un pommeau de cristal. Aucun magicien que connaissait Geralt ne ressemblait à Stregobor. Le plus étonnant, c'est que Stregobor était un vrai magicien.

Ils prirent place dans des fauteuils en osier, devant une petite table au plateau de marbre blanc, sur le perron entouré de mauves. La jeune fille au panier de pommes approcha, sourit, pivota sur les talons avant de retourner dans le verger en balançant les hanches.

— C'est aussi une illusion ? demanda Geralt en suivant son déhanchement.

— Oui. Comme tout ici. Mais c'est une illusion formidable, mon cher ! Les fleurs embaument, tu peux manger des pommes, une abeille peut te piquer, et elle, dit le magicien en montrant la jeune fille blonde, tu peux la...

— Peut-être plus tard.

— C'est juste. Que fais-tu à Blaviken, Geralt ? Tu continues à te donner le mal de tuer les représentants des espèces en voie de disparition pour de l'argent ? Combien t'a-t-on donné pour la kikimorrhe ? Sans doute rien, sinon tu ne serais pas venu ici. Et dire qu'il y a des gens qui ne croient pas au destin. À moins que tu aies entendu parler de ce qui m'arrive ? Dis-moi ?

— Non. C'est le dernier endroit où je m'attendais à te voir. Si ma mémoire est bonne, avant, tu habitais à Kovir, dans un beffroi qui ressemblait à celui-ci.

— Bien des choses ont changé depuis.

— Ne serait-ce que ton nom ! Ainsi, tu te fais appeler maître Irion, maintenant.

— C'est le nom du bâtisseur de ce beffroi, il a trépassé il y a près de deux cents ans. J'ai jugé important de lui rendre en quelque sorte hommage en occupant son domicile. Je suis ici en tant que résident. La majorité des habitants de Blaviken vit de la mer, et comme tu le sais, ma spécialité, outre les illusions, c'est la météorologie. Tantôt je calme une tempête, tantôt j'en provoque une, tantôt je fais souffler un vent d'ouest pour rapprocher les bancs de merlans et de colins des côtes. J'arrive à en vivre. Enfin, disons que j'y arrivais, ajouta-t-il d'un ton lugubre.

— Pourquoi ce « j'y arrivais » ? Et pourquoi ce changement de nom ?

— Le destin a de multiples visages. Si le mien est beau en surface, à l'intérieur il est horrible. Il a tendu ses griffes sanglantes vers moi...

— Tu n'as pas du tout changé, Stregobor, dit Geralt en se renfrognant. Tu continues à raconter des balivernes en prenant des airs intelligents et significatifs. Tu ne peux pas parler normalement ?

— Si, soupira le sorcier. Si ça peut te faire plaisir ! Je suis venu me réfugier ici pour échapper à une créature monstrueuse qui veut me tuer. Ma fuite n'a servi à rien, elle m'a retrouvé. Selon toute vraisemblance, elle va essayer de me tuer demain, au plus tard après-demain.

— Ah ! dit le sorceleur d'un ton détaché. Maintenant, je comprends.

— J'ai comme le sentiment que la mort qui me menace ne te bouleverse pas trop.

— Stregobor ! dit Geralt. Ainsi va la vie. On voit toutes sortes de choses quand on voyage. Des paysans qui s'entre-tuent pour une borne au milieu d'un champ, que les escouades de deux régents fouleront le lendemain pour s'y massacrer les uns les autres. Le long des routes, des pendus se balancent aux arbres ; dans les forêts, des bandits coupent la gorge des marchands. Dans les villes, on trébuche à chaque pas sur des cadavres abandonnés dans les caniveaux. Dans les châteaux, on se transperce à coup de poignard, et lors des banquets, c'est sans arrêt que l'on voit l'un ou l'autre convive rouler sous la table, empoisonné. Je m'y suis habitué. Alors pourquoi une mort qui menace quelqu'un devrait-elle me bouleverser, de surcroît, quand il s'agit de toi ?

— Qui, de surcroît, me menace, moi, répéta Stregobor avec malice. Et moi qui pensais que tu étais un ami ! Moi qui comptais sur ton aide.

— Notre dernière rencontre a eu lieu à Kovir, à la cour du roi Idi, dit Geralt. J'étais venu chercher mon dû pour avoir tué un amphisbène qui terrorisait la région. Avec un homme de ta confrérie, Zavist, tu m'as alors traité à qui mieux mieux de charlatan, de machine à tuer et, si je me souviens bien, de mangeur de charogne. Résultat, non seulement Idi ne m'a pas payé un sou, mais il m'a donné douze heures pour quitter Kovir et comme son sablier ne marchait pas bien, c'est tout juste si j'en ai eu le temps. Et maintenant, dis-tu, tu comptes sur mon aide ! Tu es poursuivi par un monstre ! De quoi as-tu peur, Stregobor ? S'il t'attrape, dis-lui que tu aimes bien les monstres, que tu les protèges et que tu veilles à ce qu'aucun sorceleur mangeur de charogne ne trouble leur tranquillité. En vérité, si ce monstre t'étripe et te dévore, c'est qu'il n'est qu'un affreux ingrat.

Le magicien se taisait en regardant ailleurs. Geralt se mit à rire.

— Ne te gonfle pas comme une grenouille, magicien. Dis-moi quel danger te menace. On verra ce qu'on peut faire.

— Tu as entendu parler de la malédiction du soleil noir ?

— Bien sûr ! Sauf qu'on l'appelait la manie d'Eltibald le Fou. C'est ainsi que s'appelait le mage à l'origine de l'affaire qui a entraîné l'assassinat et l'emprisonnement dans des beffrois de plusieurs dizaines de jeunes filles issues des plus grandes familles, y compris de familles royales. Elles auraient été possédées par des démons, maudites, contaminées par le soleil noir, car c'est le nom que vous avez donné, dans votre jargon pompeux, à une éclipse tout ce qu'il y a de plus banale.

— Eltibald n'avait rien d'un fou ! Il a déchiffré des inscriptions sur les menhirs des Dauk et sur les pierres tombales des nécropoles de Vojgor, étudié les légendes et les récits des bébés garous. Dans tous, il était question de cette éclipse d'une manière qui laissait peu de place au doute. Le Soleil noir était censé annoncer le retour imminent de Lilit, une déesse toujours vénérée en Orient sous le nom de Niya, et l'extermination de l'espèce humaine. « Soixante vierges coiffées de couronnes dorées rempliront les vallées de rivières de sang » et devront lui frayer la voie.

— Ce sont des balivernes, dit le sorceleur. En plus, il n'y a pas de rimes. Or toutes les prédictions sont en vers rimés. Tout le monde sait quel but poursuivaient alors Eltibald et le conseil des magiciens. Vous avez utilisé les délires d'un fou pour renforcer votre pouvoir. Pour faire éclater les alliances politiques, gâcher les alliances par mariage, semer le trouble dans les dynasties ; bref, pour tirer un peu plus les ficelles des marionnettes à couronne. Et tu viens me parler de prédictions qui feraient mourir de honte les diseurs de bonne aventure sur les foires.

— On peut émettre des réserves quant aux théories d'Eltibald et à l'interprétation de ses prédictions. Mais il n'est pas possible de contester l'apparition d'une horrible mutation chez les filles nées aussitôt après l'éclipse.

— Et pourquoi pas ? J'ai entendu dire exactement le contraire.

— J'ai assisté à l'autopsie de l'une d'elles, dit le magicien. Geralt, ce que nous avons trouvé à l'intérieur de son crâne et de sa moelle épinière était indéfinissable, une espèce d'éponge rouge. Les organes internes étaient emmêlés, certains n'existaient même pas. Tout était couvert de petits cils mobiles, de petites effiloches gris-rose. Elle avait un cœur à six ventricules, dont deux pratiquement atrophiés, mais pourtant là. Qu'est-ce que tu en dis ?

— J'ai vu des gens qui avaient des griffes d'aigle à la place des mains, d'autres avec des crocs de loup. D'autres encore avec des articulations, des organes et des sens supplémentaires. Tout cela était des effets de vos combines de magiciens.

— Tu as vu toutes sortes de mutations, dis-tu, fit le sorcier en relevant la tête. Et combien en as-tu assommé et tué pour de l'argent, comme l'exige ta vocation de sorceleur ? Hein ? Car on peut avoir des crocs de loup et se contenter de les montrer aux filles à l'auberge, et on peut à la fois avoir une nature de loup et attaquer des enfants. C'était le cas, justement, de ces fillettes nées après l'éclipse. On a même constaté chez elles un penchant irresponsable pour la cruauté, de l'agressivité, de soudaines explosions de colère ainsi qu'une propension au dévergondage.

— On peut constater la même chose chez n'importe quelle fille, railla Geralt. Qu'est-ce que tu me chantes ? Tu me demandes combien de mutants j'ai tués. Pourquoi ne t'intéresses-tu pas au nombre de ceux que j'ai désenvoûtés, que j'ai libérés d'une malédiction ? Moi, le sorceleur que vous méprisez. Et qu'avez-vous fait, vous autres, les puissants sorciers ?

— On a employé une magie supérieure. La nôtre, et aussi celle des prêtres, dans plusieurs temples. Toutes nos tentatives se sont soldées par la mort des jeunes filles.

— Ça donne une piètre image de vous, et non pas des fillettes. Et nous avons donc déjà des cadavres. Ils sont les seuls à avoir été autopsiés ?

— Non. Ne me regarde pas comme ça ! Tu sais bien qu'il y en a eu d'autres. Au début, on a décidé de tous les éliminer. On en a fait disparaître quelques-uns... Une quinzaine. Ils ont tous été autopsiés. L'une d'elles a été disséquée.

— Et vous, fils de chienne, vous osez critiquer les sorceleurs ? Hé ! Stregobor ! Un jour viendra où les gens seront plus intelligents et s'en prendront à votre peau.

— Je nc pense pas que ce soit demain la veille, dit le magicien d'un ton acide. N'oublie pas que nous l'avons fait pour défendre les gens. Ces mutantes auraient noyé des contrées entières dans un bain de sang.

— C'est ce que vous affirmez, magiciens, en prenant des grands airs, auréolés d'infaillibilité. Puisque nous parlons de ça, tu n'affirmeras tout de même pas qu'au cours de votre chasse à ces prétendues mutantes, vous ne vous êtes jamais trompés ?

— Tu marques un point, dit Stregobor après un long silence. Je serai franc, même si dans mon propre intérêt, je ne le devrais pas. Nous nous sommes trompés, et plus d'une fois. Leur sélection était très délicate. C'est aussi pour cette raison que nous avons cessé de les... faire disparaître et que nous avons commencé à les isoler.

— Dans vos célèbres beffrois, explosa le sorceleur.

— Oui, dans nos beffrois. Mais ce fut une nouvelle erreur. Nous les sous-estimions, beaucoup nous ont échappé. Il est devenu à la mode, une mode folle, parmi les princes héritiers, surtout chez les plus jeunes qui n'avaient pas grand-chose à faire et encore moins à perdre, de libérer les mignonnes de leur prison. La plupart, c'est une chance, se rompaient le cou lors de leur évasion.

— À ma connaissance, les belles emprisonnées dans les beffrois ne tardaient pas à mourir. Vous n'y étiez pas étrangers, à ce qu'on dit.

— C'est faux. Mais beaucoup, en effet, sombraient dans l'apathie, refusaient de s'alimenter... Ce qu'il y a de curieux, c'est que peu de temps avant de mourir, elles révélaient des talents divinatoires. C'était une preuve supplémentaire de leur mutation.

— Chaque preuve est moins convaincante que la précédente. Tu en as d'autres ?

— Oui. Silvena, dame de Narok, que nous n'avons jamais pu approcher car elle a pris le pouvoir très tôt. À présent, il se passe des choses terribles dans son pays. Fialka, la fille d'Evermir, s'est évadée en jetant du haut du beffroi une corde qu'elle avait fabriquée avec ses nattes, et sème actuellement la terreur dans le Velhad du Nord. Bernika, de Talgar, a été libérée par un imbécile de prince héritier. Devenu aveugle, il croupit aujourd'hui dans un cachot, et à Talgar, la potence est un élément permanent du décor. Je pourrais te citer d'autres exemples.

— C'est sûr, déclara le sorceleur. À Iamurlak, par exemple, où règne le vieil Abrad. Ce vieillard scrofuleux n'a plus une dent. Il doit être né environ cent ans avant l'éclipse et il ne parvient à s'endormir que si quelqu'un est torturé à mort par-devant lui. Il a massacré tous ses parents et alliés, et dépeuplé la moitié de son pays lors de ses crises de colère irresponsables, comme tu l'as dit. Lui aussi avait une propension au dévergondage. Dans sa jeunesse, on l'aurait surnommé Abrad le Trousse-jupon. Hé, Stregobor ! Ce serait bien de pouvoir expliquer les cruautés de ces puissants par une mutation ou une malédiction.

— Écoute, Geralt...

— Je n'en ai pas l'intention ! Tu ne me feras pas plus accepter qu'Eltibald n'était pas un fou meurtrier. Revenons-en au monstre qui est censé te menacer. Après le préambule que tu viens de faire, sache que cette histoire ne me plaît guère. Mais je t'écouterai jusqu'au bout.

— Sans m'interrompre avec tes remarques insidieuses ?

— Ça, je ne peux pas te le promettre.

— Bon, tant pis. (Stregobor glissa ses mains dans les manches de sa robe.) Il me faudra juste un peu plus de temps. Ainsi, l'histoire a commencé à Creyden, une minuscule principauté du Nord. Fredefalk, le prince de Creyden, avait pour épouse Aridea, une femme intelligente et instruite. Elle comptait parmi ses ascendants un grand nombre d'éminents adeptes de la sorcellerie et avait reçu, très certainement en héritage, un objet magique assez rare et d'une grande puissance, le miroir de Nehalena. Comme tu le sais, les miroirs de Nehalena servaient surtout aux devins et aux oracles car ils prédisaient infailliblement l'avenir, même si c'était par des méthodes compliquées. Aridea s'adressait assez souvent à son miroir...

— En lui posant la question traditionnelle, je suppose, le coupa Geralt : « Dis-moi qui est la plus belle ? » D'après ce que je sais des miroirs de Nehalena, ils se divisent en miroirs aimables et en miroirs brisés.

— Tu te trompes. Aridea se préoccupait beaucoup du destin de son pays. Et son Miroir lui a prédit une mort horrible, pour elle et pour une foule de gens, de la main de la fille que Fredefalk avait eue d'un premier mariage, ou par sa faute. Aridea a fait en sorte que l'information parvînt au Conseil, lequel m'a envoyé à Creyden. Je pense inutile de préciser que l'aînée de Fredefalk était née aussitôt après l'éclipse. J'ai soumis la petite à une brève et discrète observation. En un rien de temps, elle a réussi à torturer un canari et deux chiots et à crever un œil à la servante avec le manche de son peigne. J'ai procédé à quelques tests avec des formules magiques, la plupart ont confirmé que la petite était une mutante. Je suis allé voir Aridea pour le lui dire, à elle parce que pour Fredefalk le monde s'arrêtait à sa fille. Aridea, comme je l'ai dit, était loin d'être bête...

— C'est clair, l'interrompit de nouveau Geralt, et elle ne devait pas éprouver un amour fou pour sa belle-fille. Elle préférait voir ses propres enfants hériter du trône. Je devine la suite. Comment se fait-il qu'il ne se soit trouvé personne pour lui tordre le cou ? Et te le tordre à toi, par la même occasion ?

Stregobor soupira, leva les yeux vers le ciel où l'arc-en-ciel continuait à miroiter de toutes ses couleurs pittoresques.

— J'étais pour qu'on l'isole simplement, mais la princesse en a décidé autrement. Elle a expédié la petite dans la forêt avec un sbire à sa solde, un soudard, que nous avons ensuite retrouvé dans les broussailles. Il n'avait plus son pantalon. Il nous a donc été facile de reconstituer le déroulement des événements. Elle lui avait enfoncé l'épingle de sa broche dans le cerveau, par l'oreille, pendant que l'homme avait l'esprit occupé à tout autre chose.

— Si tu penses que j'ai de la peine pour lui, marmonna Geralt, tu es dans l'erreur.

— Nous avons organisé une battue, poursuivit Stregobor, mais on a perdu la trace de la petite. Pour ma part, j'ai dû quitter Creyden en toute hâte car Fredefalk commençait à avoir des soupçons. Quatre années se sont écoulées sans que j'aie de nouvelles d'Aridea. Elle avait retrouvé la piste de la petite, qui vivait à Mahakam avec sept gnomes qu'elle avait convaincus qu'il était plus rentable de dévaliser les marchands sur les routes que de s'encrasser les poumons dans une mine. On l'appelait communément la Pie-grièche, parce qu'elle aimait empaler vives ses victimes sur des pieux taillés en pointe. Aridea a engagé plusieurs hommes de main, mais aucun n'est jamais revenu. Après, les volontaires ne se bousculaient pas, la petite s'était taillé une certaine célébrité. Elle avait si bien appris à se servir d'une épée que peu d'hommes étaient capables de lui tenir tête. Convoqué, je suis arrivé clandestinement à Creyden pour y apprendre qu'Aridea venait d'être empoisonnée. Tout le monde pensait que l'auteur du crime était Fredefalk lui-même, qui avait des visées sur un jeune tendron plus vigoureux, mais moi, je pense que c'était Renfri.

— Renfri ?

— C'était le nom de sa fille. Je disais donc que c'est elle qui avait empoisonné Aridea. Le prince Fredefalk est mort peu de temps après, lors d'un étrange accident de chasse, et l'aîné des fils d'Aridea a disparu sans laisser de traces. Ça aussi, ça ne pouvait être que le travail de la petite. Je dis « la petite », mais elle avait déjà dix-sept ans. Elle avait bien grandi.

« Pendant ce temps, reprit le magicien après une pause, elle semait la terreur dans tout Mahakam avec ses gnomes. Sauf qu'un jour, ils se sont querellés pour je ne sais trop quel motif, le partage d'un butin ou leur tour dans son lit selon les jours de la semaine. Toujours est-il qu'ils se sont entre-égorgés. Aucun des sept gnomes n'a survécu à cette dispute au couteau. La Pie-grièche était la seule survivante. La seule. J'étais déjà dans la région à l'époque. Nous nous sommes retrouvés face à face : elle m'a reconnu sur-le-champ et a compris le rôle que j'avais joué à Creyden. Je t'assure, Geralt ! À peine ai-je eu le temps de prononcer une formule magique — et mes mains se sont mises à trembler comme je ne sais quoi —, que cette chatte sauvage m'a sauté dessus avec son glaive. Je l'ai expédiée dans un beau bloc de cristal de roche de six coudées sur neuf. Une fois qu'elle a été en léthargie, j'ai jeté le bloc dans la mine des nains, et j'ai comblé le puits.

— Tu as salopé le boulot, commenta Geralt. On aurait pu la désenvoûter. Tu ne pouvais pas la brûler pour en faire du mâchefer ? Vous connaissez tellement de malédictions sympathiques !

— Pas moi. Ce n'est pas ma spécialité. Mais tu as raison, j'ai salopé le boulot. Un imbécile de prince héritier l'a retrouvée et a dépensé une fortune en contre-malédictions. Il l'a désenvoûtée et ramenée triomphalement chez lui, dans un royaume reculé, à l'est. Son père, un vieux brigand, a fait preuve de plus de bon sens. Il a administré une correction à son fils et a décidé de faire cracher à la Pie-grièche des informations sur les trésors qu'elle avait pillés avec ses gnomes et ingénieusement cachés. L'erreur du père a été de se faire assister de son fils aîné lorsqu'elle a été allongée nue sur le banc du bourreau. Dès le lendemain, le fils aîné en question, déjà orphelin et privé de ses frères et sœurs, régnait sur cette principauté, et la Pie-grièche est devenue sa première favorite.

— C'est donc qu'elle n'est pas laide !

— C'est affaire de goût. Elle n'est pas restée longtemps la favorite. Jusqu'à la première révolution de palais, pour employer un terme bien pompeux parce que ce palais-là faisait plutôt penser à une étable. Il est bientôt apparu qu'elle ne m'avait pas oublié. À Kovir, elle a essayé trois fois de m'assassiner. J'ai décidé de ne pas prendre de risques et de me faire oublier quelque temps à Pontar. Elle m'y a retrouvé. Cette fois, je me suis réfugié à Angren, mais à nouveau, elle m'a retrouvé. Je ne sais pas comment elle fait, j'efface pourtant toutes les traces derrière moi. Ce doit être une particularité de sa mutation.

— Qu'est-ce qui t'a empêché de prononcer une

nouvelle malédiction pour la changer en cristal ? Des remords ?

— Non. Je n'en avais aucun. Mais elle s'est immunisée contre les effets de la magie.

— C'est impossible.

— Si. Il suffit d'avoir l'objet magique qu'il faut, ou une aura. Là encore, ça peut être plus ou moins lié à sa mutation en cours d'évolution. Je me suis enfui d'Angren pour venir me cacher en Lucoméranie, ici, à Blaviken. J'ai été tranquille pendant un an, mais elle a de nouveau retrouvé ma trace.

— Comment le sais-tu ? Elle est déjà dans le bourg ?

— Oui. Je l'ai vue dans le cristal, dit le magicien en levant sa baguette. Elle n'est pas seule, elle est à la tête d'une bande, c'est signe qu'elle prépare un gros coup. Geralt, je ne sais plus où aller, je n'ai pas d'autre endroit où me réfugier. Oui. Que tu sois arrivé ici précisément maintenant ne peut pas être un effet du hasard. C'est le destin.

Le sorceleur écarquilla les yeux.

— Que veux-tu dire ?

— C'est clair, il me semble. Tu vas la tuer.

— Je ne suis pas un tueur à gages, Stregobor.

— Tu n'es pas un tueur, je te le concède.

— Ce que je tue pour de l'argent, ce sont les monstres, des bêtes hideuses dangereuses pour l'homme, les monstres auxquels ont donné naissance les sorts et les malédictions jetés par les gens comme toi. Je ne tue pas les êtres humains.

— Ce n'est pas un être humain. C'est un monstre, justement, une mutante, une maudite mutante. Tu as apporté une kikimorrhe. La Pie-grièche est pire qu'une kikimorrhe. Une kikimorrhe tue parce qu'elle y est poussée par la faim, alors que la Pie-grièche tue pour le plaisir. Tue-la, et je te paierai n'importe quelle somme que tu demanderas ! Dans les limites du raisonnable, s'entend.

— Je te l'ai déjà dit. Pour moi, la mutation et la malédiction de Lilit ne sont que des sornettes. La fille a ses raisons de vouloir régler des comptes avec toi, je ne m'en mêlerai pas. Adresse-toi au maire, à la garde municipale. Tu es le sorcier de la ville, la loi locale te protège.

— Tu m'insultes en parlant de loi, du maire et de son assistance ! tonna Stregobor. Je n'ai pas besoin qu'on me défende, je veux que tu la tues ! Personne n'entrera dans ce beffroi, j'y suis en parfaite sécurité. Mais je n'ai quand même pas l'intention de moisir ici jusqu'à la fin de mes jours. La Pie-grièche ne renoncera pas à me tuer tant qu'elle-même sera en vie, je le sais. Il faudrait que je reste dans cette tour à attendre la mort ?

— Les filles y sont bien restées ! Tu sais quoi, magicien ? Il fallait laisser la chasse aux filles à d'autres magiciens, plus puissants. Il fallait prévoir les conséquences de tes actes.

— Je t'en prie, Geralt.

— Non, Stregobor.

L'envoûteur se taisait. Le faux soleil, dans le faux ciel, n'allait pas vers son zénith, mais le sorceleur savait que sur Blaviken la nuit tombait déjà. Il avait l'estomac dans les talons.

— Geralt, dit Stregobor, Eltibald ne nous inspirait pas totalement confiance, à nous autres magiciens, beaucoup d'entre nous avaient des doutes. Mais les magiciens ont décidé de choisir le moindre Mal. Maintenant, je te demande de faire le même choix.

— Le Mal est le Mal, Stregobor, dit gravement le sorceleur en se levant. Petit, grand, moyen, peu importe, ses dimensions ne sont qu'une question de convention, et la frontière entre ces mots n'existe pas. Je ne suis pas un saint ermite, je n'ai pas fait que le bien dans ma vie. Mais à choisir entre deux maux, je préfère ne pas choisir du tout. Il est temps que j'y aille. On se verra demain.

— Peut-être, dit le magicien. S'ils t'en laissent le temps.

III

La Cour dorée, le relais élégant de la ville, était noire de monde et très animée. Les clients, des autochtones ou des gens de passage, étaient occupés, pour la plupart, à des activités propres à leur nation ou à leur profession. Des marchands à l'air grave se querellaient avec des nains sur le prix de marchandises et les taux de crédit. Des marchands à l'air moins grave pinçaient le postérieur des filles qui distribuaient la bière et le chou aux pois. Les imbéciles du village feignaient d'être bien informés. Les putes cherchaient à plaire aux hommes qui avaient de l'argent, et décourageaient ceux qui n'en avaient pas. Charretiers et pêcheurs buvaient comme si l'interdiction de cultiver le houblon devait être publiée dès le lendemain. Des marins chantaient une chanson célébrant la mer et les flots, le courage des capitaines et les charmes des sirènes, ces dernières avec des détails pittoresques.

— Stimule ta mémoire, Centenier, dit Caldemeyn à l'aubergiste en se penchant par-dessus le comptoir de façon à couvrir le vacarme. Six gaillards et une fille habillés de cuir noir garni d'argent, à la mode de Novigrad. Je les ai vus à l'octroi. Ils sont descendus chez toi ou *Au thon* ?

L'aubergiste plissa son front proéminent en continuant d'essuyer un bock avec son tablier à rayures.

— Ici, le maire, finit-il par dire. Ils m'ont dit qu'ils étaient venus à la foire, mais ils avaient tous des glaives, même la fille. Ils étaient comme vous l'avez dit, tout en noir.

— C'est bien eux ! dit le maire en branlant la tête. Et où sont-ils ? Je ne les vois pas.

— Ils sont dans la petite alcôve. Ils m'ont payé en or.

— J'y vais seul, dit Geralt. Ce n'est pas la peine de donner une dimension officielle à l'affaire pour eux tous, du moins pas pour le moment. Je vais l'amener ici.

— C'est peut-être mieux. Mais fais attention ! Je ne veux pas de bagarre.

— D'accord !

La chanson des marins, à en juger d'après le crescendo des grossièretés, allait vers le final. Geralt souleva le rideau qui masquait l'entrée de l'alcôve, poisseux et raide de saleté.

Dans l'alcôve, six hommes étaient attablés. Celle qu'il cherchait n'était pas parmi eux.

— C'est pour quoi ? hurla l'homme qui l'aperçut le premier, plutôt chauve, le visage déformé par une balafre qui allait de son sourcil gauche à la joue droite en passant par la naissance du nez.

— Je cherche la Pie-grièche.

Deux silhouettes identiques se levèrent : le même visage impassible, les mêmes cheveux blonds ébouriffés qui leur descendaient jusqu'aux épaules ; les mêmes vêtements de cuir noir moulants, aux ornements en argent rutilant. Avec des gestes identiques, les jumeaux s'emparèrent de leurs glaives, identiques eux aussi.

— Du calme, Vyr. Assieds-toi, Nimir ! dit le balafré en s'accoudant sur la table. Tu dis que tu cherches qui, vieux ? C'est qui, la Pie-grièche ?

— Tu sais bien de qui je veux parler.

— Qui c'est, celui-là ? demanda un gaillard à moitié nu, dégoulinant de sueur, à la poitrine bardée de sangles entrecroisées et avec des protections hérissées de pointes sur les avant-bras. Tu le connais, Nohorn ?

— Non, dit le balafré.

— Ça doit être un albinos, ricana un homme mince aux cheveux noirs assis à côté de Nohorn. (Ses traits délicats, ses grands yeux noirs et ses oreilles en pointe trahissaient un elfe de sang-mêlé.) Un albinos, un mutant, un caprice de la nature. Dire qu'on laisse ces gens-là entrer dans les cabarets, au milieu des braves gens !

— Je l'ai déjà vu quelque part, dit un individu trapu, basané, aux cheveux noués en natte, qui toisait Geralt d'un regard méchant par-dessous ses paupières baissées.

— Peu importe l'endroit où tu l'as vu, Tavik, dit Nohorn. Écoute donc, vieux ! Civril vient de sacrément t'offenser. Tu ne le provoquerais pas en duel ? Cette soirée est si ennuyeuse.

— Non, dit tranquillement le sorceleur.

— Et si je te verse cette soupe de poisson sur la tête,

tu me provoqueras en duel ? gloussa le gaillard nu jusqu'à la ceinture.

— Du calme, le Quinze, dit Nohorn. S'il a dit non, c'est non. Pour le moment. Eh bien ! Vieux ! Dis ce que tu as à dire et fous le camp ! On t'offre l'occasion de foutre le camp tout seul. Si tu n'en profites pas, ce sera le personnel de service qui s'en chargera.

— À toi, je n'ai rien à dire. C'est la Pie-grièche que je veux voir. Renfri.

— Vous avez entendu, les gars ? (Nohorn regarda tour à tour chacun de ses camarades.) Il veut voir Renfri. Et pourquoi donc veux-tu la voir, vieux ? On peut savoir ?

— Non.

Nohorn se redressa pour regarder les jumeaux, qui firent un pas en avant en faisant retentir les boucles en argent de leurs bottes.

— Je sais, dit tout à coup l'homme à la natte. Ça y est, je sais où je l'ai vu !

— Qu'est-ce que tu bougonnes, Tavik ?

— Devant la maison du maire. Il a apporté un dragon à vendre, un croisement d'araignée et de crocodile. Les gens disaient comme ça que c'est un sorceleur.

— C'est quoi, un sorceleur ? demanda le Quinze. Hein ? Civril ?

— C'est un sorcier à gages, dit le demi-elfe. Un saltimbanque pour une poignée de pièces d'argent. Je l'ai dit, un caprice de la nature. Une atteinte aux droits humains et divins. Les êtres comme lui, on devrait les brûler.

— On n'aime pas les sorciers, grinça Tavik, le regard toujours fixé sur Geralt sous ses paupières mi-closes. J'ai comme l'impression, Civril, que dans ce trou on va avoir plus de boulot qu'on le pensait. Il y a plus d'un sorcier, ici, et comme on le sait, les sorciers se tiennent les coudes.

— Qui se ressemble s'assemble, dit le sang-mêlé avec un sourire mauvais. Dire qu'il existe sur terre des êtres comme toi. Qui est-ce qui engendre des monstres pareils ?

— Fais preuve d'un peu plus de tolérance, si tu veux bien ! dit Geralt sans perdre son calme. Ta mère, à ce que je vois, a dû aller se promener seule dans la forêt suffisamment souvent pour que tu aies des raisons de t'interroger sur tes propres origines.

— C'est possible, répondit le demi-elfe sans arrêter de sourire. Mais moi, au moins, j'ai connu ma mère. Alors que le sorceleur que tu es ne peut pas en dire autant.

Geralt blêmit légèrement et pinça les lèvres. Nohorn, auquel sa réaction n'avait pas échappé, partit d'un gros rire.

— Eh bien, vieux ! Cette fois, tu ne peux pas fermer les yeux sur pareille insulte. Ce que tu as sur le dos ressemble à un glaive. Alors ? Vous allez dehors, Civril et toi ? La soirée est si ennuyeuse.

Le sorceleur ne réagit pas.

— C'est un fichu poltron ! pouffa Tavik.

— Qu'est-ce qu'il a dit sur la mère de Civril ? poursuivit Nohorn d'une voix neutre, le menton sur ses mains croisées. Des insanités, si j'ai bien compris. Qu'elle faisait la noce ou quelque chose dans le genre. Hé, le Quinze ! Est-ce que tu peux laisser un vagabond insulter la mère d'un camarade ? Une mère, putain, c'est sacré !

Le Quinze se leva avec empressement, détacha son

épée et la jeta sur la table. Il bomba le torse, arrangea ses protections hérissées de clous d'argent sur ses avant-bras, cracha et fit un pas en avant.

— Si tu en doutes encore, dit Nohorn, le Quinze te défie en combat aux poings. Je t'ai bien dit qu'ils allaient te mettre dehors. Faites de la place !

Le Quinze approcha, les poings levés. Geralt posa la main sur la poignée de son glaive.

— Fais attention ! dit-il. Un pas de plus, et tu chercheras ta main par terre.

Nohorn et Tavik bondirent en empoignant leur épée. Les jumeaux dégainèrent en silence en faisant des gestes identiques. Le Quinze recula. Civril fut le seul à ne pas bouger.

— Qu'est-ce que vous fabriquez, ici, tonnerre ? Il n'y a pas moyen de vous laisser seuls un instant !

Geralt se retourna très lentement pour se retrouver face à des yeux couleur d'eau de mer.

Elle était presque aussi grande que lui. Ses cheveux, de la couleur de la paille, à la coupe fantaisiste, irrégulière, lui arrivaient juste en dessous des oreilles. Vêtue d'un corselet de velours qui épousait ses formes, serré à la taille par une ceinture d'ornement, elle avait une main appuyée contre la porte. Sa jupe, asymétrique, lui couvrait la cheville du côté gauche, et du côté droit, découvrait une cuisse ferme au-dessus d'une botte en peau d'élan. Un glaive lui battait le flanc gauche tandis qu'un poignard au manche incrusté d'un gros rubis pendait à son flanc droit.

— Vous êtes devenus muets ?

— C'est un sorceleur, bredouilla Nohorn.

— Et alors ?

— Il voulait te parler.

— Et alors ?

— C'est un sorcier, gronda le Quinze.

— On n'aime pas les sorciers, tonna Tavik.

— Du calme, les gars, dit la fille. Il veut me parler, ce n'est pas un crime. Continuez à vous amuser ! Et sans disputes. Demain, c'est jour de foire. Vous ne voulez pas, je pense, que vos caprices troublent un événement qui joue un rôle si important dans la vie de ce gentil petit bourg ?

Un ricanement discret, mauvais, rompit le silence qui s'était installé. Civril, toujours affalé sur la table, riait.

— Tu parles d'un événement, Renfri ! balbutia le sang-mêlé.

— Ferme-la, Civril. Immédiatement !

Civril cessa immédiatement de rire. Geralt n'en fut pas surpris. Des accents très étranges avaient résonné dans la voix de Renfri, ils évoquaient le reflet rouge d'un incendie sur la lame des épées, les hurlements de gens qu'on assassine, les hennissements des chevaux et l'odeur du sang. Les autres avaient dû avoir la même impression car même la gueule basanée de Tavik blêmit.

Renfri rompit le silence.

— Eh bien ! L'homme aux cheveux blancs ! Allons dans la grande salle rejoindre le maire avec lequel tu es venu. Lui aussi doit avoir envie de me parler.

À leur vue, Caldemeyn, qui attendait au comptoir en échangeant des propos discrets avec l'aubergiste, interrompit sa conversation et se redressa en croisant les bras sur la poitrine.

— Écoutez, madame ! fit-il durement, sans perdre de temps en politesses exagérées. Le sorceleur de

Rivia, ici présent, m'a appris ce qui vous amène à Blaviken. Vous nourrissez des griefs envers notre magicien, m'a-t-on dit.

— Peut-être. Et alors ? demanda Renfri à voix basse, d'un ton frisant lui aussi l'impolitesse.

— Eh bien ! Pour régler ses griefs, il existe des tribunaux municipaux ou la juridiction des baillis. Ceux qui ont des griefs chez nous, en Lucoméranie, et veulent se faire justice eux-mêmes par le fer, sont tout simplement considérés comme des bandits. Et je dois vous dire aussi que soit vous décampez de Blaviken demain matin de bonne heure avec votre compagnie noire, soit je vous mets au trou..., en dét..., en détention pré... Comment dit-on, Geralt ?

— Préventive.

— C'est ça. Vous avez compris, jeune damoiselle ?

Renfri prit un parchemin plié en quatre dans une pochette fixée à sa ceinture.

— Lisez donc cela, maire, si vous savez lire. Et arrêtez de m'appeler « jeune damoiselle » !

Caldemeyn prit le parchemin, le lut longuement, puis le tendit à Geralt sans dire un mot.

— « À mes régents, vassaux et sujets affranchis, lut le sorceleur tout haut. *Urbi et orbi,* je fais savoir que Renfri, princesse de Creyden, est à notre service et nous est chère, ainsi s'attirera notre colère quiconque lui créera des annuys. Audoen, roi... » « Ennuis » ne s'écrit pas comme ça. Mais le sceau a l'air authentique.

— Parce qu'il l'est, dit Renfri en lui arrachant le parchemin des mains. Il a été apposé par Audoen, Sa Gracieuse Majesté. Aussi vous déconseillerais-je de me créer des ennuis. Quelle que soit la manière dont ce mot s'écrit, les conséquences pourraient être fâcheuses pour vous. Vous ne me jetterez pas au cachot, honoré maire. Et arrêtez de m'appeler « jeune damoiselle ». Je n'ai violé aucune loi. Pour l'instant.

— Si tu la violes ne serait-ce que d'un pouce, dit Caldemeyn qui donnait l'impression d'être prêt à lui cracher dessus, je te jetterai au cachot, toi et ton parchemin. Je le jure sur tous les dieux, damoiselle. Viens, Geralt.

— Encore un mot, sorceleur ! dit Renfri en retenant Geralt par le bras.

— Ne sois pas en retard pour le dîner ! lança le maire par-dessus son épaule. Sinon Libouche sera furieuse.

— Je ne serai pas en retard.

Geralt s'appuya au comptoir. Tout en jouant avec son médaillon, il regardait les yeux bleu-vert de la fille.

— J'ai entendu parler de toi, dit-elle. Tu es Geralt de Riv, le sorceleur aux cheveux blancs. Stregobor est ton ami ?

— Non.

— Ça simplifie les choses.

— Pas tant que ça. Je n'ai pas l'intention de rester un simple spectateur.

Les prunelles de Renfri s'étrécirent.

— Stregobor mourra demain, dit-elle à voix basse en repoussant sur son front ses cheveux mal coupés. Ce serait un moindre mal s'il était le seul à mourir.

— Si Stregobor meurt ou, en fait, avant que Stregobor meure, quelques autres personnes mourront. Je ne vois pas d'autre possibilité.

— Quelques autres personnes, sorceleur ! Comme cela est modestement dit !

— Pour me faire peur, la Pie-grièche, il faut autre chose que des mots.

— Arrête de m'appeler la Pie-grièche. Je n'aime pas ça. Le fait est que moi, je vois d'autres possibilités. Ça vaudrait la peine qu'on en discute. Mais Libouche t'attend, n'est-ce pas ? Elle est jolie, au moins, cette Libouche ?

— C'est tout ce que tu avais à me dire ?

— Non. Mais vas-y, maintenant ! Libouche t'attend.

IV

Il y avait quelqu'un dans la petite chambre du grenier. Geralt le sut avant même de s'être approché de la porte, grâce à une vibration presque imperceptible de son médaillon. Il souffla la chandelle avec laquelle il s'était éclairé l'escalier, tira son poignard de sa botte et le glissa dans sa ceinture, dans son dos. Il abaissa la poignée. La pièce était plongée dans l'obscurité. Mais pour un sorceleur l'obscurité n'était pas un obstacle.

Il franchit la porte avec une lenteur délibérée et, tout doucement, lentement, la referma derrière lui. Dans la seconde qui suivit, il plongeait sur l'individu assis sur son lit ; il l'écrasa sur les draps, lui bloqua l'avant-bras gauche sous le menton et allait s'emparer de son poignard quand il se ravisa. Il y avait quelque chose de bizarre.

— Ça commence bien ! fit-elle d'une voix étouffée, immobilisée sous lui. Je l'escomptais, mais je ne pensais pas que nous nous retrouverions si vite au lit. Retire ta main de ma gorge, s'il te plaît !

— C'est toi !

— Oui ! Écoute ! Il y a deux possibilités. La première : tu descends de moi et nous discutons. La seconde : nous restons dans cette position, mais j'aimerais retirer au moins mes bottes.

Le sorceleur choisit la première. La fille soupira, se leva, rectifia sa coiffure et sa jupe.

— Allume une chandelle, dit-elle. Je ne vois pas dans le noir comme toi, et j'aime bien voir la personne à laquelle je parle.

Elle s'approcha de la table. Grande, mince et souple, elle s'assit en tendant devant elle ses jambes prises dans des bottes. Elle n'avait pas d'armes, du moins en apparence.

— Tu as à boire ?

— Non.

— Dans ce cas, j'ai bien fait de ne pas venir les mains vides, fit-elle en riant et en posant sur la table une petite outre de voyage et deux gobelets en cuir.

— Il est presque minuit, dit Geralt d'un ton froid. Si nous en venions au fait ?

— Tout de suite. Tiens, bois ! À ta santé, Geralt !

— À la tienne, la Pie-grièche !

— Je m'appelle Renfri, tonnerre ! dit-elle en relevant la tête. Je t'autorise à ne pas me donner mon titre de princesse, mais arrête de m'appeler la Pie-grièche.

— Moins fort ! Tu vas réveiller toute la maisonnée. Est-ce que je vais savoir un jour pour quelle raison tu t'es introduite ici par la fenêtre ?

— Tu es vraiment peu perspicace, sorceleur ! Je veux épargner un massacre à Blaviken. J'ai grimpé sur les toits comme une chatte en chaleur pour en discuter avec toi. Tu peux apprécier.

— J'apprécie, dit Geralt. Sauf que je ne vois pas

l'intérêt de pareille conversation. La situation est claire. Stregobor se trouve dans le beffroi des magiciens. Pour t'emparer de lui, il faudrait que tu en fasses le siège. Si tu le fais, ton sauf-conduit ne te sera d'aucun secours. Si tu violes ouvertement la loi, ce n'est pas Audoen qui te protégera. Le maire, la garde, tout Blaviken se dressera contre toi.

— Si tout Blaviken se dresse contre moi, il le regrettera, dit Renfri avec un sourire féroce qui dévoila ses dents blanches. Tu as vu mes gars ? Je te garantis qu'ils connaissent leur métier. Tu imagines ce qui va se passer si les nigauds de la garde se battent avec eux ? Ils se prennent déjà sans arrêt les pieds dans leurs hallebardes !

— Et toi, Renfri, est-ce que tu t'imagines que je vais rester là les bras croisés à les regarder se battre ? Comme tu le vois, j'habite chez le maire. Par correction, si besoin est, je dois me tenir à ses côtés.

— Je n'en doute pas, dit Renfri en prenant un air grave. Sauf que tu seras probablement le seul parce que les autres iront se cacher dans les caves. Il n'y a pas un guerrier sur cette terre qui puisse venir à bout de sept hommes armés d'un glaive. Aucun être humain ne pourrait y parvenir. Mais, l'homme aux cheveux blancs, arrêtons de nous faire peur mutuellement. Je te l'ai dit : on peut faire en sorte qu'il n'y ait ni massacre ni effusion de sang. Concrètement, il y a deux personnes qui peuvent l'empêcher.

— Je suis tout ouïe.

— La première, dit Renfri, c'est Stregobor lui-même. Il sortira de son beffroi de son plein gré, je l'emmènerai quelque part dans un lieu isolé et Blaviken replongera dans sa bienheureuse apathie et aura vite fait d'oublier toute cette affaire.

— Stregobor donne peut-être l'impression d'être un peu dingue, mais pas à ce point.

— Qui sait, sorceleur ? Qui sait ? Il existe des arguments irréfutables, des propositions qu'on ne peut pas rejeter. Comme l'ultimatum de Tridam, par exemple. Je poserai au sorcier un ultimatum de Tridam.

— En quoi consiste cet ultimatum ?

— C'est mon tendre secret.

— Comme tu veux. Je doute, malgré tout, de son efficacité. Quand Stregobor parle de toi, il a les dents qui s'entrechoquent. Pour le pousser à se rendre spontanément dans tes mignonnes petites mains, il faut que cet ultimatum soit vraiment sérieux. Passons donc plutôt à l'autre personne qui pourrait empêcher un massacre à Blaviken ! Je vais essayer de deviner qui ça peut être.

— Je suis curieuse de voir jusqu'où va ta perspicacité, l'homme aux cheveux blancs.

— C'est toi, Renfri. Toi seule. Tu vas faire preuve d'une grandeur d'âme princière, que dis-je ? royale, et renoncer à ta vengeance. J'ai deviné ?

Renfri renversa la tête en arrière et éclata d'un rire sonore en mettant à temps une main devant sa bouche. Puis elle reprit son sérieux et planta son regard brillant dans les yeux du sorceleur.

— Geralt ! dit-elle. J'ai été princesse, mais c'était à Creyden. J'avais tout ce dont je pouvais rêver sans avoir même besoin de le demander. Des domestiques à mon service au moindre appel, des robes, souliers, culottes de baptiste, bijoux et paillettes, un poney isabelle, des poissons rouges dans le bassin, des poupées et une maison de poupées plus grande que ta chambre ici. Et ce paradis a duré jusqu'à ce que ton Stregobor et cette putain d'Aridea donnent l'ordre à un homme de main de m'emmener dans la forêt, pour m'égorger et leur rapporter mon cœur et mon foie. C'est beau, n'est-ce pas ?

— Non, c'est plutôt horrible. Je suis content de savoir que tu es venue à bout de ce sbire, Renfri.

— Tu parles comme j'en suis venue à bout ! Il a eu pitié et m'a relâchée. Mais ce fils de chienne m'avait auparavant violée et m'avait pris mes boucles d'oreilles et mon diadème en or.

Geralt la regarda droit dans les yeux en jouant avec son médaillon. Elle soutint son regard.

— Et ce fut la fin de la petite princesse, poursuivit-elle. Sa robe était déchirée, la fine baptiste avait irrémédiablement perdu sa blancheur. Ensuite, elle a connu la saleté, la faim, la puanteur, les coups de bâton et les coups de pied. Elle se donnait à la première fripouille venue pour une assiette de soupe et un toit au-dessus de la tête. Est-ce que tu sais à quoi ressemblaient mes cheveux avant ? À de la soie, et ils m'arrivaient une bonne coudée au-dessous des fesses. Quand j'ai attrapé des poux, on me les a coupés avec des ciseaux servant à tondre la laine des moutons, jusqu'à la peau. Ils n'ont jamais repoussé correctement.

Elle se tut un instant, dégagea son front de ses mèches rebelles.

— Je volais pour ne pas mourir de faim, reprit-elle. Je tuais pour ne pas être tuée. J'ai été enfermée dans des cachots qui puaient l'urine, sans savoir si le lendemain on allait me pendre ou seulement me fouetter et me chasser. Et pendant tout ce temps, j'avais ma belle-mère et ton sorcier à mes trousses, ils m'envoyaient des assassins, essayaient de m'empoisonner, de me jeter des sorts. Et tu voudrais que je fasse preuve de grandeur d'âme ? Que je lui accorde mon pardon en me comportant comme une reine ? Je me comporterai comme une reine en lui faisant couper la tête, et peut-être même d'abord les deux jambes. Je verrai.

— Aridea et Stregobor ont essayé de t'empoisonner ?

— Oui. Avec une pomme assaisonnée d'un extrait de belladone. J'ai été sauvé par un gnome qui m'a donné un vomitif. J'ai bien cru que j'allais y rester. Mais j'ai survécu.

— C'était l'un des sept gnomes ?

Renfri, qui était en train de remplir les verres, se figea, l'outre inclinée au-dessus de son gobelet.

— Eh bien ! fit-elle. Tu sais beaucoup de choses sur moi ! Et alors ? Tu as quelque chose contre les gnomes ? Ou contre les autres humanoïdes ? Pour être exacte, ils ont fait preuve de plus de bonté envers moi que la plupart des humains. Mais c'est une chose qui ne te regarde pas. Stregobor et Aridea, disais-je, m'ont traquée comme une bête sauvage, tant qu'ils l'ont pu. Ensuite, c'est moi qui suis devenue le chasseur. Aridea a claqué dans son lit, elle a eu de la chance de ne pas tomber entre mes mains, je lui avais préparé un programme spécial. Et maintenant, j'en ai un pour le sorcier. Geralt, d'après toi, il a mérité la mort ? Dis-moi !

— Je ne suis pas juge, je suis sorceleur.

— Justement. Je t'ai dit qu'il y avait deux personnes qui peuvent empêcher une effusion de sang à Blaviken. La seconde, c'est toi. Le sorcier te laissera entrer dans sa tour, et tu le tueras.

— Renfri ! dit calmement Geralt. Es-tu sûre de ne pas être tombée sur la tête en glissant d'un toit lorsque tu es venue ici ?

— Tu es sorceleur ou tu ne l'es pas, tonnerre ? Ils disent que tu as tué une kikimorrhe que tu as apportée sur un bourriquet pour la faire estimer. Une kikimorrhe est un animal stupide qui tue parce que les dieux l'ont créé pour ça. Stregobor est pire qu'une kikimorrhe. C'est un homme cruel, un maniaque, un monstre. Apporte-le-moi couché en travers d'un bourriquet, et je ne lésinerai pas sur l'or.

— Je ne suis pas un tueur à gages, la Pie-grièche.

Elle en convint en souriant, puis se renversa sur le dossier de la sellette et croisa les jambes sur la table, sans même faire semblant de cacher ses cuisses en tirant sur sa jupe.

— Tu es un sorceleur et tu défends et protèges les humains contre le Mal. Et dans le cas présent, le Mal c'est le fer et le feu qui vont s'en donner à cœur joie ici si nous nous retrouvons l'un en face de l'autre. Tu ne crois pas que ce que je propose est un moindre Mal, une meilleure solution ? Même pour ce fils de chienne de Stregobor. Tu peux le tuer d'une seule botte, par charité, par surprise. Il ne se verra pas mourir. Alors que moi, je ne le lui garantis pas. Bien au contraire.

Geralt se taisait. Renfri s'étira en tendant les bras.

— Je comprends ton hésitation, dit-elle. Mais je dois connaître ta réponse sur-le-champ.

— Sais-tu pourquoi Stregobor et la princesse voulaient te tuer, à Creyden, et puis après ?

Renfri se redressa brusquement, descendit ses jambes de la table.

— Je pense que c'est clair, explosa-t-elle. Ils voulaient se débarrasser de la fille première-née de Fredefalk parce qu'elle était l'héritière du trône. Les enfants d'Aridea étaient issus d'une union morganatique et n'avaient aucun droit sur...

— Renfri, ce n'est pas de ça que je parle.

La fille baissa la tête un très court instant. Puis ses yeux lancèrent des éclairs.

— Bon ! D'accord ! Ils prétendaient que j'étais maudite. Contaminée dans le sein de ma mère. Je suis prétendument un...

— Achève !

— Un monstre.

— Et tu en es un ?

L'espace de quelques secondes, elle eut l'air désarmé, abattu. Et très triste.

— Je ne sais pas, Geralt, murmura-t-elle avant que ses traits retrouvent leur dureté. Comment pourrais-je le savoir, tonnerre ? Quand je me fais une coupure au doigt, je saigne. Je saigne aussi tous les mois. Quand je m'empiffre, j'ai mal au ventre, et quand je bois trop, j'ai mal à la tête. Quand je suis gaie, je chante, et quand je suis triste, je jure. Quand je déteste quelqu'un, je le tue et quand... Tonnerre ! Assez ! Donne-moi ta réponse, sorceleur !

— Ma réponse est « non ».

— Tu te rappelles ce que j'ai dit ? demanda-t-elle après une pause. Il y a des propositions qu'on ne doit pas rejeter parce que les conséquences peuvent en être terribles. Je te mets sérieusement en garde, ma proposition était de celles-là. Réfléchis bien !

— C'est tout réfléchi. Et prends-moi au sérieux ! Moi aussi, je te mets sérieusement en garde.

Renfri se tut quelques instants en jouant avec les

trois rangs de perles qui entouraient son cou gracieux en descendant d'une façon fort polissonne entre les deux hémisphères parfaitement tournés que laissait entrevoir son décolleté.

— Geralt ! demanda-t-elle. Est-ce que Stregobor t'a demandé de me tuer ?

— Oui. Il estimait que ce serait un moindre Mal.

— Suis-je en droit de penser que tu lui as opposé le même refus qu'à moi ?

— Oui.

— Pourquoi ?

— Parce que je ne crois pas au moindre Mal.

Renfri eut un petit sourire, puis sa bouche se tordit dans une très vilaine grimace que révéla la lueur jaune de la chandelle.

— Tu n'y crois pas, dis-tu. Et vois-tu, tu as raison, mais pas tout à fait. Il existe juste le Mal et le Mal supérieur, mais derrière eux deux, tapi dans l'ombre, il y a le Mal suprême. Le Mal suprême, Geralt, est un Mal que tu ne peux même pas imaginer alors que tu penses que plus rien ne saurait te surprendre. Et vois-tu, Geralt, il arrive parfois que le Mal suprême te saisisse à la gorge et te dise : « Choisis, vieux. C'est soit moi soit l'autre, un Mal un peu plus petit. »

— Puis-je savoir à quoi tu veux en venir ?

— À rien. J'ai un peu bu et je me sens d'humeur à philosopher, je cherche des vérités générales. J'en ai trouvé une, justement : il existe un moindre Mal, mais ce n'est pas nous qui pouvons le choisir. Seul le Mal suprême est capable de nous contraindre à ce choix. Que nous le voulions ou non.

— Il est évident que je n'ai pas assez bu, dit le sorceleur avec un sourire sarcastique. Et pendant ce temps, minuit a sonné, comme toujours à pareille heure. Venons-en aux choses concrètes ! Tu ne tueras pas Stregobor à Blaviken, je t'en empêcherai. Je ne permettrai pas qu'on en vienne à se battre et à se massacrer. Je te refais ma proposition : oublie ta vengeance ! Renonce à le tuer ! De cette manière, tu démontreras, à lui mais aussi aux autres, que tu n'es pas un monstre inhumain, sanguinaire, que tu n'es pas une mutante. Tu lui démontreras qu'il s'est trompé, que son erreur t'a causé un immense préjudice.

Renfri contempla un instant le médaillon du sorceleur qui oscillait au bout de la chaînette que celui-ci tournait entre ses doigts.

— Et si je te dis, sorceleur, que je suis incapable de pardonner et de renoncer à ma vengeance, ce sera comme si je lui donnais raison, à lui mais aussi aux autres, n'est-ce pas ? Est-ce que je prouverai ainsi que je ne suis pas un monstre, un démon inhumain maudit des dieux ? Écoute, sorceleur ! Au tout début de mon errance, j'ai été recueillie par un vilain affranchi. Je lui ai plu. Mais comme lui ne me plaisait pas du tout, loin de là, à chaque fois qu'il voulait me prendre, il me rossait si fort que le lendemain matin je pouvais à peine me traîner de mon grabat. Un jour, je me suis levée alors qu'il faisait encore nuit et je lui ai tranché la gorge. Avec une faux. À l'époque, je n'avais pas l'expérience que j'ai aujourd'hui et un couteau m'avait paru trop petit. Vois-tu, Geralt, quand j'ai entendu le vilain glouglouter et s'étouffer, que je l'ai vu agiter les pieds dans tous les sens, j'ai senti que les traces de son bâton et de ses poings ne me faisaient plus du tout mal et je me suis sentie bien, tellement bien que... je suis partie d'un pas alerte en sifflotant, en pleine forme, gaie et heureuse. Et dès lors, ç'a été la même chose à chaque fois. Si c'était différent, qui donc perdrait son temps à se venger ?

— Renfri ! dit Geralt. Quels que soient tes raisons et tes motifs, tu ne partiras pas d'ici en sifflotant et tu ne te sentiras pas aussi bien. Tu ne partiras pas joyeuse et heureuse, mais tu partiras vivante. Demain matin de bonne heure, comme te l'a ordonné le maire. Je te l'ai déjà dit, mais je te le répète : tu ne tueras pas Stregobor à Blaviken.

On pouvait voir se refléter dans les yeux de Renfri la lueur de la chandelle, ses perles dans l'échancrure de son corselet et le médaillon à gueule de loup qui tournoyait au bout de sa chaîne d'argent.

— J'ai de la peine pour toi, dit soudain la fille, comme à regret, les yeux fixés sur le rond d'argent qui miroitait. Tu dis qu'il n'existe pas de moindre Mal. Tu es sur une place, sur des pavés inondés de sang, seul, très seul, parce que tu n'as pas su faire de choix. Tu ne savais pas en faire, mais tu en as tout de même fait un. Tu ne le sauras jamais, tu n'en auras jamais la certitude, jamais, tu m'entends... Et pour toute rémunération, tu n'auras qu'une pierre, des mots méchants. J'ai de la peine pour toi.

— Et toi ? demanda le sorceleur à voix basse, presque dans un murmure.

— Moi non plus, je ne sais pas choisir.

— Qui es-tu ?

— Je suis ce que je suis.

— Où es-tu ?

— J'ai... froid.

— Renfri !

Geralt serra le médaillon dans sa main. Elle se

redressa, comme réveillée en sursaut, et cligna des yeux à plusieurs reprises d'un air étonné. Pendant un moment très court, elle lui donna l'impression d'être effrayée.

— Tu as gagné, dit-elle soudain sèchement. Tu as gagné, sorceleur. Demain au petit matin, je quitterai Blaviken et je ne reviendrai jamais dans ce maudit bourg. Jamais ! Donne-moi à boire, s'il reste encore quelque chose dans la fiasque !

Un petit sourire goguenard, espiègle, errait de nouveau sur ses lèvres tandis qu'elle reposait son gobelet vide sur la table.

— Geralt ?

— Oui.

— Ce satané toit est sacrément raide. Je préférerais partir à l'aube. Dans l'obscurité, je pourrais tomber et me briser les os. Je suis une princesse, j'ai un corps délicat, je sens même un petit pois sous ma paillasse. Si elle n'est pas convenablement garnie, bien sûr. Qu'est-ce que tu en dis ?

Geralt ne put retenir un sourire.

— Renfri ! Ces propos sont-ils bien convenables dans la bouche d'une princesse ?

— Que peux-tu savoir des princesses, tonnerre ? J'en ai été une et je sais que tout le plaisir qu'on a d'être une princesse, c'est de pouvoir faire ce qu'on veut. Faut-il vraiment que je te dise ce dont j'ai envie ou vas-tu le deviner tout seul ?

Geralt, sans se départir de son sourire, ne répondit pas.

— Je ne veux même pas admettre l'idée que je puisse te déplaire, dit la fille en faisant la moue. Je préfère supposer que tu as la trouille de subir le même sort que le vilain affranchi. Eh ! L'homme aux cheveux blancs ! Je n'ai aucun instrument tranchant sur moi. D'ailleurs, tu peux vérifier.

Elle lui posa les pieds sur les genoux.

— Retire-moi mes bottes. Le meilleur endroit pour cacher un couteau, c'est la tige des bottes.

Une fois pieds nus, elle se leva, défit la boucle de sa ceinture.

— Là non plus, je ne cache rien. Ni ici, comme tu vois. Souffle cette satanée chandelle.

À l'extérieur, dans l'obscurité, un chat hurlait.

— Renfri ?

— Oui ?

— C'est de la baptiste ?

— Évidemment, tonnerre ! Je suis une princesse, oui ou non ?

V

— Papa, répétait à l'envi la petite Marilka. Quand est-ce qu'on va à la foire ? Papa, on va à la foire !

— Tais-toi, Marilka ! éclata Caldemeyn en sauçant son assiette avec un morceau de pain. Alors, qu'est-ce que tu en penses, Geralt ? Ils vont quitter la ville ?

— Oui.

— Eh bien ! Je ne pensais pas que ça marcherait si facilement. Avec ce parchemin portant le sceau d'Audoen, ils me tenaient à la gorge. J'ai fait bonne figure, mais en vérité, je ne pouvais strictement rien contre eux.

— Même s'ils avaient ouvertement violé la loi ? Fait du tapage ? Déclenché une bagarre ?

— Même dans ce cas. Audoen, Geralt, est un roi très susceptible, il envoie les gens à l'échafaud pour un rien. J'ai une femme et une fille ; je me trouve bien dans mes fonctions, je n'ai pas à me creuser la cervelle pour savoir où dénicher de la graisse à mettre dans le gruau. Bref ! Qu'ils partent est une bonne chose. Comment ça s'est passé, au fait ?

— Papa, je veux aller à la foire !

— Libouche ! Emmène Marilka d'ici ! Oui, Geralt, je ne pensais pas que tu y arriverais. J'ai interrogé Centenier, l'aubergiste de la *Cour dorée,* sur cette compagnie de Novigrad. C'est une sacrée bande de canailles. Certains ont été reconnus.

— Ah bon !

— Celui avec l'estafilade sur la gueule, c'est Nohorn, l'ancien acolyte d'Abergard, qui vient de ce qu'on appelle la Compagnie libre d'Angren. Tu en as entendu parler ? Bien sûr ! Qui est-ce qui n'en a pas entendu parler ? Le gaillard qu'ils appellent le Quinze aussi. Même si ce n'est pas le cas, je ne pense pas qu'il tienne son sobriquet de quinze bonnes actions qu'il aurait accomplies dans sa vie. Le noiraud, le demi-elfe, c'est Civril, un bandit et un tueur professionnel. Il aurait un rapport avec le massacre de Tridam.

— Le massacre d'où ça ?

— De Tridam. Tu n'en as pas entendu parler ? Il n'était question que de ça il y a... Oui, il y a trois ans, Marilka avait deux ans à l'époque. Le baron de Tridam détenait des brigands enfermés dans ses cachots. Leurs camarades, dont ce Civril aurait fait partie, paraît-il, se sont emparés d'un bac avec plein de pèlerins à son bord, c'était au moment de la Saint-Nis, et ils ont exigé du baron qu'il libère les brigands. Le baron, on peut le comprendre, a refusé ; alors, ils ont commencé à assassiner les pèlerins, les uns après les autres. Avant que le baron mollisse et libère leurs camarades prisonniers, ils en avaient jeté plus d'une dizaine par-dessus bord. Ensuite, le baron a été menacé d'exil et même de la mort. Les uns lui reprochaient d'avoir attendu, pour céder, que tant de gens aient été tués. Les autres semèrent le trouble en disant qu'il avait commis un Mal suprême, que c'était un pré... un précédent ou quelque chose comme ça, qu'il aurait fallu tirer à l'arbalète sur les brigands, tant pis pour les otages, ou lancer l'assaut et ne pas céder d'un pouce. Le baron a déclaré au tribunal qu'il avait choisi un moindre Mal parce qu'il y avait à bord du bac plus d'un quart de cent d'hommes, des femmes et des enfants.

— Le fameux ultimatum de Tridam, murmura le sorceleur. Renfri...

— Quoi ?

— Caldemeyn, la foire !

— Quoi ?

— Tu ne comprends pas, Caldemeyn ? Elle m'a berné. Ils ne vont pas partir. Ils vont forcer Stregobor à sortir de sa tour, comme ils ont forcé le baron de Tridam. Ou bien ils vont me forcer, moi, à... Tu ne comprends pas ? Ils vont commencer par assassiner des gens à la foire. La grand-place, entourée de murs, est un véritable piège !

— Par tous les dieux, Geralt ! Assieds-toi ! Où vas-tu ?

Marilka, effrayée par les cris, se mit à pleurnicher, blottie dans un coin de la cuisine.

— Je te l'avais dit ! s'écria Libouche avec un geste

en direction du sorceleur. Je te l'avais bien dit qu'il ne nous apporterait que du malheur !

— Tais-toi, femme ! Geralt ! Assieds-toi !

— Il faut les en empêcher. Tout de suite ! Avant que les gens pénètrent sur la place. Appelle la garde ! Quand ils sortiront de l'auberge, il faut les empoigner et les arrêter.

— Geralt, sois raisonnable ! Ça n'est pas permis, on ne peut pas toucher à un cheveu de leur tête s'ils n'ont commis aucune peccadille. Ils se défendront, le sang va couler. Ce sont des professionnels, ils vont m'égorger mes hommes. Si l'affaire parvient aux oreilles d'Audoen, je le paierai de ma tête. C'est bon ! J'appelle la garde, je vais à la foire. Là-bas, je les aurai à l'œil...

— Ça ne sert à rien, Caldemeyn. Si la foule pénètre sur la place, tu n'éviteras pas la panique ni le massacre. Il faut les empêcher de nuire tout de suite, pendant que la place du marché est encore vide.

— C'est illégal. Je ne peux pas autoriser une chose pareille. L'histoire du demi-elfe et de sa participation à l'affaire de Tridam n'est peut-être qu'un bruit. Tu peux te tromper. Et alors ? Audoen m'écorchera vif.

— Il faut choisir le moindre Mal.

— Geralt ! Je te l'interdis ! En tant que maire, je te l'interdis ! Pose ton glaive ! Arrête-toi !

Marilka poussait des cris en cachant sa frimousse derrière ses menottes.

VI

Civril, les mains en visière, regarda le soleil qui sortait de derrière les arbres. La place du marché commençait à s'animer, les charrettes et les carrioles roulaient à grand bruit, les premiers marchands disposaient déjà leurs marchandises sur les étals. On entendait des coups de marteau, les cocoricos d'un coq, les cris des mouettes.

— Une belle journée s'annonce, dit le Quinze, pensif.

Civril lui jeta un regard oblique, mais ne dit rien.

— Qu'en est-il des chevaux, Tavik ? demanda Nohorn en enfilant ses gants.

— Ils sont prêts, sellés. Civril, il n'y a toujours pas grand monde sur la place.

— Les gens vont arriver.

— Ce serait bien de se mettre quelque chose sous la dent.

— Tout à l'heure.

— Oui. Tu auras le temps de manger plus tard. Et de l'appétit.

— Regardez ! dit soudain le Quinze.

Le sorceleur arrivait de la grand-rue. Se frayant un passage entre les étals, il marchait droit sur eux.

— Ah ! dit Civril. Renfri avait raison. Passe-moi l'arbalète, Nohom.

Il se courba pour tendre la corde en mettant le pied dans l'étrier et coucha soigneusement le trait dans le rail de guidage. Le sorceleur approchait. Civril tendit la corde de son arbalète.

— Pas un pas de plus, sorceleur !

Geralt s'arrêta. Environ quarante pas le séparaient du groupe.

— Où est Renfri ?

Un rictus tordit les jolis traits du sang-mêlé.

— Au pied du beffroi. Elle fait une proposition au

sorcier. Elle savait que tu viendrais ici. Elle m'a chargé de te transmettre deux messages.

— Vas-y !

— Le premier message est le suivant : « Je suis ce que je suis. Choisis. C'est soit moi soit l'autre, le moindre. » Tu es censé savoir de quoi il s'agit.

Le sorceleur hocha la tête, puis il leva la main pour saisir la garde de son glaive qui dépassait de son épaule droite. La lame scintilla en décrivant une courbe au-dessus de sa tête. Il marcha à pas lents en direction du groupe.

Civril éclata d'un rire de mauvais augure.

— Ah ! Tout de même ! Elle avait également prévu ta réaction, sorceleur. Par conséquent, je vais te transmettre tout de suite le second message dont elle m'a chargé. Entre les deux yeux.

Le sorceleur avançait. Le demi-elfe leva son arbalète à hauteur de sa joue. On entendait les mouches voler.

La corde vibra. Le sorceleur brandit son glaive ; sous le choc, le métal émit un gémissement prolongé, le trait culbuta dans l'air, cogna un toit d'un bruit sec et atterrit dans une gouttière. Le sorceleur avançait.

— Il a rebondi ! gémit le Quinze. Il a rebondi en vol...

— Regroupez-vous ! commanda Civril.

Les glaives sifflèrent en sortant de leurs fourreaux. Le groupe, en rangs serrés, massé épaule contre épaule, se hérissa de lames.

Le sorceleur accéléra le pas ; son allure, d'une fluidité et d'une souplesse étonnantes, se mua en pas de course. Il ne courut pas droit sur le groupe hérissé de glaives, mais en zigzags, de plus en plus courts, pour le contourner par le côté.

Tavik n'y tint plus, il s'élança à sa rencontre en réduisant la distance. Les jumeaux bondirent à sa suite.

— Restez groupés ! hurla Civril en tournant la tête.

Pendant ce temps, le sorceleur disparaissait de son champ de vision. Il poussa un juron, fit un bond sur le côté en voyant que le groupe se désintégrait complètement, allait et venait entre les éventaires en un cortège échevelé.

Tavik fut le premier. Un instant plus tôt, il poursuivait le sorceleur et voilà qu'il s'aperçut tout à coup que celui-ci le dépassait sur sa gauche en courant dans l'autre sens. Il piétina pour ralentir, mais le sorceleur passa en trombe à côté de lui avant qu'il ait eu le temps de lever son glaive. Tavik sentit un coup violent juste au-dessus de la hanche. Il tourna sur lui-même et constata qu'il tombait. À genoux, il regarda sa hanche avec stupéfaction et se mit à pousser des cris.

Les jumeaux qui attaquaient la forme noire floue qui leur fonçait dessus fondirent l'un sur l'autre, leurs épaules se heurtèrent et durant quelques secondes, ils perdirent le rythme. Cela suffit. Vyr reçut un coup sur toute la largeur de la poitrine et se plia en deux ; la tête penchée, il fit encore deux ou trois pas puis s'effondra sur un éventaire de légumes. Nimir reçut un coup sur la tempe, tournoya sur place et s'affala lourdement dans le caniveau, mort.

La place fourmillait de marchands en fuite, les carrioles faisaient un bruit d'enfer en se renversant, des nuages de poussière et des clameurs s'élevaient. Tavik essaya encore une fois de se relever en prenant appui sur ses mains, qui tremblaient fortement, mais il retomba.

— Garde-toi à gauche, le Quinze ! rugit Nohorn en

contournant le sorceleur pour le surprendre par-derrière.

Le Quinze se retourna rapidement. Mais pas assez. Il reçut un coup ; malgré son ventre transpercé, il résista, se prépara à frapper, mais il reçut alors un second coup, juste au-dessous de l'oreille. Il se raidit, fit quatre pas chancelants et s'effondra sur une carriole de poissons qui se renversa. Le Quinze glissa sur les pavés argentés d'écailles.

Civril et Nohorn frappèrent le sorceleur en même temps, l'elfe d'une botte énergique par le haut, Nohorn, un genou fléchi, par le bas, à plat. Les deux coups furent parés, les deux grincements du métal n'en firent qu'un. Civril fit un bond en arrière, trébucha, se rattrapa à un éventaire en bois. Nohorn s'élança pour le protéger avec son glaive qu'il tenait à la verticale. Il para le coup, si puissant qu'il le projeta en arrière, l'obligeant à s'agenouiller. En se relevant, il para l'attaque, trop lentement. Un coup de glaive lui dessina une balafre sur la figure, symétrique à sa cicatrice.

Civril lâcha l'éventaire, sauta par-dessus Nohorn qui tombait, attaqua à deux mains en effectuant une volte-face, rata son coup et s'écarta immédiatement. Il ne sentit pas le choc, ses jambes se dérobèrent seulement lorsqu'il tenta une parade, par réflexe, en cherchant à passer d'une feinte à une nouvelle attaque. Son épée sauta de sa main, entaillée de la paume jusqu'au-dessus du coude. Il tomba à genoux, secoua la tête, voulut se relever, mais n'y parvint pas. Sa tête s'affaissa sur ses genoux, et il se figea dans cette position, au milieu d'une flaque rouge, entouré de choux, de craquelins et de poissons.

Renfri arriva sur la place.

Elle approchait lentement, de son pas souple de félin, en évitant charrettes et éventaires. La foule, qui bourdonnait comme un essaim de frelons dans les ruelles avoisinantes et le long des maisons, se tut. Geralt se tenait immobile, la garde baissée. La fille, maintenant à dix pas de lui, s'arrêta. Il aperçut sous son corselet une courte cotte de mailles qui lui protégeait à peine les hanches.

— Tu as fait ton choix, constata-t-elle. Tu es sûr que c'est le bon ?

— Blaviken ne sera pas un second Tridam, réussit à dire Geralt.

— Il ne l'aurait pas été. Stregobor s'est moqué de moi. Il m'a dit que je pouvais assassiner tout Blaviken et même plusieurs villages voisins, mais que ce n'était pas cela qui le ferait sortir de sa tour. Il m'a dit qu'il ne laisserait personne entrer, toi non plus. Qu'est-ce que tu as à me regarder comme ça ? Oui, je t'ai trompé. Toute ma vie, j'ai trompé les gens quand c'était nécessaire. Pourquoi aurais-je dû faire une exception pour toi ?

— Va-t'en d'ici, Renfri !

Elle éclata de rire.

— Non, Geralt.

Elle sortit son épée d'un geste leste.

— Renfri !

— Non, Geralt ! Tu as fait ton choix. À mon tour de faire le mien.

D'un mouvement vif, elle arracha sa jupe, la fit tournoyer en l'air de sorte que le tissu s'entoure autour de son avant-bras gauche. Geralt recula, leva une main et croisa les doigts pour former un Signe. Renfri éclata de nouveau d'un rire bref, rauque.

— Ça ne sert à rien, l'homme aux cheveux blancs. Sur moi, ça ne marche pas. Il n'y a que l'épée.

— Renfri ! répéta-t-il. Va-t'en ! Si nous croisons le fer, je... je ne pourrai plus...

— Je le sais, dit-elle. Mais moi... Moi non plus, je ne peux pas faire autrement. Tout simplement je ne peux pas. Nous sommes ce que nous sommes. Toi et moi.

Elle marcha sur lui d'un pas léger, balancé. Au bout de son bras droit, dressée sur le côté, scintillait son épée ; de sa main gauche, elle traînait sa jupe par terre. Geralt fit deux pas en arrière.

Elle bondit, brandit le bras gauche, sa jupe claqua dans l'air, dérobant à la vue son épée qui brilla dans une botte courte, retenue. Geralt fit un bond en arrière, le tissu ne le frôla même pas, mais la lame de Renfri glissa sur sa parade oblique. Il riposta machinalement avec le milieu de son glaive, croisant les deux lames en un bref moulinet, essaya de la désarmer. C'était une erreur. Elle repoussa sa lame et aussitôt, les genoux fléchis, balançant les hanches, elle visa son visage. C'est à peine s'il eut le temps de parer le coup, il fit un écart pour éviter le tissu de sa jupe qui s'abattait sur lui. Une pirouette lui permit d'esquiver la lame qui miroitait lors de bottes rapides comme l'éclair. Elle repassa à l'attaque, lança sa jupe droit sur les yeux de Geralt, lui porta un coup à plat, tout près, en pivotant sur les talons. Il esquiva le coup en faisant volte-face juste à côté d'elle. Elle connaissait cette feinte. Elle se tourna en même temps que lui et, tout près, si proche qu'il sentit son souffle, elle lui transperça la poitrine. La douleur le fit chanceler, mais elle ne troubla pas son rythme. Il exécuta une nouvelle volte-face, dans l'autre sens, repoussa la lame qui volait vers sa tempe, exécuta une feinte rapide et passa à l'attaque. Renfri fit un bond en arrière, s'apprêta à le frapper en tenant la garde haute. Geralt, les genoux fléchis pour l'attaque, transperça sa cuisse dénudée et son aine par en bas, d'un coup fulgurant de la pointe de son glaive.

Elle ne poussa pas un cri. Elle se laissa choir sur un genou et lâcha son épée pour appliquer ses deux mains sur sa cuisse. Un flot de sang clair jaillit entre ses doigts et se répandit sur son élégante ceinture et ses bottes en peau d'élan, et sur les pavés couverts d'immondices. La foule, réfugiée dans les rues, ondoya et frémit en poussant des clameurs.

Geralt rangea son épée.

— Ne t'en va pas ! gémit-elle en se roulant en boule.

Il ne répondit pas.

— J'ai... froid.

Il ne répondit pas. Renfri gémit de nouveau en se recroquevillant encore un peu plus. Son sang coulait à flots, remplissant les interstices entre les pavés.

— Geralt... Serre-moi dans tes bras !

Il ne répondit pas.

Elle détourna la tête et s'immobilisa, la joue sur le pavé. Un poignard à très fine lame, dissimulé jusque-là sous son corps, s'échappa de ses doigts gourds.

Au bout d'un moment, qui parut durer une éternité, le sorceleur releva la tête au bruit du bourdon de Stregobor qui cognait le pavé. Le magicien se hâtait en évitant les cadavres.

— En voilà une boucherie ! souffla-t-il. J'ai tout vu, Geralt, j'ai tout vu dans mon cristal...

Il approcha plus près, se pencha. Dans sa longue

robe noire, appuyé sur son bourdon, il avait l'air vieux, très vieux.

— J'ai du mal à le croire, fit-il en hochant la tête. La Pie-grièche, là, sans vie.

Geralt ne répondit pas.

— Allez, Geralt ! dit le magicien en se redressant. Va chercher une charrette. Nous l'emmènerons au beffroi. Il faut faire son autopsie.

Il jeta un coup d'œil au sorceleur et, n'ayant pas obtenu de réponse, se pencha sur le corps.

Quelqu'un que le sorceleur ne connaissait pas mit la main sur la poignée de son épée et dégaina aussi sec.

— Touche un seul cheveu de sa tête, sorcier, dit l'individu que le sorceleur ne connaissait pas. Touche-la seulement, et c'est la tienne qui volera sur le pavé !

— Qu'est-ce que tu fais, Geralt ? Tu es devenu fou ? Tu es blessé, en état de choc ! Pratiquer une autopsie est le seul moyen de vérifier...

— Ne la touche pas !

Stregobor, voyant la lame dressée, fit un bond en arrière, brandit sa canne.

— C'est bon ! cria-t-il. Comme tu veux ! Mais tu ne sauras jamais ! Tu n'auras jamais de certitude ! Jamais. Tu m'entends, sorceleur ?

— Fous le camp !

— Comme tu veux, dit le magicien qui fit demi-tour en cognant son bourdon sur le pavé. Je retourne à Kovir, je ne resterai pas un jour de plus dans ce trou. Viens avec moi ! Ne reste pas ici. Ces gens-là ne savent rien, ils t'ont juste vu tuer. Et tu t'y prends d'une façon répugnante, Geralt. Allez, tu viens ?

Geralt ne répondit pas, il ne le regarda même pas. Il

rengaina son glaive. Stregobor haussa les épaules, s'éloigna d'un pas vif en frappant de sa canne en cadence.

Une pierre vola. Elle résonna sur le pavé, bientôt suivie d'une deuxième qui frôla l'épaule de Geralt. Le sorceleur se redressa, leva les deux mains et fit un geste rapide. La foule murmura, les pierres étaient de plus en plus nombreuses, mais le Signe les écartait, elles rataient leur cible, protégée par une armure ovoïde invisible.

— Ça suffit ! rugit Caldemeyn. C'est fini, cornedouille !

La foule mugit comme le ressac, mais les pierres arrêtèrent de voler. Le sorceleur se tenait immobile.

Le maire s'approcha de lui.

— Est-ce que c'est tout ? demanda-t-il en indiquant d'un geste large les corps inertes disséminés sur la petite place. C'est ça, le moindre Mal que tu as choisi ? As-tu réglé ce que tu estimais nécessaire ?

Geralt ne répondit pas tout de suite.

— Oui, finit-il par dire.

— Ta blessure est grave ?

— Non.

— Dans ce cas, fiche le camp !

— Oui, dit le sorceleur.

Il resta un instant planté là, fuyant le regard du maire. Puis il fit demi-tour, lentement, très lentement.

— Geralt !

Le sorceleur se retourna.

— Ne remets plus jamais les pieds ici ! dit Caldemeyn. Plus jamais !

La voix de la raison 4

« Parlons, Iola. J'ai besoin de parler. On dit que le silence est d'or. C'est possible. Mais je ne sais pas s'il a réellement la valeur qu'on lui prête. En tout cas, il a son prix. Il faut le payer.

Pour toi, c'est plus facile. Oui, ne dis pas le contraire ! Tu te tais par choix, tu as fait don de ton silence à ta déesse. Je ne crois pas en Melitele, je ne crois pas non plus en l'existence d'autres dieux, mais j'ai de l'estime pour ton choix, pour ton offrande, j'estime et je respecte ce en quoi tu crois. Car ta foi et ton sacrifice, le prix du silence que tu payes font de toi un être meilleur, de plus grande valeur. Ou du moins peuvent-ils te rendre meilleure. Alors que mon manque de foi ne peut rien. Il est impuissant.

Tu me demandes en quoi je crois, dans ce cas.

Je crois en mon glaive.

Comme tu le vois, j'en porte deux. Tout sorceleur a deux glaives. Des gens malveillants disent que le glaive en argent est réservé aux monstres, et celui en fer aux humains. C'est faux, bien sûr. Il y a des monstres qu'on ne peut frapper qu'avec une lame en argent, mais il en existe d'autres pour lesquels c'est le fer qui est mortel. Non, Iola, il ne s'agit pas de n'importe quel fer. Il doit venir d'une météorite. Tu me demandes ce que c'est qu'une météorite ? C'est une étoile qui tombe du ciel. Tu as certainement déjà vu des étoiles filantes, ces courtes traînées lumineuses dans le ciel nocturne. Quand tu en vois une, tu prononces assurément un vœu, les étoiles filantes sont peut-être pour toi une raison supplémentaire de croire dans les dieux. Pour moi, une météorite n'est qu'un morceau de métal qui s'imprime dans le sol lors de sa chute. Un métal qui permet de fabriquer des glaives.

Bien sûr que tu peux prendre mon glaive dans ta main ! Tu vois comme il est léger ? Même toi, tu n'as pas de mal à le soulever. Non ! Ne touche pas à la lame ! Tu te couperais. Elle est plus tranchante qu'une lame de rasoir. Il faut qu'elle soit comme ça.

Oh oui ! Je m'entraîne souvent. Dès que j'ai un moment de libre. Il ne faut pas que je perde la main. Je suis venu dans ce coin le plus reculé du parc, pour me dégourdir, pour chasser de mes muscles cet horrible fourmillement qui m'assaille, ce froid qui circule en moi. Et tu m'y as retrouvé. C'est drôle. Pendant plusieurs jours, c'est moi qui ai essayé de te retrouver. Je regardais partout si je te voyais. Je voulais...

Cette conversation me fait du bien, Iola. Asseyons-nous pour bavarder un peu !

En fait, tu ne sais pas du tout qui je suis, Iola.

Je m'appelle Geralt, Geralt de... Non. Juste Geralt. Geralt de nulle part. Je suis sorceleur.

Ma maison, pour moi, c'est Kaer Morhen, le gîte des sorceleurs. C'est de là que je viens. Il y a... Il y avait une forteresse. Il n'en reste plus grand-chose.

Kaer Morhen... C'est là qu'on produisait les êtres

comme moi. Mais aujourd'hui, on ne le fait plus, et aujourd'hui plus personne n'habite à Kaer Morhen. Plus personne, à part Vesemir. Qui est Vesemir ? C'est mon père. Pourquoi me jettes-tu ce regard étonné ? Qu'y a-t-il d'étrange ? Tout le monde a un père. Le mien, c'est Vesemir. Qu'importe si ce n'est pas mon vrai père ! Je n'ai pas connu le vrai, ni ma mère. Je ne sais même pas s'ils sont en vie. Et au fond, ça ne m'intéresse guère.

Oui, Kaer Morhen... J'ai connu là-bas une mutation ordinaire. D'abord l'épreuve des Herbes et puis les choses habituelles : les hormones, les plantes, la contamination par un virus. Une fois. Deux fois. Jusqu'à ce que ça réussisse. Il paraît que j'ai très bien supporté les changements, je n'ai pas été longtemps malade. J'ai donc été considéré comme un gosse d'une très grande résistance et choisi pour d'autres... expériences plus compliquées. Là, ç'a été moins facile. Beaucoup moins facile. Mais, comme tu le vois, j'ai survécu. Je suis le seul de tous ceux qui avaient été sélectionnés pour ces expériences. C'est depuis cette époque que j'ai les cheveux blancs. Un problème de dépigmentation. Un effet secondaire, comme on dit. C'est un détail. Il n'est pas très gênant.

Après, on m'a appris toutes sortes de choses. Mon apprentissage a duré assez longtemps. Jusqu'au jour où j'ai enfin pu quitter Kaer Morhen et suis parti sur les routes. J'avais déjà mon médaillon. Tiens ! Celui-là. L'emblème de l'école du Loup. J'avais aussi deux glaives : un en argent, l'autre en fer. En plus de mes glaives, j'emportais aussi ma conviction, mon enthousiasme, ma motivation et... ma foi. La foi dans mon utilité et ma raison d'être. Car le monde, Iola, était réputé pour être envahi de monstres et de bêtes hideuses, et ma mission était de protéger ceux que ces bêtes mettaient en danger. Quand je suis parti de Kaer Morhen, je rêvais de rencontrer mon premier monstre, j'étais très impatient de me trouver face à lui. Et j'ai fini par le rencontrer.

Mon premier monstre, Iola, était chauve et avait des dents particulièrement laides, toutes gâtées. Je l'ai rencontré sur la grand-route, où associé avec des monstres collègues, des soldats pillards, il avait arrêté une charrette de paysans et en avait fait descendre une fillette qui pouvait avoir treize ans, peut-être même moins. Ses copains retenaient le père de la fille pendant que le chauve lui arrachait sa robe en hurlant que l'heure était venue pour elle de savoir ce qu'était un homme. Je me suis approché, j'ai mis pied à terre et dit au chauve que pour lui aussi l'heure d'apprendre ce qu'était un homme avait sonné. Je me trouvais très spirituel. Le chauve a lâché la gamine et s'est jeté sur moi avec une hache. Il était très lent, mais coriace. Il a fallu deux coups pour qu'il tombe. Les coups que je lui ai portés n'étaient pas spécialement nets, mais ils étaient, je dirais, très spectaculaires, au point que les copains du chauve ont pris leurs jambes à leur cou quand ils ont vu ce qu'un glaive de sorceleur pouvait faire d'un homme...

Je ne t'ennuie pas, Iola ?

J'ai besoin de parler. J'en ai vraiment besoin.

Où en étais-je ? Ah oui ! À ma première noble action. Vois-tu, Iola, à Kaer Morhen, on m'avait mis dans la tête de ne pas me mêler de ce genre d'incident, de passer alors mon chemin, de ne pas jouer les chevaliers errants ni de remplacer les gardiens de la loi. Je suis parti sur les routes non pas pour parader, mais pour effectuer l'un ou l'autre travail qui m'était commandé. Or comme un imbécile, je me suis mêlé de cette histoire alors que je n'étais même pas à cinquante milles du pied des montagnes. Sais-tu pourquoi je l'ai fait ? Je voulais qu'après avoir versé toutes les larmes de son corps, la fille me baise les mains de reconnaissance, à moi qui étais son sauveur, et que son père me remercie à genoux. Or le père de la fille s'était enfui avec les pillards, et la jeune fille sur laquelle s'était répandu le sang du chauve s'est mise à vomir et a eu une crise d'hystérie ; quand je me suis approché d'elle, elle s'est évanouie de peur. Depuis ce temps, je ne me suis que très rarement mêlé de ce genre d'histoires.

Je faisais ce que j'avais à faire. J'ai vite appris comment agir. Dans les villages, je m'approchais des clôtures ; dans les hameaux et les bourgs, je m'arrêtais sous les palissades. Et j'attendais. Si on crachait, me maudissait et me lançait des pierres, je m'en allais. Si, au contraire, quelqu'un sortait et me confiait un travail, je l'exécutais.

Je visitais et faisais le tour des villes et des forteresses, je cherchais des avis collés sur les poteaux à la croisée des chemins. Je cherchais des informations : "On demande un sorceleur de toute urgence." Ensuite, je découvrais le plus souvent un bois sacré, une prison souterraine, une nécropole ou des ruines, un ravin dans la forêt, ou une grotte, dans les montagnes, pleine d'ossements et de charognes nauséabondes. Là, demeurait un être qui ne vivait que pour tuer. Poussé par la faim, pour le plaisir, esclave de la volonté maladive de quelqu'un ou pour d'autres motifs encore : une manticore, une wyvern, un brouillardier, une aeschne, un rynchote, une chimère, une goule, un vampire, un graveir, un loup-garou, un gigascorpion, une strige, une mangeresse, une kikimorrhe, une vyppère. Suivaient une danse dans l'obscurité et un coup de glaive. Je pouvais lire ensuite le dégoût et l'épouvante dans les yeux de celui qui me remettait mon dû.

Des erreurs ? Bien sûr que j'en ai commis.

Mais je m'en tenais à mes principes. Non, je ne respectais pas un code. J'avais pris l'habitude de me retrancher derrière un code. Les gens aiment ça. On respecte les gens qui ont un code et on a de la considération pour eux.

Les sorceleurs n'en ont pas. Il n'a jamais existé de code de sorceleur. Je m'en suis inventé un. Tout simplement. Et je m'y suis tenu. Toujours...

Pas toujours.

Il y avait, en effet, des situations qui laissaient croire qu'il n'y avait pas de place pour les doutes, quels qu'ils soient. Des situations où j'aurais dû me dire : "Qu'est-ce que ça peut me faire ? Ce n'est pas mon problème, je ne suis qu'un sorceleur." Des situations où il aurait fallu écouter la voix de la raison. Où j'aurais dû écouter mon instinct, à défaut, celui que dicte l'expérience. Et que dicte la peur ordinaire, la plus ordinaire des peurs.

J'aurais dû écouter la voix de la raison. Alors...

Je ne l'ai pas fait.

Je pensais choisir le moindre Mal. J'ai choisi le moindre Mal. Le moindre Mal ! Je suis Geralt de Riv. On m'appelle aussi le Boucher de Blaviken.

Non, Iola ! Ne me touche pas la main. Le contact de

ta main sur la mienne pourrait libérer en toi... Tu pourrais voir...

Et je ne veux pas que tu voies. Je ne veux pas savoir. Je connais mon destin, qui me fait tourner comme un tourbillon. Mon destin ? Il m'emboîte le pas, mais je ne regarde jamais derrière moi.

Une boucle ? Oui, c'est ce que pressent Nenneke, semble-t-il. Qu'est-ce qui m'a poussé, là-bas, à Cintra ? Comment ai-je pu prendre des risques aussi stupides ?

Non, non, trois fois non ! Je ne regarde jamais derrière moi. Et je ne retournerai jamais à Cintra, j'éviterai Cintra comme la peste. Je n'y remettrai jamais les pieds.

Ah ! Si je compte bien, l'enfant a dû naître en mai, quelque part aux alentours de la fête de Belleteyn. Si c'est effectivement le cas, nous aurions affaire à un curieux concours de circonstances. Car Yennefer aussi est née à Belleteyn...

Allons-y, maintenant, Iola ! La nuit tombe.

Je te remercie d'avoir bien voulu parler avec moi.

Je te remercie, Iola.

Non, je n'ai rien. Je vais bien.

Tout à fait bien. »

Une question de prix

I

Le sorceleur avait la lame sur la gorge.

Il trempait dans l'eau savonneuse, la tête renversée en arrière, appuyée sur le bord glissant de la cuve en bois. Il sentait dans sa bouche le goût amer du savon. La lame, émoussée à faire pitié, lui grattait douloureusement la pomme d'Adam, remontait sur son menton avec un léger bruit.

Le barbier, qui avait l'air d'un artiste convaincu de produire un chef-d'œuvre, repassa la lame une dernière fois, pour la touche finale, puis lui rafraîchit le visage avec un morceau de toile de lin imbibé d'une lotion qui devait être à base d'*Angelica archangelica.*

Geralt se mit debout, laissa un valet lui verser dessus un petit baquet d'eau pour le rincer, s'ébroua et sortit de la cuve en imprimant la trace de ses pieds mouillés sur le sol de brique.

— Voici une serviette, monsieur, lui dit le valet en jetant un regard curieux à son médaillon.

— Merci.

— Vous trouverez vos habits ici, dit Haxo. La chemise, le haut-de-chausses, le pantalon, la tunique. Et les bottes.

— Vous avez pensé à tout, chambellan. Mais ne pourrais-je pas porter mes bottes à moi ?

— Non. De la bière ?

— Avec plaisir.

Il s'habilla sans se presser. Le contact de ces vêtements qui n'étaient pas à lui, rêches, désagréables sur sa peau enflée, gâchait la bonne humeur dans laquelle l'avait mis son bain d'eau chaude.

— Chambellan ?

— Je vous écoute, monsieur Geralt.

— Ne sauriez-vous pas les raisons de toute cette mascarade ? Disons : à quoi je puis être utile ici ?

— Ce n'est pas mon affaire, dit Haxo en surveillant les valets du coin de l'œil. Je suis chargé de vous habiller...

— De me déguiser, vous voulez dire.

— ... de vous habiller et de vous conduire auprès de la reine, au banquet. Enfilez votre tunique, monsieur Geralt ! Et cachez bien votre médaillon de sorceleur dessous !

— J'avais là mon poignard.

— Nous l'avons mis en lieu sûr, comme vos deux glaives et toutes vos affaires. Là où vous allez, on va sans armes.

Le sorceleur haussa les épaules et revêtit une étroite tunique pourpre.

— Qu'est-ce que c'est ? s'informa-t-il en indiquant une broderie sur le devant du vêtement.

— Ah ! Justement ! dit Haxo. J'allais oublier. Pour la durée du banquet, vous vous appellerez Son Excellence Ravix de Quatrecorne. En tant qu'invité d'honneur, vous serez assis à la droite de la reine. Tel est son désir. Et ce que vous avez là, sur votre tunique, c'est votre blason. Sur champ d'or, un ours noir marchant, sur lui une demoiselle en robe azur, cheveux défaits et bras levés. Il serait bien que vous le reteniez, au cas où l'un des invités serait féru d'héraldique, comme ça arrive souvent.

— C'est vrai. Je le retiendrai, dit gravement Geralt. Et où est ce Quatrecorne ?

— Assez loin d'ici. Vous êtes prêt ? Nous pouvons y aller ?

— Oui. Dites-moi encore, monsieur Haxo ! En quel honneur la reine donne-t-elle ce banquet ?

— La princesse Pavetta est dans sa quinzième année et les prétendants se réunissent, selon la coutume. La reine Calanthe veut marier sa fille à un homme de Skellige. Nous aimerions nous allier avec ces insulaires.

— Pourquoi précisément avec eux ?

— Ils attaquent moins souvent les pays auxquels ils sont alliés.

— C'est une raison valable.

— Mais ce n'est pas la seule. À Cintra, monsieur Geralt, la tradition n'autorise pas les femmes à gouverner. Le roi Roegner est décédé il y a quelque temps de la maladie pestilentielle et la reine ne veut pas se remarier. Dame Calanthe est sage et juste, mais un roi est un roi. L'homme qui épousera la princesse montera sur le trône. Ce serait bien de trouver un rude gaillard. Et les rudes gaillards, c'est sur les îles qu'on les trouve. Les gens de Skellige sont un peuple résistant. Maintenant, allons-y !

Ils avaient parcouru la moitié de la galerie qui faisait

le tour d'une courette intérieure déserte quand Geralt s'arrêta et examina les alentours.

— Chambellan, dit-il à mi-voix. Nous sommes seuls. Dites-moi pourquoi la reine a besoin d'un sorceleur. Vous devez savoir quelque chose. Qui d'autre que vous peut le savoir ?

— Elle en a besoin comme on en a besoin ailleurs, grommela Haxo. Cintra ressemble à tous les autres pays, c'est un pays comme les autres. Nous avons ici des loups-garous et des basilics, et en cherchant bien, on pourrait certainement trouver une manticore. On peut donc avoir besoin d'un sorceleur.

— Trêve de faux-fuyants, chambellan. Je vous demande pourquoi la reine a besoin d'un sorceleur à son banquet, de surcroît déguisé en ours bleu aux cheveux défaits.

Haxo jeta, lui aussi, un regard circulaire et se pencha même par-dessus la balustrade.

— Il se passe de mauvaises choses, monsieur Geralt, marmonna-t-il. Au château, je veux dire. Il est hanté.

— Par quoi donc ?

— Quoi d'autre pourrait hanter le château sinon un monstre ? On dit qu'il est petit, bossu, couvert de piquants comme un hérisson. La nuit, il erre dans la forteresse en faisant tinter ses chaînes. Il gémit, il geint dans les salles.

— Vous l'avez vu ?

Haxo cracha par terre.

— Non. Et je n'ai pas envie de le voir.

— Vous me racontez des histoires, chambellan, dit le sorceleur en faisant la moue. Ça ne tient pas debout. Nous nous rendons à un banquet de fiançailles, et qu'est-ce que je suis censé y faire ? Veiller à ce que le bossu ne surgisse pas de dessous la table et ne se mette pas à gémir ? Sans armes ? Déguisé en bouffon ? Hé ! Monsieur Haxo !

— Pensez ce que vous voulez, dit le chambellan, piqué. J'ai reçu l'ordre de ne rien vous dire. Vous m'avez posé une question, je vous ai répondu. Et vous dites que je raconte des histoires ! C'est fort aimable à vous !

— Pardonnez-moi ! Je ne voulais pas vous blesser, chambellan. Je m'étonnais seulement...

— Alors, arrêtez de vous étonner ! dit Haxo avant de détourner la tête, toujours vexé. Vous n'êtes pas là pour ça. Et je vous donne un bon conseil, monsieur le sorceleur ! Si la reine vous ordonne de vous déshabiller entièrement, de vous peindre le fondement en bleu et de vous pendre dans le vestibule la tête en bas pour jouer les candélabres, faites-le sans manifester votre étonnement et sans hésiter ! Si vous refusez, vous irez au-devant de gros désagréments. Vous m'avez compris ?

— Oui. Allons-y, monsieur Haxo ! Quoi qu'il arrive, ce bain m'a ouvert l'appétit.

II

Hormis les paroles de bienvenue, lapidaires, cérémonieuses, qu'elle avait prononcées pour accueillir « le seigneur de Quatrecorne », la reine Calanthe n'avait pas échangé un mot avec le sorceleur. Le banquet tardait à commencer, des convives arrivaient encore, annoncés par le héraut d'une voix de stentor.

La table, rectangulaire, était immense, elle pouvait accueillir largement une quarantaine de personnes. Calanthe présidait, assise sur un trône à haut dossier. Elle avait à main droite Geralt, à main gauche un barde aux cheveux grisonnants qui tenait un luth et qu'on appelait Drogodar. Deux sièges à la gauche de la reine étaient encore inoccupés.

À la droite de Geralt, dans la longueur de la table, avaient pris place Haxo, le chambellan, et un voïvode au nom difficile à retenir. Plus loin, il pouvait voir des hôtes de la principauté d'Attre : le chevalier Rainfarn, morose et taciturne, et le prince Windhalm, un adolescent de douze ans, aux joues joufflues, placé sous sa tutelle, qui était l'un des prétendants. Plus loin, les chevaliers chamarrés et multicolores de Cintra et les vassaux des environs.

— Le baron Eylembert de Tigg ! annonça le héraut.

— Cotcodette ! glissa Calanthe en donnant un coup de coude à Drogodar. On va s'amuser.

Le chevalier, maigre et moustachu, richement vêtu, lui fit une profonde révérence, mais ses yeux vifs et gais et le petit sourire qui errait sur ses lèvres démentaient son apparente soumission.

— Saluez-nous, monsieur Cotcodette ! dit la reine d'un ton cérémonieux. (De toute évidence, le baron était plus connu sous son surnom que sous son véritable nom de famille.) Vous me voyez ravie de votre venue.

— Pour ma part, je suis ravi d'avoir eu l'honneur d'être invité, déclara Cotcodette avant de pousser un soupir. Enfin, je jetterai un coup d'œil à la princesse, si tu le permets, reine. Ce n'est pas facile de vivre seul, dame Calanthe.

— Que me dites-vous, monsieur Cotcodette ? dit Calanthe avec un petit sourire en roulant une mèche de cheveux sur son doigt. À ma connaissance, vous êtes marié.

— Eh ! s'indigna le baron. Tu sais bien, dame Calanthe, que ma femme est de santé fragile et délicate, et voilà que la petite vérole sévit dans nos contrées. Je parie ma ceinture et mon glaive contre de vieilles chaussures de teille que dans un an même mon deuil sera achevé.

Le sourire de Calanthe se fit encore plus aimable.

— Pauvre de toi, Cotcodette ! Mais tu es aussi un sacré veinard. Ta femme est, en effet, de santé fragile. On m'a raconté que pendant les dernières moissons elle t'a surpris dans une meule de foin avec une fille et qu'elle t'a poursuivi avec une fourche sur près d'un mille, sans te rattraper. Tu devrais mieux la nourrir et davantage la cajoler et aussi veiller à ce que la nuit elle n'ait pas froid au dos. Et tu verras comme elle ira mieux dans un an.

Cotcodette se rembrunit, mais sa tristesse manquait de conviction.

— J'ai saisi l'allusion. Puis-je, cependant, assister au banquet ?

— Vous m'en verrez ravie, baron.

— La députation de Skellige ! cria le héraut, déjà bien enroué.

Se fit alors entendre le pas musclé des insulaires qui entraient à quatre, vêtus de pourpoints de cuir reluisant bordés de fourrure de phoque, et ceints d'écharpes en lainage à carreaux. Les menait un guerrier nerveux, au visage sombre et au nez aquilin, au côté duquel marchait un jouvenceau de belle carrure, aux cheveux roux. Tous quatre s'inclinèrent devant la reine.

— C'est un grand honneur d'accueillir de nouveau dans mon château le preux chevalier Eist Tuirseach de Skellige, dit Calanthe dont le visage s'était légèrement empourpré. Si ton mépris pour le mariage ne m'était si bien connu, je me réjouirais à l'idée que tu aspires peut-être à la main de ma Pavetta. La solitude te pèserait-elle, malgré tout, chevalier ?

— Souvent, belle Calanthe, répondit l'insulaire à la carnation olivâtre en levant sur la reine des yeux brillants. Mais je mène une vie trop dangereuse pour songer à m'unir durablement. Sans cela... Pavetta est encore une toute jeune demoiselle, une fleur en bouton, mais...

— Mais quoi, chevalier ?

— Une pomme ne tombe jamais loin du pommier, dit Eist Tuirseach avec un sourire qui dévoila des dents d'une blancheur resplendissante. Il suffit de te regarder, reine, pour imaginer la beauté que sera la princesse lorsqu'elle atteindra l'âge que doit avoir une femme pour rendre un guerrier heureux. Mais par ailleurs, ce sont des jeunes gens qui doivent aspirer à sa main. Des jeunes comme le neveu de notre roi Bran, Crach an Craite que voici.

Crach, inclinant sa tête rouquine devant la reine, mit un genou en terre.

— Qui d'autre as-tu amené avec toi, Eist ?

Un homme trapu, vigoureux, à la barbe taillée en balai de crin, et un grand gaillard portant une cornemuse sur le dos fléchirent à leur tour le genou à côté de Crach an Craite.

— Voici le valeureux druide Sac-à-souris qui,

comme moi, est un ami et un conseiller du roi Bran. Et voici Draig Bon-Dhu, notre célèbre scalde. Trente marins de Skellige attendent de leur côté dans la cour, frémissant de l'espoir que la belle Calanthe fera au moins une apparition à sa fenêtre.

— Asseyez-vous, nobles hôtes ! Toi, monsieur Tuirseach, ici !

Eist occupa une des places libres à côté de la reine, séparé d'elle par la chaise qui restait inoccupée et Drogodar. Les autres insulaires s'assirent l'un à côté de l'autre, sur le côté gauche de la table, entre le maréchal Vissegerd et les trois fils du suzerain de Strept.

— Tout le monde est là ou à peu près, dit la reine en se penchant vers le maréchal. Commençons, Vissegerd !

Le maréchal frappa dans ses mains. Une longue file de valets, accueillis par les joyeuses exclamations des convives, avança vers la table, chargés de plats et de cruches.

Calanthe chipotait dans son assiette avec sa fourchette en argent. Drogodar avait avalé quelques bouchées à la hâte pour reprendre son luth. Les autres invités, en revanche, faisaient une véritable razzia sur les plats : porcelets rôtis, volailles, poissons et fruits de mer, et le rouquin Crach an Craite n'était pas le dernier à y faire honneur. Rainfarn d'Attre admonesta sévèrement le jeune prince Windhalm ; il lui donna même une tape sur les doigts pour avoir essayé d'attraper un pichet de cidre. Cotcodette, qui rongeait des os, s'interrompit un instant pour amuser ses voisins en imitant le sifflement d'une tortue d'eau. L'ambiance était de plus en plus gaie. On porta les premiers toasts, de plus en plus confus.

Calanthe arrangea son étroit diadème en or sur ses cheveux gris cendré coiffés en longues boucles verticales et se tourna légèrement vers Geralt qui se débattait avec la carapace d'un gros tourteau.

— Alors, sorceleur, lui dit-elle. Il y a maintenant assez de bruit pour que nous puissions échanger quelques mots discrètement. Commençons par les politesses. Je suis heureuse de faire ta connaissance.

— Le plaisir est partagé, reine.

— Après les politesses, passons aux choses concrètes. J'ai un travail à te confier.

— Je le présume. Il m'arrive rarement d'être invité à un banquet par pure sympathie.

— Que veux-tu ? Tu ne dois pas être un convive d'une conversation très distrayante. Est-ce que tu présumes encore autre chose ?

— Oui.

— Quoi donc ?

— Je te le dirai quand tu m'auras indiqué la mission que tu as à me confier, reine.

— Geralt, demanda la reine en jouant avec son collier d'émeraudes dont la plus petite pierre avait la taille d'un hanneton, dis-moi quelle mission on peut proposer à un sorceleur. Creuser un puits ? Boucher des trous dans une toiture ? Tisser une tapisserie représentant toutes les positions que le roi Vridank et la belle Cerro ont expérimentées pendant leur nuit de noces ? Tu dois savoir mieux que moi en quoi consiste ta profession.

— Oui. Et maintenant je peux te dire ce que je présume, reine.

— Je suis impatiente de l'apprendre.

— Je présume que, comme beaucoup, tu confonds

ma profession avec une autre qui n'a rien à voir avec elle.

Calanthe, penchée nonchalamment vers Drogodar qui raclait les cordes de son luth, donnait l'impression d'être pensive, absente.

— Oh ! Et qui sont donc ces si nombreuses gens dont tu as la bonté de comparer l'ignorance à la mienne, Geralt ? Avec quelle profession ces imbéciles confondent-ils la tienne ?

— Reine, dit paisiblement Geralt, sur la route de Cintra, j'ai rencontré toutes sortes de gens : des croquants, des marchands, des nains, des colporteurs, des chaudronniers et des bûcherons. Tous m'ont parlé d'une mangeresse qui se cache quelque part dans les forêts des environs et habite une maisonnette perchée sur trois pieds en forme de pattes de poule griffues. Ils évoquaient aussi une chimère qui niche dans la montagne, des aeschnes, des scolopendromorphes. En cherchant bien, on pourrait aussi trouver une manticore. Ce sont autant de missions qu'un sorceleur peut remplir sans avoir à revêtir des plumes et des blasons appartenant à un autre.

— Tu n'as pas répondu à ma question.

— Reine, je ne doute pas que Cintra a besoin de s'allier avec Skellige et que le mariage de ta fille permettrait de conclure cette alliancc. Il est également possible que des intrigants veuillent l'empêcher et qu'ils méritent une petite leçon à laquelle tu ne dois pas être directement mêlée. Sans doute est-il préférable que cette petite leçon leur soit donnée par un seigneur de Quatrecorne que personne ne connaît et qui quittera ensuite la scène. Maintenant, je vais répondre à ta question. Tu confonds ma profession avec celle de tueur à gages. Ces nombreuses gens dont je parlais sont des personnes qui détiennent des pouvoirs. Ce n'est pas la première fois que je suis convoqué par un roi ou une reine dont les problèmes demandent à être résolus rapidement, à coups de glaive. Mais moi, je n'ai jamais tué personne pour de l'argent, que ce soit pour une bonne ou une mauvaise cause. Et jamais je ne le ferai.

L'atmosphère qui régnait autour de la table s'animait à mesure que coulaient les flots de bière. Crach an Craite avait trouvé un parfait auditoire pour écouter son récit de la bataille de la Thwyth. Avec un os trempé dans de la sauce, il avait tracé une carte sur la table et y indiquait un plan stratégique en parlant très fort. Prouvant la pertinence de son surnom, Cotcodette se mit soudain à glousser comme une véritable poule pondeuse, suscitant l'hilarité générale des convives et la consternation des serviteurs, convaincus qu'un volatile avait réussi à tromper leur vigilance.

— Ainsi donc, le destin m'a puni en m'envoyant un sorceleur trop perspicace, dit Calanthe en souriant, mais avec un regard mauvais sous ses yeux mi-clos. Un sorceleur qui sans une ombre de respect ni même de simple politesse démasque mes batteries et mes ignobles plans criminels. Serais-tu si fasciné par ma beauté et ma troublante personnalité qu'elles t'aient obscurci la raison ? Ne recommence plus jamais, Geralt ! Ne t'adresse pas de cette manière à ceux qui détiennent le pouvoir ! Beaucoup ne te pardonneraient pas de telles paroles, et tu connais les rois, tu sais qu'ils disposent de toutes sortes de moyens : poignard, poison, cachot, des pinces chauffées au rouge. Il y a des centaines, des milliers de moyens auxquels peuvent recourir les gens habitués à venger leurs blessures d'orgueil. Tu ne peux pas savoir à quel point il est facile de blesser l'orgueil de certains souverains, Geralt. Peu d'entre eux supportent sans broncher d'entendre des mots comme « non », « je refuse », ou « jamais ». Il suffit même de leur couper la parole quand ils parlent, ou de glisser des remarques inopportunes, pour être sûr d'être condamné à la roue.

La reine marqua alors une pause du plus bel effet en croisant ses fines mains blanches sur lesquelles elle pressa délicatement ses lèvres. Geralt ne lui coupa pas la parole et ne glissa aucune remarque inopportune.

— Les rois, reprit Calanthe, divisent les gens en deux catégories. Il y a d'un côté ceux auxquels ils donnent leurs ordres, et de l'autre ceux qu'ils achètent. Ils rendent hommage, en effet, à cette vérité éculée qui affirme que tout individu est vénal, qu'on peut acheter tout le monde. Ce n'est qu'une question de prix. Tu es d'accord avec ça? Oh! Je n'ai pas besoin de te le demander. Après tout, tu es sorceleur, tu exécutes ton travail et tu te fais payer. En ce qui te concerne, le mot « acheter » perd sa connotation méprisante. De même que la question du prix, qui dans ton cas, c'est évident, est lié au degré de difficultés de la mission à remplir, de la qualité de son exécution et de sa maîtrise. Et aussi à ta réputation, Geralt. Les conteurs et diseurs de bonne aventure, sur les foires, chantent les exploits de Geralt de Riv, le sorceleur aux cheveux blancs. Si la moitié de ce qu'ils racontent est vraie, je suis prête à parier que le prix de tes services est élevé. T'engager pour des affaires aussi simples et banales que des intrigues de palais ou des assassinats serait gaspiller son argent. Ces affaires peuvent être réglées par des mains moins chères.

— Braak ! Ghaaa-braaak ! rugit tout à coup Cotcodette, qui fut très applaudi pour cette nouvelle imitation animale. Geralt ignorait de quel animal il s'agissait, mais il n'aurait pas aimé le rencontrer. Tournant la tête vers la reine, il aperçut son regard tranquille, d'un vert venimeux. Drogodar, la tête penchée, le visage caché derrière le rideau de ses longs cheveux grisonnants qui couvraient ses mains et son instrument, pinçait doucement les cordes son luth.

— Ah ! Geralt ! dit Calanthe en interdisant sa coupe à un valet qui voulait la remplir. Je parle parce que tu ne dis rien. Nous sommes à un banquet, nous avons tous envie de nous amuser. Distrais-moi ! Tes remarques judicieuses et tes commentaires perspicaces commencent à me manquer. J'aimerais bien aussi entendre dans ta bouche un compliment, un hommage et l'assurance de ton obéissance. À toi de choisir l'ordre que tu préfères.

— Que veux-tu, reine ? dit le sorceleur. Je suis incontestablement un voisin de table sans grande conversation et suis surpris que ce soit à moi que tu aies fait l'honneur d'attribuer cette place. D'autres auraient été beaucoup plus qualifiés. Tu n'aurais eu qu'à l'ordonner ou à acheter l'un ou l'autre d'entre eux. Ce n'est qu'une question de prix.

— Parle ! Parle !

Calanthe renversa la tête en arrière, ferma à demi les yeux en imprimant à ses lèvres un simulacre de sourire aimable.

— Aussi suis-je très honoré et fier d'être assis à la droite de la reine Calanthe de Cintra, dont seule l'intelligence surpasse la beauté. Je considère comme un égal honneur le fait que la reine ait daigné se renseigner sur moi et que, compte tenu des informations qu'elle a réunies, elle ne veuille pas m'employer à de banales missions. L'hiver dernier, le prince Hrobaric, qui n'était pas aussi bien disposé envers moi, a cherché à m'engager pour que je lui retrouve une mignonne qui en avait eu assez de ses galanteries de goujat et s'était enfuie d'un bal en perdant un soulier. J'ai eu du mal à le convaincre que ce n'était pas d'un sorceleur qu'il avait besoin, mais d'un pourchasseur.

La reine l'écoutait avec un sourire énigmatique.

— De même d'autres souverains, qui ne t'arrivent pas à la cheville, dame Calanthe, sur le plan de l'intelligence, n'ont pas hésité à me proposer des missions simples. Il s'agissait généralement d'ôter la vie à un beau-fils, un beau-père, une belle-mère, un oncle ou une tante, il serait trop long de les énumérer tous. Pour eux, ce n'était qu'une question de prix.

Le sourire de la reine pouvait être interprété de mille et une manières.

— Je redis donc, dit Geralt en inclinant légèrement la tête, que je ne me sens plus de fierté d'être assis à ta droite, dame Calanthe. Mais la fierté a pour nous autres, sorceleurs, une très grande importance. Et tu serais étonnée, reine, si je te disais à quel point. Certain suzerain a blessé un jour la fierté d'un sorceleur en lui proposant un travail contraire à son honneur et au code des sorceleurs. Qui plus est, quand le sorceleur a poliment décliné sa proposition, il n'a rien voulu entendre et a cherché à l'empêcher de quitter son château. Tous les commentateurs ultérieurs de l'incident se sont accordés à dire que le suzerain en question n'avait pas eu une très bonne idée.

— Geralt ! dit Calanthe après une courte pause. Tu t'es trompé. Ta conversation est très intéressante.

Cotcodette secoua ses moustaches et le devant de son vêtement pour en ôter les traces de mousse de bière, puis se redressa et poussa un hurlement strident dans une imitation très réussie d'une louve en rut. Tous les chiens de la cour et du voisinage aboyèrent en écho.

Un des frères de Strept, le benjamin, semble-t-il, trempa son doigt dans sa bière et traça un trait épais autour d'une formation dessinée par Crach an Craite.

— C'est une faute de tactique ! De l'incompétence ! s'exclama-t-il. Ce n'est pas ce qu'il fallait faire ! Il fallait attaquer la cavalerie sur l'aile et la frapper par le flanc.

— Ah ! rugit Crach an Craite en cognant son os sur la table, éclaboussant les têtes et les tuniques de ses voisins de gouttelettes de sauce. Et affaiblir ainsi le centre, cette position clé ? C'est une absurdité !

— Dans pareille situation, il faut être aveugle ou malade mental pour ne pas tirer parti de la manœuvre !

— C'est vrai, ça ! C'est juste ! s'écria Windhalm d'Attre.

— Est-ce qu'on te demande ton avis, morveux ?

— Morveux toi-même !

— Ferme ta gueule, sinon je te cogne avec cet os !

— Reste assis sur ton fondement et tais-toi, Crach, s'écria Eist Tuirseach en interrompant sa conversation avec Vissegerd. Assez de ces disputes ! Hé, monsieur Drogodar ! Votre talent mérite un meilleur auditoire ! En vérité, il faut beaucoup de concentration et d'attention pour entendre le beau son de votre luth dans tout ce bruit ! Draig Bon-Dhu, arrête de t'empiffrer et de picoler. Tu n'en remontreras à personne autour de cette table, pas plus en faisant l'un qu'en faisant l'autre. Gonfle donc ta cornemuse et réjouis nos oreilles d'une bonne musique guerrière ! Avec ta permission, noble Calanthe !

— Oh, ma mère ! murmura la reine à Geralt en levant furtivement les yeux au plafond pour exprimer sa muette résignation avant d'adresser à Eist un signe de tête approbateur et un sourire tout à fait naturel, empreint de bienveillance.

— Draig Bon-Dhu ! dit Eist. Joue-nous la chanson de la bataille de Chociebuz ! Elle au moins ne nous laissera aucun doute sur l'excellente tactique de ses chefs militaires ! Ni sur celle qui s'y couvrit d'une gloire immortelle ! À la santé de l'héroïque Calanthe de Cintra !

— Santé ! Gloire ! rugirent les invités en vidant coupes et cratères de terre.

La cornemuse de Draig Bon-Dhu émit d'abord un grondement inquiétant, puis en jaillit un horrible gémissement prolongé et modulé. Les convives reprirent le refrain en marquant la mesure, c'est-à-dire qu'ils cognaient sur la table avec tout ce qui leur tombait sous la main. Cotcodette était fasciné par le sac de peau de chèvre, visiblement séduit à l'idée d'introduire dans son répertoire les effrayantes sonorités qui s'en échappaient.

— Chociebuz est ma première bataille, dit Calanthe en regardant Geralt. Bien que j'aie peur de te scandaliser et de m'attirer ton mépris de fier sorceleur, je dois t'avouer que nous nous sommes alors battus pour des questions d'argent. L'ennemi, en effet, brûlait les villages sur lesquels nous levions tribut, et au lieu de continuer à le laisser faire, nous sommes partis en guerre. À motif banal, bataille banale, trois mille cadavres banals déchiquetés par les corbeaux. Et, vois-tu, au lieu d'en avoir honte, je suis là, fière comme un paon d'entendre cette chanson qui parle de moi. Malgré cette horrible musique barbare.

Une nouvelle parodie de sourire apparut sur son visage, respirant le bonheur et la bonté, quand elle leva sa coupe vide pour répondre aux toasts qui lui étaient portés tout autour de la table. Geralt se taisait.

Calanthe accepta la cuisse de faisan que lui tendait Drogodar, et se mit à la ronger avec grâce.

— Continuons ! Comme je te le disais, tu excites ma curiosité. On m'avait dit que les sorceleurs sont une caste intéressante, mais je n'y croyais pas trop. Maintenant, j'y crois. Quand on vous frappe, vous émettez un son qui montre que vous n'êtes pas forgés de fiente d'oiseau, mais d'acier. Il n'en demeure pas moins que tu es ici pour accomplir une mission. Et que tu l'accompliras sans tergiverser.

Geralt retint le vilain sourire désinvolte prêt à apparaître sur ses lèvres. Il n'ouvrait toujours pas la bouche.

— J'espérais que tu allais dire quelque chose, murmura la reine en faisant semblant de consacrer toute son attention à sa cuisse de faisan. Ou bien que tu sourirais. Non ? C'est encore mieux ! Puis-je considérer notre accord comme conclu ?

— Il n'est pas facile d'accomplir clairement des missions qui ne sont pas clairement définies, reine, dit le sorceleur d'un ton sec.

— Qu'est-ce qui n'est pas clair ? Puisque tu as tout deviné depuis le début. J'ai effectivement des plans en ce qui concerne notre alliance avec Skellige et le mariage de ma fille Pavetta. Tu ne t'es pas trompé non plus en supposant que ces plans sont actuellement menacés et que j'ai besoin de toi pour éliminer le danger. Mais ta sagacité s'arrête là. Que tu aies pu croire que je confonds ton métier avec celui de tueur à gages m'a piquée au vif. Sache, Geralt, que je me range parmi les rares souverains qui savent exactement ce que font les sorceleurs et pour quel genre de mission il convient de les engager. D'autre part, quelqu'un qui tue les autres avec autant d'adresse que toi, même si ce n'est pas pour de l'argent, ne doit pas s'étonner que tant de monde lui attribue du professionnalisme dans ce domaine. Ta réputation te précède, Geralt, et elle a plus d'écho que la maudite cornemuse de Draig Bon-Dhu. Et aussi peu de notes agréables.

Bien qu'il n'eût pu entendre les paroles de la reine, le joueur de cornemuse acheva son concert. Les convives l'acclamèrent par des ovations bruyantes et confuses, avant de s'adonner avec un enthousiasme renouvelé à l'élimination des réserves de nourriture et de boisson et à l'évocation du déroulement de diverses batailles ou encore de plaisanteries grossières sur les damoiselles. Cotcodette éructait bruyamment sans que l'on pût affirmer qu'il s'agissait de l'imitation d'un nouvel animal ou d'une tentative pour soulager son estomac surchargé.

Eist Tuirseach se pencha en avant par-dessus la table.

— Reine ! dit-il, il doit y avoir de bonnes raisons pour que tu accordes toute ton attention au seul seigneur de Quatrecorne. Mais il est grand temps que tu nous présentes la princesse Pavetta. Qu'attendons-nous ? Tout de même pas que Crach an Craite s'enivre. Or, ce moment est proche.

— Tu as raison, comme d'habitude, Eist, dit Calanthe avec un sourire chaleureux. (L'arsenal de ses sourires surprenait réellement Geralt, tant il était riche et varié.) En effet, j'ai à discuter avec Son Excellence Ravix d'affaires d'importance. N'aie pas peur ! Je te consacrerai du temps à toi aussi. Mais tu connais mon principe : les obligations d'abord, et les plaisirs après. Monsieur Haxo !

Elle fit un signe à son chambellan. Haxo se leva sans un mot, s'inclina et gravit aussitôt l'escalier avant de disparaître dans l'obscurité de la galerie. La reine se tourna de nouveau vers le sorceleur.

— Tu as entendu ? Notre conversation se prolonge trop. Si Pavetta a fini de faire ses mines devant la glace, elle va arriver tout de suite. Alors, dresse l'oreille car je ne le dirai pas deux fois ! Je veux parvenir à mes fins et obtenir tout ce que tu as plus ou moins bien deviné. Il n'existe pas d'autre solution. En ce qui te concerne, tu as le choix. Ou bien tu agis, contraint et forcé, sur un ordre de ma part... (Je juge inutile de m'étendre sur les conséquences qu'aurait un acte de désobéissance.) Ton obéissance, bien entendu, serait généreusement récompensée. Ou bien tu rends un service payant. Remarque bien que je n'ai pas dit que je pouvais t'acheter, car j'ai décidé de ne pas blesser ta fierté de sorceleur. La différence est énorme, non ?

— Son énormité m'échappe quelque peu.

— Alors, aiguise davantage ton attention quand je te parle ! La différence, mon cher, est la suivante :

quelqu'un que j'achète est payé selon mon bon plaisir; celui qui me rend un service fixe lui-même son prix. Est-ce clair?

— À peu près. Ainsi, admettons que je choisisse le service payant. Il faudrait tout de même que je sache en quoi consiste ce service?

— Non, ce n'est pas nécessaire. Un ordre, certes, doit être concret et sans ambiguïté. C'est autre chose quand il s'agit d'un service payant. Ce qui m'intéresse, c'est le résultat. Rien d'autre. Par quels moyens peux-tu me le garantir? C'est ton problème.

Geralt releva la tête et croisa le regard noir scrutateur de Sac-à-souris. Le druide de Skellige, qui ne quittait pas le sorceleur des yeux, émiettait comme par distraction le morceau de pain qu'il tenait à la main, en faisant tomber les morceaux sur la table. Geralt aperçut devant lui, sur le plateau de chêne de la table, des miettes, des grains de sarrasin et de petits morceaux rougeâtres de carapace de tourteau, qui se déplaçaient à une allure de fourmis. Ils formaient des runes. Les runes se reliaient l'espace d'un instant pour former un mot, une question.

Sac-à-souris attendait sans le quitter des yeux. Geralt eut un hochement de tête presque imperceptible. Le druide abaissa les paupières, balaya les miettes, le visage impassible.

— Nobles seigneurs! s'écria le héraut. Pavetta de Cintra!

Les invités se turent et tournèrent la tête en direction de l'escalier.

Précédée du chambellan et d'un page blond en pourpoint écarlate, la princesse descendait lentement, la tête baissée. Elle avait des cheveux du même gris cendré que sa mère, mais elle les portait coiffés en deux tresses épaisses qui lui arrivaient sous la taille. Pour toute parure, Pavetta portait un petit diadème orné d'une gemme taillée en étoile et une ceinture faite de minuscules maillons en or sur une robe longue en lamé bleu.

Escortée par le page, le héraut, le chambellan et Vissegerd, la princesse vint occuper la chaise libre entre Drogodar et Eist Tuirseach. Le chevalier des îles s'inquiéta aussi de remplir sa coupe et s'employa à la distraire par sa conversation. Geralt remarqua que Pavetta ne répondait jamais que par monosyllabes. Elle gardait constamment les yeux baissés sous ses longs cils, même pendant les toasts bruyants qui lui étaient portés aux différents bouts de la table. Il était clair que sa beauté avait fait une vive impression sur les convives : Crach an Craite avait cessé son tapage et dévisageait Pavetta bouche bée, en en oubliant même son bock de bière. Windhalm d'Attre mangeait, lui aussi, la princesse des yeux en passant par toute la gamme des rouges, comme s'il n'y avait plus que quelques minuscules grains de sable dans le sablier, qui les séparaient de leur nuit de noces. Dans un recueillement suspect, Cotcodette et les frères de Strept étudiaient également le frêle visage de la jeune fille.

— Ah ! dit Calanthe à voix basse, visiblement très satisfaite de l'effet produit. Qu'en dis-tu, Geralt ? Sans fausse modestie, je peux dire que Pavetta est le portrait de sa mère. Je regrette même un peu qu'elle soit pour ce balourd de Crach. Je fonde tous mes espoirs sur le fait que ce gamin aura peut-être un jour la classe d'Eist Tuirseach. Après tout, c'est le même sang qui coule dans leurs veines. Tu m'écoutes, Geralt ? Cintra doit s'allier avec Skellige parce que l'intérêt de l'État l'exige. Ma fille doit épouser la personne qui convient parce qu'elle est ma fille. C'est ce résultat que tu dois me garantir.

— C'est à moi de te le garantir ? Ta volonté ne suffit-elle pas, reine ?

— Elle peut ne pas suffire. Cela dépend de la suite des événements.

— Que peut-il y avoir de plus fort que ta volonté ?

— Le destin.

— Ah ! Et donc, le pauvre sorceleur que je suis doit affronter un destin plus fort que la volonté royale. Un sorceleur qui lutte contre le destin ! Quelle ironie du sort !

— Dans quoi vois-tu cette ironie du sort ?

— Passons ! Reine, le service que tu me demandes frise l'impossible.

— S'il frisait le possible, grinça Calanthe entre ses dents, mais toujours souriante, je me débrouillerais toute seule, je n'aurais pas besoin du célèbre Geralt de Riv. Arrête de tergiverser ! Tout peut s'arranger, ce n'est qu'une question de prix. Par tous les dieux, il doit bien figurer un prix pour ce qui frise l'impossible, dans tes tarifs de sorceleur ! Je me doute qu'il est élevé. Si tu me garantis le résultat dont je t'ai parlé, je te donnerai la somme que tu voudras.

— Comment as-tu dit, reine ?

— Je te donnerai la somme que tu voudras. Je n'aime pas qu'on me fasse répéter. Je me pose une question, sorceleur. Est-ce que tu essayes toujours de décourager tes bailleurs avec autant d'énergie ? Le temps passe. Réponds-moi ! C'est oui ou c'est non ?

— C'est oui.

— Voilà qui est mieux, beaucoup mieux, Geralt. Tes réponses se rapprochent de la perfection, elles ressemblent de plus en plus à ce que j'attends lorsque je pose des questions. Et maintenant, tends discrètement ton bras gauche en arrière et passe-le derrière le dossier de mon trône.

Geralt glissa le bras sous la draperie jaune et bleue. Sa main rencontra presque aussitôt une épée fixée à plat sur le dossier tendu de cuir repoussé. Une épée qu'il connaissait bien.

— Reine, dit-il tout bas, outre ce que je t'ai dit tout à l'heure sur les meurtres, tu es consciente, bien sûr, qu'il ne suffit pas d'avoir une épée pour lutter contre le destin ?

— Bien évidemment, dit Calanthe en détournant la tête. Il faut aussi un sorceleur pour tenir la garde. Comme tu le vois, j'y ai veillé.

— Reine...

— Pas un mot de plus, Geralt. Il y a déjà trop longtemps que nous complotons. On nous regarde, et Eist commence à en prendre ombrage. Discute un moment avec le chambellan ! Mange quelque chose ! Bois ! Pourvu que ce ne soit pas trop. Je veux que tu aies la main sûre.

Il obéit. La reine se joignit à la conversation que menaient Eist, Vissegerd et Sac-à-souris avec la participation silencieuse et endormie de Pavetta. Drogodar avait posé son luth et récupérait son retard dans le repas. Haxo était peu disert. Le voïvode au nom difficile à retenir, qui avait apparemment ouï dire que Quatrecorne connaissait quelques difficultés, demanda courtoisement à Geralt si ses juments poulinaient bien. Celui-ci lui répondit qu'elles poulinaient beaucoup mieux que les étalons. Il n'était pas sûr que son humour ait été bien compris. Le voïvode ne lui posa pas d'autres questions.

Les yeux de Sac-à-souris cherchaient à entrer en contact avec ceux du sorceleur, mais les miettes sur la table ne se déplaçaient plus.

Crach an Craite et les deux aînés des frères de Strept resserraient les liens de leur amitié naissante. Le benjamin n'était déjà plus en état, pour avoir tenté de tenir la cadence imposée par Draig Bon-Dhu. Le scalde, semblait-il, était sorti de cette épreuve sans aucun dommage.

Rassemblés en bout de table, les régents plus jeunes et de moindre importance, éméchés, entonnèrent en chantant faux une chanson connue évoquant un biquet cornu et une grand-mère vindicative dépourvue du sens de l'humour.

Un valet bouclé et le capitaine de la garde, portant les couleurs de Cintra, or et bleu, accoururent vers Vissegerd. Le maréchal écouta leur rapport, le front soucieux. Il se leva et alla se placer derrière le trône pour murmurer quelques mots à l'oreille de la reine. Calanthe jeta un rapide coup d'œil à Geralt, répondit à Vissegerd d'un mot bref. Celui-ci se pencha encore plus bas, chuchota, la reine lui jeta un regard sévère, claqua du plat de la main sur l'accoudoir de son trône sans ouvrir la bouche. Le maréchal s'inclina, transmit un ordre au capitaine de la garde. Geralt n'entendit pas l'ordre donné. Mais il remarqua que Sac-à-souris s'agitait avec inquiétude en regardant Pavetta; la reine restait impassible, la tête inclinée.

Des pas lourds et un cliquetis métallique retentirent dans la salle en couvrant le brouhaha des convives.

Tous se tournèrent en même temps vers l'origine du bruit.

Le personnage qui approchait était rivé dans une armure faite de plaques de métal et de cuir glacé. Un pectoral bombé, saillant, en émail noir et bleu, couvrait partiellement sa cuirasse segmentée et ses courtes cuissardes. Les épaulières étaient hérissées d'épines d'acier. Le heaume, muni d'une visière relevée en forme de gueule de chien et d'un treillis au maillage serré, était également parsemé de piquants comme une bogue de marron.

Cliquetant et grinçant, cet hôte étrange s'approcha de la table et s'immobilisa devant le trône.

— Noble reine ! Nobles seigneurs ! déclama le nouveau venu en saluant avec raideur, toujours dissimulé sous son casque. Pardonnez-moi de venir troubler ce banquet solennel ! Je suis Hérisson d'Erlenwald.

— Salue-nous, Hérisson d'Erlenwald ! dit lentement Calanthe. Et prends place à table. À Cintra, nous sommes toujours heureux d'accueillir des hôtes inattendus.

Hérisson d'Erlenwald s'inclina encore une fois, sa main protégée d'un gantelet sur la poitrine.

— Je vous en remercie, reine. Cependant, je ne viens pas à Cintra en invité, mais pour une affaire importante qui ne souffre aucun délai. Si vous m'y autorisez, reine Calanthe, je vous l'exposerai sur-le-champ pour ne pas vous faire perdre votre temps.

— Hérisson d'Erlenwald ! dit sèchement la reine. Le souci que tu as de notre temps est fort louable, mais il ne justifie pas que tu me manques de respect. Et c'est me manquer de respect que de me parler de derrière un treillis métallique. Alors, ôte ton casque ! Nous supporterons vaille que vaille la perte de temps que nous vaudra cette opération.

— Mon visage, reine, pour l'heure doit rester caché. Si vous y consentez.

Des murmures de colère, des grondements, renforcés çà et là par des jurons grommelés, parcoururent l'assistance. Sac-à-souris, la tête inclinée, remua les lèvres sans bruit. Le sorceleur sentit une formule magique électriser l'air en une seconde et agiter son médaillon. Calanthe regardait Hérisson en clignant des yeux et en tambourinant sur l'accoudoir de son trône.

— J'y consens, dit-elle enfin, voulant croire que la raison qui t'y pousse est suffisamment importante. Alors, dis-nous ce qui t'amène, Hérisson sans visage !

— Merci pour votre consentement, dit le nouveau venu. Supportant mal, cependant, d'être accusé de vous manquer de respect, j'explique qu'il s'agit d'un vœu de chevalier. Je n'ai pas le droit de découvrir mon visage avant les douze coups de minuit.

La reine, d'un geste nonchalant, accepta cette explication. Hérisson avança en faisant cliqueter son armure hérissée de pointes.

— Il y a de cela quinze ans, déclara-t-il d'une voix forte, ton époux, dame Calanthe, le roi Roegner, s'est égaré au cours d'une partie de chasse, à Erlenwald. Alors qu'il s'était écarté du chemin, il fit une chute de cheval et tomba dans un ravin. Dans sa chute, il s'était tordu la cheville. Incapable de se sortir du ravin, il appelait au secours, mais seuls lui répondaient les sifflements des serpents et les hurlements des loups-garous. À n'en pas douter, il serait mort si personne ne lui avait prêté secours.

— Je sais que c'est arrivé, confirma la reine. Si tu le

sais, toi aussi, je devine que tu es celui qui lui a prêté secours.

— Oui. S'il a pu rentrer sain et sauf au château, et te retrouver, dame Calanthe, c'est uniquement grâce à moi.

— Je dois donc t'exprimer ma reconnaissance, Hérisson d'Erlenwald. Que Roegner, le seigneur et maître de mon cœur et de mon lit, ait aujourd'hui quitté ce monde ne l'amoindrit pas. Je serais heureuse que tu m'indiques comment je puis te manifester cette reconnaissance, mais j'ai peur que cette question ne blesse un noble jeune homme adoubé chevalier, dont tous les actes sont mus par les lois chevaleresques. Cela sous-entendrait, en effet, que l'assistance que tu as prêtée au roi n'était pas désintéressée.

— Tu sais bien, reine, qu'elle n'était pas désintéressée. Tu sais aussi que je viens justement chercher la récompense que le roi m'a promise pour lui avoir sauvé la vie.

Calanthe sourit, mais de petites flammes vertes flamboyèrent dans ses yeux.

— Ah oui ? Ainsi tu as trouvé le roi au fond d'un ravin, désarmé, blessé, livré en pâture aux serpents et aux monstres. Et ce n'est que lorsqu'il t'a promis une récompense que tu as volé à son secours ? Cela signifie-t-il que s'il n'avait pas pu ou n'avait pas voulu te promettre une récompense, tu l'aurais laissé là-bas, et qu'aujourd'hui encore je ne saurais pas où blanchissent ses ossements ? Ah, comme c'est noble de ta part ! Ton attitude était mue par un singulier vœu de chevalier.

Les rumeurs qui s'élevaient dans l'assistance s'intensifièrent.

— Et c'est aujourd'hui que tu viens chercher ta récompense, Hérisson ? poursuivit la reine en souriant d'un sourire qui n'augurait rien de bon. Quinze ans après ? Tu dois compter sur les intérêts qui se sont accumulés depuis ? Ici, ce n'est pas la banque des nains, Hérisson. Tu dis que Roegner t'avait promis une récompense. Eh bien ! Il va être difficile de le faire venir ici pour qu'il s'en acquitte. Il sera probablement plus simple de t'envoyer le rejoindre dans l'autre monde. Là-haut, vous vous mettrez d'accord sur qui doit à qui. J'aimais trop mon mari, Hérisson, pour oublier que j'aurais déjà pu le perdre ce jour-là, il y a quinze ans, s'il n'avait pas voulu discuter le prix avec toi. Cette idée me rend ta personne assez peu sympathique. Inconnu masqué, sais-tu qu'en ce moment, ici, à Cintra, dans mon château et en mon pouvoir, tu es aussi impuissant et aussi proche de la mort que Roegner l'était alors, au fond de son ravin ? Que me proposes-tu donc ? Quel prix ? Quelle récompense, si je te promets que tu sortiras d'ici vivant ?

Le médaillon au cou de Geralt se mit à frémir et vibrer. Le sorceleur jeta un prompt coup d'œil à Sac-à-souris dont il croisa le regard pénétrant, visiblement inquiet. Il hocha légèrement la tête de droite à gauche, haussa les sourcils d'un air interrogateur. Le druide hocha, lui aussi, la tête et d'un mouvement à peine perceptible de sa barbe bouclée, montra Hérisson. Mais Geralt n'en était pas sûr.

— Tes paroles, reine, s'écria Hérisson, sont calculées pour me faire peur. Et pour susciter la colère des nobles seigneurs ici rassemblés, ainsi que le mépris de ta ravissante fille, Pavetta. Et puis, tes propos ne sont pas sincères. Et tu le sais fort bien !

— En d'autres termes, je mens comme un chien.

Une très vilaine grimace déforma la bouche de Calanthe.

— Tu sais bien, reine, ce qui s'est passé, à Erlenwald, poursuivit le nouveau venu sans se laisser démonter. Tu sais que Roegner, une fois sauvé, m'a juré lui-même, de son plein gré, de me donner tout ce que je lui demanderais. Je vous prends tous à témoin de ce que je vais dire maintenant ! Quand le roi, une fois tiré de sa mésaventure et reconduit auprès de sa suite, a réitéré sa demande, je lui ai répondu ; j'ai sollicité sa promesse de me donner quelque chose qu'il avait laissé chez lui sans le savoir, de me donner la surprise qui l'y attendait. Le roi m'a juré qu'il tiendrait sa promesse. À son retour au château, il t'a trouvée en couches, Calanthe. Oui, reine, j'ai attendu ces quinze années, et les intérêts de ma récompense se sont accumulés, en effet. Quand je regarde aujourd'hui la belle Pavetta, je vois que mon attente valait la peine. Seigneurs et chevaliers ! Certains d'entre vous sont venus à Cintra parce qu'ils aspirent à la main de la princesse. Je déclare que vous êtes venus en vain. Depuis le jour de sa naissance, en vertu du serment du roi, la belle Pavetta m'appartient !

Cette déclaration déchaîna une belle bagarre parmi les convives. L'un criait, l'autre jurait, un troisième donnait un coup de poing dans la table, qui renversait la vaisselle. Le cadet des frères de Strept avait tiré un couteau planté dans un gigot de mouton et le brandissait dans tous les sens. Crach an Craite, penché sous la table, essayait selon toute vraisemblance de voir s'il n'y avait pas moyen de démolir une planche des tréteaux de la table.

— C'est incroyable ! hurlait Vissegerd. Quelles preuves en as-tu ? Nous voulons des preuves.

— La tête de la reine en est la meilleure preuve, s'écria Hérisson en la montrant de sa main serrée dans son gantelet.

Pavetta ne bougeait pas, la tête toujours baissée. L'atmosphère s'alourdissait d'une manière très étrange. Le médaillon, sous la tunique du sorceleur, tirait sur sa chaîne. Geralt vit la reine faire signe à un page qui se tenait derrière le trône, et lui murmurer un ordre bref. Il n'entendit pas l'ordre qu'elle lui donnait. Mais il fut surpris de l'étonnement qui se peignait sur le visage du garçon, au point que l'ordre dut lui être répété. Le page se précipita vers la porte.

Le tapage autour de la table ne cessait pas. Eist Tuirseach s'adressa à la reine.

— Calanthe, dit-il calmement. Est-ce qu'il dit la vérité ?

— Quand bien même ce serait la vérité, dit la reine en se mordillant les lèvres et en effilant son écharpe verte sur son bras, qu'est-ce que ça change ?

— S'il dit la vérité, dit Eist en s'assombrissant, il te faudra tenir la promesse.

— Vraiment ?

— Dois-je comprendre, demanda l'insulaire d'un ton lugubre, que tu traites toutes tes promesses avec autant de légèreté ? Et donc celles que tu m'as faites et qui se sont si bien gravées dans ma mémoire ?

Geralt n'aurait même jamais imaginé qu'il pourrait voir Calanthe s'empourprer à ce point, lui voir ces yeux humides et ces lèvres tremblantes.

— Eist ! murmura la reine. Ce n'est pas la même chose...

— Vraiment ?

— Ah, fils de chienne ! hurla Crach an Craite inopinément, en se dressant brusquement. Le dernier imbécile qui a dit que j'avais fait quelque chose pour rien a été livré aux pinces des crabes au fond de la baie d'Allenker ! Je ne suis pas venu ici pour rentrer à Skellige bredouille ! Il s'est trouvé un prétendant, greluchon de sa mère ! Holà ! Qu'on m'apporte mon épée, et donnez un fer à ce crétin ! Nous allons voir aussitôt lequel de nous deux...

— Tu pourrais peut-être fermer ta gueule, Crach, dit Eist d'un ton caustique en posant ses deux poings sur la table. Draig Bon-Dhu ! Je te rends responsable du comportement du neveu du roi !

— Est-ce que tu vas me faire taire, moi aussi, Tuirseach ? cria Rainfarn d'Attre en se levant. Qui osera m'empêcher de laver dans le sang l'affront qui vient d'être fait à mon prince et à son fils Windhalm, l'unique prétendant qui soit digne de la main et de la couche de Pavetta ! Qu'on nous apporte nos épées ! Je vais prouver sur-le-champ, séance tenante, à ce Hérisson, ou quel que soit le nom qu'on lui donne, comment les gens d'Attre vengent pareils affronts ! Je suis curieux de savoir si quelqu'un ou quelque chose sera capable de m'en empêcher ?

— Oui ! dit calmement Eist Tuirseach. Le rappel des bonnes manières ! Il ne sied pas d'entamer une bagarre en ces lieux ni de se battre en duel sans avoir au préalable obtenu l'assentiment de la maîtresse de céans. Enfin ! La salle du trône de Cintra serait-elle une auberge, qu'on puisse s'y taper sur la gueule et sortir son couteau dès que l'envie vous en prend ?

Tous se remirent à crier plus fort les uns que les

autres, à pester et à agiter les bras dans tous les sens. Ce tohu-bohu cessa d'un coup au rugissement bref, furibard, d'un bison furieux dans la salle.

— Oui, dit Cotcodette, en se raclant la gorge et en se levant de sa chaise, Eist s'est trompé. Ça ne ressemble même plus à une auberge. C'est un bestiaire, un bison y a donc sa place. Noble Calanthe, permets-moi d'exprimer mon opinion sur le problème qui se pose à nous !

— Beaucoup, à ce que je vois, ont une opinion sur ce problème, qu'ils expriment sans même y être autorisés, dit Calanthe d'une voix languissante. Je me demande pourquoi, curieusement, mon opinion personnelle ne vous intéresse pas. Or mon opinion personnelle est la suivante : ce satané château s'effondrera avant que je donne Pavetta à cet hurluberlu. Je n'ai pas la moindre intention...

— Le serment de Roegner..., commença Hérisson, aussitôt interrompu par la reine qui frappa sur la table avec sa coupe en or.

— Je me moque du serment de Roegner comme de l'an quarante ! Et en ce qui te concerne, Hérisson, je n'ai pas encore décidé de ton sort : je ne sais pas si j'autorise Crach ou Rainfarn à croiser le fer avec toi, ou si je te fais pendre. En m'interrompant alors que je suis en train de parler, tu influences ma décision d'une façon significative !

Geralt, toujours inquiet des frémissements de son médaillon, promenait son regard sur l'assistance quand soudain il croisa les yeux de Pavetta, du même vert amande que ceux de sa mère. La princesse ne les dissimulait plus sous ses longs cils, ils allaient et venaient entre Sac-à-souris et le sorceleur sans s'arrêter sur qui que ce fût d'autre. Sac-à-souris se trémoussait ; penché, il marmonnait.

Toujours debout, Cotcodette toussota pour rappeler sa présence. La reine l'invita d'un geste à parler :

— Parle ! Mais va droit au fait et sois aussi bref que possible !

— À vos ordres, reine. Noble Calanthe et vous, chevaliers ! C'est, en effet, une étrange demande que Hérisson d'Erlenwald a faite au roi Roegner, c'est une étrange récompense qu'il a sollicitée lorsque le roi lui a déclaré qu'il exaucerait son vœu, quel qu'il soit. Mais qu'aucun de nous ne fasse semblant de n'avoir jamais entendu parler de ce genre de demande, de ce droit de surprise, aussi vieux que l'humanité, du prix que peut exiger quelqu'un qui sauve la vie d'un de ses semblables dans une situation en apparence désespérée, et qui exprime un vœu, en apparence irréalisable. « Tu me donneras la première chose qui sortira de chez toi pour t'accueillir. » Vous vous dites que ce peut être un chien, un hallebardier à la porte du château, ou même une belle-mère impatiente de se prendre de bec avec son gendre qui rentre enfin à la maison. Mais ça peut être aussi : « Tu me donneras la chose que tu ne t'attendais pas à trouver chez toi. » Au terme d'un long voyage, honorés seigneurs, si le retour n'a pas été annoncé, ce sera généralement un greluchon dans le lit de l'épouse. Mais il arrive que ce soit un enfant. Un enfant marqué au sceau du destin.

— Résume, Cotcodette, dit Calanthe en fronçant les sourcils.

— À vos ordres, reine ! Messieurs ! N'avez-vous jamais entendu parler des enfants marqués au sceau du destin ? Ce héros légendaire qu'est Zatret Voruta ne fut-il pas confié à des nains quand il était enfant, parce qu'il avait été la première personne que son père avait rencontrée ? Et Deï le Fou, qui exigea d'un voyageur la surprise qui l'attendait à la maison ? Cette surprise, c'était le fameux Supree qui libéra par la suite Deï le Fou de la malédiction qui pesait sur lui. Rappelez-vous aussi Zivelena, qui devint la reine de Metinna grâce au gnome Rumplestelt, auquel elle promit son premier enfant en échange et qui, lorsque Rumplestelt vint chercher sa récompense, ne tint pas sa promesse et le contraignit à fuir en usant de sortilèges. Peu de temps après, l'enfant et elle mouraient lors d'une épidémie. On ne joue pas impunément avec le destin !

— Ne me fais pas peur, Cotcodette ! grimaça Calanthe. Minuit approche, c'est l'heure des revenants. Te rappelles-tu d'autres légendes de ton enfance, qui fut difficile, c'est indéniable ? Sinon, assieds-toi !

— Je vous demande la faveur de rester debout, dit le baron en tortillant sa longue moustache. Je voudrais rappeler à tous une autre légende. C'est une vieille légende oubliée, que nous avons tous certainement entendue dans notre enfance difficile. Dans cette légende, les rois tenaient leurs promesses. Mais nous, pauvres vassaux, nous ne sommes liés aux rois que par la parole royale : c'est sur la parole des rois que sont fondés les traités, les alliances, nos privilèges, nos fiefs. Et nous devrions mettre tout cela en doute ? Douter de la parole du roi ? Nous attendre à ce que ce ne soit que des paroles en l'air ? En vérité, s'il doit en être ainsi, après avoir connu une enfance difficile, nous connaîtrons aussi une vieillesse difficile !

— Dans quel camp es-tu, Cotcodette ? hurla Rainfarn d'Attre.

— Silence ! Qu'il parle !
— Ce caqueteur pestiféré offense Sa Majesté !
— Le baron de Tigg a raison !
— Silence ! dit soudain Calanthe en se levant. Laissez-le finir !
— Merci beaucoup, dit Cotcodette en s'inclinant. J'ai terminé.

Il y eut un long silence, étrange après les bruyantes réactions que les paroles du baron venaient de provoquer. Calanthe était toujours debout. Geralt ne pensait pas que d'autres que lui eussent remarqué le tremblement de sa main lorsqu'elle s'essuya le front.

— Messieurs ! finit-elle par dire. Je vous dois une explication. Oui, ce... Hérisson... dit la vérité. Roegner lui a effectivement promis de lui donner la surprise qui l'attendait à la maison. Notre regretté roi semble avoir été assez ignorant dans les affaires des dames et n'avoir pas su compter jusqu'à neuf. Il ne m'a avoué la vérité que sur son lit de mort. Il savait, en effet, ce que je lui aurais fait s'il m'avait avoué ce serment plus tôt. Il savait de quoi est capable une mère quand on dispose de son enfant avec autant de légèreté.

Les chevaliers et les dignitaires se taisaient. Hérisson était immobile comme une statue de métal plantée de piquants.

— Et Cotcodette..., reprit Calanthe. Eh bien ! Cotcodette m'a rappelé que je ne suis pas une mère, mais une reine. Et c'est bien. En tant que reine, je réunirai le conseil demain. Cintra n'est pas une tyrannie. Le conseil tranchera si le serment du défunt roi doit décider du destin de l'héritière du trône. Il se prononcera sur la légitimité qu'il y a de donner celle-ci à un vagabond en lui offrant en même temps le trône de Cintra, ou s'il vaut mieux privilégier les intérêts du royaume. (Calanthe se tut un instant, jeta un coup d'œil oblique à Geralt.) En ce qui concerne les nobles chevaliers venus à Cintra dans l'espoir d'obtenir la main de la princesse, il ne me reste qu'à leur exprimer mes regrets pour le sévère outrage et l'atteinte à leur honneur qu'ils auront connus ici, pour le ridicule dont ils se sont couverts. Je n'en suis pas responsable.

Au milieu du brouhaha des invités, le sorceleur distingua les chuchotements d'Eist Tuirseach.

— Sur tous les dieux de la mer ! soupirait l'insulaire. Ce n'est pas l'attitude à avoir. C'est de la provocation ! Le sang va couler, Calanthe. Tu ne fais que les exciter...

— Tais-toi, Eist ! siffla la reine, furieuse. Sinon, je vais me mettre en colère.

Les yeux noirs de Sac-à-souris scintillèrent lorsqu'il montra du regard Rainfarn d'Attre qui s'apprêtait à se lever, le visage sinistre, déformé par un rictus. Geralt réagit immédiatement et le précéda en bousculant bruyamment sa chaise.

— Peut-être sera-t-il inutile de réunir le conseil ! dit-il d'une voix forte.

Tous se turent et lui jetèrent un regard étonné. Geralt sentit se poser sur lui le regard émeraude de Pavetta et celui de Hérisson derrière le treillis de son heaume noir. Il sentit également le pouvoir qui montait dans la salle comme les eaux lors d'une inondation, qui s'épaississait dans l'air. Il vit que la fumée des torchères et des lanternes commençait à prendre des formes fantastiques sous l'effet de ce pouvoir. Il savait que Sac-à-souris le voyait aussi. Comme il savait qu'ils étaient seuls à le voir.

— Je disais qu'il sera peut-être inutile de réunir le conseil, répéta-t-il tranquillement. Tu saisis le sens de mes propos, Hérisson d'Erlenwald ?

Le chevalier hérissé de piquants fit deux pas en avant accompagnés d'un cliquetis.

— Oui, répondit-il d'une voix sourde sous la protection de son casque. Il faudrait être idiot pour ne pas le comprendre. J'ai entendu ce que vient de dire la gracieuse et noble dame Calanthe. Elle a trouvé un excellent moyen pour se débarrasser de moi. Je relève ton défi, chevalier que je ne connais pas.

— Je ne me rappelle pas t'avoir lancé un défi, déclara Geralt. Je n'ai pas l'intention de me battre en duel avec toi, Hérisson d'Erlenwald.

— Geralt ! s'écria Calanthe avec une moue de colère, oubliant de donner au sorceleur son titre de « noble Ravix ». Ne tire pas trop sur la corde ! Ne mets pas ma patience à l'épreuve !

— Ni la mienne, ajouta Rainfarn, menaçant.

Crach en Craite se contenta de grogner. Eist Tuirseach tendit vers lui un poing éloquent. Crach grogna encore plus fort. Geralt prit la parole :

— Tout le monde a entendu le baron de Tigg quand il parlait des célèbres héros enlevés à leurs parents en vertu de serments semblables à celui que Hérisson a extorqué au roi Roegner. Mais pourquoi ? Dans quel but exige-t-on pareil serment ? Tu connais la réponse, Hérisson d'Erlenwald. Pareil serment peut créer un lien entre le destin de celui qui exige le serment et l'objet de ce serment, l'enfant surprise, un lien si puissant que rien ne peut le rompre. L'enfant surprise, marqué au sceau d'un destin aveugle, peut être destiné à accomplir des actions extraordinaires. Il peut jouer un rôle primordial dans la vie de celui auquel son destin est lié. C'est justement pour cela, Hérisson, que tu as exigé de Roegner le prix que tu réclames aujourd'hui. Tu ne veux pas du trône de Cintra. Tu veux juste emmener la princesse.

— C'est exactement comme tu le dis, chevalier que je ne connais pas, dit Hérisson en partant d'un rire sonore. C'est bien là ce que je réclame ! Donnez-moi celle qui est mon destin !

— Ça, dit Geralt, c'est encore à prouver.

— Tu oses en douter ? Alors que la reine a confirmé la véracité de mes paroles ? Après ce que tu viens toi-même de dire ?

— Oui. Car tu ne nous as pas tout dit. Roegner, Hérisson, connaissait le pouvoir du droit de surprise et le poids du serment qu'il avait prêté. S'il l'a prêté, c'est qu'il savait que les us et coutumes protègent ces serments. Qu'ils veillent à ce que ces derniers ne s'accomplissent que lorsqu'ils sont attestés par la force du destin. Je constate, Hérisson, que pour le moment tu n'as aucun droit sur la princesse. Tu n'obtiendras sa main que si...

— Que si quoi ?

— Que si la princesse elle-même accepte de partir avec toi. Ainsi en décide le droit de surprise. C'est l'accord de l'enfant, et non celui des parents, qui atteste le serment, qui prouve que l'enfant est effectivement né dans l'ombre du destin. C'est la raison pour laquelle tu as attendu quinze ans, Hérisson. Car telle était la condition que le roi Roegner avait mise au serment.

— Qui es-tu ?

— Je suis Geralt de Riv.

— Qui es-tu, Geralt de Riv, pour prétendre être un oracle dans le domaine des us et coutumes ?

— Il connaît ce droit mieux que quiconque, dit Sac-à-souris d'une voix rauque, parce qu'il lui a été autrefois appliqué. Il fut un jour emmené de chez ses parents parce qu'il était la surprise que son père avait trouvée chez lui à son retour. Parce qu'il était destiné à connaître un autre destin. C'est par la force du destin qu'il est devenu ce qu'il est.

— Et qui est-il ?

— Un sorceleur.

Dans le silence qui suivit, la cloche du corps de garde sonna les douze coups de minuit avec des accents lugubres. Tous frissonnèrent et se raidirent brusquement. Sac-à-souris regarda Geralt avec un air étrange, surpris. Mais celui qui frissonna de la manière la plus voyante et s'agita avec le plus d'inquiétude, ce fut Hérisson. Ses mains gantées ballèrent le long de ses flancs, son casque hérissé de pointes se mit à osciller. Un pouvoir étrange, inconnu, remplit la salle du trône comme un brouillard bleuté qui s'épaissit subitement.

— C'est vrai, dit Calanthe. Geralt de Riv, ici présent, est sorceleur. Sa profession est digne de respect et de considération. Il s'est sacrifié pour nous protéger des monstres et des cauchemars nocturnes que nous envoient des forces maléfiques néfastes pour les êtres humains. Il tue tous les monstres qui nous guettent dans les forêts et les ravins. Ainsi que ceux qui ont l'audace de venir jusque dans nos résidences.

Hérisson se taisait.

— De ce fait, poursuivit la reine en levant sa main ornée d'une bague, que le droit s'accomplisse ! Que

toi, sorceleur, brigand rusé, appointé. Mes droits ont été prouvés. La vérité et le destin l'ont emporté sur le mensonge et la fourberie. Que vous reste-t-il donc, noble reine, sorceleur déguisé ? La froideur de l'acier ?

Aucun d'eux n'ouvrit la bouche.

— Bien, poursuivit Hérisson en agitant ses vibrisses et en faisant claquer son groin. C'est bien volontiers que je quitterai sur-le-champ cet endroit avec Pavetta. Mais je ne veux pas me refuser un petit plaisir. C'est toi, Calanthe, qui conduiras ta fille jusqu'à moi et mettras sa blanche main dans la mienne.

Calanthe tourna lentement la tête dans la direction du sorceleur. Ses yeux exprimaient un ordre. Geralt ne bougea pas, sentant et voyant le pouvoir condensé dans l'air converger sur lui. Uniquement sur lui. Il savait. Les yeux de la reine s'étrécirent, sa bouche trembla...

— Quoi ? Qu'est-ce que vous dites ? rugit soudain Crach an Craite en se levant brusquement. Sa blanche main dans celle de ce monstre ? La princesse avec cette mouffette couverte de soies ? Avec ce... groin de cochon ?

— Et moi qui voulais me battre en duel avec lui ! s'exclama Rainfarn en lui faisant écho. Avec ce monstre, avec cette bête hideuse ! Ce sont les chiens qu'il faut lâcher sur lui ! Les chiens !

— Gardes ! hurla Calanthe.

Ensuite, tout alla très vite. Crach an Craite attrapa un couteau sur la table, renversa sa chaise dans un grand fracas. Obéissant à un ordre d'Eist, Draig Bon-Dhu l'assomma froidement en lui frappant de toutes ses forces l'occiput avec le chalumeau de sa cornemuse. Crach s'effondra sur la table, entre des esturgeons qui baignaient dans leur sauce béchamel et les côtes d'un sanglier rôti.

Rainfarn bondit vers Hérisson en faisant miroiter un poignard qu'il avait tiré de sa manche. Cotcodette se leva brusquement et d'un coup de pied, fit rouler une sellette dans ses jambes. Rainfarn sauta par-dessus l'obstacle avec souplesse, mais les quelques secondes que cela lui demanda suffirent pour que Hérisson le trompe d'une courte feinte et l'expédie sur les genoux d'un violent coup de poing. Cotcodette se précipita pour arracher son poignard à Rainfarn, mais le prince Windhalm l'en empêcha en s'accrochant à sa cuisse comme un chien sanguinaire.

Des gardes armés de guisarmes et de glaives arrivèrent en courant. Calanthe, raide et menaçante, leur indiqua Hérisson d'un geste brusque, souverain. Pavetta poussa des cris, Eist Tuirseach des jurons. Tous se levèrent les uns après les autres sans trop savoir comment réagir.

— Tuez-le ! cria la reine.

Hérisson, grondant de colère et montrant les dents, se retourna vers les gardes qui l'attaquaient. Bien que désarmé, il était protégé par son armure d'acier à piquants, sur laquelle les crochets des guisarmes rebondissaient bruyamment. Mais un coup le projeta en arrière, droit sur Rainfarn qui se relevait et qui l'immobilisa en l'attrapant par les jambes. Hérisson poussa un rugissement en repoussant avec ses brassards les coups de lame qui s'abattaient sur sa tête. Rainfarn lui assena un coup de poignard, mais la lame glissa sur les plaques du pectoral. Les gardes croisèrent les hampes de leurs lances pour acculer Hérisson contre la cheminée sculptée. Rainfarn, le retenant par la ceinture, trouva un défaut de sa cuirasse et y introduisit sa dague. Hérisson se tordit de douleur.

— Dunyyyyy ! ! ! ! glapit Pavetta en grimpant sur sa chaise.

L'épée à la main, le sorceleur s'élança vers les combattants en marchant sur la table, renversant assiettes, plats et coupes au passage. Il n'y avait pas une minute à perdre, il le savait : les cris stridents de Pavetta devenaient de moins en moins naturels. Rainfarn levait son poignard pour porter un nouveau coup à Hérisson.

Geralt sauta de la table et tout en se recevant, assena un coup de glaive à Rainfarn. Ce dernier poussa un hurlement, tituba jusqu'au mur. Le sorceleur fit volte-face, frappa du tranchant de sa lame un garde qui essayait d'enfoncer la pointe de son glaive entre la cuirasse et le pectoral de Hérisson. Le garde s'effondra par terre en perdant son casque plat. De nouveaux gardes accouraient à la rescousse.

— Ce sont des choses qui ne se font pas ! rugit Eist Tuirseach en empoignant une chaise. D'un geste énergique, il écrasa le meuble trop encombrant sur le sol et se rua sur les arrivants avec le morceau qui lui resta dans les mains.

Agrippé par les crochets de deux guisarmes, Hérisson s'effondra dans un grand bruit de ferraille, poussa des cris et des grognements tandis qu'on le traînait sur le sol. Un troisième garde bondit, leva son glaive, prêt à le frapper. Geralt toucha le garde à la tempe de la pointe de son épée. Les gardes qui traînaient Hérisson s'écartèrent en abandonnant leurs guisarmes. Les hommes qui accouraient en renfort reculèrent devant le bâton de chaise qui sifflait dans la main d'Eist, telle Balmur, l'épée magique du légendaire Zatret Voruta.

Les cris stridents de Pavetta atteignirent leur apogée puis parurent se briser tout à coup. Pressentant ce qui se tramait, Geralt se mit à plat ventre pour accrocher du regard l'éclat verdâtre de la sphère. Il sentit une douleur atroce dans les oreilles, entendit un fracas épouvantable et des cris terrifiés qui s'échappaient de presque toutes les gorges. Et puis les cris réguliers, monotones, vibrants, de la princesse.

La table tournoyait sur elle-même en s'élevant, projetant tout autour vaisselle et nourriture. Les lourdes chaises volaient à travers la salle et allaient se fracasser contre les murs. Les tapisseries et les tentures flottaient en dégageant des nuages de poussière. De l'entrée, parvenaient un grand tapage et les claquements secs des hampes des guisarmes qui se brisaient comme des baguettes.

Le trône fut propulsé en l'air avec Calanthe toujours assise dessus, et fila comme une flèche à travers la salle avant de heurter un mur et voler en morceaux. La reine s'affaissa, inerte, comme une poupée de chiffon. Eist Tuirseach, qui pourtant tenait à peine sur ses jambes, bondit vers elle, l'attrapa dans ses bras et la protégea de son corps contre la grêle de débris qui s'abattait sur les murs et le sol.

Son médaillon serré dans le creux de sa main, Geralt rampa aussi vite qu'il le put du côté où Sac-à-souris, toujours sur les genoux, par on ne savait quel miracle, et non pas à plat ventre par terre, brandissait une petite baguette d'aubépine. Au bout de sa baguette était fichée une tête de rat. Sur le mur qui se trouvait derrière le dos du druide, une tapisserie représentant l'assaut et l'incendie de la forteresse d'Ortagor était la proie de flammes tout ce qu'il y avait de plus authentique.

Pavetta hurlait. Tournoyant sur elle-même, elle frappait les choses et les gens de ses cris, comme autant de coups de fouet. Quiconque essayait de se remettre debout retombait, roulait ou s'aplatissait contre le mur. Sous les yeux de Geralt, de grandes saucières en argent, en forme de galères à la proue relevée, sifflèrent dans l'air et provoquèrent la chute du voïvode au nom difficile à retenir, qui tentait de s'enfuir. Le crépi tombait sans bruit du plafond. Dessous, plaqué sur la table qui tournait toujours, Crach an Craite proférait d'horribles jurons.

Geralt rampa jusqu'à Sac-à-souris, tous deux parvinrent à se mettre à l'abri derrière le monticule que formaient, dans l'ordre, un fils de Strept, un tonnelet de bière, Drogodar, une chaise et le luth de Drogodar.

— C'est le pouvoir pur, le pouvoir primitif ! hurla le druide pour dominer le vacarme. Elle n'a aucune maîtrise dessus.

— Je le sais, répondit Geralt sur le même ton.

Un faisan rôti qui tombait d'on ne sait où, avec quelques plumes rayées toujours piquées dans le croupion, le heurta dans le dos.

— Il faut l'arrêter ! Les murs commencent à se lézarder.

— Je vois !

— Prêt !

— Prêt !

— Un ! Deux ! Trois !

Ils la frappèrent en même temps, Geralt du Signe d'Aard, Sac-à-souris d'une épouvantable formule magique à trois degrés qui allait faire fondre le sol, eût-on pu croire. La chaise sur laquelle était assise la princesse vola en éclats. Comme si elle n'avait rien remarqué, Pavetta était toujours suspendue dans les airs, à l'intérieur d'une sphère verte transparente. Sans cesser de crier, elle tourna la tête vers eux, et son frêle visage se contracta soudain en une grimace de mauvais augure.

— Par tous les démons ! rugit Sac-à-souris.

— Attention ! cria le sorceleur en se recroquevillant. Bloque-la, Sac-à-souris ! Bloque-la, sinon c'en est fini de nous !

La table chuta lourdement sur le sol, écrasant les tréteaux et tout ce qui se trouvait dessous. Couché sur la table, Crach an Craite fit un bond en l'air de trois coudées, toujours à plat ventre. Tout autour s'abattait une lourde pluie d'assiettes et de reliefs du repas, les carafes de cristal explosaient en heurtant le sol. Une corniche qui s'était détachée du mur se fracassa par terre avec un bruit de tonnerre, ébranlant le château dans ses fondations.

— Elle ralentit tout ! s'écria Sac-à-souris en pointant sa baguette sur la princesse. Elle ralentit tout ! Maintenant, tout le pouvoir va venir sur nous !

D'un coup de glaive, Geralt écarta une grande fourchette à deux dents qui fonçait droit sur le druide.

— Bloque, Sac-à-souris !

Les yeux émeraude lancèrent sur eux deux éclairs verts. Les éclairs tournoyèrent sur eux-mêmes tels des entonnoirs, des tourbillons aveuglants ; à l'intérieur, le pouvoir fonçait sur eux, faisant exploser leurs têtes comme un bélier, éteignant leurs yeux, paralysant leur souffle. En même temps que le pouvoir, se répandaient sur eux du verre, de la faïence, des plats, des candélabres, des os, des miches de pain entamées, des planches et des planchettes, et des bûches encore brûlantes provenant de l'âtre. Haxo, le chambellan, survola leurs têtes en poussant des cris sauvages, tel un grand coq de bruyère. Une énorme tête de carpe au court-bouillon déferla sur le champ doré, l'ours et la damoiselle de Quatrecorne.

Tout à coup, un son horrible couvrit les formules magiques de Sac-à-souris qui ébranlaient les murs de la salle, les cris du sorceleur et les hurlements des blessés, les bruits de chute et les craquements, et les hurlements de Pavetta. Un son qui était le plus horrible son que Geralt ait jamais eu l'occasion d'entendre.

Cotcodette serrait entre ses mains et ses genoux la cornemuse de Draig Bon-Dhu tandis qu'il hurlait et rugissait pour dominer les horribles sons qui s'échappaient du soufflet, la tête renversée en arrière. Il poussait des cris aigus, coassait, bêlait et piaulait dans une cacophonie de voix d'animaux connus, inconnus, domestiques, sauvages ou mythologiques.

Pavetta se tut, effrayée, et regarda le baron la bouche grande ouverte. Le pouvoir perdit aussitôt de sa force.

— Maintenant ! rugit Sac-à-souris en brandissant sa baguette dans tous les sens. Maintenant, sorceleur !

Ils le frappèrent. Sous leurs coups, la sphère verdâtre qui entourait la princesse éclata comme une bulle de savon ; le vide aspira immédiatement le pouvoir qui se déchaînait dans la salle. Pavetta s'affala lourdement sur le sol et fondit en larmes.

Après un silence assourdissant dans le pandémonium que l'on venait de voir, des voix commencèrent péniblement, difficilement, à s'élever par-dessus les gravats et les décombres, les meubles brisés et les corps sans vie.

— Cuach op arse, ghoul y badraigh mal an cuach, répétait Crach an Craite en crachant du sang qui coulait de ses lèvres mordillées.

— Contrôle-toi, Crach, dit Sac-à-souris avec un effort, en secouant les grains de sarrasin tombés sur le devant de son vêtement. Il y a des dames.

Eist Tuirseach entrecoupait ses baisers de « Calanthe. Ma mie. Ma douce Calanthe ». La reine avait ouvert les yeux, mais n'essayait pas de se dégager de son étreinte.

— Eist. Les gens nous regardent, dit-elle.

— Eh bien, qu'ils nous regardent !

— Quelqu'un voudrait-il bien m'expliquer ce qui s'est passé ? demanda le maréchal Vissegerd en rampant de dessous une tapisserie arrachée du mur.

— Non, dit le sorceleur.

— Un physicien ! cria de sa voix fluette Windhalm d'Attre, penché sur Rainfarn.

— De l'eau ! cria un des frères de Strept en étouffant avec son pourpoint une tapisserie qui se consumait. De l'eau, vite !

— Et de la bière ! réussit à dire Cotcodette d'une voix rauque.

Quelques chevaliers encore capables de tenir debout essayaient de relever Pavetta, mais la princesse refusa leur aide. Elle se leva seule et d'un pas chancelant, se dirigea vers la cheminée, près de laquelle se trouvait Hérisson, adossé au mur, qui cherchait maladroitement à se débarrasser des plaques de son armure, tachée de sang.

— La jeunesse d'aujourd'hui ! explosa Sac-à-souris

en regardant de leur côté. Ils commencent tôt ! Ils n'ont que cette idée en tête.

— Quelle idée ?

— Comment ça, sorceleur ! Tu ne sais pas que si Pavetta avait été vierge, autrement dit que si son hymen avait été intact, elle n'aurait pas pu utiliser le pouvoir ?

— Je me moque de sa virginité, marmonna Geralt. D'où tient-elle de telles capacités ? À ce que je sais, ni de Calanthe ni de Roegner...

— Elle les a héritées en sautant une génération, ça ne fait aucun doute, dit le druide. Sa grand-mère, Adalia, levait un pont-levis d'un froncement de sourcils. Hé, Geralt, regarde-moi ça ! Elle n'a pas encore son content !

Calanthe, toujours agrippée au bras d'Eist Tuirseach, montra Hérisson, blessé, aux gardes. Geralt et Sac-à-souris s'approchèrent aussitôt de lui, mais c'était déjà inutile. Les gardes reculèrent d'un bond de la silhouette à moitié couchée, en chuchotant et en marmonnant.

L'horrible gueule de Hérisson s'effaça, s'estompa, ses contours commencèrent à disparaître. Les piquants et les soies ondoyèrent puis se métamorphosèrent en beaux cheveux bouclés brillants et en une barbe qui encadrait un visage pâle aux traits virils, anguleux, orné d'un nez proéminent.

— Qu'est-ce qui... bredouilla Eist Tuirseach. Qui est-ce ? C'est Hérisson ?

— C'est Duny, dit tendrement Pavetta.

Calanthe détourna la tête, les lèvres pincées.

— Il a subi un sort ? marmonna Eist. Mais comment...

— Minuit vient de sonner, dit le sorceleur. À l'instant. La cloche que nous avons entendue tout à l'heure n'était qu'un malentendu, une erreur... du sonneur. N'est-ce pas, Calanthe ?

— Oui, oui, gémit le prénommé Duny en répondant à la place de la reine, laquelle, d'ailleurs, n'avait pas l'intention de répondre. Mais peut-être qu'au lieu de discuter, quelqu'un pourrait m'aider à retirer mon armure et appeler un physicien. Ce fou de Rainfarn m'a fait une entaille sous une côte.

— À quoi bon un physicien ? dit Sac-à-souris en sortant sa baguette. Calanthe se mit debout et dressa fièrement la tête.

— Assez ! Ça suffit. Dès que les choses seront rentrées dans l'ordre, je veux vous voir dans mon cabinet. Tous autant que vous êtes : Eist, Pavetta, Sac-à-souris, Geralt et toi... Duny. Sac-à-souris ?

— Oui, reine.

— Est-ce que ta baguette... Je me suis brisé la colonne vertébrale. Et les alentours.

— À vos ordres, reine.

III

— ... une malédiction, poursuivit Duny en se frottant les tempes. Depuis ma naissance. Je n'ai jamais su ce qui a été la cause de ce sort qui m'a été jeté, ni qui l'a jeté. De minuit à l'aube, je suis un homme normal, et de l'aube à... vous avez vu. Akerspaark, mon père, voulait le cacher. À Maecht, les gens sont superstitieux, des sorts et des malédictions jetés sur la famille royale auraient pu être fatals à la dynastie. J'ai quitté le château avec un chevalier de mon père, qui m'a élevé. Je suis devenu le valet de ce chevalier errant, nous avons parcouru le monde. Quand il est mort, j'ai voyagé seul. J'ai fini par apprendre, je ne sais plus comment, que je pouvais être délivré de cette malédiction par un enfant surprise. Quelque temps après, j'ai rencontré Roegner. Vous connaissez la suite.

— Nous connaissons la suite, ou plutôt nous la devinons, acquiesça Calanthe d'un signe de tête. Nous savons, en particulier, que tu n'as pas attendu les quinze années sur lesquelles tu t'étais entendu avec Roegner pour tourner la tête de ma fille. Pavetta ? Depuis combien de temps ?

La princesse prit un air contrit et leva un doigt.

— Eh bien ! Petite sorcière ! Sous mon nez ! Celui qui l'a laissé entrer dans le château la nuit aura de mes nouvelles. Mais je vais d'abord m'en prendre aux dames de la cour avec lesquelles tu es allée cueillir des primevères. Des primevères, par tous les diables ! Et qu'est-ce que je dois faire de vous maintenant ?

— Calanthe..., commença Eist.

— Chaque chose en son temps, Tuirseach. Je n'ai pas encore fini. Duny, l'affaire s'est beaucoup compliquée. Tu es l'ami de Pavetta depuis un an, et alors ? Alors, rien. C'est-à-dire que tu as obtenu au meilleur prix le serment d'un père qui n'était pas celui qu'il aurait dû être. Le destin s'est moqué de toi. Quelle ironie du sort, comme dit Geralt de Riv, ici présent !

— Au diable le destin, les serments et l'ironie, grimaça Duny. J'aime Pavetta et elle m'aime, c'est la seule chose qui compte. Tu ne peux pas couper le chemin à notre bonheur, reine.

— Je le peux, Duny, je le peux, et comment ! dit

Calanthe en souriant d'un de ses impénétrables sourires. Mais pour ton bonheur, je ne le veux pas. J'ai une dette envers toi, Duny. Pour le reste, tu sais. J'étais décidée... Je devrais te demander pardon, mais c'est une chose que je n'aime pas beaucoup faire. Alors je te donne Pavetta et ainsi nous serons quittes. Pavetta ? Tu n'aurais pas changé d'avis ?

La princesse fit signe que non en hochant la tête avec ferveur.

— Merci, dame Calanthe. Merci, sourit Duny. Tu es une reine sage et magnanime.

— Bien sûr que oui. Et belle.

— Belle, oui.

— Vous pouvez rester tous les deux à Cintra, si vous le désirez. Ici, les gens sont moins superstitieux qu'à Maecht et ils s'habitueront vite. D'ailleurs, même en tant que Hérisson, tu étais plutôt sympathique. La seule chose, c'est que tu ne peux pas compter sur le trône pour le moment. J'ai l'intention de gouverner encore un peu aux côtés du nouveau roi de Cintra. Le noble Eist Tuirseach de Skellige m'a demandé...

— Calanthe...

— Oui, Eist, j'accepte. Je n'avais encore jamais entendu de déclaration d'amour en étant allongée par terre, au milieu des débris de mon propre trône. Mais... Comment as-tu dit, Duny ? C'est la seule chose qui compte. Que personne ne s'avise de couper chemin à mon bonheur ! C'est un bon conseil que je donne. Mais qu'avez-vous à me regarder avec ces yeux ronds ? Je ne suis pas encore aussi vieille que vous pouvez le penser en voyant ma fille presque mariée.

— La jeunesse d'aujourd'hui ! marmonna Sac-à-souris. La pomme ne tombe jamais loin du...

— Qu'est-ce que tu marmonnes, sorcier ?

— Rien, dame Calanthe.

— C'est bien. Je profite de l'occasion, Sac-à-souris, pour te faire une proposition. Pavetta va avoir besoin d'un professeur. Elle doit apprendre à maîtriser ce don singulier. J'aime ce château. Je préférerais qu'il reste comme il est. Il pourrait s'effondrer à la prochaine attaque d'hystérie de ma fille surdouée. Qu'en dis-tu, druide ?

— Tout l'honneur est pour moi.

La reine tourna la tête vers la fenêtre.

— Je pense... Le jour commence à poindre. Il est temps...

Elle se retourna subitement vers Pavetta et Duny qui chuchotaient en se tenant la main et en se mangeant le blanc des yeux.

— Duny !

— Oui, reine !

— Tu entends ? Le jour commence à poindre ! Il fait déjà jour ! Et tu...

Geralt regarda Sac-à-souris, Sac-à-souris regarda Geralt et tous deux se mirent à rire.

— Qu'est-ce que vous trouvez de si drôle, sorciers ? Ne voyez-vous pas...

— Si, nous le voyons, l'assura Geralt.

— Nous attendions que tu le remarques toi-même, dit Sac-à-souris. J'étais curieux de voir si tu allais comprendre.

— Comprendre quoi ?

— Que tu as rompu le charme. C'est toi qui l'as rompu, dit le sorceleur. Le destin s'est accompli au moment même où tu disais à Duny « Je te donne Pavetta. »

— Précisément, confirma le druide.

— Par tous les dieux, dit lentement Duny. Alors enfin ! Diantre, je pensais que je serais très heureux, que des trompettes ou quelque autre instrument se mettraient à jouer... C'est la force de l'habitude. Reine, merci ! Pavetta, tu entends ?

— Ouiii, dit la princesse, les yeux toujours baissés.

— Ainsi, soupira Calanthe en posant sur Geralt un regard las, tout est bien qui finit bien. N'est-ce pas, sorceleur ? La malédiction est annulée, deux mariages se préparent, la réfection de la salle du trône durera environ un mois ; quatre tués, d'innombrables blessés, Rainfarn d'Attre est à deux doigts d'expirer. Réjouissons-nous ! Est-ce que tu sais, sorceleur, qu'à un moment, j'ai failli te demander de...

— Je le sais.

— Mais maintenant, je dois te rendre justice. J'ai exigé de toi des résultats et je les ai. Cintra s'allie à Skellige. Ma fille va faire un assez beau mariage. Un instant, je me suis dit que le destin se serait de toute façon accompli même si je ne t'avais pas fait venir au banquet et ne t'avais pas assis à ma droite. Mais je me trompais. Le poignard de Rainfarn aurait pu changer le cours du destin. Et c'est ton épée, dans ta main de sorceleur, qui l'a empêché de frapper. Tu as fait du beau travail, Geralt. Voyons maintenant la question du prix. Dis-moi combien tu demandes.

— Attendez ! dit Duny en tâtant ses côtes bandées. Il est question du prix, dites-vous. Mais c'est moi qui suis votre débiteur, c'est à moi qu'il appartient de...

— Ne m'interromps pas, mon gendre ! dit Calanthe en cillant des yeux. Ta belle-mère ne supporte pas qu'on l'interrompe. Ne l'oublie jamais ! Et sache que tu n'es le débiteur de personne. En fait, c'était toi l'objet du contrat que j'avais conclu avec Geralt de Riv. Je t'ai dit que nous étions quittes et je ne vois pas pourquoi je devrais indéfiniment m'excuser pour toute cette affaire. Mais je suis tenue de respecter le contrat. Allez, Geralt ! Dis-moi ton prix !

— Bien ! dit le sorceleur. Je te demande ton écharpe verte, Calanthe. Elle me rappellera la couleur des yeux de la plus belle reine que je connaisse.

Calanthe éclata de rire, détacha de son cou son collier d'émeraudes.

— Les pierres de ce petit bijou, dit-elle, ont un reflet plus approprié. Garde-les avec mon meilleur souvenir !

— Puis-je ajouter quelque chose ? demanda timidement Duny.

— Mais bien sûr, mon gendre, bien sûr.

— Je persiste à dire que c'est moi qui suis ton débiteur, sorceleur. C'est ma vie que menaçait le poignard de Rainfarn. Sans toi, les gardes m'auraient assommé. Puisqu'il est question du prix, c'est à moi de le payer. Je te garantis quc j'cn ai les moyens. Dis-moi ton prix, Geralt ?

— Duny ! dit lentement Geralt. Un sorceleur auquel on pose pareille question doit demander qu'elle lui soit répétée.

— Alors je te la répète. Car, vois-tu, je suis ton débiteur pour une autre raison encore. Lorsque j'ai appris qui tu étais, dans la salle du trône, je t'ai détesté et j'ai pensé beaucoup de mal de toi. Je te prenais pour un instrument aveugle et avide de sang, pour quelqu'un qui tue froidement, sans se poser de questions, qui essuie le sang sur sa lame et compte son argent. Mais j'ai compris que le métier de sorceleur est en fait digne de respect. Tu nous défends non seulement contre le Mal tapi dans l'ombre, mais aussi contre celui qui est tapi en nous. C'est dommage que vous soyez si peu nombreux.

Calanthe sourit. Pour la première fois de la nuit, Geralt fut tenté de penser que c'était un sourire naturel.

— Mon gendre a bien parlé. Je dois ajouter deux mots à son discours, dit la reine. Seulement deux : « Pardon, Geralt ! »

— Et moi, dit Duny, je le répète : quel est ton prix ?

— Duny ! Calanthe ! Pavetta ! Et toi, Tuirseach, loyal chevalier, futur roi de Cintra ! Pour devenir sorceleur, il faut naître dans l'ombre du destin, et peu d'individus naissent dans l'ombre du destin. Voilà pourquoi nous sommes si peu nombreux. Nous vieillissons, nous mourons sans avoir à qui transmettre notre savoir, nos compétences. Nous manquons de successeurs. Or le monde est envahi par le Mal, qui n'attend qu'une chose, que nous venions à manquer.

— Geralt ! murmura Calanthe.

— Oui, tu ne te trompes pas, reine. Duny ! Tu me donneras ce que tu possèdes déjà et dont tu ignores encore l'existence. Je reviendrai à Cintra dans six ans pour vérifier que le destin s'est montré clément envers moi.

— Pavetta ! s'exclama Duny avec des yeux ronds. Tu n'es tout de même pas...

— Pavetta ! s'écria Calanthe. Est-ce que tu... Est-ce que tu es...

La princesse baissa les yeux en piquant un fard. Et puis elle répondit.

La voix de la raison 5

— Geralt ! Hou-hou ! Tu es là ?

Il leva la tête au-dessus des pages jaunies et rugueuses de *L'Histoire du monde* — cet ouvrage de Roderick de Novembre était intéressant, même s'il faisait quelque peu l'objet de controverses —, qu'il étudiait depuis la veille.

— Oui. Que se passe-t-il, Nenneke ? Tu as besoin de moi ?

— Tu as un invité.

— Encore ? Qui c'est, cette fois ? Le duc Hereward en personne ?

— Non. Cette fois, c'est Jaskier, ton copain, ce vagabond, ce parasite et fainéant, ce prêtre de l'art, cette étoile lumineuse de la ballade et de la poésie courtoise ! Comme à l'accoutumée, auréolé de gloire, gonflé comme une vessie de cochon et puant la bière. Tu veux le voir ?

— Bien sûr que je veux le voir. C'est tout de même mon ami !

Nenneke prit un air indigné en haussant les épaules.

— Je ne comprends pas cette amitié. Il est tout ton contraire.

— Justement. Les contraires s'attirent.

— C'est vrai. Tiens ! Il arrive, fit-elle avec un mouvement du menton. Voilà ton poète célèbre.

— Il l'est réellement, Nenneke. Tu ne vas quand même pas me dire que tu n'as jamais entendu ses ballades ?

— Je pense bien que je les ai entendues, dit la prêtresse avec une grimace. Eh bien, disons que je ne m'y connais pas ! Après tout, peut-être que le talent consiste à savoir glisser en douceur d'un lyrisme émouvant à l'obscénité. Passons ! Pardonne-moi, mais je ne vais pas vous tenir compagnie ! Je ne suis pas d'humeur, aujourd'hui, à écouter sa poésie et ses plaisanteries vulgaires.

Ils entendirent dans le couloir un rire perlé, le son d'un luth ; dans la porte de la bibliothèque s'encadra Jaskier, arborant un pourpoint lilas avec des manchettes de dentelles et un petit chapeau planté de travers. Devant Nenneke, le troubadour fit une profonde courbette en balayant le sol de la plume d'aigrette ornant son chapeau.

— Mes profonds respects, vénérable mère, miaula-t-il stupidement. Gloire à la Grande Melitele et à ses prêtresses, sources de vertu et de sagesse...

— Cesse de jacasser, Jaskier ! bougonna Nenneke. Et ne m'appelle pas « mère ». Sache que l'idée que tu pourrais être mon fils me remplit d'horreur !

Elle pivota sur ses talons et sortit dans le froufrou de son ample robe longue. Jaskier parodia sa révérence en faisant des grimaces simiesques.

— Elle n'a pas changé ! dit-il sereinement. Elle n'a toujours pas le goût de la plaisanterie. Elle était furieuse contre moi parce qu'à mon arrivée, j'ai discuté un moment avec la tourière, une blonde très mignonne, avec de longs cils et une tresse de vierge qui descend jusqu'à un gracieux petit cul qu'il aurait été péché de ne pas pincer. Alors, c'est ce que j'ai fait. Mais il a fallu que Nenneke arrive à ce moment-là... Bon ! Ce n'est pas grave ! Salut, Geralt.

— Salut, Jaskier. Comment as-tu su que j'étais ici ?

Le poète se redressa, remit son pantalon en place, puis répondit :

— Je suis allé à Wyzima, où j'ai entendu parler de la strige, et on m'a appris que tu avais été blessé. Je me suis douté de l'endroit où tu avais pu aller passer ta convalescence. À ce que je vois, tu es déjà rétabli ?

— Et tu vois bien. Mais va faire comprendre ça à Nenneke ! Assieds-toi, qu'on cause un peu !

Jaskier s'assit, jeta un coup d'œil au livre posé sur le lutrin.

— De l'histoire ? sourit-il. Roderick de Novembre ? Je l'ai lu, je l'ai lu pendant mes études à l'académie d'Oxenfurt. L'histoire venait en deuxième sur la liste de mes matières préférées.

— Qu'est-ce qui venait en premier ?

— La géographie, dit le poète avec un air grave. Comme l'atlas du monde était plus grand, c'était plus facile de dissimuler une petite bonbonne de vodka derrière.

Geralt eut un rire bref et se leva. Il prit sur un rayonnage *Les Arcanes de la magie et de l'alchimie,* de Lunini et Tyrss, et sortit à la lumière du jour un vase ventru, tressé de paille, caché derrière l'énorme volume.

— Formidable ! se réjouit le barde. La sagesse et l'inspiration, à ce que je vois, continuent à se cacher dans les bibliothèques. Ah ! Voilà qui me plaît ! C'est de la prune, n'est-ce pas ? Ça, c'est de l'alchimie ! Voilà une pierre philosophale qui vaut vraiment la peine d'être étudiée. À ta santé, vieux frère ! Ouaah ! Elle est forte comme la peste !

Geralt prit la bonbonne des mains du poète, avala à son tour une gorgée. Pris d'une quinte de toux, il posa une main sur sa gorge bandée.

— Quel bon vent t'amène ? Où vas-tu ?

— Je ne sais pas. Enfin, je me suis dit que je pourrais aller là où tu vas, toi. Je pourrais t'accompagner. Tu penses séjourner ici longtemps ?

— Non. Le duc local m'a fait comprendre que je n'étais pas le bienvenu sur ses terres.

— Hereward ? (Jaskier connaissait tous les rois, tous les princes, suzerains et seigneurs de Iaruga aux monts du Dragon.) Tu peux t'en ficher ! Il n'osera pas chercher noise à Nenneke, à la déesse Melitele. Le peuple lui réduirait son château en cendres.

— Je ne veux pas d'ennuis. Et de toute façon, il y a déjà trop longtemps que je suis là. Je descends dans le Sud, Jaskier. Loin dans le Sud. Ici, je ne trouverai pas de boulot. C'est trop civilisé. Ils n'en ont rien à faire des sorceleurs. Quand je demande du travail, ils me regardent comme si j'étais un phénomène.

— Qu'est-ce que tu vas chercher ! Où tu la vois, ta civilisation ? J'ai traversé la Buina il y a une semaine, et au cours de ma traversée du pays j'ai entendu toutes sortes d'histoires. Il paraît qu'il y a là-bas des ondins, des myriapodans, des chimères, des dermoptères, toutes les saloperies possibles. Tu devrais avoir du boulot jusque-là, ajouta-t-il avec un geste expressif.

— Des histoires, j'en ai entendu, moi aussi. La moitié d'entre elles sont fausses ou exagérées. Non, Jaskier. Le monde change. C'est la fin d'une époque.

Le sorceleur avala une gorgée, cligna des yeux et poussa un profond soupir.

— Voilà que tu recommences à pleurer sur ton triste sort de sorceleur ? Et à philosopher, en plus ? J'y vois les effets néfastes de tes mauvaises lectures. Car même ce vieux péteux de Roderick de Novembre s'est avisé que le monde change. Soit dit entre parenthèses, la mutation du monde est la seule thèse de son traité à laquelle on puisse souscrire sans réserve. Mais elle n'est pas si novatrice que tu doives m'en régaler en prenant cet air de penseur qui ne te va pas du tout au teint.

Geralt, au lieu de répondre, avala une gorgée de vodka.

— Oui, oui, soupira de nouveau Jaskier. Le monde change, le soleil se couche et la vodka se termine. Qu'est-ce qu'il y a d'autre qui se termine, selon toi ? Tu voulais parler de choses qui se terminent, monsieur le philosophe.

Geralt ne répondit pas immédiatement.

— Je vais te donner quelques exemples, finit-il par dire. Ils datent des deux derniers mois que j'ai passés sur cette rive de la Buina. Un jour, j'approche d'un pont et là, qu'est-ce que je vois ? Un troll installé à l'entrée du pont, qui exige une redevance de chaque personne qui veut traverser. À celles qui refusent, il fait un croche-pied, parfois un double croche-pied. Je vais donc trouver le maire du village. « Combien me donnerez-vous pour ce troll ? » je lui demande. Le maire en reste la bouche ouverte. « Comment ça ? me dit-il. Et qui est-ce qui réparera le pont si le troll n'est plus là ? Le troll s'occupe du pont, il le répare régulièrement, à la sueur de son front, consciencieusement, bien comme il faut. Il revient donc moins cher de lui payer un péage. » Alors je reprends la route et qu'est-ce que je vois ? Un diploure géant. Il n'est pas très grand, il doit faire dans les cinq archines du bout du nez jusqu'au bout de la queue. Il s'envole avec une brebis dans ses griffes. Je vais jusqu'au village. « Combien vous me paierez pour ce saurien ? » je demande. Les paysans se prosternent à mes pieds. « Non, me supplient-ils. C'est le dragon préféré de la benjamine de notre baron. S'il tombe une seule écaille de son échine, le baron brûlera le village et nous dépouillera. » Alors je reprends la route et j'ai de plus en plus faim. Partout, je demande du travail. Certes, on en trouve, mais c'est quoi ? L'un te demande d'attraper une ondine, un autre une nymphe, un troisième une méchante fée. Ils sont devenus complètement stupides, les villages sont pleins de superbes brins de filles et ils veulent des humanoïdes ! Un autre encore me demande de tuer un mécoptère et de lui apporter un osselet d'une main parce qu'il paraît que, moulu et saupoudré dans la soupe, il réduirait l'impuissance...

— Ça, c'est de la blague, l'interrompit Jaskier. J'ai essayé. La poudre de mécoptère ne réduit rien du tout, et elle donne à la soupe un goût de décoction de sandale de teille. Mais après tout, si les gens y croient et sont prêts à payer...

— Je ne tuerai pas de mécoptère. Ni aucune créature qui n'est pas nuisible.

— Alors tu auras toujours faim. À moins que tu changes de travail.

— Pour faire quoi ?

— N'importe quoi. Fais-toi prêtre ! Avec tes scrupules, ta moralité, ta connaissance de la nature humaine et de tout, tu ferais plutôt un bon prêtre. Que tu ne croies en aucun dieu ne devrait pas être un problème. Je ne connais pas beaucoup de prêtres croyants. Fais-toi prêtre et arrête de t'attendrir sur ton sort !

— Je ne m'attendris pas sur mon sort ! Je constate des faits !

Jaskier croisa les jambes et contempla avec intérêt la semelle usée de ses chaussures.

— Tu me fais penser à un vénérable pêcheur qui découvrirait à la fin de sa vie que le poisson pue et que l'eau donne des rhumatismes et des courbatures. Sois cohérent ! Ça ne sert à rien de discuter et d'avoir des regrets. Moi, si je constatais qu'il n'y a plus de demande pour la poésie, je suspendrais mon luth à un clou et je me ferais jardinier. Je cultiverais des roses.

— Tu dis n'importe quoi. Tu ne serais pas capable de renoncer à la poésie !

— Peut-être bien que je n'en serais pas capable, concéda le poète, toujours en contemplation devant sa semelle. Mais nos professions sont quelque peu différentes. Pour ce qui est de la poésie et de la musique du luth, la demande ne baissera jamais. Pour ta profession, c'est pire. Vous, les sorceleurs, vous vous privez vous-mêmes de votre gagne-pain, lentement mais sûrement. Plus vous travaillez consciencieusement, et moins vous avez de boulot. Votre but, votre raison d'être, c'est bien un monde sans monstres, un monde paisible et sûr ! Autrement dit, un monde où les sorceleurs sont inutiles. C'est paradoxal, n'est-ce pas ?

— Oui.

— Autrefois, quand les licornes n'avaient pas

encore disparu, il existait un assez grand groupe de jeunes vierges qui cultivaient leur vertu pour pouvoir les attraper. Tu t'en souviens ? Et les attrape-rats à pipeau ? Tout le monde se battait, même, pour les avoir à son service. Mais les alchimistes les ont exterminés en découvrant des appâts empoisonnés efficaces. S'est greffée là-dessus la domestication générale des chats, des putois et des belettes. Les petits animaux étaient moins chers, plus doux, et ne descendaient pas autant de bière. Tu perçois l'analogie ?

— Oui.

— Tire donc profit des expériences des autres ! Quand les vierges des licornes ont perdu leur travail, elles se sont aussitôt lancées dans autre chose. Certaines souhaitaient rattraper leurs années de privations et sont devenues très célèbres grâce à leur technique et à leur ardeur. Les attrape-rats... Euh ! Eux, tu ferais mieux de ne pas les imiter : ils se sont soûlés comme un seul homme et ont mal tourné. Tout laisse penser que c'est maintenant au tour des sorceleurs. Tu lis Roderick de Novembre ? Si je me souviens bien, il parle des premiers sorceleurs, apparus dans le pays il y a à peu près trois cents ans. À l'époque, les paysans allaient aux champs en groupes armés, les villages étaient entourés de triples palissades, les caravanes de marchands faisaient penser à des troupes de mercenaires, et sur les remparts d'innombrables bourgs, les catapultes étaient en position de tir de jour comme de nuit. Car à l'époque, nous, les hommes, nous étions des intrus. Cette terre était le royaume des dragons, des manticores, des griffons et des amphisbènes, des vampires, des loups-garous et des striges, des kikimorrhes, des chimères et des dermoptères. Et nous avons dû leur arracher chaque morceau de cette terre, chaque vallée, chaque ravin, chaque forêt, chaque clairière. Et si nous y sommes parvenus, c'est grâce à l'aide inestimable des sorceleurs. Mais ces temps sont révolus, Geralt, ils sont irrémédiablement révolus. Le baron ne laisse pas tuer son diploure géant parce que c'est sans doute le dernier draconide dans un rayon de mille milles, et qu'il ne sème plus la terreur, mais fait naître la compassion et la nostalgie du passé. Le troll du pont est devenu l'ami des hommes, ce n'est plus un monstre dont on se sert pour faire peur aux enfants, c'est une relique et une attraction locale, utile de surcroît. Et les chimères, les manticores, les amphisbènes ? Ils sont dans des forêts vierges ou des montagnes inaccessibles...

— J'avais donc raison. C'est la fin d'une époque. Que ça te plaise ou non, c'est la fin d'une époque !

— Ce qui me déplaît, c'est de t'entendre débiter des lieux communs ! Ce qui me déplaît, c'est la tête que tu fais en disant ça ! Qu'est-ce qui t'arrive, Geralt ? Je ne te reconnais pas. Peste ! Partons au plus tôt pour le Sud, dans les pays sauvages ! Ton cafard passera dès que tu auras tué quelques monstres avec ton glaive. Et à ce qu'on dit, des monstres, il y en aurait pas mal par là-bas. On dit que quand une vieille femme y trouve la vie trop longue, elle va seule, sans personne, chercher des fagots dans la forêt, et sans emporter de pique avec elle. Le résultat est garanti. Tu devrais t'y installer définitivement.

— Peut-être. Mais je ne le ferai pas.

— Pourquoi pas ? Là-bas, les sorceleurs gagnent plus facilement leur vie.

— Certes, dit Geralt en inclinant la bonbonne. Mais ils ont aussi plus de mal à dépenser leur argent. En outre, là-bas, on mange de l'orge mondé et du millet, la bière a un goût de pisse, les filles ne se lavent pas et on est piqué par les moustiques.

Jaskier partit d'un éclat de rire en appuyant l'occiput sur les rayonnages de la bibliothèque derrière lui, contre les reliures de cuir des volumes anciens.

— Du millet et des moustiques ! Ça me rappelle notre première expédition ensemble, au bout du monde, dit-il. Tu te rappelles ? Nous nous étions rencontrés à Guleta, à une fête, et tu as insisté pour que je vienne avec toi.

— C'est toi qui as insisté pour que je t'emmène. Il fallait que tu déguerpisses de Guleta ventre à terre parce qu'une fille que tu avais culbutée sous l'estrade de l'orchestre avait pour frères quatre grands gaillards qui te cherchaient dans toute la ville en menaçant de te casser la figure et de te rouler dans le goudron et la sciure quand ils te mettraient la main dessus. C'est pour ça que tu m'as collé.

— Et toi, c'est tout juste si tu n'as pas sauté de joie à l'idée d'avoir un compagnon. Jusque-là, quand tu étais sur les routes, tu n'avais que ton cheval avec qui causer. Mais bon, tu as raison, ça s'est passé comme tu dis ! Je devais effectivement disparaître pendant un certain temps, et la vallée des Fleurs me semblait convenir à merveille. Après tout, ça devait être le bout du monde habité, l'avant-poste de la civilisation et du nouveau, le point le plus avancé à la frontière des deux mondes... Tu te souviens ?

— Oui, Jaskier. Je m'en souviens.

Le bout du monde

I

Jaskier descendit avec précaution les marches de l'auberge, il portait deux gobelets débordant de mousse. En jurant dans sa barbe, il se fraya un chemin à travers le groupe des enfants curieux qui s'agglutinaient autour de lui. Il traversa la cour en biais, en évitant les bouses de vache.

Une quinzaine de villageois s'étaient rassemblés près de la table dressée sur la place du village, où le sorceleur discutait avec le staroste. Le poète posa les bocks et reprit sa place. Il comprit sur-le-champ que pendant sa brève absence la conversation n'avait pas progressé d'un empan.

— Je suis sorceleur, monsieur le staroste, répétait Geralt pour la énième fois en s'essuyant les lèvres pour en ôter la mousse. Je ne fais pas de commerce. Je ne m'occupe pas de lever des troupes pour l'armée et je ne sais pas soigner la morve. Je suis sorceleur.

— C'est une profession, expliqua Jaskier pour la énième fois. Il est sorceleur, vous comprenez ? Il tue des striges, et des monstres. Il extermine toute sorte de vermine. C'est son métier, il le fait pour de l'argent. Vous saisissez, staroste ?

Le front du staroste, sillonné de rides profondes témoignant d'une intense réflexion, se détendit.

— Ah bon ! Il est sorceleur ! Il fallait le dire tout de suite !

— Eh bien, oui ! approuva Geralt. Je vais donc vous demander tout de suite s'il y a du boulot pour moi dans le coin ?

Le staroste se replongea dans une réflexion visiblement aussi intense.

— Aaah ! Du boulot ? Vous voudriez... Euh... Les vifs-garous ? Vous demandez s'il n'y aurait pas des vifs-garous par chez nous ?

Le sorceleur sourit et hocha la tête en se frottant la paupière, qui le piquait à cause de la poussière.

— Il y en a, finit par conclure le staroste après une longue pause. Regardez un peu par là-bas ! Vous voyez les montagnes ? Y a des elfes qu'habitent là-haut. Là-haut, c'est le royaume d'iceux. Leurs châteaux à iceux, j'vous l'dis, y sont tout en or pur. Eh bé ! monsieur ! Les elfes, je vous le dis, ça fait peur. Qui qui va là-haut, l'en redescend jamais.

— C'est ce que je me disais, dit Geralt d'un ton sec. C'est bien pour cette raison que je n'y vais pas.

Jaskier eut un ricanement insolent. Le staroste, comme Geralt s'y attendait, réfléchit longuement.

— Ah bon ! finit-il par dire. Eh ben, oui ! Mais y a d'aut' vifs-garous par ici. Faut croire qu'iceux nous viennent du pays des elfes. Ah, monsieur ! Y en a et y en a ! C'est dur d'les compter. La pire, c'est la Moire ; je dis bien, les bonshommes ?

Les « bonshommes » s'animèrent, assaillirent la table de toutes parts.

— Oui, c'est la Moire, dit l'un d'eux. Oui, oui, le staroste dit vrai. C'est une vierge pâle qui vient rôder dans les chaumières au point du jour, et après les gosses meurent.

— Et les lutins ! ajouta un autre, un soudard de la garde municipale. Ils emmêlent les crinières des chevaux dans les écuries.

— Et les chauves-souris ! Il y a des chauves-souris par ici !

— Et des naïades ! C'est à cause d'elles que les gens sont couverts de pustules.

Les minutes qui suivirent virent une interminable énumération des monstres qui gâchaient la vie des croquants de la région par leurs actes ignobles ou même par le simple fait de leur existence. Geralt et Jaskier apprirent ainsi qu'il existait des errautours et des fées mamounes qui empêchaient les braves paysans de rentrer chez eux quand ils étaient soûls. On leur parla aussi d'une volage qui volait et buvait le lait des vaches, d'une tête sur des pattes d'araignée qui courait dans la forêt, de vaillages qui portaient des petits bonnets garance et d'un brochet inquiétant qui arrachait le linge des mains des femmes qui lavaient à la rivière et qui, un jour ou l'autre, s'en prendrait aux femmes elles-mêmes. Comme à l'accoutumée, on ne manqua pas de citer dans toute cette énumération la vieille Naradkova, qui la nuit volait sur un tisonnier, et le jour, expulsait les fœtus. On cita aussi un meunier qui coupait sa farine avec de la poudre de gland, et un certain Duda, qui avait parlé du régisseur du roi en le traitant de voleur et de voyou.

Geralt écouta toutes ces histoires calmement, en hochant la tête avec un air faussement intéressé ; il posa quelques questions qui portaient essentiellement sur les routes et la topographie du terrain, puis il se leva en faisant signe à Jaskier de le suivre.

— Eh bien ! Portez-vous bien, bonnes gens ! dit-il. Je reviendrai bientôt, nous verrons alors ce qu'il est possible de faire.

Ils s'éloignèrent en longeant en silence les chaumières et les clôtures, accompagnés par les aboiements des chiens et les braillements des enfants.

— Geralt, dit soudain Jaskier en se dressant dans ses étriers pour cueillir une pomme mûre à point sur une branche qui dépassait d'un enclos. Tout le long du chemin tu t'es plaint d'avoir de plus en plus de mal à trouver du travail. Or, d'après ce que je viens d'entendre, tu pourrais travailler ici jusqu'à l'hiver sans avoir le temps de te reposer. Tu gagnerais un peu de sous, tu me fournirais de belles sources d'inspiration pour mes ballades. Alors, peux-tu m'expliquer pourquoi on ne s'arrête pas ?

— Ici, je ne gagnerais pas un sou, Jaskier.

— Pourquoi ?

— Parce qu'il n'y avait pas un mot de vrai dans ce qu'ils disaient.

— Quoi donc, par exemple ?

— Aucune des créatures dont ils ont parlé n'existe.

Jaskier cracha un pépin et lança le trognon à un mâtin tacheté particulièrement agressif qui s'en prenait aux paturons des chevaux.

— Tu plaisantes, je pense ! Ce n'est pas possible. J'ai observé ces gens, et les gens, je m'y connais. Ils ne mentaient pas.

— En effet, concéda le sorceleur. Ils ne mentaient pas. Ils croyaient profondément à tout ce qu'ils racontaient. Ce qui ne change rien à la chose.

Le poète se tut un moment.

— Aucun de ces monstres... Aucun ? C'est impossible. Il doit tout de même bien y avoir ici l'un ou l'autre des monstres qu'ils nous ont cités. Au moins un. Avoue !

— Je l'avoue. Il y en a même un qui existe sûrement.

— Ah ! Tu vois ! Lequel ?

— Les chauves-souris.

Ils avaient franchi les dernières clôtures et rejoignirent la grand-route, chevauchant entre des plantations de colza et des champs de blé ondoyants. Des charrettes arrivaient en sens inverse, à vide. Le barde avait passé une jambe par-dessus l'arçon de sa selle et, son luth sur un genou, jouait des airs nostalgiques en agitant de temps en temps la main pour dire bonjour aux filles aux jupes retroussées, qui gloussaient en marchant sur les bas-côtés, avec leurs râteaux sur leurs solides épaules.

— Geralt ! fit-il soudain. Enfin, des monstres, il y en a ! Ils ne sont peut-être pas aussi nombreux que jadis. Il n'y en a peut-être pas un tapi derrière chaque arbre de la forêt. Mais il en existe bien. Il y en a. Alors d'où vient que les gens éprouvent le besoin d'en inventer qui n'existent pas, et, comme si ça ne leur suffisait pas, croient en ce qu'ils inventent ? Hein ? Geralt de Riv, célèbre sorceleur, tu ne t'es jamais interrogé sur les origines de ce besoin ?

— Si, célèbre poète. Et je les connais.

— Je suis curieux de savoir.

— Les gens, dit Geralt en détournant la tête, aiment bien inventer des monstres et des monstruosités. Ça leur donne l'impression d'être moins monstrueux eux-mêmes. Quand ils boivent comme des trous, qu'ils escroquent les gens, les volent, qu'ils cognent leurs femmes à coups de rênes, laissent crever de faim la vieille grand-mère, qu'ils assènent un coup de hache à un renard pris dans un panneau ou criblent de flèches la dernière licorne qui subsiste sur terre, ils aiment se dire que la Moire qui entre dans les chaumières au point du jour est plus monstrueuse qu'eux. Alors ils se sentent le cœur plus léger. Et ils ont moins de mal à vivre.

— C'est une chose que je retiendrai, dit Jaskier après un silence. Je chercherai des rimes et je composerai une ballade là-dessus.

— Tu peux en composer une. Mais ne compte pas sur les applaudissements !

Ils allaient lentement, mais ils furent bientôt hors de vue des dernières masures du hameau. Ils ne tardèrent pas à franchir le faîte des collines boisées.

Jaskier retint son cheval pour admirer le paysage.

— Oh ! Regarde, Geralt ! s'exclama-t-il. Dis-moi si ce n'est pas beau ici ? Cet endroit est idyllique, que le diable m'emporte ! On en a l'œil tout ébaubi !

De l'autre côté des collines, s'étendait un paysage qui descendait en pente douce vers des champs plats composant une mosaïque de couleurs. Au milieu, ronds et réguliers comme une feuille de trèfle, luisaient les miroirs de trois lacs ceints d'un ruban foncé d'aulnes. L'horizon était tracé par la ligne brumeuse gris-bleu des montagnes qui se dressaient au-dessus de la masse noire et irrégulière d'une forêt.

— On y va, Jaskier.

La route menait droit aux lacs en longeant des digues et des étangs cachés dans les aulnaies, où cancanaient des colverts parmi les sarcelles, les hérons et les grèbes. L'abondance de ce gibier à plumes surprenait dans ce paysage où tout portait trace de l'activité humaine : les digues étaient entretenues, tapissées de fascines ; les canaux consolidés de pierres et de madriers ; les tuyaux d'écoulement des étangs n'étaient pas du tout pourris, l'eau y glougloutait joyeusement ; dans les roseaux bordant les lacs, on distinguait des barques et des pontons, et des pieux émergeaient de l'eau, signalant la présence de filets et de nasses.

Jaskier se retourna tout à coup.

— On nous suit, fit-il, tout excité. Une charrette !

— Pas possible ! se moqua le sorceleur sans se retourner. Une charrette ? Et moi qui pensais que les gens d'ici se déplaçaient à dos de chauve-souris.

— Tu sais ce que je vais te dire ? grogna le troubadour. Plus on se rapproche du bout du monde, et plus ton humour s'affine. Je n'ose pas imaginer jusqu'où il va aller !

Comme ils chevauchaient sans se presser et que la charrette, attelée à deux chevaux pie, était vide, celle-ci ne tarda pas à les rattraper.

L'homme qui conduisait la carriole retint ses chevaux juste derrière eux. Il portait un manteau en peau de mouton sur sa poitrine nue et ses cheveux lui descendaient jusqu'aux sourcils.

— Dia ! fit-il. Je glorifie les dieux, messieurs !

— Nous de même, répondit Jaskier, rompu aux usages.

— Si l'on veut, marmonna le sorceleur.

— Je me nomme Ortillette, déclara le conducteur de la charrette. Je vous ons considérés quand vous jabotiez avec le staroste de Posada-le-Haut. Je sais que vous estes sorceleur.

Geralt laissa flotter les rênes, la jument s'ébroua dans les orties sur le bord de la route.

— J'ai ouï le staroste quand il vous a déblatéré ses calembredaines, poursuivit l'homme. J'ons remarqué la mine que vous allongiez et qui ne m'a point estourbi. Il y a beau temps que j'avions pas entendu des sornettes et des faussetés pareilles.

Jaskier éclata de rire. Geralt regarda le paysan attentivement, sans ouvrir la bouche. Le dénommé Ortillette se racla la gorge.

— Vous n'auriez pas envie d'être engagé pour faire de la vraie besogne, de la belle ouvrage, monsieur le sorceleur ? demanda-t-il. J'aurions une chose pour vous.

— Quoi donc ?

Ortillette plongea son regard dans le sien.

— La grand-route n'est pas un endroit commode pour causer affaires. Allons chez moi, à Posada-le-Bas. On causera là-bas. De toute façon, c'est par là votre route.

— Comment pouvez-vous en être si sûr ?

— C'est qu'il n'y a pas d'autre route et que c'est les naseaux que vos chevaux ont de tournés dans le sens d'icelle, pas la couette.

Jaskier s'esclaffa.

— Qu'est-ce que tu peux répondre à ça, Geralt ?

— Rien, dit le sorceleur. La grand-route n'est pas un endroit commode pour causer. Alors, allons-y, honoré Ortillette !

— Attachez vos chevaux à la ridelle et posez-vous sur la charrette ! proposa le paysan. Vous serez plus à votre aise. À quoi bon se fatiguer le fondement sur la selle ?

— C'est bien vrai, ma foi !

Ils grimpèrent sur la charrette. Le sorceleur s'étendit sur la paille avec plaisir. Jaskier, qui avait peur, apparemment, de salir son élégant pourpoint vert, s'assit sur une planche. Ortillette claqua de la langue pour faire avancer les chevaux, le véhicule s'ébranla sur une digue consolidée de madriers.

Ils traversèrent un pont enjambant des canaux envahis de nénuphars et de lentilles d'eau, dépassèrent une zone de prés fauchés. Plus loin, des champs cultivés s'étiraient à perte de vue.

— On a du mal à croire que c'est le bout du monde, la fin de la civilisation, dit Jaskier. Regarde autour de toi, Geralt ! Le seigle est doré comme de l'or, et ce maïs est si haut qu'un paysan à cheval pourrait s'y cacher. Ou encore ces navets, regarde ! Ils sont plus qu'énormes !

— Tu t'y connais en agriculture ?

— Nous, les poètes, nous devons nous y connaître en tout, dit Jaskier, d'un ton grandiloquent. Dans le cas contraire, nous risquerions de compromettre notre réputation. Il faut apprendre, mon cher, toujours apprendre. Le destin du monde dépend de l'agriculture, alors il est bon de s'y connaître. L'agriculture nourrit, habille, protège du froid, fournit des divertissements et apporte son soutien à l'art.

— Pour ce qui est des divertissements et de l'art, tu exagères un peu.

— Et l'eau-de-vie, on la distille à partir de quoi ?

— Je comprends.

— Tu ne comprends pas grand-chose. Apprends ! Regarde ces petites fleurs violettes. C'est du lupin.

— À dire vrai, c'est de la vesce, glissa Ortillette. Vous n'avez jamais considéré de lupin ? Mais vous avez pénétré une chose, monsieur. Ici, tout pousse comme du chiendent, que c'est un vrai bonheur. C'est pour cette raison qu'on appelle les lieux la vallée des Fleurs. Et aussi pour ça que nos ancêtres se sont installés céans après qu'ils avaient en premier délogé les elfes d'icelle.

Jaskier donna un coup de coude au sorceleur étendu sur la paille.

— La vallée des Fleurs, autrement dit le Dol Blathanna. Tu as remarqué, Geralt ? Ils ont chassé les elfes, mais ils n'ont pas jugé utile de changer le nom que les elfes avaient donné. Par manque d'imagination. Et comment cohabitez-vous avec les elfes, fermier ? Ils sont tout de même juste à la lisière de vos terres, dans la montagne.

— On se mêle pas. Chacun chez soi. Eux de leur côté, nous du nôtre.

— C'est la meilleure solution, dit le poète. N'est-ce pas, Geralt ?

Le sorceleur ne répondit pas.

II

— Merci pour ce bon repas, dit Geralt en léchant sa cuillère en os avant de la remettre dans le plat vide. Merci mille fois, fermiers. Et maintenant, si vous le permettez, venons-en à notre affaire.

— Allons-y ! acquiesça Ortillette. C'est convenu, Dhun ?

Dhun, le doyen de Posada-le-Bas, un homme immense au regard sombre, fit signe aux filles, qui débarrassèrent rapidement la table et quittèrent la salle, au grand regret de Jaskier qui depuis le début du festin se répandait en sourires et les faisait glousser en racontant des histoires d'un goût douteux.

Du dehors, leur parvenaient les échos de coups de hache et les grincements d'une scie. Dans la cour, des hommes s'affairaient autour d'un arbre, une forte odeur de résine pénétrait dans la pièce.

— Je vous écoute, alors, dit Geralt en regardant par la fenêtre. Dites-moi ce que je peux faire pour vous.

Ortillette regarda Dhun. Le doyen du hameau branla la tête, se racla la gorge.

— Eh ben, voilà ! dit-il. Y a par chez nous un champ...

Geralt donna un coup de pied sous la table à Jaskier qui s'apprêtait déjà à faire un commentaire méchant.

— Un champ, poursuivit Dhun. Je dis bien, Ortillette ? Il est resté longtemps en friche, ce champ, mais on l'avions labouré et maintenant on plantions à cette place du chanvre, du houblon et du lin. C'est un sacré bout de champ, que je vous dis. Il va jusqu'au breuil...

Le poète ne put se retenir.

— Et alors ? Qu'est-ce qu'il y a, dans ce champ ?

Dhun redressa la tête, se gratta derrière l'oreille.

— Eh ben, y a un diabolo qui rôde.

— Un quoi ? lâcha Jaskier. Quoi donc ?

— Ben, c'est comme j'vous l'disions ! Un diabolo !

— Quel diabolo ?

— Et comment qu'vous voulez qu'y soit ? C'est un diabolo et voilà.

— Les diables n'existent pas !

— Ne t'en mêle pas, Jaskier ! dit Geralt d'une voix calme. Et vous, poursuivez, honoré Dhun !

— Eh ben, c'est comme j'vous l'disions. Y a un diabolo.

Geralt, quand il le voulait, pouvait être très patient.

— Oui, je l'ai compris. Mais dites-nous à quoi il ressemble, d'où il sort et en quoi il vous dérange. Une chose après l'autre, s'il vous plaît.

Dhun leva une main noueuse et commença son énumération en repliant ses doigts l'un après l'autre avec beaucoup de difficultés.

— Eh ben ! Une chose après l'autre ! Ma foi, vous êtes un homme intelligent. Eh ben, voilà ! Il a l'air comme tous les diabolos, monsieur, comme un vrai diabolo. D'où est-ce qu'y sort ? Eh ben, de nulle part. Crac, boum, hue ! Et qu'est-ce qu'on voit ? Le diabolo ! Et pour ce qu'est de nous déranger, en vérité, y nous dérange pas trop. Il arrive même qu'y nous aide.

— Il vous aide ? ricana Jaskier en essayant de pêcher une mouche tombée dans sa bière. Le diable ?

— Ne t'en mêle pas, Jaskier ! Continuez, Dhun ! De quelle manière vous aide-t-il, ce, comme vous dites...

— Ce diabolo, redit le paysan en insistant sur le mot. Eh ben, voilà comment y nous aide : il engraisse la terre, la retourne, extermine les taupes ; y fait peur aux oiseaux et y surveille les navets et les betteraves. Et pis aussi, y mange la chenille qui pond ses œufs dans les choux. Mais en vérité, le chou, il le mange aussi. Y fait rien que bouffer. Comme tous les diabolos.

Jaskier se remit à rire, puis d'une chiquenaude, envoya la mouche tombée dans sa bière sur le chat qui dormait au coin de l'âtre. Le chat ouvrit un œil et jeta au barde un regard lourd de reproche.

— Quoi qu'il en soit, dit calmement le sorceleur, vous seriez prêts à me payer pour que je vous débarrasse de ce diable, c'est bien ça ? En d'autres termes, vous ne voulez plus le voir dans les parages ?

Dhun lui lança un regard noir.

— Et qui c'est qui voudrait voir un diable sur la terre de ses ancêtres ? C'est notre terre de père en fils depuis des générations, le roi nous l'a baillée, et le diabolo a aucun droit dessus. On peut cracher sur son aide. Alors ! Est-ce qu'on n'a pas de bras, nous aut' ? Et ça, m'sieur le sorceleur, c'est pas le diabolo, mais une méchante bestiole et il a la tête si chiée, avec tout le respect que je vous dois, qu'il est dur de tenir le coup. Y sait pas le matin l'idée qu'y va avoir la soirée. Un coup, m'sieur, y vous souille le puits ; un aut', y poursuit une fille, y lui fait peur et la m'nace de la trousser. Y vole les bestiaux et les greniers. Il abîme, y gâte, y moleste, y troue les digues, creuse des trous comme un muscardin ou un castor, un étang s'est tout vidé que les carpes en ont crevé. Il a allumé une pipe dans une meule, ce fils de pute, et v'là tout le foin qu'est parti en fumée...

— Si je comprends bien, l'interrompit Geralt, il vous dérange tout de même.

— Non, protesta Dhun. Y nous dérange pas. Y nous joue des tours, voilà !

Jaskier se tourna vers la fenêtre en étouffant un rire. Le sorceleur se taisait.

— Ah ! À quoi bon causer ? dit Ortillette qui jusque-là était resté silencieux. Vous êtes sorceleur, non ? Alors, débarrassez-nous de ce diabolo. Vous cherchiez du boulot à Posada-le-Haut, je vous ayons ouï de mes propres oreilles. Eh ben, en v'là ! On vous paiera ce qu'il faudra. Seulement, gare ! On ne veut pas que vous le tuiez. Pour ça, non !

Un sourire fielleux se peignit sur le visage du sorceleur.

— C'est intéressant, fit-il. Je dirais même : inhabituel.

— Qu'est-ce qu'est inhabituel ? fit Dhun en fronçant les sourcils.

— C'est une condition inhabituelle. Pourquoi tant de clémence ?

— Y faut pas le tuer, voilà tout ! le coupa Ortillette. Attrapez-le, monsieur, ou bien chassez-le dans un pays lointain. Au moment de vous payer, on l'oubliera pas.

Le sorceleur ne cessait pas de sourire.

— Affaire conclue ? demanda Dhun.

— Je voudrais d'abord le voir, votre diable.

Les vilains se regardèrent.

— C'est votre droit ! dit Ortillette, après quoi il se leva. Et c'est vous qui décidez. Le diable, la nuit, fait la noce dans tous les parages. Mais pendant le jour, il reste terré dans les chanvres. Ou dans les vieux saules, dans les marécages. C'est par là-bas que vous pourrez le voir. On ne vous presse pas. Si vous voulez vous reposer, reposez-vous aussi longtemps qu'à votre gré. On ne lésinera pas sur le confort ni sur la pitance, selon les règles de l'hospitalité. Portez-vous bien !

Jaskier se leva de son tabouret pour jeter un coup d'œil dans la cour, sur les paysans qui s'éloignaient de la maison.

— Geralt ! Je n'y comprends plus rien du tout. Il ne s'est pas passé un jour depuis notre conversation sur les monstres imaginaires, et voilà que tu t'engages à attraper des diables. Alors que les diables, justement, sont des inventions, des créatures fabuleuses, tout le monde le sait à l'exception de ces croquants arriérés, apparemment.

« Que signifie donc cet enthousiasme inattendu de ta part ? Je te connais un peu et je parie que tu ne t'es pas abaissé à nous procurer le gîte et le couvert de cette manière ?

— En effet, grimaça Geralt. Tu me connais assez bien, semble-t-il, chanteur.

— Dans ce cas, je ne comprends pas.

— Il n'y a rien à comprendre !

— Il n'y a pas de diables ! glapit le poète en arrachant définitivement le chat à son sommeil. Les diables n'existent pas, que diable !

— C'est vrai, sourit Geralt. Mais moi, Jaskier, je n'ai jamais pu résister à la tentation d'aller voir les choses qui n'existent pas.

III

— Une chose est sûre, marmonna le sorceleur en embrassant du regard la jungle de chanvre qui s'étalait devant eux. Il faut reconnaître que ce diable est malin !

— Qu'cst-ce qui te fait dire ça ? s'intéressa Jaskier. Le fait qu'il se terre dans des fourrés impénétrables ? N'importe quel lièvre a assez de jugeote pour ça.

— Il s'agit des propriétés particulières du chanvre. Un champ si grand émet une puissante aura contre la magie. Ici, la plupart des formules magiques seraient inutiles. Et là, regarde ! Tu vois ces perches ? Ce sont des perches à houblon. Les pollens des fleurs du houblon ont un effet similaire. Je parie que ce n'est pas un hasard. Ce voyou perçoit l'aura et il sait qu'ici, il est en sécurité.

Jaskier se racla la gorge, remonta son pantalon.

— Je suis curieux de savoir comment tu vas t'y prendre, Geralt, fit-il en se grattant le front sous son chapeau. Je ne t'ai encore jamais vu en pleine action. J'imagine que tu sais pas mal de choses sur la manière d'attraper les diables. J'essaye de me rappeler quelques ballades d'autrefois. Il y en avait une sur un diable et sa bonne femme. L'histoire était assez égrillarde, mais marrante : « Femme, penses-tu que... »

— Fais-moi grâce de ta bonne femme, Jaskier !

— Comme tu veux. Je voulais me montrer utile, c'est tout. Et il ne faut pas sous-estimer les chansons d'autrefois, elles renferment la sagesse accumulée par les générations. Tu connais la ballade du valet de ferme prénommé Yolop, qui...

— Arrête de causer ! Il est temps de se mettre au travail. De gagner notre vivre et notre couvert.

— Qu'est-ce que tu veux faire ?

— Je vais fouiller un peu les chanvres.

— C'est original, lâcha le troubadour, mais pas très ingénieux.

— Et toi, comment tu t'y prendrais ?

— Intelligemment, se rengorgea Jaskier. Finement. En faisant une battue, par exemple. Je ferais sortir le diable des broussailles et, à découvert, je le rattraperais à cheval et le prendrais au lasso. Qu'est-ce que tu en dis ?

— C'est une idée tout à fait intéressante. Qui sait ? On pourrait peut-être l'appliquer si tu voulais bien participer à l'opération, car pour faire ça, il faut être au moins deux. Mais pour l'instant, nous ne le chassons pas encore. Pour l'instant, je veux comprendre qui est ce diable. Voilà pourquoi je dois fureter dans les chanvres.

C'est seulement alors que le barde remarqua un détail.

— Hé ! Tu n'as pas pris ton glaive !

— Pourquoi l'aurais-je pris ? Moi aussi, je connais des ballades sur les diables. Ni la femme ni le valet de ferme prénommé Yolop n'ont utilisé d'épée.

— Hum ! fit Jaskier en regardant aux alentours. Il faut absolument qu'on s'enfonce dans ces fourrés ?

— Tu n'y es pas obligé. Si tu préfères, tu peux rentrer au village et m'attendre là-bas.

— Oh non ! protesta le poète. Je devrais laisser passer pareille occasion ? Moi aussi, je veux voir le diable, vérifier qu'il est réellement aussi terrible qu'on le dépeint. Je te demandais s'il fallait absolument traverser les chanvres alors qu'il y a un sentier là-bas.

— Il y a un sentier, en effet, dit Geralt en mettant ses mains en visière. Prenons-le !

— Et si c'est le sentier du diable ?

— Eh bien, tant mieux ! On n'aura pas trop de marche à faire !

— Tu sais, Geralt, babillait le barde en emboîtant le pas au sorceleur sur le petit chemin accidenté qui courait entre les chanvres. J'ai toujours pensé que le « diable » n'était qu'une métaphore, une invention pour qu'on puisse jurer : « Par tous les diables ! », « Que le diable l'emporte ! », « Diable ! ». C'est comme ça qu'on dit dans la langue moderne. Les gens d'en bas, quand ils voient des inconnus approcher, ils disent : « En voilà encore un que les diables nous apportent ». Les nains géants, eux, poussent un juron, *Düvvel boáel,* quand ils ratent quelque chose, et ils appellent les produits de mauvaise qualité des *Düvvelsheyss.* Et dans la langue ancienne, le dicton *A d'yaebbl aép arse* veut dire...

— Je sais ce que ça veut dire. Arrête de jacasser, Jaskier !

Jaskier se tut, ôta son petit chapeau à plume d'aigrette pour s'éventer et essuya son front dégoulinant de sueur. Dans l'épaisseur des fourrés, il régnait une chaleur lourde, humide, étouffante, encore renforcée par le parfum des plantes en pleine floraison et des mauvaises herbes. Le sentier serpentait doucement et, juste après un tournant, débouchait dans une petite clairière piétinée.

— Regarde, Jaskier !

Au milieu de la clairière ils découvrirent une grande pierre plate sur laquelle étaient posés plusieurs petits bols en terre. Entre les bols, une chandelle de suif presque entièrement consumée leur sauta aux yeux. Geralt aperçut des grains de maïs et des fèves collés sur des galettes de graisse fondue, ainsi que des pépins et des semences non identifiés.

— C'est bien ce que je pensais, marmonna-t-il. Ils lui font des offrandes.

— De fait ! dit le poète en montrant la chandelle. Ils brûlent une chandelle au diable. Mais à ce que je vois, ils le nourrissent de graines comme un chardonneret. Peste ! C'est une sacrée porcherie. Tout est collant de miel et de poix. Qu'est-ce que...

Des bêlements retentissants, menaçants, couvrirent la suite de ses propos. Des frôlements, des piétinements se firent entendre dans les chanvres, puis ils virent émerger d'un fourré la créature la plus étrange que Geralt ait jamais eu l'occasion de voir.

La créature mesurait un peu plus d'une brasse ; elle avait des yeux proéminents, des cornes et une barbiche de chèvre. Sa bouche, mobile, souple et fendue, faisait également penser à celle d'une chèvre en train de brouter. La partie inférieure de son corps, jusqu'à ses sabots fourchus, était couverte de longs poils épais roux foncé. Le phénomène était en outre pourvu d'une longue queue terminée par une houppe en forme de pinceau avec laquelle il balayait énergiquement le sol.

— Ouk ! Ouk ! glapissait le monstre en agitant ses sabots. Qu'est-ce que vous faites ici ? Ouste ! Fichez le camp ! Sinon je vous encorne ! Ouk ! Ouk !

— Est-ce que tu as jamais reçu un coup de pied dans le fondement, biquet ? fit Jaskier, incapable de se retenir.

— Ouk ! Ouk ! Bêêêêêêê, bêla le boucavicorne.

Il était difficile de définir s'il s'agissait d'une approbation, d'une dénégation ou d'un bêlement qui n'était que de l'art pour l'art !

— Tais-toi, Jaskier ! grommela le sorceleur. Pas un mot !

— Blèblèblèblèbêêêê ! glouglouta furieusement la créature, dont la lèvre s'écarta ensuite largement, dévoilant une dentition de cheval jaunie. Ouk ! Ouk ! Ouk ! Bleubleubêêêêêêê !

— Mais bien sûr, approuva Jaskier. Tu peux prendre la crécelle et le ballon et tu pourras les emporter chez toi quand tu t'en iras !

— Arrête, par tous les diables ! murmura Geralt

entre ses dents. Tu gâches tout. Garde tes plaisanteries stupides pour toi !

— Des plaisanteries ! ! ! rugit d'une voix forte le boucavicorne qui s'approcha d'un bond. Des plaisanteries, bêêêêbêêêêê ! Voici de nouveaux plaisantins, hein ? Vous avez apporté des balles métalliques ? Je vais vous en donner, des balles métalliques, espèce de voyous. Ouk ! Ouk ! Ouk ! Vous avez envie de plaisanter, bêêêêê ? Eh bien, voilà pour vos plaisanteries ! Tenez ! Les voilà, vos balles !

Le monstre s'approcha encore d'un bond et fit un geste brusque de la main. Jaskier poussa un hurlement et s'assit sur le sentier en se tenant le front. Le monstre bêla et reprit son élan. Quelque chose siffla tout près de l'oreille de Geralt.

— Tenez, les voilà, vos balles ! Bêêêêêêê !

Une balle d'un pouce de diamètre frappa le sorceleur au bras, la suivante atteignit Jaskier au genou. Le poète poussa un affreux juron et prit la fuite. Sans attendre, Geralt bondit à sa suite tandis que des balles sifflaient au-dessus de sa tête.

— Ouk ! Ouk ! Bêêêêêê ! hurla le boucavicorne en bondissant. Je vais vous en donner des balles ! Satanés plaisantins !

Une balle siffla. Jaskier poussa un juron encore plus laid en se tenant l'occiput. Geralt se jeta sur le côté, dans les chanvres, mais il ne put échapper à un projectile qui l'atteignit à l'omoplate. Il fallait reconnaître que le diable visait avec une terrible précision et semblait avoir une réserve de balles inépuisable. Alors que le sorceleur courait en zigzag dans les fourrés, il entendit encore les bêlements triomphants du diable, suivis, aussitôt après, du sifflement d'une nouvelle balle, d'un blasphème et du bruit de la course de Jaskier sur le sentier.

Et puis le silence revint.

IV

— Eh bien ! Tu sais, Geralt ! dit Jaskier en appliquant sur son front un fer à cheval rafraîchi dans un seau. Je ne m'attendais pas à pareil accueil. Cet infirme cornu à barbe de chèvre, ce bouc poilu, il t'a vraiment chassé comme un freluquet. Et j'en ai pris plein la gueule. Regarde la bosse que j'ai !

— Ça fait la sixième fois que tu me la montres. Elle n'a pas l'air plus intéressante que la première.

— Tu es gentil. Moi qui pensais qu'avec toi, je serais en sécurité.

— Je ne t'avais pas demandé de me suivre dans les chanvres. Par contre, je t'avais demandé de retenir tes grossièretés. Tu ne m'as pas écouté, alors maintenant souffre en silence, de grâce ! Les voilà qui arrivent.

Ortillette et Dhun entrèrent dans la salle. Derrière eux trottinait une petite grand-mère chenue et courbée comme un craquelin, conduite par une adolescente aux cheveux blonds, maigre comme un clou.

Le sorceleur alla droit au but.

— Honoré Dhun ! Honoré Ortillette ! Avant de partir, je vous ai demandé si vous aviez déjà essayé d'entreprendre une action pour vous débarrasser de ce diable. Vous m'avez dit n'avoir rien fait. Or, j'ai tout lieu de croire que c'est faux. J'attends des explications de votre part.

Les villageois murmurèrent entre eux, après quoi

Dhun s'éclaircit la voix dans son poing et fit un pas en avant.

— Vous dites vrai, monsieur. On vous en demande bien le pardon. Nous vous avons dit des faussetés parce que la honte nous rongeait. Nous avons voulu être plus malins que le diabolo, faire qu'il s'en aille loin de par chez nous...

— Par quel moyen ?

— Chez nous, dans la vallée des Fleurs, dit lentement Dhun, il y avait déjà des monstruosités, dans le temps : des dragons volants, des myriapodans, des bourdes-garous, des saoûlins, des araignées géantes et toutes sortes de serpents. Et on a de tout temps cherché un moyen pour nous débarrasser de toute cette vermine dans notre grand livre.

— Dans quel grand livre ?

— Montrez le livre, l'aïeule ! Le livre, je dis. Le livre ! Je vais devoir me fâcher ! Elle est sourde pareille à un pot ! Lille, dis à l'aïeule de faire voir le livre !

La jeune fille blonde arracha un grand livre des doigts crochus de la vieille et le tendit au sorceleur.

— Dans ce livre, poursuivit Dhun, qui est dans notre famille depuis la nuit des temps, y a des recettes contre tous les monstres, tous les sorts et toutes les monstruosités qui ont existé, qui existent et qui existeront au monde.

Geralt tourna dans ses mains le gros volume lourd et épais, couvert d'une poussière graisseuse. La jeune fille restait debout devant lui en froissant son tablier. Elle était plus âgée qu'il l'avait cru de prime abord, trompé par sa silhouette filiforme qui tranchait sur la stature des autres filles du hameau, qui avaient probablement le même âge.

Geralt posa le livre sur la table et souleva la lourde couverture de bois.

— Jette un œil là-dessus, Jaskier !

— Ce sont les premières runes, estima le barde en jetant un coup d'œil par-dessus son épaule, le fer à cheval toujours appliqué sur son front. C'est la plus ancienne écriture. Encore fondée sur les runes des elfes et les idéogrammes des nains, elle a été utilisée jusqu'à l'introduction de l'alphabet moderne. La syntaxe est bizarre, mais c'est comme ça qu'on parlait à l'époque. Les gravures et les enluminures sont intéressantes. Ce sont des ouvrages très rares, Geralt ! Et si on peut les trouver, c'est dans les bibliothèques des temples, pas dans des villages au bout du monde. Par tous les dieux, comment avez-vous eu ce livre, chers paysans ? Vous n'allez tout de même pas nous faire croire que vous savez lire ? L'aïeule ? Tu sais lire les premières runes ? Tu sais lire des runes ?

— Qu'est-cc que vous dites ?

La fille blonde s'approcha de la grand-mère et lui murmura quelques mots dans le creux de l'oreille.

La brave vieille montra dans un sourire ses gencives édentées.

— Lire ? Moi ? Non, mon petit cœur ! Cet art-là, je ne l'ai jamais possédé.

— Expliquez-moi, dit froidement Geralt en se tournant vers Dhun et Ortillette, comment vous pouvez utiliser ce livre sans savoir lire les runes ?

— De tout temps, l'aïeule doyenne sait ce qu'il y a dans le livre, dit Dhun d'une voix lugubre. Et ce qu'elle sait, elle l'apprend à une jeune quand il est temps pour elle d'êtrc portée en terre. Vous pouvez noter par vous-même que pour la nôtre le temps est venu. Alors elle a recueilli Lille et lui apprend. Mais pour le moment, c'est l'aïeule qui sait le mieux.

— Une vieille sorcière et une jeune sorcière, marmonna Jaskier.

— Si je comprends bien, dit Geralt avec incrédulité, l'aïeule connaît tout le livre par cœur ? C'est bien ça, grand-mère ?

— Pas tout, non. Comment je ferais ? rétorqua l'aïeule par le truchement de Lille. Juste ce qui se trouve par-dessous les images.

— Ah bon !

Geralt ouvrit le livre au hasard. Sur une page déchirée, une image représentait un cochon moucheté avec des cornes en forme de lyre. Alors, montrez-nous, grand-mère ! Qu'est-ce qui est écrit ici ?

La grand-mère claqua de la langue, observa la gravure puis ferma les yeux.

— Un aurochs cornu, dit aussi « taurus », récita-t-elle. Que les ignorants appellent à tort « bisson ». Il a des cornes et charge avec...

— Ça suffit. Très bien, en effet. Et ici ? demanda le sorceleur après avoir tourné quelques pages poisseuses.

— Il y a toutes sortes de nuagées et de planétées. Les unes amènent la pluie, les autres sèment le vent, d'autres encore lancent des éclairs. Si tu veux protéger ta récolte contre elles, prends donc un couteau en fer, un couteau neuf, trois pincées de crottes de souris, de la graisse d'aigrette...

— C'est bien, bravo ! Hum ! Et ici, qu'est-ce que c'est ?

La gravure représentait un monstre ébouriffé à cheval, avec d'énormes yeux et des dents encore plus énormes. Dans sa main droite, il tenait une épée imposante ; dans la gauche, un sac plein d'argent.

— Un sorcereur, bredouilla la grand-mère. Parfois appelé « sorceleur ». Il est fort dangereux de faire appel à lui car alors on ne décide plus rien contre le monstre ou la vermine, c'est le sorcereur qui décide. Il faut se garder...

— Ça suffit, marmonna Geralt. Ça suffit, grand-mère. Merci.

— Non, non ! protesta Jaskier avec un sourire fielleux. Comment ça continue ? Ce livre est passionnant ! Dites-nous la suite, grand-mère ! Dites !

— Euh... Il faut se garder de toucher le sorcereur car on peut attraper la gale. Et il faut mettre les jouvencelles à l'abri car le sorcereur est un chaud lapin, au-delà de toute mesure...

— C'est bien ça, c'est exactement lui, fit le poète en riant.

Geralt crut apercevoir un sourire fugace sur les lèvres de Lille.

— ... Bien que le sorcereur soit fort avide et friand d'or, bredouillait la grand-mère en clignant des yeux, il ne faut pas lui donner plus d'un sou ou d'un écu en argent pour un noyeur, deux sous en argent pour un chat-garou et quatre pour un plumeur...

— C'était la belle époque ! grogna le sorceleur. Merci, l'aïeule. Et maintenant, montrez-nous où le livre parle des diables et ce qu'on y dit sur iceux. Cette fois, j'aurai davantage l'heur de vous ouïr car je suis fort curieux de la recette dont vous avez usé pour vous en défaire.

— Fais attention, Geralt ! ricana Jaskier. Tu commences à prendre leur jargon. C'est contagieux.

L'aïeule tourna quelques pages en maîtrisant difficilement le tremblement de sa main. Le sorceleur et le poète se penchèrent sur la table. De fait, sur une gravure figurait un lanceur de balles, cornu, poilu, avec une queue et un sourire méchant.

— Le diabolo, récita la grand-mère, dit aussi « sauleur », parce qu'il juche dans les saules, ou « sylvain ». C'est un grand nuisible qui pourfend les bestiaux et la basse-cour. Tu veux le chasser des hameaux, alors fais-le !

— Eh bien... Eh bien ! grommela Jaskier.

— Prends une poignée de noix, poursuivit la grand-mère en suivant les lignes du doigt sur le parchemin, et une autre de balles ; un petit pot de miel et un autre de poix ; un bol de savon grossier et un autre de fromage blanc. Va à l'endroit où gîte le diabolo, à la nuit. Et mets-toi à manger les noix ! Alors, le diabolo, lequel en est gourmand, accourra pour te demander si elles sont bonnes. Donne-lui en place les balles...

— Bordel ! marmonna Jaskier. Putain !

— Tais-toi ! dit Geralt. Allez, grand-mère ! Continue.

— ... et une fois qu'il aura les dents bien cassées, le diabolo, en te voyant manger du miel, en aura envie, lui aussi. Alors donne-lui la poix, et toi, mange le fromage blanc ! Bientôt tu ouïras que le diable a les intérieurs gargouillants et des brûlures dans la panse. Mais feins de rien voir. Et quand il voudra du fromage, donne-lui le savon. Après le savon, le diable ne tiendra pas...

Geralt, le visage impassible, se tourna vers Dhun et Ortillette.

— Vous en êtes au savon ?

— Pensez donc ! larmoya Ortillette. Si au moins on en était aux balles ! Ah, il nous a flanqué une de ces rossées quand il a mordu une balle...

— Et qui vous a dit de lui donner tant de balles ? s'irrita Jaskier. Le livre dit « une poignée ». Et vous lui en avez baillé un énorme sac d'icelles ! Vous l'avez nanti de munitions pour deux hivers, espèces d'imbéciles !

— Fais attention ! sourit le sorceleur. Tu prends leur jargon. C'est contagieux.

— Merci.

Geralt leva subitement la tête, plongea les yeux dans ceux de la jeune fille à côté de l'aïeule. Lille soutint son regard. Elle avait des yeux clairs, d'un bleu intense.

— Pourquoi faites-vous des offrandes au diable sous forme de grain ? demanda-t-il sèchement. On voit bien que c'est un herbivore ordinaire.

Lille ne répondit pas.

— Je t'ai posé une question, jeune fille. N'aie pas peur ! Tu n'attraperas pas la gale en me parlant.

— Ne lui posez pas de question, monsieur ! dit Ortillette d'une voix visiblement gênée. Lille... Elle... Elle est étrange. Elle ne vous répondra pas, ne l'y forcez pas...

Geralt continuait à regarder Lille dans les yeux, et Lille continuait à soutenir son regard. Il sentit un frisson lui parcourir le dos et remonter sur sa nuque.

— Pourquoi n'avez-vous pas marché sur le diable avec des ranches et des fourches ? dit-il en haussant le ton. Pourquoi ne pas lui avoir tendu de pièges ? Si seulement vous l'aviez voulu, sa tête de chèvre serait déjà empalée sur un pieu pour servir d'épouvantail à corneilles. Vous m'avez averti que je ne devais pas essayer de le tuer. Pourquoi ? C'est toi qui le leur as interdit, n'est-ce pas, Lille ?

Dhun se leva du banc. Sa tête touchait presque le plafond.

— Sors, la fille ! gronda-t-il. Prends l'aïeule et sortez d'ici !

— Qui est-ce, honoré Dhun ? reprit le sorceleur une fois que la porte se fut refermée sur l'aïeule et Lille. Qui est cette fille ? Pourquoi vous inspire-t-elle plus de respect que ce satané livre ?

— Ça n'est pas votre affaire, dit Dhun en le regardant d'un regard empreint d'hostilité. Chez vous, dans les villes, vous persécutez les pucelles sages, vous les brûlez sur des bûchers. Chez nous, c'est une chose qu'on n'a jamais faite et qu'on ne fera jamais.

— Vous m'avez mal compris, dit froidement le sorceleur.

— Parce que je n'ai pas cherché à vous comprendre, gronda Dhun.

— Je l'ai remarqué, lâcha Geralt entre ses dents. (Lui non plus ne faisait pas d'effort pour se montrer cordial.) Mais daignez comprendre une chose essentielle, honoré Dhun. Pour le moment, je ne suis toujours pas engagé envers vous, et rien ne vous autorise à croire que vous vous êtes acheté un sorceleur, qui pour un sou ou un écu d'argent fera tout ce que vous ne savez pas, ou ne voulez pas faire. Ou qu'il vous est interdit de faire. Eh bien, non, honoré Dhun ! Vous ne vous êtes pas encore acheté les services d'un sorceleur et je ne pense pas que vous y réussissiez. Pas tant que vous manifesterez tant de mauvaise volonté à me comprendre.

Dhun ne disait rien, toisant Geralt d'un regard noir. Ortillette toussota, s'agita sur son banc en frottant ses sandales de teille sur le sol de terre battue, puis soudain se redressa.

— Monsieur le sorceleur, dit-il. Ne vous fâchez pas ! On va vous dire exactement ce qu'il en est. Dhun ?

Le doyen du hameau opina du chef et se rassit.

— Sur la route pour venir par chez nous, commença Ortillette, vous avez noté comme tout pousse bien, comme les récoltes sont belles. Par ici, on fait souvent des récoltes comme on en voit peu ailleurs, si même on en voit. Alors, les plants et les semences de par chez nous sont importants, c'est avec iceux qu'on paye le tribut, nous les vendons, nous les échangeons...

— Quel rapport ça a avec le diable ?

— Voilà ! Le diabolo, avant, importunait les hommes en leur jouant de mauvais tours, et puis voilà qu'un jour il s'est mis à dérober du grain en sacrés volumes. Au début, on lui en apportait par petites poignées sur une pierre, dans les chanvres. On pensait qu'une fois qu'il aurait mangé à sa faim, il nous laisserait tranquilles. Ça n'a rien donné : il continuait à voler tant et plus. Et quand on a commencé à cacher nos réserves dans des magasins et des remises fermés à triple tour, il est devenu fou furieux, monsieur, il rugissait, bêlait, poussait ses « Ouk ! Ouk ! », et quand il poussait ces cris, il valait mieux prendre ses jambes à son cou. Il menaçait de...

— ... trousser vos filles, glissa Jaskier avec un sourire grivois.

— Ça aussi, approuva Ortillette. Mais il a aussi parlé d'un incendie. Bref, comme il ne pouvait plus nous voler, il a exigé qu'on lui paye un tribut. Il se faisait livrer des sacs entiers de grain et de bien d'autres choses. Alors on s'est presque fâchés et on avait l'intention de lui caresser son fondement caudé. Mais...

Le vilain se racla la gorge, baissa la tête.

— Il ne sert plus à rien de tourner autour du pot, dit soudain Dhun. On avait mal jugé du sorceleur. Tu peux tout dire, Ortillette !

— L'aïeule nous a interdit de frapper le diable, dit rapidement Ortillette. Mais on sait bien que c'est Lille, parce que l'aïeule... L'aïeule ne cause que ce que Lille lui fait causer. Et nous... Vous le savez vous-même, monsieur le sorceleur. On obéit.

— J'ai remarqué, dit Geralt en esquissant un sourire. La grand-mère est juste capable de branler le menton et bredouiller un texte qu'elle ne comprend pas. Et vous êtes béants d'admiration devant la fille comme devant la statue d'une divinité. Vous n'osez pas affronter son regard, mais vous essayez de deviner ses désirs. Ses désirs sont pour vous des ordres. Qui est-ce, votre Lille ?

— Vous le savez bien ! C'est une prophétesse. Enfin, une sage ! Mais ne le dites à personne ! Nous vous en prions. Si ça venait aux oreilles du régisseur ou, que les dieux nous en protègent, à celles du régent...

— N'ayez crainte ! dit gravement Geralt. Je sais ce qui est en jeu et je ne vous trahirai pas.

Les femmes et les filles étranges qu'on pouvait rencontrer dans les campagnes, qu'on appelait prophétesses ou sages, n'inspiraient pas beaucoup de sympathie aux dignitaires qui collectaient les tributs et tiraient leurs revenus de l'agriculture. Les cultivateurs demandaient conseil aux prophétesses pour presque tout. Ils avaient en elles une confiance aveugle, illimitée. Les décisions qu'ils prenaient en s'appuyant sur leurs conseils étaient le plus clair du temps en totale contradiction avec la politique de leurs seigneurs et de leurs suzerains. Geralt avait entendu parler de cas extrêmes, inconcevables, de troupeaux entiers d'animaux reproducteurs qui avaient été massacrés, de semailles ou de récoltes interrompues et même de villages entiers qui avaient émigré. Pour les seigneurs qui voulaient régler son sort à la superstition en général, tous les moyens étaient bons. Aussi les vilains avaient-ils vite appris à cacher leurs sages. Sans cesser d'écouter leurs conseils. Une chose, en effet, ne faisait aucun doute, leur expérience prouvait toujours, au bout du compte, que les sages avaient raison.

— Lille nous a défendu de tuer le diable, poursuivit Ortillette. Elle nous a dit de faire comme il est dit dans le Livre. Comme vous le savez, ça n'a pas marché. On a déjà eu des problèmes avec le régisseur. Quand on lui a apporté moins de grain qu'usuellement pour payer le tribut, il a ouvert grand la gueule, crié, pesté. On ne lui a même pas soufflé mot du diable parce que c'est un homme austère et qu'il manque cruellement du sens de la plaisanterie. C'est alors que vous vous êtes amené. On a demandé à Lille si on pouvait vous... engager...

— Et alors ?

— Elle nous a fait dire par la grand-mère qu'elle devait d'abord vous voir.

— Et elle m'a vu.

— Oui. Et elle vous a appréciés, on le sait. On sait voir ce que Lille apprécie et ce qu'elle n'apprécie pas.

— Elle ne m'a pas dit un mot.

— Elle n'a jamais dit un mot à qui que ce soit d'autre qu'à l'aïeule. Mais si elle ne vous avait pas appréciés, elle ne serait entrée dans la salle pour rien au monde.

— Hum ! réfléchit Geralt. C'est curieux, une prophétesse qui se tait au lieu de prophétiser. Comment s'est-elle retrouvée chez vous ?

— On n'en sait rien, monsieur le sorceleur, bredouilla Dhun. Mais je vais vous dire ce que racontent les anciens qui s'en souviennent. Voilà comment ça s'est passé. La précédente aïeule avait aussi recueilli une fille peu bavarde apparue d'on ne sait où. Et cette fille est devenue notre aïeule. Mon grand-père disait que ça permettait à l'aïeule de renaître. Exactement comme la lune renaît dans le ciel en étant toujours nouvelle. Ne vous moquez pas...

— Je ne me moque pas, dit Geralt en hochant la tête de droite à gauche. J'en ai trop vu pour me moquer de choses pareilles. Je n'ai pas non plus l'intention de mettre mon nez dans vos affaires, honoré Dhun. Mes questions ont pour but d'établir le lien entre Lille et le diable. Vous devez avoir compris qu'il en existe un. Et si vous tenez à votre prophétesse, je ne peux vous indiquer qu'un seul et unique moyen en ce qui concerne votre diable : vous êtes obligés de l'aimer.

— Vous savez, monsieur, dit Ortillette, il ne s'agit pas que du diabolo. Lille nous interdit de faire du mal à qui que ce soit. À quelque créature que ce soit.

— C'est normal, intervint Jaskier. Les prophétesses de la campagne sont de la même souche que les druides. Quand un taon suce le sang d'un druide, le druide lui souhaite en plus bon appétit.

— C'est bien vu, dit Ortillette avec un sourire discret. Vous avez mis dans le mille. C'était la même chose chez nous avec les sangliers qui dévastaient nos potagers. Et vous voyez ? Regardez par la fenêtre ! Nos potagers sont beaux comme tout. On a trouvé un moyen, Lille ne sait même pas lequel. Pour les choses que les yeux ne voient pas, le cœur n'a pas de regret. Vous saisissez ?

— Je saisis, grommela Geralt. Bien sûr. Mais nous ne sommes guère avancés. Lille ou pas, votre diable est un sylvain. C'est une créature très rare et intelligente. Je ne le tuerai pas, mon code me l'interdit.

— S'il est intelligent, dit Dhun, alors adressez-vous à son intelligence.

— Au fait, fit Ortillette, saisissant la balle au bond. Si le diabolo est intelligent, ça veut dire qu'il use de son intelligence pour voler le grain. Alors, monsieur le sorceleur, trouvez ce qu'il poursuit ! Ce n'est tout de même pas lui qui dévore tout ce grain ! Pas autant ! Alors pourquoi en a-t-il besoin ? Pour nous faire enrager ? Qu'est-ce qu'il veut ? Découvrez-le et chassez ce diabolo de la vallée en utilisant l'un de vos moyens de sorceleur ! Vous le ferez ?

— Je vais essayer, décida Geralt. Mais...

— Mais quoi ?

— Votre livre, mes chers amis, est très ancien. Vous comprenez où je veux en venir ?

— Pour dire la vérité, ronchonna Dhun, pas vraiment.

— Je vais vous expliquer. Voilà ! Honoré Dhun ! Honoré Ortillette ! Si vous escomptiez que mon aide ne vous coûterait qu'un sou ou un écu d'argent, vous vous trompiez grandement.

V

— Ohé !

Ils entendirent un murmure, un « ouk ! ouk ! » furieux et un bruit de perches cassées provenant des fourrés.

— Ohé ! redit le sorceleur, qui s'était caché par précaution. Montre-toi donc, sauleur.

— Sauleur toi-même !

— Alors ? Tu es un diable ou tu ne l'es pas ?

Le boucavicorne sortit la tête du chanvre en montrant les dents.

— Diable toi-même ! Qu'est-ce que tu veux ?

— Discuter un peu.

— Tu te moques de moi ? Tu penses que je ne sais pas qui tu es ? Les paysans t'ont engagé pour me chasser d'ici, hein ?

— C'est juste, avoua Geralt, l'air indifférent. Et c'est de ça, justement, que je voulais causer. Imagine qu'on se mette d'accord ?

— C'est ça qui te fait mal ! bêla le diable. Tu voudrais t'en tirer à bon compte, hein ? Sans te donner de mal ? Ce n'est pas avec moi que tu y arriveras, bêêêêêê ! La vie, mon gars, c'est une compétition. Que le meilleur gagne ! Si tu veux gagner contre moi, prouve que tu es le meilleur. Au lieu de nous mettre d'accord, faisons une compétition. Le vainqueur dictera ses conditions. Je te propose une course, d'ici jusqu'au vieux saule sur la digue.

— Je ne sais pas où est la digue ni où est le vieux saule.

— Si tu le savais, je ne t'aurais pas proposé cette

course. J'aime la compétition, mais je n'aime pas perdre.

— J'ai remarqué. Non, on ne fera pas de course. Il fait trop chaud !

— Dommage. Alors, peut-être qu'on pourrait se mesurer autrement ? dit le diable en montrant ses dents jaunes et en ramassant par terre un caillou de belle taille. Est-ce que tu connais le jeu « À qui criera le plus fort » ? C'est moi qui crie le premier. Ferme les yeux.

— J'ai une autre proposition.

— Je suis tout ouïe.

— Tu pars d'ici sans faire de compétition, sans faire de course et sans pousser de cris. De ton plein gré, sans y être contraint et forcé.

— Fourre-toi ta proposition *a d'yaebbl aép arse,* dit le diable, révélant ainsi qu'il connaissait la langue ancienne. Je ne m'en irai pas d'ici. Je m'y trouve bien.

— Mais tu as fait trop d'histoires dans le coin. Tu as poussé la plaisanterie trop loin.

— *Düvvelsheyss* à toi pour ce qui est de mes plaisanteries. (Le sylvain connaissait aussi la langue des nains.) Et ta proposition vaut autant qu'une *Düvvelsheyss.* Je ne partirai nulle part. À moins que tu me battes dans un jeu. Je te donne une chance. Jouons aux devinettes, si tu n'aimes pas les jeux sportifs ! Je vais t'en poser une. Si tu devines, tu auras gagné, et je m'en irai. Si tu ne trouves pas la réponse, je reste, et c'est toi qui t'en iras. Fais marcher ton ciboulot parce que la devinette n'est pas facile.

Avant que Geralt ait eu le temps de protester, le diable bêla, gratta le sol avec ses sabots, le fouetta avec sa queue et récita :

Des petites feuilles roses, des cosses toutes pleines,
Il pousse dans l'argile molle non loin de la rivière,
Sur une longue tige, sa fleur humectée,
Ne le montre pas au chat, sinon il le mangerait.

— Alors ? Qu'est-ce que c'est ? Tu as deviné ?

— Je n'en ai aucune idée, avoua le sorceleur avec indifférence, sans même essayer de réfléchir. Un pois de senteur ?

— C'est faux. Tu as perdu.

— Et quelle est la solution ? Qu'est-ce qui a... hum ! des cosses humectées ?

— Le chou.

— Écoute ! grogna Geralt. Tu commences à me taper sur les nerfs.

— Je t'avais prévenu que la devinette n'était pas facile, ricana le diable. Tant pis pour toi. C'est moi qui ai gagné. Je reste. Et toi, tu t'en vas. Je vous dis au revoir sans regret.

Le sorceleur mit furtivement la main dans sa poche.

— Un moment. Et ma devinette à moi ? J'ai le droit de prendre ma revanche, je pense ?

— Non, protesta le diable. De quel droit ? Je peux savoir ? Enfin, je pourrais ne pas deviner ! Tu me prends pour un imbécile ?

— Non, dit Geralt en hochant la tête. Je te prends pour un fainéant méchant et arrogant. Nous allons tout de suite jouer à un nouveau jeu que tu ne connais pas.

— Ah ! Alors tout de même ! Qu'est-ce que c'est comme jeu ?

— Ce jeu s'appelle « Ne fais pas à autrui ce que tu ne veux pas qu'il te fasse », dit le sorceleur lentement. Tu n'es pas obligé de fermer les yeux.

Geralt se baissa et se détendit brusquement, une balle métallique siffla dans l'air et atteignit le diable entre les cornes. Le monstre tomba à la renverse, foudroyé. Geralt plongea entre les perches et attrapa une de ses jambes poilues. Le sylvain bêla et rua, le sorceleur se protégea la tête derrière son bras, ce qui n'empêcha pas ses oreilles de siffler parce que le diable, malgré son inconfortable posture, lui donna un coup de sabot avec la force d'un mulet en colère. Geralt essaya d'immobiliser le sabot qui ruait, sans y parvenir. Le boucavicorne frétilla, battit des bras par terre et lui donna un nouveau coup de pied, cette fois sur le front. Le sorceleur poussa un juron en sentant la jambe du diable lui échapper. Tous deux roulèrent à terre, chacun dans une direction différente, en renversant les perches et en s'empêtrant dans les tiges de chanvre.

Le diable fut le premier à se relever et chargea, sa tête cornue baissée. Mais Geralt était déjà debout, solidement campé sur ses jambes, et il para l'attaque sans difficulté. Il empoigna ensuite le monstre par une corne, le secoua vigoureusement et le projeta sur le sol où il l'écrasa en s'agenouillant dessus. Le diable bêla et lui cracha en pleine figure, d'une manière qui n'aurait pas fait honte à un chameau atteint de ptyalisme. Le sorceleur recula instinctivement, sans lâcher les cornes du diable. Cherchant à dégager sa tête, le sylvain rua des deux sabots à la fois et, chose étonnante, fit mouche. Geralt poussa un vilain juron, mais ne ralentit pas son geste. Il souleva le diable en l'air, le plaqua contre les perches, qui craquèrent, et rassembla toutes ses forces pour lui assener un coup de pied dans son genou poilu, avant de se baisser pour lui cracher dans l'oreille. Le diable poussa un hurlement et fit claquer ses dents émoussées.

— Ne fais pas à autrui... souffla le sorceleur... ce que tu ne veux pas qu'il te fasse ! On continue le jeu ?

— Blêêêblêêêblêêêê !

Le diable gargouillait, hurlait et crachait de rage. Mais Geralt le tenait fermement par les cornes et lui maintenait la tête en bas, ainsi ses crachats atterrissaient sur ses propres sabots, qui labouraient le sol en faisant jaillir des nuages d'herbes et de poussière.

Les quelques minutes qui suivirent ne furent qu'un combat acharné où ils échangèrent injures et coups de pied. La seule chose qui pouvait réjouir Geralt, c'était que personne ne puisse le voir ; la scène, en effet, prenait une tournure totalement stupide.

L'impact d'un nouveau coup de pied sépara les deux antagonistes qui se virent projetés chacun dans un fourré de chanvre. Le diable, cette fois encore, devança le sorceleur : il se releva le premier et prit aussitôt la fuite en boitillant très manifestement. Geralt s'élança à sa poursuite, haletant et en essuyant la sueur qui lui coulait sur la figure. Ils traversèrent péniblement le chanvre et tombèrent dans le houblon. Le sorceleur entendit alors le galop d'un cheval. C'était le bruit qu'il guettait.

— Par ici, Jaskier ! Par ici ! hurla-t-il. Dans le houblon !

Il vit surgir juste devant lui le poitrail d'un coursier qui, l'instant d'après, le heurta. Il rebondit sur le cheval comme sur un rocher et tomba à la renverse, la violence du choc lui fit voir trente-six chandelles. Il réussit malgré tout à rouler sur le côté, derrière les perches de houblon, pour éviter les sabots. Il se releva prestement, mais au même moment arrivait sur lui un second cavalier qui le heurta à son tour. Aussitôt après, quelqu'un se couchait sur lui, le clouait au sol.

Ensuite, il y eut comme un éclair et il ressentit une douleur aiguë dans l'occiput.

Puis ce fut le trou noir.

VI

Il avait du sable dans la bouche. Lorsqu'il voulut cracher, il s'aperçut qu'il était couché face contre terre. Lorsqu'il voulut bouger, il s'aperçut qu'il était attaché. Il dressa légèrement la tête. Il entendait des voix.

Il se trouvait dans une forêt, couché sur de l'humus juste à côté d'un pin. À une vingtaine de pas, se trouvaient quelques chevaux dessellés. Il les voyait indistinctement, à travers des fougères arborescentes, mais l'un des chevaux était, à n'en pas douter, l'alezane de Jaskier.

— Trois sacs de maïs, entendit-il. C'est bien, Torque. C'est très bien. Tu as fait du beau travail.

— Ce n'est pas encore tout, dit une voix bêlante qui ne pouvait être que celle du sylvain. Regarde ça, Galarr ! On dirait des haricots, mais ils sont tout blancs. Et regarde comme c'est gros ! Et ça, ça s'appelle du colza. Ils en font de l'huile.

Geralt crispa très fort les paupières puis rouvrit les yeux. Non, ce n'était pas un rêve. Le diable et ce Galarr parlaient en employant la langue ancienne, la langue des elfes, truffé de mots de la langue moderne, comme « maïs », « haricots » et « colza ».

— Et ça ? Qu'est-ce que c'est ? demanda le dénommé Galarr.

— Des graines de lin. Du lin, tu comprends ? On en fait des chemises. C'est beaucoup moins cher que la soie et plus résistant. La fabrication de la toile est, à ce qu'il me semble, assez compliquée, mais je vais les questionner pour savoir comment ça se fait.

— Pourvu que ton lin prenne et que ce ne soit pas comme avec le navet qu'on a gâté, se plaignit Galarr dans le même étrange volapük. Essaye de trouver de nouveaux plants de navet, Torque !

— N'aie aucune crainte ! bêla le diable. Ici, ce n'est pas un problème, tout pousse comme du chiendent. Je vous en fournirai, ne t'inquiète pas !

— Encore une chose, dit Galarr. Débrouille-toi pour savoir en quoi consiste leur système de jachère !

Le sorceleur leva prudemment la tête et essaya de se retourner. Un chuchotement lui parvint.

— Geralt ? Tu es réveillé ?

— Jaskier ! répondit-il en chuchotant, lui aussi. Où sommes-nous ? Qu'est-ce qui nous est arrivé ?

Jaskier, sans répondre, gémit doucement. Geralt en avait assez de sa position. Il poussa un juron, banda ses muscles et se retourna de l'autre côté.

Au milieu d'une clairière, se tenait le diable qui répondait, comme le sorceleur venait de l'apprendre, au doux prénom de Torque. Il était en train de charger des sacs et des bâts sur des chevaux. L'assistait dans cette opération un grand individu mince qui ne pouvait être que Galarr. Ayant perçu le mouvement du sorceleur, celui-ci se retourna. Il avait des cheveux noirs aux reflets bleu foncé, des traits anguleux et de grands yeux brillants. Ses oreilles se terminaient en pointe.

Galarr était un elfe. Un elfe des montagnes. Un Aén Seidhe de sang pur, un représentant du Peuple Ancien.

Galarr n'était pas le seul elfe à portée de sa vue. Six autres étaient assis à la lisière de la clairière. L'un d'eux était en train d'éventrer le bât de Jaskier, un autre raclait les cordes de son luth. Rassemblés autour d'un sac dénoué, les quatre derniers dévoraient avec gourmandise un navet et une carotte crues.

— Vanadáin ! Toruviel ! dit Galarr en montrant les prisonniers du menton. Vedrái ! Enn'le !

Torque s'approcha d'un bond et bêla :

— Non, Galarr ! Non ! Filavandrel l'a interdit ! Tu l'as oublié ?

— Non, je ne l'ai pas oublié, repartit Galarr en jetant deux sacs noués en travers du cheval. Mais il faut vérifier qu'ils n'ont pas desserré leurs liens.

— Qu'est-ce que vous nous voulez ? gémit le troubadour pendant que l'un des elfes vérifiait les nœuds de ses attaches en l'écrasant sous son genou. Pourquoi nous attachez-vous ? Qu'est-ce que vous nous voulez ? Je suis Jaskier, un po...

Geralt entendit un bruit de coup. Il se retourna et se tordit le cou pour voir.

Une elfe se tenait debout au-dessus de Jaskier ; elle avait des yeux noirs et une abondante chevelure de jais qui lui descendait jusqu'aux épaules, avec deux très fines nattes sur les tempes. Elle portait une petite camisole de cuir courte sur une ample chemise de satin vert et des leggins collants en laine glissés dans des bottes de cheval. Un châle coloré lui ceignait les hanches et la couvrait jusqu'à mi-cuisse.

— *Que glosse ?* demanda-t-elle, les yeux sur le sorceleur et en jouant avec la poignée d'un long poignard accroché à sa ceinture. *Que l'en pavienn, ell'ea ?*

— *Nell'ea,* protesta le sorceleur. *T'en pavienn, Aén Seidbe.*

L'elfe se retourna vers son compagnon, un grand Seidhe qui jouait du luth de Jaskier avec un air indifférent sur son visage allongé, sans se donner la peine de vérifier les liens de Geralt.

— Tu as entendu, Vanadáin ? L'humanoïde sait parler ! Il est même capable d'être insolent !

Le Seidhe haussa les épaules. Les plumes qui ornaient sa veste frémirent.

— Raison de plus pour le bâillonner, Toruviel !

L'elfe se pencha sur Geralt. Elle avait de longs cils, un teint anormalement pâle et des lèvres gercées, fendillées. Elle portait un long collier de morceaux de bouleau doré sculptés, enfilés sur un cordon qui faisait plusieurs fois le tour de son cou.

— Allez, parle encore, l'humanoïde ! siffla-t-elle entre ses dents. Qu'on voie de quoi est capable ton larynx habitué à aboyer.

Le sorceleur, en se retournant sur le dos avec difficulté et en crachant du sable, repartit :

— Comment ça ? Tu as besoin d'un prétexte pour frapper un homme ligoté ? Frappe sans prétexte ! J'ai bien vu que tu aimais ça. Soulage-toi !

L'elfe se redressa.

— Je me suis déjà soulagée alors que tu avais les mains libres, dit-elle. C'est moi qui t'ai piétiné avec mon cheval et t'ai donné un coup sur la tête. Sache que c'est également moi qui en finirai avec toi quand le moment sera venu.

Il ne répondit pas.

— J'aimerais beaucoup te transpercer de près en te regardant dans les yeux, poursuivit l'elfe. Mais tu pues affreusement, l'humain. Je t'abattrai d'une flèche.

— Comme il te plaira ! dit le sorceleur en haussant les épaules dans la mesure où ses liens le lui permettaient. Tu feras ce que tu voudras, noble Aén Seidhe. Tu ne devrais pas rater une cible ligotée et donc immobile.

L'elfe se tenait au-dessus de lui, les jambes écartées ; elle se pencha en faisant scintiller ses dents étincelantes.

— En effet, grinça-t-elle. J'atteins ce que je veux. Mais tu peux être sûr que tu ne mourras pas à la première flèche. Ni à la deuxième. Je ferai en sorte que tu te sentes mourir.

— Ne t'approche pas autant ! se rembrunit-il avec une grimace feinte de dégoût. Tu pues affreusement, Aén Seidhe.

L'elfe fit un bond en arrière, fit basculer ses hanches étroites et lui donna un énergique coup de pied dans la cuisse. Geralt se ramassa sur lui-même pour se protéger du coup qu'elle s'apprêtait visiblement à lui donner dans une partie sensible de son individu. Elle l'atteignit à la hanche, mais le coup fut si fort que ses dents tintèrent.

Le grand elfe qui se tenait à côté saluait chaque coup d'un accord aigu du luth.

— Laisse-le, Toruviel ! bêla le diable. Tu es devenue folle ? Galarr, dis-lui d'arrêter !

— *Tbaésse !* glapit Toruviel avant de redonner un coup de pied au sorceleur.

Le grand Seidhe pinça brusquement les cordes du

luth, l'une d'elles claqua avec un gémissement prolongé.

— Ça suffit ! Ça suffit, par tous les dieux ! hurla nerveusement Jaskier en se débattant et en pestant dans ses liens. Pourquoi t'acharnes-tu sur lui, stupide fille ? Laissez-nous tranquilles ! Et toi, laisse mon luth, d'accord ?

Toruviel se tourna vers lui avec une méchante grimace sur ses lèvres fendillées.

— Un musicien ! gronda-t-elle. C'est un homme et il est musicien ! Joueur de luth !

Sans un mot, elle arracha l'instrument des mains du grand elfe, le fracassa sur le tronc du pin et lança les morceaux empêtrés dans les cordes sur la poitrine de Jaskier.

— C'est sur une corne de vache que tu devrais jouer, sauvage, pas sur un luth.

Une pâleur mortelle recouvrit le visage du poète, ses lèvres tremblèrent. Geralt, sentant une colère froide monter en lui, accrocha du regard les yeux noirs de Toruviel.

— Qu'est-ce que tu as à me regarder comme ça ? siffla l'elfe en se penchant. Sale humanoïde ! Tu veux que je te crève tes yeux de reptile ?

Son collier pendait juste au-dessus de lui. Le sorceleur banda ses muscles, se souleva d'un mouvement brusque, attrapa le collier avec les dents et le secoua de toutes ses forces en crispant les jambes et en se tournant sur le côté. Toruviel perdit l'équilibre, s'effondra sur lui. Geralt s'agita dans ses liens comme un poisson hors de l'eau, écrasa l'elfe sous lui, renversa la tête en arrière si brutalement que ses vertèbres cervicales émirent un craquement, puis il lui cogna la figure avec son front du plus fort qu'il put. L'elfe poussa un hurlement qui s'étrangla dans sa gorge.

Les elfes l'arrachèrent brutalement de Toruviel et le soulevèrent en le tirant par les vêtements et les cheveux. L'un d'eux le frappa, il sentit des bagues lui entailler la peau sur la pommette, la forêt valsa devant ses yeux et puis disparut. Il s'aperçut que Toruviel se redressait sur les genoux, vit le sang qui lui coulait du nez et de la bouche. L'elfe dégaina son poignard d'un geste vif, mais elle eut un brusque hoquet, se plia en deux et se saisit la tête entre les mains avant de la laisser retomber entre ses genoux.

Le grand elfe à la veste ornée de plumes bariolées lui prit son arme des mains et s'approcha du sorceleur soutenu par les autres. Il leva la lame en souriant. Geralt le voyait déjà derrière un voile rouge, le sang qui coulait de son front entaillé par les dents de Toruviel envahissait son orbite.

— Non ! bêla Torque en se suspendant au bras de l'elfe pour empêcher son geste. Ne le tue pas ! Non !

Une voix mélodieuse retentit soudain.

— *Voe'rle ! Vanadáin ! Quéss aén ? Caélm, evenlliénn ! Galarr !*

Geralt tourna la tête aussi loin que le lui permettait le poing qui le tenait par les cheveux.

Le cheval qui entra dans la clairière, d'un blanc neigeux, avait une longue crinière souple et soyeuse comme les cheveux d'une femme. La chevelure du cavalier assis sur une selle d'une valeur inestimable était de la même couleur que sa monture, retenue sur son front par un bandeau orné de saphirs.

Tout en bêlant, Torque alla jusqu'au cheval, s'agrippa à un étrier et noya l'elfe aux cheveux blancs sous un déluge de paroles. Le Seidhe l'interrompit d'un geste souverain et mit pied à terre. Il s'approcha de Toruviel que retenaient deux elfes, souleva délicatement le foulard ensanglanté qui lui couvrait le visage. Toruviel poussa un gémissement déchirant. Le Seidhe hocha la tête, se tourna vers le sorceleur et s'approcha de lui. Ses yeux noirs, incandescents, brillants comme des étoiles sur son visage blafard, étaient cernés comme s'il n'avait pas dormi plusieurs nuits d'affilée.

— Tu mords même quand tu es ligoté, murmura-t-il dans la langue moderne, sans accent. Tu mords comme un basilic. J'en tirerai des conclusions.

— C'est Toruviel qui a commencé, bêla le diable. Elle lui a donné des coups de pied alors qu'il était ligoté, comme si elle avait perdu la raison...

D'un geste, l'elfe lui intima de se taire. Sur un ordre bref de sa part, les autres Seidhe traînèrent le sorceleur et Jaskier sous le pin et les attachèrent au tronc avec des ceintures. Ensuite, tous s'agenouillèrent autour de Toruviel, qu'ils dissimulèrent ainsi à leur vue. À un moment, Geralt l'entendit crier et se débattre entre leurs mains.

— Je ne voulais pas ça, dit le diable, toujours à côté d'eux. Je t'assure que je ne le voulais pas, l'homme. Je ne savais pas qu'ils allaient surgir juste au moment où nous... Quand ils t'ont assommé et qu'ils ont pris ton compagnon au lasso, je leur ai demandé de vous abandonner là-bas, dans le houblon. Mais...

— Ils ne pouvaient pas laisser de témoins derrière eux, grommela le sorceleur.

— Ils ne vont tout de même pas nous tuer? gémit Jaskier. Ils ne vont tout de même pas...

Torque remuait le nez sans mot dire.

— Par tous les diables ! gémit encore le poète. Ils vont nous tuer ? De quoi s'agit-il, Geralt ? On a été témoins de quoi ?

— Notre ami boucavicorne remplit une mission particulière dans la vallée des Fleurs. N'est-ce pas, Torque ? Il est chargé par les elfes de voler des semences, des plants, le savoir-faire agricole... Quoi encore, diable ?

— Tout ce que je peux, bêla Torque. Tout ce dont ils ont besoin. Et tu peux me dire de quoi ils n'ont pas besoin ? Dans leurs montagnes, ils meurent de faim, en particulier en hiver. Et ils n'ont aucune notion de l'agriculture. Avant qu'ils apprennent à domestiquer du bétail ou de la volaille, et à cultiver quoi que ce soit dans des lopins... Ils n'en ont pas le temps, l'homme.

— J'en ai rien à foutre de leur temps. Qu'est-ce que je leur ai fait ? gémit Jaskier. Quel mal je leur ai fait ?

— Réfléchis bien, dit l'elfe aux cheveux blancs qui s'était approché sans bruit, et peut-être trouveras-tu la réponse tout seul !

— Tout simplement, il se venge de tous les préjudices que les elfes ont eu à subir de la part des hommes, dit le sorceleur avec un rictus. Peu lui importe sur qui il se venge. Ne te laisse pas séduire par sa noble attitude et son discours recherché, Jaskier ! Il ne se distingue en rien de la fille aux yeux noirs qui nous a donné des coups de pied. Il doit soulager sa haine impuissante sur quelqu'un.

L'elfe ramassa le luth fracassé de Jaskier. Il contempla la carcasse de l'instrument puis la jeta dans les buissons.

— Si je voulais donner libre cours à ma haine ou

satisfaire un désir de vengeance, dit-il en jouant avec ses gants blancs en cuir souple, je ferais une incursion nocturne dans la vallée, je mettrais le feu aux hameaux et égorgerais les habitants. Ce serait un jeu d'enfant, ils ne mettent même pas de sentinelles. Ils ne nous voient pas et ne nous entendent pas, quand ils viennent dans la forêt. Que peut-il y avoir de plus simple, de plus facile qu'une flèche rapide, silencieuse, tirée à l'abri d'un arbre ? Mais nous n'organisons pas de chasse à l'homme. C'est toi, l'homme aux yeux étranges, qui a organisé la chasse à notre ami Torque, le sylvain.

— Là, tu exagères ! bêla le diable. De quelle chasse parles-tu ? Nous nous sommes juste un peu amusés...

— C'est vous, les hommes, qui haïssez tout ce qui n'est pas comme vous, ne serait-ce que par la forme des oreilles, poursuivit l'elfe sans prêter attention aux remarques du boucavicorne. C'est pour cette raison que vous nous avez pris notre terre, que vous nous avez chassés de nos maisons, que vous nous avez repoussés dans les montagnes sauvages. Vous avez occupé notre Dol Blathanna, notre vallée des Fleurs. Je suis Filavandrel aén Fidháil des Tours d'Argent, descendant des Feleaorn des Vaisseaux Blancs. Aujourd'hui exilé au bout du monde, je suis Filavandrel du Bout du Monde.

— Le monde est vaste, marmonna le sorceleur. Nous pouvons tous y tenir. Il y a assez de place pour nous tous.

— Le monde est vaste, répéta l'elfe. C'est vrai, l'homme. Mais ce monde, vous l'avez changé. Au début, vous l'avez changé par la force, vous vous êtes comportés avec lui comme avec tout ce qui tombe entre vos mains. Maintenant, on a l'impression que le monde s'est adapté à vous, qu'il a plié devant vous, qu'il vous obéit.

Geralt ne répondit pas.

— Torque a dit la vérité, poursuivit Filavandrel. Oui, nous mourons de faim. Oui, nous sommes menacés d'extermination. Le soleil brille autrement qu'avant, l'air est différent, l'eau n'est plus celle qu'elle était. Ce que nous mangions autrefois, ce que nous consommions, meurt, s'étiole, dépérit. Nous n'avons jamais été des cultivateurs, nous n'avons jamais éventré la terre avec des houes et des binettes, au contraire de vous, les hommes. La terre vous paye un lourd tribut, un tribut sanglant. Nous, elle nous couvrait de présents. Vous arrachez de force ses trésors à la terre. Elle nous nourrissait et s'épanouissait parce qu'elle nous aimait. Enfin ! Aucun amour n'est éternel. Mais nous voulons durer.

— Au lieu de voler du grain, vous pouvez en acheter. Autant que vous en aurez besoin. Vous possédez toujours des quantités de choses que les hommes considèrent comme très précieuses. Vous pouvez faire du commerce.

Filavandrel eut un sourire méprisant.

— Avec vous ? Jamais.

Geralt fronça les sourcils en grattant le sang séché sur sa joue.

— Que les diables vous emportent, vous et votre arrogance, et votre mépris ! En refusant de cohabiter avec nous, vous vous condamnez vous-mêmes à l'extermination. Cohabiter, trouver des arrangements, c'est votre seule chance.

Filavandrel se pencha en avant pour se rapprocher, ses yeux lançaient des éclairs.

— Cohabiter à vos conditions ? demanda-t-il d'une voix altérée, et pourtant toujours calme. Après avoir reconnu votre domination ? Perdu notre identité ? Cohabiter en tant que quoi ? En tant qu'esclaves ? En tant que parias ? Cohabiter avec vous derrière les remparts dont vous ceignez vos villes pour vous protéger de nous ? Cohabiter avec vos femmes en nous mettant la corde au cou ? Ou encore rester impuissant devant le sort de plus en plus souvent réservé aux enfants qui sont le fruit de cette cohabitation ? Pourquoi évites-tu mon regard, étrange humain ? Comment va ta cohabitation avec tes semblables, des semblables dont tu es, malgré tout, quelque peu différent ?

— Je me débrouille, dit le sorceleur en le regardant droit dans les yeux. Je me débrouille à peu près. Parce qu'il le faut. Parce que je n'ai pas le choix. Parce que j'ai vaincu en moi l'orgueil et la fierté de ma différence ; parce que j'ai compris que l'orgueil et la fierté, même si c'est une arme contre la différence, sont une défense pitoyable. Parce que j'ai compris que le soleil brille autrement. Parce que les choses changent et que ce n'est pas moi le pivot de ces changements. Le soleil brille autrement et continuera à briller, il ne sert à rien de chercher à le décrocher, comme la lune. Il faut accepter la réalité, l'elfe, c'est une chose qu'il faut apprendre à faire.

— C'est ce que vous souhaitez, n'est-ce pas ? dit Filavandrel en essuyant avec son poignet la sueur apparue sur son front pâle au-dessus de ses sourcils blancs. Ce que vous voulez imposer aux autres, c'est l'idée que votre heure, votre époque est arrivée, que l'âge d'homme est arrivé, que ce que vous faites aux autres races est aussi naturel que le lever et le coucher du soleil ? Vous pensez que tout le monde doit s'y faire, l'accepter ? Et c'est toi qui me reproches mon orgueil ? Et quelles sont les idées que tu proclames ? Pourquoi vous, les humains, ne parvenez toujours pas à vous rendre compte que votre domination du monde est à peu près aussi naturelle que les poux qui pullulent dans une peau de mouton ? Tu pourrais me proposer, avec le même résultat, de cohabiter avec des poux ; j'écouterais des poux avec la même attention si en échange de ma reconnaissance de leur supériorité, ils étaient d'accord pour que nous profitions ensemble de la peau de mouton.

— Ne perds donc pas ton temps à discuter avec un insecte aussi désagréable, l'elfe ! dit le sorceleur en maîtrisant difficilement sa voix. Ce qui m'étonne, c'est de voir à quel point tu désires culpabiliser un pou comme moi et faire naître en lui du repentir. Tu es pitoyable, Filavandrel. Tu es aigri, assoiffé de vengeance et conscient de ta propre impuissance. Vas-y ! Tranche-moi d'un coup d'épée ! Venge-toi sur toute la race humaine ! Tu verras comme tu te sentiras soulagé. Donne-moi d'abord un coup de pied dans les couilles ou dans les dents, comme ta Toruviel !

Filavandrel tourna la tête.

— Toruviel est malade, dit-il.

— Je connais les symptômes de sa maladie, répliqua Geralt en crachant par-dessus son épaule. Le traitement que je lui ai appliqué devrait lui faire du bien.

— Cette conversation n'a effectivement aucun sens, dit Filavandrel en se levant. Je suis désolé, mais nous allons devoir vous tuer. La vengeance n'a rien à voir là-dedans, c'est une solution purement pratique. Torque doit continuer à accomplir ses tâches et personne ne doit savoir pour qui il le fait. Nous n'avons pas les moyens de mener une guerre contre vous, mais nous ne nous laisserons pas entraîner dans le commerce ni dans le troc. Nous ne sommes pas assez naïfs pour ne pas savoir que vos marchands sont un avant-poste. Pour ne pas savoir qui se tient derrière eux. Et quel genre de cohabitation ils apportent.

— Elfe, dit doucement Jaskier qui était resté silencieux jusque-là. J'ai des amis, des humains qui seront prêts à payer une rançon pour que nous soyons délivrés. Si tu le veux, sous forme de nourriture. Sous n'importe quelle forme. Réfléchis-y ! Ce ne sont pas ces semences volées qui vous sauveront...

— Plus rien ne les sauvera, le coupa Geralt. Ne te mets pas à plat ventre devant lui, Jaskier ! Ne le supplie pas ! C'est inutile et digne de pitié.

— Pour quelqu'un qui a la vie si courte, sourit Filavandrel avec un sourire contraint, tu fais preuve d'un mépris de la mort surprenant, l'homme.

— On ne meurt qu'une fois, dit calmement le sorceleur. C'est une philosophie qui convient tout à fait aux poux, n'est-ce pas ? Et qu'en est-il de ta longévité ? Tu me fais de la peine, Filavandrel.

L'elfe écarquilla les yeux.

— Explique-moi pourquoi !

— Vous êtes pitoyablement ridicules, avec vos petits sacs de semence volés sur vos chevaux de somme, avec cette poignée de grain avec laquelle vous prétendez survivre. Et avec votre mission censée vous faire penser à autre chose qu'à votre extermination prochaine. Car tu sais bien que c'est la fin, que plus rien ne sortira de terre et ne naîtra sur vos hauts plateaux, que plus rien ne vous sauvera. Mais vous avez une grande longévité, vous vivrez longtemps, très longtemps, dans un isolement que vous aurez choisi avec arrogance, de moins en moins nombreux, de plus en plus faibles, de plus en plus amers. Et toi, tu sais ce qui se passera, Filavandrel. Tu sais qu'alors, les jeunes gens désespérés, au regard de vieillards centenaires, et les jeunes filles fanées, stériles et malades comme Toruviel, conduiront dans les vallées ceux qui seront encore capables de tenir des glaives et des arcs. Vous descendrez au-devant de la mort dans les vallées en fleurs, en souhaitant mourir dans la dignité, au combat, et non pas gisant sur des grabats, terrassés par l'anémie, la tuberculose et le scorbut. Alors, Aén Seidhe à la si grande longévité, tu te souviendras de moi. Tu te souviendras que tu me faisais de la peine. Et tu comprendras que j'avais raison.

— L'avenir montrera qui avait raison, murmura l'elfe. C'est là la supériorité de la longévité. Moi, j'ai la chance de pouvoir le vérifier. Ne serait-ce que grâce à cette poignée de grain volée. Toi, tu n'auras pas cette chance. Dans un instant, tu seras mort.

— Épargne-le, lui au moins ! dit Geralt en montrant Jaskier du menton. Ne le fais pas dans un geste de charité pathétique ! Fais-le par bon sens ! Moi, personne ne me réclamera, mais lui, on cherchera à le venger.

— Tu as une piètre opinion de mon bon sens, dit l'elfe avec hésitation. S'il survit grâce à toi, il se sentira très certainement le devoir de te venger.

— Tu peux en être sûr ! explosa Jaskier, pâle comme un linge. Tu peux en être sûr, fils de pute ! Tue-moi, moi aussi, parce que je te promets que dans le cas contraire je soulèverai le monde entier contre vous. Tu verras ce que les poux ont les moyens de faire ! Nous vous exterminerons, quand bien même nous devrions raser vos montagnes ! Tu peux en être sûr !

— Ce que tu es bête, Jaskier ! soupira le sorceleur.

— On ne meurt qu'une fois, dit le poète crânement.

L'effet de sa témérité était cependant quelque peu gâché par ses dents, qui jouaient des castagnettes.

— Voilà qui préjuge la question ! dit Filavandrel en prenant ses gants glissés dans sa ceinture et en les enfilant. Il est temps de mettre un terme à cet épisode.

Sur un ordre bref de sa part, des elfes armés d'arcs se rangèrent en face d'eux. Ils agirent vite, il était très clair qu'ils attendaient cet ordre depuis longtemps. L'un d'eux, comme le remarqua le sorceleur, mâchait toujours son navet. Toruviel, la bouche et le nez couverts de bandes de tissu et d'écorce de bouleau croisées, se tenait à côté des archers. Sans arc.

— On vous bande les yeux ? demanda Filavandrel.

— Éloigne-toi ! dit le sorceleur en détournant la tête. Va te faire... !

— *À d'yaebbl aép arse,* acheva Jaskier dont les dents s'entrechoquaient.

— Oh non ! bêla soudain le diable en accourant et en s'interposant entre les archers et les condamnés. Vous avez perdu la raison ? Filavandrel ! Ce n'est pas ce dont nous étions convenus ! Pas du tout ! Tu devais les emmener dans la montagne, les garder dans des grottes tant que nous n'aurions pas fini ici...

— Torque ! dit l'elfe. Je ne peux pas. Je ne peux pas prendre de risques. Tu as vu ce qu'il a fait à Toruviel alors qu'il était ligoté ? Je ne peux pas courir de risques.

— Peu m'importe ce que tu peux et ce que tu ne

peux pas ! Qu'est-ce que vous vous imaginez ? Vous pensez que je vais vous laisser commettre un crime ? Ici, sur ma terre ? Juste à côté de mon hameau ? Maudits imbéciles ! Fichez-moi le camp d'ici avec vos arcs, sinon je vous encorne. Ouk ! Ouk !

— Torque, dit Filavandrel, les pouces dans sa ceinture. Ce que nous devons faire est une nécessité.

— C'est une *Düvvelsheyss,* pas une nécessité !

— Écarte-toi, Torque !

Le boucavicorne remua les oreilles, bêla encore plus fort, écarquilla les yeux et plia le coude dans un geste injurieux fort répandu chez les nains.

— Vous n'assassinerez personne ici ! Enfourchez vos chevaux et filez dans la montagne, au-delà du défilé ! Dans le cas contraire, vous devrez me tuer, moi aussi !

— Sois raisonnable ! dit lentement l'elfe aux cheveux blancs. Si nous les laissons en vie, les humains sauront tout sur toi, ils sauront ce que tu fais. Ils t'attraperont et te tortureront. Enfin, tu les connais bien !

— Je les connais, bêla le diable en protégeant toujours Geralt et Jaskier de son corps. Il se trouve que je les connais mieux que vous ! Et je ne sais pas, en vérité, dans quel camp il vaut mieux être ! Je regrette de m'être allié avec vous, Filavandrel !

— C'est toi qui l'auras voulu, dit l'elfe froidement en donnant aux archers le signal de se mettre en position. C'est toi qui l'auras voulu, Torque. *L'sparelleán ! Evelliénn !*

Les elfes tirèrent des flèches de leur carquois.

— Écarte-toi, Torque ! dit Geralt en serrant les dents. Ça n'a pas de sens. Écarte-toi sur le côté.

Le diable, sans bouger de là, lui fit le geste des nains.

— J'entends... de la musique... ! sanglota soudain Jaskier.

— Ce sont des choses qui arrivent, dit le sorceleur en regardant les fers de flèches. Ne t'en fais pas ! Il n'est pas honteux d'avoir peur.

Le visage de Filavandrel changea, se contracta dans une étrange grimace. Le Seidhe aux cheveux blancs se retourna brusquement, lança aux archers un cri qui s'interrompit brutalement. Les archers baissèrent leur arme.

Lille venait de pénétrer dans la clairière.

Ce n'était plus la jeune campagnarde maigre vêtue d'une vilaine robe de gros drap. La jeune fille qui traversait la clairière tapissée de gazon en marchant, ou plutôt non, en flottant vers lui était la Reine, la Reine des Champs rayonnante aux cheveux dorés, aux yeux flamboyants, ravissante, décorée de guirlandes de fleurs, d'épis et de brassées de plantes. Sur sa gauche trottinait un jeune faon aux pattes raides ; sur sa droite, bruissait un grand hérisson.

— Dana Méadbh, dit Filavandrel avec respect.

Il s'agenouilla et se prosterna.

Les autres elfes l'imitèrent lentement, comme avec hésitation, l'un après l'autre, ils mettaient un genou en terre, se prosternaient très bas, avec respect. La dernière à le faire fut Toruviel.

— *Haél,* Dana Méadbh, répéta Filavandrel.

Lille ne répondit pas à son salut. Elle s'arrêta à quelques pas de l'elfe, son regard bleu se posa sur Jaskier et Geralt. Prosterné lui aussi devant elle, Torque entreprit néanmoins immédiatement de trancher leurs liens. Aucun des Seidhe ne bougea.

Lille se tenait toujours devant Filavandrel. Elle n'ouvrit pas la bouche, ne prononça pas le moindre mot, mais le sorceleur voyait l'expression de l'elfe changer, il sentait l'aura qui les entourait et ne doutait pas qu'il s'opérait entre le couple une transmission de pensées. Le diable tout à coup le tira par la manche.

— Ton ami a décidé de s'évanouir, bêla-t-il tout bas. Trop tard ! Qu'est-ce qu'on fait ?

— Donne-lui quelques claques sur la figure !

— Avec plaisir.

Filavandrel se releva. Sur son ordre, les elfes se précipitèrent pour seller les chevaux.

— Viens avec nous, Dana Méadbh ! dit l'elfe aux cheveux blancs. Nous avons besoin de toi. Ne nous quitte pas, Très-Ancienne ! Ne nous prive pas de ton amour ! Sans lui, nous mourrons.

Lille hocha lentement la tête, montra les montagnes, à l'est. L'elfe s'inclina, triturant les rênes richement ornées de sa monture à la crinière blanche.

Jaskier s'approcha, pâle et hébété, soutenu par le Sylvain. Lille lui jeta un coup d'œil et sourit. Elle plongea le regard dans les yeux du sorceleur et le regarda longuement, sans prononcer un mot. Les mots étaient inutiles.

La plupart des elfes étaient déjà en selle lorsque Filavandrel et Toruviel s'approchèrent. Geralt fixa les yeux noirs de l'elfe qui dépassaient de ses bandages.

— Toruviel..., commença-t-il.

Il n'acheva pas.

L'elfe hocha la tête. Elle sortit de l'arçon de sa selle un luth, un magnifique instrument en marqueterie, superbement orné d'un griffon élancé. Sans un mot, elle remit le luth à Jaskier. Le poète prit l'instrument et la salua. Lui aussi sans un mot, mais ses yeux parlaient pour lui.

— Adieu, étrange humain ! dit tout bas Filavandrel à Geralt. Tu as raison. Les paroles sont inutiles. Elles ne changeraient rien à la situation.

Geralt se taisait.

— Après mûre réflexion, ajouta le Seidhe, je suis parvenu à la conclusion que tu avais raison, tout à l'heure, quand tu disais avoir de la peine pour nous. Au revoir, donc. Nous nous reverrons bientôt, le jour où nous descendrons dans les vallées pour mourir dans la dignité. Nous te chercherons, Toruviel et moi. Ne nous déçois pas !

Ils échangèrent un long regard, sans parler. Puis le sorceleur répondit brièvement et simplement :

— Je ferai mon possible.

VII

Jaskier s'interrompit de jouer pour serrer son luth contre son cœur et poser sa joue dessus.

— Par tous les dieux, Geralt ! s'exclama-t-il. Le bois joue tout seul ! Les cordes vivent ! Quel son merveilleux ! Par tous les diables, quelques coups de pied et un petit moment de peur, ce n'est vraiment pas cher payé pour ce superbe luth ! Je me serais laissé frapper de l'aube jusqu'à la nuit si j'avais su ce que j'allais recevoir. Geralt ? Est-ce que tu m'écoutes ?

Le sorceleur leva la tête du Livre et regarda le diable

qui continuait à faire miauler son étrange chalumeau fait de roseaux de différentes tailles.

— Il faudrait être sourd pour ne pas vous entendre, dit-il. On vous entend à cent lieues à la ronde.

— C'est la *Düvvelsheyss* qui nous entend, dit Torque en posant son instrument. C'est le désert, c'est tout. Un monde sauvage. Un trou perdu. Eh ! Je regrette mes chanvres.

— Il regrette ses chanvres ! dit Jaskier en riant et en tournant délicatement les chevilles finement sculptées de son luth. Il fallait te tenir coi dans tes fourrés au lieu de faire peur aux filles, détruire les digues et souiller les puits. Je pense que dorénavant tu seras plus prudent et que tu vas renoncer à jouer tes tours, hein, Torque ?

— J'aime bien jouer des tours, déclara le diable d'un air pincé. Et je n'imagine pas la vie sans en faire. Mais bon, je vous promets que sur de nouveaux terrains je ferai plus attention. Je jouerai des tours, mais avec plus de retenue.

Le ciel était nuageux, la nuit ventée, la bise couchait les roseaux, faisait bruire les feuillages des arbustes au milieu desquels ils avaient installé leur campement. Jaskier ajouta du petit bois dans le feu. Torque se tournait et se retournait sur sa couche en donnant des coups de queue pour chasser les moustiques. Dans le lac, un poisson sauta en produisant un clapotis.

— Je narrerai toute notre expédition au bout du monde dans une ballade, déclara Jaskier. Et je t'y décrirai, toi aussi, Torque.

— Tu me le paieras cher, grogna le diable. Alors, moi aussi, j'écrirai une ballade et je t'y décrirai si bien que pendant douze ans tu te retrouveras au ban de la bonne société. Alors, gare à toi ! Geralt ?

— Oui ?

— Tu as trouvé quelque chose d'intéressant dans le Livre, que tu as honteusement extorqué aux vilains ?

— Bien sûr.

— Alors, fais-nous la lecture tant que le feu n'est pas encore éteint.

— Oui, oui ! dit Jaskier en pinçant les cordes mélodieuses du luth de Toruviel. Fais-nous la lecture, Geralt !

Le sorceleur s'appuya sur un coude et rapprocha le Livre du feu.

— On peut la voir pendant la saison d'été, commença-t-il, des jours du cinquième et du sixième mois jusqu'aux jours du dixième mois, mais le plus souvent jusqu'au huitième mois, à la fête de la Faux, que mes ancêtres appelaient « Lammas ». Elle apparaît sous la forme d'une Vierge blonde, toute en fleurs, et tout ce qui vit, plante ou bête, porte ses pas vers elle et est attiré par elle. Aussi son nom est-il la Vivette. Les anciens l'appellent Danamebi et la vénèrent grandement. Même les barbus, qui demeurent pourtant à l'intérieur des montagnes et non pas au milieu des champs, la respectent et la nomment Bloëmenmagde.

— Danamebi, murmura Jaskier. Dana Méabdh, la vierge des Champs.

— Quand la Vivette vient, la terre fleurit et enfante, et si grand est son pouvoir que toutes les créatures naissent avec exubérance. Chaque peuple lui fait des offrandes de sa bonne récolte, dans le vain espoir que c'est son domaine et non pas celui d'un autre que la Vivette viendra visiter. Car ils disent aussi qu'un jour, pour sa fin, la Vivette s'installera parmi le peuple qui dominera les autres. Mais ce ne sont que des histoires de bonne femme. Car les presque sages disent que la Vivette n'aime que la Terre, qu'elle aime tout ce qui y pousse et y vit pareillement, sans faire de différence, qu'elle aime le plus petit pommier sauvage et le ver le plus chétif. À ses yeux, aucun peuple n'a plus d'importance que le plus frêle des pommiers sauvages, car enfin ils finiront tous par disparaître un jour et leur succéderont d'autres tribus. Alors qu'elle, la Vivette, est éternelle. Elle a été et sera toujours, dans les siècles des siècles.

— Dans les siècles des siècles ! entonna le troubadour en pinçant les cordes de son luth. (Torque l'accompagna du chant aigu de son chalumeau de roseau.) Salut à toi, Vierge des Champs ! Pour les bonnes récoltes, pour les fleurs de la Dol Blathanna et aussi pour la peau du soussigné que tu as sauvé en empêchant les fers de flèches de le trouer. Vous savez, je vais vous dire quelque chose.

Jaskier cessa de jouer, serra son luth contre lui comme un bébé et prit un air triste.

— Dans ma ballade, je crois que je n'évoquerai pas les elfes et les difficultés auxquelles ils sont confrontés. Trop de gens se précipiteraient dans les montagnes... À quoi bon accélérer...

Le troubadour se tut.

— Achève ! dit Torque d'un ton amer. Tu voulais dire : accélérer l'inévitable. L'inéluctable.

— N'en parlons pas ! coupa Geralt. A quoi bon en parler ? Les paroles sont inutiles. Prenez exemple sur Lille !

— Elle communiquait avec l'elfe par télépathie, grommela le barde. Je l'ai senti. N'est-ce pas, Geralt ? Toi, tu perçois ce genre de communication. Tu as compris de quoi ils..., ce qu'elle a communiqué à l'elfe ?

— Quelques petites choses.

— De quoi a-t-elle parlé ?

— D'espoir. Elle lui a dit que tout renaît, que tout renaît indéfiniment.

— C'est tout ?

— C'était suffisant.

— Hum ! Geralt ? Lille habite dans un village, au milieu des hommes. Tu crois que...

— ... qu'elle va rester parmi eux ? Ici, dans la Dol Blathanna ? Peut-être. Si...

— Si quoi ?

— Si les humains s'en montrent dignes. Si le bout du monde reste le bout du monde. Si nous respectons la frontière. Bon, assez discuté, les amis. Il est temps de dormir.

— C'est vrai. Il est bientôt minuit, le feu se meurt. Je vais rester encore un peu, c'est auprès d'un feu mourant que j'ai composé mes meilleures ballades. Et pour ma ballade, j'ai besoin d'un titre. D'un joli titre.

— Pourquoi pas « Le bout du monde » ?

— C'est d'un banal ! grommela le poète. Même si c'est effectivement le bout, il faut lui donner un autre nom, le désigner par une métaphore. Je suppose que tu sais ce qu'est une métaphore, Geralt ? Hum ! Voyons un peu que je réfléchisse. « Au dia... » Par tous les diables ! « Au diable vau... »

— Bonne nuit ! dit le diable.

La voix de la raison 6

Le sorceleur délaça sa chemise, souleva le lin mouillé qui lui collait à la nuque. Dans la grotte, il faisait très chaud, trop chaud, même. Il y régnait une atmosphère moite, et de l'humidité suintait le long de la roche moussue et des parois en basalte.

Il était entouré de plantes de tous côtés. Elles poussaient dans des cavités emplies de tourbe creusées à même le sol, et dans de grandes caisses, des bacs ou des pots, et s'agrippaient à la roche, à des treillis ou des tuteurs en bois. Geralt examinait les plantes avec curiosité ; parmi elles il reconnaissait certaines espèces rares qui entraient dans la composition des remèdes et des élixirs de sorceleur, des philtres de magicien et des décoctions de sorcier ; et d'autres encore plus rares, dont il ne pouvait que deviner les propriétés. Il y en avait certaines qu'il ne connaissait pas du tout et dont il n'avait même jamais entendu parler. Il voyait des plaques de mélilot à feuilles étoilées, qui grimpaient sur les parois de la grotte, les boules compactes de têtes-creuses qui débordaient d'énormes pots, des pousses d'arenaria parsemées de baies rouge sang. Il reconnaissait les feuilles charnues aux vaisseaux ligneux du vite-au-but, les ovales bordeaux et or de l'infinime et les flèches sombres de la scie-fouilleuse. Il apercevait, tapis dans des blocs de pierre, la mousse filamenteuse des brave-sang, les bulbes brillants de l'œil-de-corneille et les pétales rayés de l'orchidée queue-de-souris.

Dans la partie plus sombre de la grotte, apparaissaient les chapeaux gris d'un champignon, le cousataire, renflés comme des cailloux des champs. À proximité poussait du touche-cœur, une plante capable de neutraliser tous les venins et toxines connus. Dépassaient de bacs profondément enfouis dans le sol de chétifs plumeaux gris-jaune qui révélaient du cicatrix, une racine aux propriétés curatives puissantes et universelles.

Le centre de la grotte était occupé par des plantes aquatiques. Geralt voyait des cuves pleines de ceratophyllum et de lentilles d'eau de tortue, et des bassins couverts d'une croûte de creusoir, une substance nutritive pour l'huître géante parasite ; des aquariums pleins de touffes entortillées de bipointe (un hallucinogène) et de cryptocorines vert foncé élancées et de pelotes de filombre ; des bacs boueux, couverts de vase, cultures d'innombrables lichens, algues, moisissures et englènes des marais.

Après avoir retroussé les manches de sa robe de prêtresse, Nenneke prit dans son panier des cisailles et un râteau en os, puis elle se mit au travail sans un mot. Geralt s'assit sur un petit banc situé entre deux rayons de lumière qui tombaient par de grandes plaques de cristal ménagées dans la voûte.

La prêtresse murmurait pour elle-même ou fredonnait tout bas. Plongeant ses mains agiles dans des écheveaux de feuilles et de pousses, elle faisait cliqueter ses cisailles d'un coup sec, remplissant son panier de bottes d'herbes ; arrangeait les tuteurs et les treillis qui soutenaient les plantes ; remuait çà et là la terre avec le manche de son râteau. Grommelant parfois de colère, elle arrachait de petites tiges mortes ou pourries qu'elle lançait dans les bacs à humus ; elles étaient destinées à nourrir des champignons et d'autres plantes écailleuses et sinueuses comme des serpents, que le sorceleur ne connaissait pas. Il n'était même pas sûr qu'il s'agissait bien de plantes, il avait l'impression de voir ces touffes luisantes se mouvoir insensiblement et tendre leurs ramilles capillaires vers les mains de la prêtresse.

Il faisait chaud. Très chaud.

— Geralt ?

— Oui, répondit-il en luttant contre le sommeil qui l'envahissait.

Jouant avec ses cisailles, Nenneke le regardait à travers les grandes lanières de feuilles de spergules.

— Ne pars pas ! Reste encore quelques jours !

— Non, Nenneke. Il est temps pour moi de reprendre la route.

— Qu'est-ce qui te presse tellement ? Tu ne dois pas t'inquiéter de Herevard. Et ce vagabond de Jaskier n'a qu'à partir seul au casse-cou. Reste, Geralt !

— Non, Nenneke.

La prêtresse fit cliqueter ses cisailles.

— Est-ce parce que tu as peur qu'elle t'y retrouve que tu es si pressé de quitter le temple ?

— Oui, avoua-t-il à contrecœur. Tu as deviné.

— Ce n'était pas bien difficile, murmura-t-elle. Mais rassure-toi ! Yennefer est déjà venue. Il y a deux mois. Et elle ne va pas revenir de sitôt parce que nous

nous sommes disputées. Non, pas à ton sujet. Elle ne m'a même pas posé de questions sur toi.

— Aucune ?

— C'est là que le bât blesse ! pouffa la prêtresse. Tu es égocentrique, comme tous les hommes. Il n'y a rien de pire que l'indifférence, n'est-ce pas ? Mais il ne faut pas que ça te déprime. Je la connais trop bien. Si elle ne m'a rien demandé, elle a fureté partout pour voir si elle ne trouvait pas des traces de ton passage. Elle est très en colère contre toi, je l'ai senti.

— À propos de quoi vous êtes-vous disputées ?

— De rien qui puisse t'intéresser.

— De toute façon, je le sais.

— Je ne crois pas, dit paisiblement Nenneke en redressant des tuteurs. Tu ne la connais que très superficiellement. D'ailleurs, c'est la même chose pour elle en ce qui te concerne. C'est assez courant dans le genre de lien qui vous unit ou vous a unis. Les seuls moyens dont vous disposez l'un et l'autre, c'est de porter un jugement très subjectif sur ses effets tout en en ignorant les causes.

— Elle est venue ici pour essayer de se soigner, constata-t-il froidement. C'est à ce propos que vous vous êtes disputées, avoue.

— Je n'avouerai rien.

Le sorceleur se leva, se dressa en pleine lumière sous l'une des dalles de cristal de la voûte.

— Nenneke, tu peux venir jeter un coup d'œil à ce que j'ai ici ?

Dans une poche secrète cousue dans sa ceinture, il prit un minuscule sachet, une bourse miniature en peau de chèvre, et en versa le contenu dans sa main.

— Deux diamants, un rubis, trois jolies néphrites, une agate intéressante. Combien t'ont-elles coûté ?

Nenneke s'y connaissait dans tous les domaines.

— Deux mille orins de Temeria. C'est mon salaire pour la strige de Wyzima.

— Pour un cou en lambeaux, dit la prêtresse avec une grimace. Enfin, c'est une question de prix. Mais tu as bien fait de convertir tes espèces en pierres. L'orin a baissé, et à Wyzima, les pierres ne sont pas très chères, les mines des nains de Mahakam sont trop proches. Si tu revends ces cailloux à Novigrad, tu en obtiendras au moins cinq cents couronnes, la couronne de Novigrad est actuellement à six orins et demi, et elle monte.

— Je voudrais que tu les prennes.

— En dépôt ?

— Non. Garde les néphrites pour le temple, disons, en tant qu'offrande de ma part pour la déesse Melitele. Quant aux autres pierres, elles... elles sont pour elle. Pour Yennefer. Tu les lui donneras lorsqu'elle reviendra te rendre visite, ce qui ne devrait pas tarder.

Nenneke le regarda droit dans les yeux.

— À ta place, je ne le ferai pas. Crois-moi, tu la mettras encore plus en colère. Si c'est possible. Laisse les choses comme elles sont, tu n'es plus en mesure de corriger ou d'améliorer quoi que ce soit. En te sauvant de chez elle, tu t'es conduit... euh, disons, d'une manière qui n'était pas spécialement digne d'un homme mûr. Et en essayant de le lui faire oublier en lui offrant des bijoux, tu te comportes comme un homme beaucoup, beaucoup trop mûr. Je ne sais vraiment pas quel type d'homme je déteste le plus.

— Elle était trop possessive, grommela-t-il en tournant la tête. Je ne pouvais pas le supporter. Elle me traitait comme...

— Arrête ! fit Nenneke sèchement. Ne viens pas pleurer dans mon giron ! Je ne suis pas ta mère ! Combien de fois faudra-t-il que je te le répète ? Je n'ai pas non plus l'intention de jouer les confidentes. Je me moque de la manière dont elle te traitait, et encore plus de la manière dont toi, tu l'as traitée. Et je n'ai aucunement l'intention de jouer les intermédiaires et lui remettre ces stupides cailloux. Si tu veux jouer les imbéciles, joue-les sans mon intermédiaire.

— Tu ne m'as pas compris. Mon intention n'est pas de lui demander pardon ni de l'acheter. Cependant, je lui suis redevable de quelque chose et il paraît que le traitement qu'elle veut suivre est très coûteux. Je veux l'aider, c'est tout.

— Tu es encore plus bête que je pensais. (Nenneke ramassa son panier posé par terre.) Un traitement coûteux ? L'aider ? Geralt, pour elle, tes petits cailloux ne sont qu'une bricole qui ne vaut pas tripette. Est-ce que tu sais combien Yennefer reçoit pour l'avortement d'une grande dame ?

— Je le sais, figure-toi ! Et je sais aussi qu'elle prend encore plus pour soigner la stérilité. Dommage qu'elle ne soit pas capable de se soigner elle-même. C'est pour ça qu'elle cherche de l'aide auprès des autres. Auprès de toi aussi.

— Personne ne pourra l'aider, c'est absolument impossible. C'est une magicienne. Comme la plupart des magiciennes, elle a les gonades atrophiées et souffre d'un trouble fonctionnel irréversible. Elle ne pourra jamais avoir d'enfant.

— Toutes les magiciennes ne présentent pas cette déficience. Je le sais et tu le sais également.

Nenneke cligna des yeux.

— Oui, je le sais.

— Il ne peut pas y avoir de règle s'il y a des exceptions. De grâce, épargne-moi les contre-vérités habituelles sur les exceptions qui confirment la règle. Dis-moi quelque chose sur les exceptions en tant que telles.

— Sur les exceptions il n'y a qu'une chose à dire, répondit-elle d'un ton sec. Elles existent, un point, c'est tout. Mais Yennefer, hélas, n'est pas une exception. Du moins pas dans le domaine dont nous parlons. Car dans d'autres il est difficile de trouver être plus exceptionnel.

Geralt ne releva ni le ton ni l'allusion.

— Des magiciens ont déjà réussi à ressusciter des morts, dit-il. Je connais des cas documentés. Et il est plus difficile de ressusciter des morts que de remplacer des organes atrophiés, me semble-t-il.

— Tu te trompes. Car moi, je ne connais pas un seul cas documenté couronné de succès, où un organe atrophié a été remplacé ou des glandes endocrines régénérées. Geralt, ça suffit, maintenant. On dirait une consultation. Tu ne t'y connais pas. Moi, si. Et si je te dis que Yennefer a payé certains savoir-faire aux dépens d'autres capacités, c'est que c'est comme ça.

— Si c'est aussi évident, je ne comprends pas pourquoi elle continue à essayer...

— Tu ne comprends vraiment pas grand-chose, le coupa la prêtresse. Vraiment pas grand-chose. Arrête de t'inquiéter des souffrances de Yennefer et pense un peu aux tiennes ! Ton organisme aussi a subi des mutations irréversibles. Yennefer t'étonne, mais qu'est-ce que tu peux dire de toi ? Pour toi aussi, il devrait être évident que tu ne seras jamais un être humain, et pourtant tu cherches indéfiniment à l'être. En commettant des erreurs humaines. Des erreurs qu'un sorceleur ne devrait pas commettre.

Il s'adossa à la paroi de la grotte, essuya la sueur qui coulait de ses sourcils.

— Tu ne réponds pas, constata Nenneke avec un petit sourire. Ça ne m'étonne pas. Il n'est pas facile de discuter avec la voix de la raison. Tu es malade, Geralt, handicapé. Tu réagis mal aux élixirs. Tu as un rythme cardiaque accéléré, un pouvoir d'accommodation diminué, des réactions ralenties ; tu rates les Signes les plus simples. Et tu veux prendre la route ? Il faut que tu te soignes. Tu as absolument besoin d'une thérapie. Et d'abord, d'une transe.

— Ah ! C'est pour ça que tu m'as envoyé Iola ? Dans le cadre de ma thérapie ? Pour faciliter la transe ?

— Ce que tu es bête !

— Moins que tu le penses.

Nenneke se retourna, glissa les mains entre les tiges charnues de plantes grimpantes que le sorceleur ne connaissait pas.

— Eh bien oui ! répondit-elle d'un ton détaché. Oui, c'est pour ça que je te l'ai envoyée. Dans le cadre de ta thérapie. Et je te dirai que ça a marché. Dès le lendemain, tu avais de bien meilleures réactions. Tu étais plus calme. Par ailleurs, Iola aussi avait besoin d'une thérapie. Ne sois pas fâché !

— Je ne suis fâché ni contre la thérapie ni contre Iola.

— Mais tu l'es contre la voix de la raison que tu entends ?

Il ne répondit pas.

— Une transe t'est indispensable, répéta Nenneke en embrassant du regard le petit jardin de la grotte. Iola est prête. Elle a noué avec toi un contact physique et psychique. Si tu veux partir, faisons-la cette nuit !

— Non. Je ne veux pas. Comprends-moi, Nenneke ! Pendant sa transe, Iola peut commencer à prophétiser. À prophétiser, à prédire l'avenir.

— C'est justement le but.

— Justement. Mais moi, je ne veux pas connaître l'avenir. Comment pourrais-je faire ce que je fais si je le connaissais ? D'ailleurs, je le connais, de toute façon.

— Tu en es sûr ?

Il ne répondit pas.

— Bon ! Bien ! soupira-t-elle. Allons-y ! Au fait, Geralt ! Je ne veux pas être indiscrète. Mais dis-moi... Comment vous êtes-vous rencontrés, Yennefer et toi ? Comment votre histoire a-t-elle commencé ?

Le sorceleur sourit.

— Un matin où Jaskier et moi n'avions rien pour le petit déjeuner, nous avons décidé d'aller à la pêche.

— Dois-je comprendre qu'au lieu de ferrer un poisson, tu as ferré Yennefer ?

— Je te raconterai l'histoire de notre rencontre. Mais peut-être après le souper, parce que j'ai assez faim.

— Alors allons-y ! J'ai déjà tout ce qu'il me fallait.

Le sorceleur se dirigea vers la sortie, il parcourut une dernière fois la serre du regard.

— Nenneke ?

— Oui ?

— La moitié des plantes que tu as ici ne pousse nulle part ailleurs. Je ne me trompe pas, n'est-ce pas ?

— Tu ne te trompes pas. Plus de la moitié.

— Comment expliquer ça ?

— Si je te dis que c'est par la grâce de la déesse Melitele, tu ne te satisferas sans doute pas de cette explication ?

— Certainement pas.

— C'est bien ce que je pensais, fit Nenneke en souriant. Tu vois, Geralt, notre soleil clair continue encore à briller. Mais il ne brille plus comme autrefois. Si tu le veux, tu peux lire des ouvrages là-dessus. Mais si tu ne veux pas perdre ton temps à lire, l'explication suivante pourra te satisfaire : le cristal dont le toit est fait agit comme un filtre. Il élimine les rayons de plus en plus souvent meurtriers de la lumière du soleil. C'est pour ça que poussent ici des plantes que tu ne rencontreras jamais nulle part dans la nature.

— J'ai compris, dit le sorceleur en hochant la tête. Mais nous, Nenneke ? Que va-t-il nous arriver ? Sur nous aussi, le soleil brille. Est-ce que nous ne devrions pas, nous aussi, nous mettre à l'abri sous un toit de ce genre ?

— En principe, si, soupira la prêtresse. Mais...

— Mais quoi ?

— Il est trop tard.

Le dernier vœu

I

Le silure sortit sa tête moustachue, se débattit puissamment, éclaboussa, troubla l'eau et fit luire son ventre blanc.

— Attention, Jaskier ! cria le sorceleur en plantant ses talons dans le sable mouillé. Tiens-le, que diable !

— Je le tiens ! gémit le poète. Par ma mère, tu parles d'un monstre ! C'est le Léviathan, pas un poisson ! On va vraiment avoir de quoi manger, par tous les dieux !

— Donne du mou ! Donne du mou ! Sinon la ligne va craquer !

Le silure repartit au fond, lança une attaque soudaine en allant à contre-courant, en direction d'un méandre de la rivière. La ligne vibra en émettant un sifflement, les gants de Jaskier et de Geralt se mirent à fumer.

— Tire, Geralt ! Tire ! Ne donne pas de mou, sinon je vais me retrouver pris dans les racines !

— La ligne va craquer !

— Elle ne va pas craquer ! Tire !

Ils se ployèrent, tirèrent. La ligne frappa l'eau avec un sifflement, vibra, projeta de petites gouttes luisantes comme du mercure dans la lueur du soleil levant. Le silure émergea brusquement, tourbillonna juste sous la surface, la corde se relâcha. Ils commencèrent aussitôt à réduire le jeu.

— On va le fumer, dit Jaskier d'une voix entrecoupée. On va demander au village qu'on nous le fume. Et avec la tête, on se fera une soupe !

— Attention !

Sentant l'eau moins profonde sous son ventre, le silure sortit la moitié de son gros corps deux brasses au-dessus de l'eau, agita la tête, fouetta la surface de sa queue plate et repartit vivement dans les profondeurs. Leurs gants se remirent à fumer.

— Tire ! Tire ! Il faut l'amener sur la rive, ce fils de chien !

— La ligne en tremble ! Donne du mou, Jaskier !

— Elle va tenir, n'aie pas peur ! Avec la tête... on se fera une soupe...

Ramené à proximité de la plage, le silure tournoya et se débattit furieusement, comme pour montrer qu'il ne se laisserait pas si facilement plonger dans la casserole. Des éclaboussures volaient à une brasse de haut.

— On vendra la peau..., dit Jaskier en résistant pour ne pas se laisser entraîner. (Rougi sous l'effort, haletant, il tirait la corde à deux mains.)... et avec les moustaches... avec les moustaches, on fera...

Personne ne sut jamais ce que le poète avait l'intention de faire avec les moustaches du silure. La ligne céda avec un bruit sec, les deux pêcheurs perdirent l'équilibre et s'affalèrent sur le sable mouillé.

— Que le diable t'emporte ! hurla Jaskier, si fort

que l'écho se propagea dans les osiers. Tant de bouffe qui a disparu ! Crève donc, fils de silure !

— Je te l'avais dit, fit Geralt en époussetant son pantalon. Je t'avais dit de ne pas tirer si ça résistait. Tu as tout gâché, camarade. Tu es pêcheur comme un cul de chèvre est une trompette.

— Ce n'est pas vrai, se fâcha le troubadour. Si ce monstre a mordu, c'est bien grâce à moi.

— C'est curieux. Tu n'as pas bougé le petit doigt pour m'aider à poser la ligne. Tu jouais du luth en t'époumonant si fort qu'on devait t'entendre à cent lieues à la ronde. Tu n'as rien fait de plus.

— Tu te trompes, fit Jaskier, l'air furieux. Car vois-tu, pendant que tu dormais, j'ai remplacé les asticots accrochés à l'hameçon par une corneille crevée que j'avais trouvée dans les fourrés. Je voulais voir ta tête, ce matin, quand tu la sortirais de l'eau. Et le silure a mordu à la corneille. Jamais il n'aurait mordu à tes satanés asticots.

Le sorceleur cracha dans l'eau en enroulant la ligne sur une petite fourche en bois.

— Mais si, il aurait mordu ! Bien sûr que si ! Il a lâché parce que tu tirais comme un imbécile. Au lieu de discuter, enroule les autres lignes ! Le soleil est levé, il est temps de partir. Je vais faire mes bagages.

— Geralt !

— Quoi ?

— Sur cette autre ligne aussi, il y a quelque chose... Non, tonnerre ! Elle s'est juste coincée. Par tous les diables, elle est lourde comme une pierre, je ne vais pas y arriver ! Hop ! Ça vient... Oh ! Regarde ce que je tire ! Ça doit être une épave de chaland du temps du roi Dezmod ! Mais quelle saloperie ! Regarde, Geralt !

Jaskier, c'était évident, exagérait. L'écheveau de liens pourris, de restes de filets et d'algues emmêlés était impressionnant, mais loin d'avoir la dimension d'un chaland datant de ce roi légendaire. Le barde éparpilla cette pelote sur la plage et commença à fouiller dedans du bout de sa chaussure. Les sangsues, les puces d'eau et les petites écrevisses étaient si nombreuses que les algues remuaient.

— Oh ! Regarde ce que j'ai trouvé !

Curieux, Geralt s'approcha. La trouvaille était un pot de grès ébréché qui ressemblait à une amphore munie de deux anses, empêtrée dans un filet, couverte d'algues pourries et d'une colonie de petits débris de bois et d'escargots, ruisselante de vase nauséabonde.

— Oh ! s'écria de nouveau fièrement Jaskier. Tu sais ce que c'est ?

— Oui. C'est une vieille casserole.

— Tu te trompes, déclara le troubadour en grattant avec un bout de bois les coquillages et la glaise durcie, pétrifiée. C'est ni plus ni moins qu'un vase enchanté. Dedans, il y a un djinn qui va exaucer les trois vœux que je vais prononcer.

Le sorceleur s'esclaffa.

Jaskier finit de gratter et se pencha pour rincer l'amphore.

— Tu peux rire ! dit-il. Mais sur le bouchon, il y a un sceau, et sur le sceau un signe magique.

— Lequel ? Montre.

— Et puis quoi encore ! fit le poète en cachant le vase derrière son dos. C'est moi qui l'ai trouvé et j'ai besoin de tous les vœux.

— Ne touche pas à ce sceau ! Laisse-le !

— Lâche, je te dis ! Il est à moi !

— Jaskier, fais attention !

— Et comment !

— N'y touche pas ! Oh ! Par tous les diables !

Une fumée rouge lumineuse jaillit du vase tombé sur le sable pendant la bagarre. Le sorceleur fit un bond en arrière et courut jusqu'au campement chercher son glaive. Jaskier, les mains croisées sur la poitrine, n'avait même pas frémi.

La fumée émit un bruit, se concentra pour former une boule irrégulière, en suspens à la hauteur de la tête du poète. La boule prit ensuite la forme caricaturale d'une tête, dépourvue de nez, avec de grands yeux et une sorte de bec. La tête avait à peu près une brasse de diamètre.

— Djinn ! lui déclara Jaskier après avoir tapé du pied. C'est moi qui t'ai libéré et à partir de maintenant, je suis ton maître. Mes vœux...

La tête claqua du bec — qui n'était aucunement un bec, mais comme des lèvres flasques qui prenaient des formes variables.

— Sauve-toi ! hurla le sorceleur. Sauve-toi, Jaskier !

— Voici mes vœux ! continuait le poète. Mon premier est que le diable emporte le plus tôt possible Valdo Marx, troubadour à Cidaris. Mon deuxième est que la comtesse Virginia, qui habite à Caelf et qui ne veut rien donner à personne, me donne tout à moi. Mon troisième...

Personne ne sut jamais quel était le troisième vœu de Jaskier. L'horrible tête déploya deux pattes encore plus horribles et saisit le barde à la gorge. Jaskier poussa un coassement.

En trois bonds, Geralt fut près de la tête et d'un coup énergique de son glaive en argent, la trancha par le milieu en partant d'une oreille. L'air hurla, la tête exhala de la fumée et grossit brusquement en doublant de diamètre. Devenue énorme, l'horrible gueule s'ouvrit, claqua du bec et poussa des cris stridents ; les pattes malmenèrent Jaskier qui se débattait, et l'écrasèrent.

Le sorceleur croisa les doigts pour former le Signe d'Aard et chargea dans la tête la quantité maximale d'énergie qu'il réussit à mobiliser. L'énergie atteignit son but en se matérialisant sous la forme d'un halo qui entoura la tête comme un rayon aveuglant. On entendit un tel fracas que Geralt ressentit une vive douleur dans les tympans et que l'air aspiré par l'implosion fit frémir les osiers. Le monstre poussa des rugissements assourdissants, grossit encore. Cependant, il lâcha le poète, prit son essor, tournoya et puis s'envola au ras de l'eau en agitant ses pattes.

Le sorceleur se précipita pour tirer Jaskier en arrière sur la rive. Le barde ne bougeait plus. Ses doigts laissèrent alors échapper un objet rond enfoui dans le sable. C'était un sceau de bronze gravé d'une croix brisée et d'une étoile à neuf branches.

La tête au-dessus de la rivière avait déjà la taille d'une meule de foin. La gueule ouverte, hurlante, faisait penser aux vantaux d'une grange de taille moyenne. Ses énormes pattes déployées, le monstre passa à l'attaque.

Ne sachant que faire, Geralt serra le sceau dans son poing et tendit la main dans la direction de l'agresseur en hurlant du plus fort qu'il pouvait une formule d'exorcisme qu'une prêtresse lui avait un jour apprise. Il ne l'avait jamais utilisée, car par principe il ne croyait pas aux superstitions.

L'effet dépassa toutes ses espérances.

Le sceau se mit brusquement à siffler et à chauffer en lui brûlant la main. La gigantesque tête se figea dans les airs, resta un moment en suspens au-dessus de la rivière, immobile. Elle resta ainsi quelque temps, ensuite poussa des rugissements, des hurlements, et puis se dissipa dans un panache de fumée palpitant, puis en un gros cumulus. Le nuage émit un sifflement strident et remonta le cours de la rivière à une vitesse extraordinaire en provoquant des remous à la surface de l'eau. Quelques secondes plus tard, il s'était évanoui dans le lointain ; seule l'eau propagea encore un moment ses hurlements.

Le sorceleur se précipita vers le poète roulé en boule sur le sable.

— Jaskier ? Tu es mort ? Jaskier, par tous les diables ! Qu'est-ce que tu as ?

Le poète se mit à agiter la tête dans tous les sens, battit des bras et ouvrit la bouche pour hurler. Geralt fit la grimace et fronça les sourcils : Jaskier avait une puissante voix de ténor bien exercée qui sous l'effet de la frayeur atteignait généralement des registres incroyables. Or, le filet de voix qui s'échappait de la gorge du barde n'était qu'un coassement enroué, à peine audible.

— Jaskier ! Qu'est-ce que tu as ? Réponds-moi !

— Euh ! Euh... Pu......... Puuuuutain...

— Tu as mal quelque part ? Jaskier ! Qu'est-ce que tu as ?

— Euh ! Euh... Puuuu...

— Ne parle pas ! Si tout va bien, hoche juste la tête !

Jaskier fit une grimace, hocha la tête avec beaucoup de difficulté et puis se tourna aussitôt sur le côté. Il se recroquevilla et cracha du sang en s'étouffant, secoué d'une quinte de toux.

Geralt poussa un juron.

II

— Par tous les dieux ! s'exclama le garde qui recula et baissa sa lanterne. Qu'est-ce qu'il a ?

— Laisse-nous entrer, bonhomme ! lui dit le sorceleur à voix basse en soutenant Jaskier recroquevillé sur sa selle. Nous sommes pressés. Tu le vois bien.

— Oui, dit le garde qui déglutit en regardant le visage pâle du poète et les éclaboussures de sang séché sur son menton. Il est blessé ? Ça n'a pas l'air beau, monsieur.

— Je suis pressé, répéta Geralt. Nous sommes en route depuis le lever du soleil. Laissez-nous passer, s'il vous plaît !

— Ce n'est pas possible, dit un autre garde. La porte de la ville ne peut être franchie que du lever au coucher du soleil. Pendant la nuit, c'est interdit. Tels sont les ordres. Personne n'a le droit d'entrer s'il n'est pas muni d'un sauf-conduit du roi ou du bourgmestre. Ou si c'est un noble possédant un blason.

Jaskier poussa des coassements, se recroquevilla encore davantage, le front sur la crinière de son cheval, tressaillit, trembla, secoué par une nouvelle envie de vomir. Une énième vomissure vint s'ajouter au dessin ramifié sur l'encolure de sa monture.

— Braves hommes ! dit Geralt en essayant de garder son calme. Vous voyez bien qu'il est fort mal en point ! Je dois trouver quelqu'un pour le soigner. Laissez-nous passer, s'il vous plaît !

— N'insistez pas ! dit le garde en prenant appui sur sa hallebarde. Les ordres sont les ordres. Si je vous laisse passer, j'irai au pilori et serai chassé de la garde. Et comment je nourrirai mes enfants ? Non, monsieur, je ne peux pas. Descendez votre ami de cheval et amenez-le jusqu'à la tour de garde. Nous le panserons, il tiendra jusqu'à l'aube si tel est le destin qui est écrit pour lui. Le jour ne va pas tarder à poindre.

— Un pansement ne suffira pas, murmura le sorceleur entre ses dents. Il a besoin d'un guérisseur, d'un prêtre, d'un bon physicien...

— De toute façon, en pleine nuit, vous n'en réveilleriez aucun, dit l'autre garde. Tout ce qu'on peut faire pour vous, c'est de vous éviter de camper aux portes de la ville jusqu'à l'aube. Dans la salle du corps de garde, vous serez au chaud et vous pourrez allonger le blessé, il sera toujours mieux que sur une selle. Allez, on va vous aider à le descendre.

À l'intérieur de la salle, il faisait chaud, en effet ; il régnait une atmosphère étouffante et accueillante. Un feu crépitait joyeusement dans la cheminée derrière laquelle un grillon stridulait à tue-tête.

Trois hommes étaient assis autour d'une lourde table carrée couverte de cruches et d'assiettes.

— Pardonnez-nous de vous déranger, messieurs ! dit le garde qui soutenait Jaskier... Vous n'aurez rien contre, j'espère... Ce chevalier, hum... Et l'autre, qui est blessé, alors, je me suis dit...

— Tu as bien fait, dit l'un des hommes en tournant vers eux un visage mince et anguleux, expressif. (Il se leva.) Allez là-bas ! Couchez-le sur un grabat.

L'homme était un elfe. Comme l'un des deux autres hommes restés assis à la table. Ainsi que l'indiquait leur vêture — un mélange caractéristique de la mode des elfes et de celle des hommes —, c'étaient des elfes sédentaires, assimilés. Le troisième homme, qui avait l'air d'être plus âgé, était un être humain. Un chevalier, à en juger d'après son vêtement et ses cheveux grisonnants dont la coupe était adaptée au port du casque.

— Je suis Chireadan, se présenta le plus grand des elfes, celui qui avait une physionomie expressive. (Comme toujours chez les représentants du peuple aîné, il était impossible de lui donner d'âge, il pouvait avoir aussi bien vingt ans que cent vingt.) Et voici mon parent, Errdil. Le noble qui nous accompagne est le chevalier Vratimir.

— Un noble, murmura Geralt, mais un regard plus attentif au blason brodé sur la tunique balaya ses espoirs : l'écusson à francs-quartiers à trois fleurs de lis dorés était coupé en barre par un madrier d'argent. Vratimir n'était pas seulement un enfant adultérin, il était aussi le fruit d'une union mixte, entre un humain et un non-humain. En tant que tel, malgré son blason, il ne pouvait se considérer comme un noble à part entière et ne jouissait certainement pas du privilège de franchir les portes de la ville après la tombée de la nuit.

Le regard du sorceleur n'avait pas échappé à l'elfe.

— Hélas, nous aussi, nous devons attendre l'aube ici. La loi ne connaît pas d'exceptions, du moins pour les gens comme nous. Nous vous invitons à partager notre compagnie, monsieur le chevalier.

— Geralt de Riv, se présenta le sorceleur. Je ne suis pas chevalier, mais sorceleur.

— Qu'est-ce qu'il a ? demanda Chireadan en montrant Jaskier que les gardes avaient allongé sur un grabat. Ça a l'air d'un empoisonnement. Si c'est un empoisonnement, je peux l'aider. J'ai avec moi un bon remède.

Geralt s'assit avant de faire un récit circonspect de l'événement de la rivière. Les elfes échangèrent un regard. Le chevalier fit jaillir sa salive à travers ses dents en prenant un air grave.

— C'est incroyable ! dit Chireadan. Qu'est-ce que ça pouvait être ?

— Un djinn en bouteille, marmonna Vratimir. Comme dans le conte...

— Pas exactement, dit Geralt en montrant Jaskier blotti sur son grabat. Je ne connais pas de conte qui se termine ainsi.

— Les lésions de ce malheureux sont de toute évidence de nature magique, dit Chireadan. Je crains que mes médecines ne soient pas d'une grande utilité. Mais je peux au moins soulager ses souffrances. Tu lui as déjà donné quelque chose, Geralt ?

— Un élixir antidouleur.

— Viens, tu vas m'aider. Tu vas lui soutenir la tête.

Jaskier but avidement le remède délayé dans du vin, s'étrangla avec la dernière gorgée, fit entendre un râle et cracha sur l'oreiller de cuir.

— Je le connais, dit Errdil, le second elfe. C'est Jaskier, un troubadour et un poète. Je l'ai vu à Cidaris. Il chantait à la cour du roi Ehain.

— Pour un troubadour, répéta Chireadan en regardant Geralt, c'est mauvais. Très mauvais. Il a les muscles du cou et le larynx atteints. Ses cordes vocales commencent à subir une mutation. Il faut interrompre au plus vite l'action du charme, sinon... la mutation peut être irréversible.

— Ça veut dire... Ça veut dire qu'il pourrait ne plus parler ?

— Parler, si. Il le pourrait. Mais il ne pourrait plus chanter.

Geralt, sans dire un mot, revint s'asseoir à la table, appuya son front sur ses poings serrés.

— Il faut un magicien, dit Vratimir. Il faut absolument un remède miracle ou une formule magique curative. Tu dois l'emmener dans une autre ville, sorceleur.

— Comment ça ? dit Geralt en relevant la tête. Il n'y a pas de magicien à Rinde ?

— Il est difficile de trouver un magicien dans toute la Redanie, dit le chevalier. N'est-ce pas, messieurs les elfes ? Depuis que le roi Heribert a institué son impôt de voleur sur les charmes, les magiciens mettent en quarantaine la capitale et les villes qui rivalisent de zèle pour se conformer aux décrets du roi. Et les conseillers de Rinde, à ce qu'on m'a dit, sont célèbres pour leur zèle dans ce domaine. N'est-ce pas ? Chireadan, Errdil, j'ai raison ?

— Oui, confirma Errdil. Mais... Chireadan... on peut lui dire ?

— Il le faut, même, dit Chireadan en regardant le sorceleur. Il ne sert à rien d'en faire mystère, de toute façon tout le monde le sait, tout Rinde. Geralt, une magicienne réside actuellement en ville.

— Certainement incognito ?

— Pas trop, sourit l'elfe. La personne dont je parle est une grande individualiste. Elle ignore aussi bien la décision du conseil des magiciens de mettre Rinde à l'index que les décrets des conseillers locaux, et cela lui réussit à merveille puisque du fait de cette mise à l'index, les services des magiciens sont très demandés. Bien sûr, elle ne paie aucun impôt.

— Et le conseil municipal tolère la chose?

— La magicienne habite la résidence d'un marchand, un agent commercial de Novigrad qui est aussi ambassadeur titulaire. Tant qu'elle est chez lui, personne ne peut toucher à un seul cheveu de sa tête. En vertu du droit d'asile.

— C'est plus une assignation à résidence, le reprit Errdil. Elle y est pratiquement prisonnière. Mais elle ne se plaint pas de manquer de clients. De clients riches. Elle se fiche ostensiblement des conseillers, elle organise des bals et des fêtes...

— Quant aux conseillers, ils sont furieux, ils montent contre elle tous les gens qu'ils peuvent et ternissent de leur mieux sa réputation, ajouta Chireadan. Ils font courir sur elle les rumeurs les plus abominables, certainement dans l'espoir quc lc hiérarque de Novigrad interdise au marchand de lui accorder le droit d'asile.

— Je n'aime pas tremper dans ce genre d'affaires, grogna Geralt. Mais je n'ai pas le choix. Comment s'appelle ce marchand ambassadeur?

— Beau Berrant. (Le sorceleur crut voir comme une grimace sur les traits de Chireadan lorsqu'il prononça ce nom.) Enfin, c'est en effet ta seule chance. Ou plutôt la seule chance du malheureux qui gémit là-bas sur le lit. Mais est-ce que la magicienne voudra bien t'aider... Je n'en sais rien.

— Fais attention quand tu iras là-bas, dit Errdil. Les espions du bourgmestre surveillent la maison. Si jamais ils t'arrêtaient, tu sais ce qu'il faut faire. L'argent ouvre toutes les portes.

— J'irai dès qu'ils ouvriront les portes de la ville. Comment s'appelle cette magicienne ?

Geralt crut voir cette fois une légère rougeur sur le visage de Chireadan. Mais ce pouvait être le reflet du feu dans la cheminée.

— Yennefer de Vengerberg.

III

— Monsieur dort, répéta le portier en regardant Geralt du haut de sa grandeur — il le dépassait d'une tête et était deux fois plus large de carrure. Tu es sourd, vagabond ? Monsieur dort, je te dis.

— Eh bien, qu'il dorme ! concéda le sorceleur. Ce n'est pas à ton maître que je veux parler, mais à la dame qui séjourne ici.

— C'est à elle que tu veux parler, répéta le portier qui s'avéra plein d'humour, ce qui était surprenant chez quelqu'un ayant sa stature et son physique. Alors, va à la maison de débauche, vagabond, et fais-en usage. Fiche le camp !

Geralt détacha une bourse accrochée à sa ceinture et la fit sauter dans sa main en la tenant par les cordons.

— Tu ne m'achèteras pas, dit fièrement le cerbère.

— Je n'en ai pas l'intention.

Le portier, déjà trop massif pour avoir des réflexes suffisamment rapides pour se pencher ou parer le coup d'un homme ordinaire, devant le coup du sorceleur, n'eut même pas le temps de fermer les yeux. La lourde bourse heurta sa tempe avec un son métallique. Il s'effondra sur la porte en se retenant des deux mains au chambranle. Geralt l'en arracha d'un coup de pied dans le genou, lui donna une bourrade et le frappa une seconde fois avec sa bourse. Les yeux du portier se révulsèrent d'une façon très comique, ses jambes se replièrent sous lui comme des canifs. Le sorceleur, voyant que le gaillard, quoique à moitié assommé, tâtait encore le sol autour de lui, lui assena un troisième coup, droit sur le sinciput.

— L'argent ouvre toutes les portes, murmura-t-il.

Le vestibule était obscur. Des ronflements sonores se faisaient entendre derrière une porte, sur la gauche. Le sorceleur y jeta un coup d'œil prudent. Sur un grabat défait, dormait une femme corpulente à la chemise de nuit remontée jusqu'au-dessus des hanches. Le spectacle n'était pas très beau à voir. Geralt tira le portier dans le réduit et referma la porte en mettant le crochet.

Sur la droite, une autre porte, entrouverte celle-là, laissait apercevoir un escalier de pierre qui descendait au sous-sol. Le sorceleur allait la dépasser quand il entendit, venant d'en bas, un juron indistinct suivi d'un bris de vaisselle.

Il descendit et se retrouva dans une grande cuisine envahie d'ustensiles et embaumant les herbes et le bois résineux. Sur le sol de pierre, un homme était agenouillé parmi les débris d'une cruche en terre, totalement nu, la tête touchant presque terre.

— Du jus de pomme, tonnerre! bredouillait-il en hochant la tête comme un mouton qui a chargé la muraille d'une forteresse par erreur. Du jus... de pomme. Où... Où sont passés les domestiques?

— Pardon? demanda poliment le sorceleur.

L'homme leva la tête et éructa. Il avait des yeux hagards, injectés de sang.

— Elle veut du jus de pomme, déclara-t-il. (Puis il se releva avec beaucoup de difficulté, s'assit sur un coffre couvert d'une peau de mouton et s'adossa au poêle.) Il faut que... Il faut que je lui en monte, car...

— Ai-je l'honneur de m'entretenir avec le marchand Beau Berrant ?

— Moins fort ! fit l'homme avec une grimace de douleur. Ne hurle pas ! Écoute ! Dans le petit tonnelet là-bas... il y a du jus. Du jus de pomme. Verses-en dans quelque chose... Et aide-moi à monter l'escalier, d'accord ?

Geralt haussa les épaules, puis hocha la tête avec compassion. Lui-même buvait avec modération, mais l'état dans lequel se trouvait le marchand ne lui était pas totalement inconnu. Il dénicha au milieu de la vaisselle une cruche et un gobelet en étain, puisa du jus dans le tonneau. Entendant des ronflements, il se retourna, pour constater que l'homme dormait, le nez sur la poitrine.

Le sorceleur fut quelques secondes tenté de le réveiller en l'arrosant de jus de pomme, mais il se ravisa. Il sortit de la cuisine en emportant la cruche et remonta. Au fond du vestibule, il se heurta à une lourde porte marquetée. Il entra avec précaution, l'entrouvrant assez pour pouvoir se glisser à l'intérieur. Comme il y faisait plutôt sombre, il dilata ses pupilles. Et fronça le nez.

Il flottait une odeur lourde de vin gâté, de chandelles et de fruits blets. Mêlée d'une autre odeur encore qui faisait penser à un mélange des parfums du lilas et de la groseille à maquereau.

Il parcourut la pièce d'un regard. La table, au milieu de la salle, était un véritable champ de bataille, semée de pots, de carafes, de coupes, d'assiettes et de patères en argent, de plats et de couverts à manche en ivoire. La nappe, froissée, avait glissé ; elle était maculée de taches violettes laissées par des verres de vin renversés, raidie par la cire qui coulait des candélabres. Des écorces d'orange, telles des fleurs, faisaient des taches vives au milieu des noyaux de prunes et de pêches, des queues de poires et des grappes de raisin dépouillées de leurs grains. Une coupe était brisée. D'une autre à moitié pleine dépassait un os de dinde. À côté, on pouvait voir un escarpin noir en peau de basilic, le matériau le plus cher qui existât pour la confection de chaussures. L'autre soulier gisait sous une chaise, sur une robe noire, ornée de volants blancs et d'un motif fleuri brodé, jetée négligemment par terre.

Geralt se tint un instant sur le pas de la porte, indécis, luttant contre un sentiment de gêne et contre le désir de tourner les talons. Mais partir aurait rendu inutiles les coups qu'il avait assenés au cerbère dans le vestibule. Or le sorceleur n'aimait pas les choses inutiles. Dans un coin de la pièce, il aperçut un escalier en colimaçon.

Sur les marches, il trouva quatre roses blanches fanées et une serviette de table tachée de vin et de rouge à lèvres carmin. Le parfum de lilas et de groseille s'intensifia.

L'escalier menait à une chambre à coucher au sol recouvert d'une grande peau de bête à poils longs. Dessus, gisaient une chemise blanche à manchettes en dentelles, une brassée de roses blanches... et un bas noir. L'autre bas pendait à l'une des quatre colonnes sculptées qui soutenaient le baldaquin en dôme du lit. Les sculptures des colonnes représentaient des nymphes et des faunes dans diverses positions, certaines intéressantes, d'autres d'un comique achevé. Beaucoup se répétaient. Si l'on n'entrait pas dans les détails.

Geralt se racla bruyamment la gorge en contemplant la masse de boucles noires qui dépassaient d'un édredon en damas. L'édredon remua et gémit. Le sorceleur se racla la gorge un peu plus fort.

— Beau ? demanda la masse de boucles noires d'une voix indistincte. Tu m'as apporté mon jus ?

— Oui.

De dessous les boucles noires apparurent un pâle visage triangulaire, des yeux violets et des lèvres fines esquissant une grimace. La grimace s'accentua.

— Aaaah ! Je meurs de soif.

— Voici !

La femme se dégagea de son édredon pour s'asseoir, dévoilant ainsi de belles épaules et un cou gracieux ; les brillants d'un bijou en forme d'étoile sur un ruban de velours noir qui lui ceignait le cou scintillaient de mille feux. Elle ne portait rien d'autre.

— Merci, dit-elle en lui prenant le gobelet des mains.

Elle but avidement, puis leva les mains à ses tempes. L'édredon glissa un peu plus. Geralt détourna le regard. Par courtoisie, mais à regret.

— Qui es-tu ? demanda la femme aux cheveux noirs en clignant des yeux et en remontant l'édredon. Que fais-tu ici ? Où est Berrant, par tous les diables ?

— À quelle question dois-je répondre en premier ?

Il regretta aussitôt son ironie. La femme leva la

main, un trait doré fusa de ses doigts. Geralt réagit instinctivement en croisant les deux mains pour former le Signe de l'héliotrope et intercepter le charme juste avant qu'il ne lui touchât le visage, mais la décharge fut si forte qu'elle le projeta en arrière contre le mur. Il se laissa glisser à terre.

— C'est inutile ! s'écria-t-il en voyant la femme relever la main. Yennefer ! Je suis venu dans cette pièce sans mauvaises intentions !

Des pas résonnaient dans l'escalier. Les silhouettes de domestiques s'encadrèrent dans la porte de la chambre.

— Madame !

— Partez ! leur ordonna la magicienne d'un ton calme. Je n'ai plus besoin de vous. On vous paye pour surveiller la maison, mais puisque cet individu a réussi à venir jusqu'ici, je m'en occuperai moi-même. Faites-le savoir à monsieur Berrant. Et qu'on me prépare un bain !

Le sorceleur éprouva quelque difficulté à se remettre debout. Yennefer l'observait en silence, les yeux mi-clos.

— Tu as intercepté ma formule magique, dit-elle enfin. Tu n'es pas un magicien, ça se voit. Mais tu as réagi à une vitesse incroyable. Dis-moi qui tu es, inconnu qui es entré dans ma chambre. Et dis-le vite, c'est un conseil que je te donne !

— Je suis Geralt de Riv. Un sorceleur.

Yennefer se pencha de son lit en empoignant un faune par un fragment de son anatomie particulièrement adapté. Sans quitter Geralt des yeux, elle s'empara d'un manteau à col de fourrure. Elle s'en enveloppa puis se leva. Sans se presser, elle se versa un second verre de jus, le but d'un trait, toussota et s'approcha de Geralt. Celui-ci se massait discrètement les reins, qui avaient douloureusement heurté le mur.

— Geralt de Riv ! répéta la magicienne en le regardant de derrière ses cils noirs. Comment es-tu entré ici ? Et dans quel but ? Tu n'as pas fait de mal à Berrant, j'espère ?

— Non, je ne lui ai pas fait de mal. Yennefer, j'ai besoin de ton aide.

— Un sorceleur, murmura-t-elle en se rapprochant encore et en resserrant son manteau sur elle. Et le premier que je vois de près n'est autre que le célèbre Loup Blanc. J'ai entendu toutes sortes de choses sur ton compte.

— J'imagine.

— Je ne sais pas ce que tu imagines, dit-elle en bâillant avant de faire un nouveau pas en avant. Tu permets ? fit-elle en lui touchant la joue. (Elle rapprocha son visage de lui, le regarda droit dans les yeux. Il crispa les mâchoires.) Tes prunelles s'accommodent instinctivement à la lumière ou est-ce que tu peux aussi les étrécir et les dilater à ta guise ?

— Yennefer, dit-il calmement. J'ai chevauché toute la journée d'hier jusqu'à Rinde, sans faire de halte. J'ai attendu toute la nuit l'ouverture des portes de la ville. J'ai assommé le portier qui refusait de me laisser entrer. Je me suis montré impoli et importun en te dérangeant dans ton sommeil et en troublant ta tranquillité. Tout cela parce qu'un de mes amis a besoin d'une aide que tu es la seule à pouvoir lui apporter. Apporte-la-lui, s'il te plaît, et après, si tu veux, nous parlerons des mutations et de leurs aberrations.

Elle recula d'un pas avec un vilain sourire.

— De quel genre d'aide s'agit-il ?

— Il s'agit de régénérer des organes blessés par magie. Sa gorge, son larynx et ses cordes vocales sont atteints d'une paralysie qui semble avoir été provoquée par un brouillard écarlate. Ou quelque chose de très similaire.

— Ou quelque chose de très similaire, répéta-t-elle. Bref, ce n'est pas un brouillard écarlate qui a pu paralyser ton ami par magie. Par conséquent, qu'est-ce que ça pouvait être ? Parle donc ! Quand on me tire du sommeil à l'aube, je n'ai ni la force ni l'envie de sonder les cerveaux.

— Hum ! Le mieux serait que je commence depuis le début...

— Oh non ! le coupa-t-elle. Si c'est une affaire si compliquée, retiens-toi un peu ! Avoir la bouche pâteuse, les cheveux en désordre, les paupières collées et d'autres incommodités matinales limite mes capacités de perception. Descends aux bains, au sous-sol. J'y serai dans quelques minutes et alors tu me raconteras tout.

— Yennefer, je ne voudrais pas me montrer importun, mais le temps presse. Mon ami...

— Geralt, le coupa-t-elle sèchement. Je suis sortie de mon lit pour toi alors que je n'avais pas l'intention de le faire avant les douze coups de midi. Je suis prête à renoncer à mon petit déjeuner. Tu sais pourquoi ? Parce que tu m'as apporté du jus de pomme. Tu étais pressé, préoccupé par la souffrance de ton ami, tu as forcé ma porte en assommant des gens, et pourtant tu as consacré une pensée à une femme assoiffée. En faisant cela, tu m'as émue et il n'est pas impossible que je t'aide. Mais je ne renoncerai pas à l'eau et au savon. Descends ! Je t'en prie.

— Bien.

— Geralt ?

— Oui, fit-il en s'arrêtant sur le pas de la porte.

— Profite de l'occasion pour prendre un bain, toi aussi. À l'odeur, je peux deviner non seulement la race et l'âge de ton cheval, mais aussi la couleur de sa robe.

IV

Elle entra dans la salle de bains au moment où Geralt, assis nu sur une minuscule sellette, s'arrosait d'eau avec un petit baquet. Il se tourna pudiquement en toussotant.

— Ne sois pas gêné ! lui dit-elle en jetant une brassée de vêtements sur un porte-manteau. Ce n'est pas la vue d'un homme nu qui me fera m'évanouir. Triss Merigold, une de mes amies, dit que quand on en a vu un, on les a tous vus.

Il se leva après avoir enroulé une serviette autour de ses hanches.

— Voilà une belle cicatrice ! dit Yennefer en regardant sa poitrine avec un sourire admiratif. Comment t'es-tu fait ça ? Tu es tombé sous la lame dans une scierie ?

Il ne répondit pas. La magicienne poursuivait son examen, la tête penchée sur le côté avec coquetterie.

— C'est le premier sorceleur que je peux examiner de près et en plus à moitié déshabillé. Oh ! s'exclama-t-elle, penchée cette fois en avant pour tendre l'oreille. J'entends ton cœur. Il bat très lentement. Tu es capable de contrôler tes poussées d'adrénaline ? Ah ! Pardonne-moi cette curiosité professionnelle ! Tu es, semble-t-il, étrangement susceptible quand on évoque les propriétés de ton organisme. Tu as l'habitude de les définir avec des mots que je n'aime pas beaucoup et en prenant un ton sarcastique pathétique que j'aime encore moins.

Il ne répondit pas.

— Bon ! Ça suffit ! Mon bain refroidit. (Yennefer fit mine de vouloir ôter son manteau, mais elle hésita.) Je vais prendre mon bain pendant que tu me raconteras ton histoire. Nous gagnerons du temps. Mais... je ne veux pas te gêner, et puis nous nous connaissons à peine. Par conséquent, il faut garder une certaine décence...

— Je vais me tourner, proposa-t-il d'une voix hésitante.

— Non. Je dois voir les yeux de la personne avec laquelle je parle. J'ai une meilleure idée.

Il l'entendit prononcer une formule magique, sentit son médaillon frémir et vit le manteau noir glisser doucement sur le sol. Puis il entendit un clapotis.

— Maintenant, c'est moi qui ne vois plus tes yeux, Yennefer, dit-il. Et c'est dommage.

La magicienne s'esclaffa, fit clapoter l'eau dans la cuve.

— Raconte !

Geralt acheva de se débattre avec son pantalon, qu'il enfilait sous sa serviette, et s'assit sur un banc. Finissant d'attacher les boucles de ses chaussures, il relata l'aventure au bord de la rivière en raccourcissant de son mieux la lutte avec le silure. Yennefer n'avait pas l'air d'une passionnée de pêche.

Il en arrivait au moment où le monstre-nuage sortait du vase quand la grosse éponge qui savonnait les formes invisibles s'immobilisa.

— Eh bien ! Eh bien ! s'entendit-il relancer. Voilà qui est intéressant. Un djinn enfermé dans une bouteille !

— De quel djinn parles-tu ? répliqua-t-il. C'était une nouvelle variété de brouillard écarlate. Un type nouveau, encore inconnu...

— Un type nouveau et encore inconnu mérite qu'on lui donne un nom, dit Yennefer, toujours invisible. Le nom de « djinn » n'est pas pire qu'un autre. Continue, s'il te plaît !

Geralt obéit. Les bulles de savon moussaient dans la cuve avec frénésie au fil du récit, l'eau débordait. À un moment, quelque chose attira son regard. En regardant plus attentivement, il découvrit des courbes et des formes dessinées par le savon. Ces courbes et ces formes l'absorbèrent tant qu'il se tut.

— Raconte ! le pressa une voix qui sortait du néant au-dessus des formes. Que s'est-il passé après ?

— C'est tout, fit-il. J'ai chassé le djinn, comme tu dis...

— Comment ?

Un récipient s'éleva et se pencha pour verser de l'eau. Le savon disparut, les formes aussi. Geralt poussa un soupir.

— En prononçant une formule magique, dit-il. Ou, plus exactement, une formule d'exorcisme.

— Laquelle ?

Le récipient reversa de l'eau. Le sorceleur commença à suivre plus intensément ses déplacements car même si c'était fugace, l'eau également montrait tantôt une chose tantôt une autre. Il répéta la formule d'exorcisme en suivant la règle de sécurité, autrement dit en remplaçant la voyelle *e* par une aspiration. Il pensait impressionner la magicienne par sa connaissance de cette règle, aussi fut-il surpris par l'éclat de rire qui retentit dans la cuve.

— Qu'est-ce que ça a de drôle ?

— Ton exorcisme... (Une serviette s'envola d'un crochet et entreprit de frotter les autres courbes avec énergie.) Triss sera morte de rire quand je lui raconterai ça ! Qui t'a appris cette... formule d'exorcisme, sorceleur ?

— Une prêtresse du temple de Huldra. C'est un langage secret du temple...

La serviette claqua sur le bord de la cuve, l'eau éclaboussa le sol, les traces de ses pieds nus indiquaient le chemin emprunté par la magicienne.

— Secret, ça dépend pour qui et pour quoi. Ce n'était pas une formule magique, Geralt. Je te déconseille plutôt de répéter ces mots dans d'autres temples.

— Si ce n'était pas une formule magique, alors, qu'est-ce que c'était ? demanda-t-il en regardant deux bas noirs galber l'une après l'autre deux jambes fort gracieuses.

— Une expression très spirituelle, bien qu'un peu scabreuse.

Une culotte à dentelles épousa le vide d'une manière particulièrement intéressante. Un chemisier blanc avec un grand jabot en forme de fleur bourdonna dans l'air puis créa des formes. Le sorceleur observa que Yennefer ne portait pas de ces fanfreluches à baleines que mettaient généralement les femmes. Elle n'en avait pas besoin.

— Quelle expression ? demanda-t-il.

— Peu importe !

Le bouchon d'une bouteille quadrangulaire en cristal posée sur un tabouret sauta. Un parfum de lilas et de groseille à maquereau se répandit dans la salle de bains. Le bouchon décrivit quelques cercles avant de regagner sa place. La magicienne attacha les manchettes de sa chemise, enfila sa robe et se matérialisa.

— Attache-moi ! lui demanda-t-elle en lui présentant son dos et en coiffant ses cheveux avec un peigne en écaille.

Il remarqua que le peigne était muni d'une longue pointe qui pouvait, le cas échéant, remplacer avantageusement un poignard.

Il attacha sa robe avec une lenteur calculée, agrafe après agrafe, savourant le parfum de ses cheveux qui descendaient en cascade jusqu'au milieu de son dos.

— Pour en revenir au monstre de la bouteille, reprit Yennefer en accrochant des boucles d'oreilles en brillants, il est évident que ce n'est pas ta ridicule « formule magique » qui l'a fait fuir. L'hypothèse la plus plausible, c'est qu'il a soulagé sa colère sur ton compagnon et qu'il s'est enfui tout simplement parce qu'il en avait assez.

— C'est probable, concéda Geralt d'une voix sinistre. Je ne pense pas, en effet, qu'il soit allé à Cidaris zigouiller Valdo Marx.

— Qui est ce Valdo Marx ?

— Un troubadour qui considère mon compagnon, lui aussi poète et musicien, comme un individu dénué de talent, qui se conforme aux goûts de la populace.

La magicienne se retourna, une étrange lueur brillait dans ses yeux violets.

— Est-ce que ton ami a eu le temps de prononcer un vœu ?

— Même deux. Aussi stupides l'un que l'autre. Pourquoi cette question ? Ces vœux que réaliseraient les génies, les djinns, les esprits de lampe sont une bêtise évidente...

— Une bêtise évidente, répéta Yennefer avec un sourire. Bien sûr. C'est une invention, une histoire qui n'a aucun sens, comme toutes les légendes où les bons esprits et les devineresses réalisent des vœux. Ces légendes sont inventées par de pauvres malheureux qui déjà ne peuvent même pas rêver de satisfaire leurs nombreux souhaits et désirs par leurs propres moyens. Je suis contente que tu ne sois pas de ceux-là, Geralt de Riv. C'est ce qui te rapproche de moi. Moi, quand je désire quelque chose, je ne rêve pas, j'agis. Et j'obtiens toujours ce que je désire.

— Je n'en doute pas. Tu es prête ?

— Oui.

La magicienne acheva d'attacher les lanières de ses souliers et se leva. Même avec des talons, elle n'était pas très grande. Elle secoua sa chevelure qui, comme il le constata, entretenait un désordre pittoresque, ébouriffée et échevelée malgré ses coups de brosse énergiques.

— J'ai une question, Geralt. Le sceau qui fermait la bouteille... Ton ami l'a toujours ?

Le sorceleur réfléchit. Ce n'était pas Jaskier qui avait le sceau, mais lui, il l'avait même sur lui. Cependant, l'expérience lui avait appris qu'avec les magiciennes, il était préférable de ne pas se montrer trop bavard.

— Hum ? Je pense que oui, fit-il en la trompant sur la cause de sa lenteur à répondre. Oui, il doit l'avoir. Mais pourquoi me demandes-tu ça ? Ce sceau a de l'importance ?

— C'est une question étrange de la part d'un sorceleur, d'un spécialiste des monstruosités surnaturelles, dit-elle sèchement. De la part de quelqu'un qui aurait dû savoir que ce sceau était suffisamment important pour qu'on n'y touche pas. Et empêcher son ami d'y toucher.

Il crispa les mâchoires. Le coup avait porté.

— Enfin ! fit Yennefer sur un ton radouci. Personne n'est infaillible, les sorceleurs non plus, à ce que je vois. Bon, nous pouvons nous mettre en route. Où se trouve ton compagnon ?

— Ici, à Rinde. Chez un certain Errdil. Un elfe.

La magicienne lui jeta un regard scrutateur.

— Chez Errdil ? répéta-t-elle avec un sourire en coin. Je sais où c'est. Si je ne me trompe, son cousin Chireadan séjourne aussi chez lui en ce moment.

— C'est juste. Et qu'est-ce que...

— Rien, le coupa-t-elle.

Elle leva les mains, ferma les yeux. Le médaillon sur le cou du sorceleur tinta, se mit à tirer sur sa chaînette.

Sur le mur humide de la salle de bains, scintilla un contour lumineux qui pouvait représenter une porte dans l'encadrement de laquelle flottait un néant laiteux phosphorescent.

Le sorceleur jura en silence. Il n'aimait pas les portails magiques et ne voulait surtout pas les emprunter.

— Est-ce que c'est indispensable ? grogna-t-il. Ce n'est pas loin...

— Je ne peux pas circuler dans les rues de cette ville, l'interrompit-elle. Des gens d'ici ne me portent pas dans leur cœur, ils pourraient m'insulter, me jeter des pierres et sans doute même faire des choses pires encore. Quelques personnes compromettent efficacement ma réputation en pensant le faire en toute impunité. N'aie pas peur ! Mes portails sont sûrs.

Geralt avait un jour été témoin de la disparition de la moitié d'un passant par un portail prétendu sûr. L'autre moitié n'avait jamais été retrouvée. Il connaissait plusieurs cas de gens qui avaient disparu à tout jamais après avoir franchi un portail.

La magicienne, pour la énième fois, rectifia sa coiffure, puis attacha à sa ceinture une petite bourse brodée de perles. La bourse paraissait trop petite pour loger plus qu'une poignée de pièces de cuivre et un bâton de rouge à lèvres, mais Geralt vit qu'il ne s'agissait pas d'une bourse ordinaire.

— Serre-moi dans tes bras. Plus fort ! Je ne suis pas en porcelaine. En route !

Le médaillon vibra, il y eut une lueur et Geralt se retrouva soudain dans un trou noir, dans un froid pénétrant. Il ne voyait rien, n'entendait rien, ne sentait rien. Le froid était la seule chose qu'enregistraient ses sens.

Il voulut jurer, mais n'en eut pas le temps.

V

— Il y a une heure qu'elle est entrée dans la chambre, dit Chireadan en retournant le sablier posé sur la table. Je commence à m'inquiéter. Est-ce que la gorge de Jaskier serait en si mauvais état ? Tu ne penses pas qu'il faudrait aller voir ce qui se passe là-haut ?

— Elle nous a fait assez clairement comprendre qu'elle ne le souhaitait pas, dit Geralt en finissant sa tisane avec une effroyable grimace. (S'il appréciait et aimait chez les elfes assimilés leur intelligence, leur réserve tranquille et un sens de l'humour particulier, il ne comprenait pas leurs goûts en ce qui concernait la nourriture et la boisson, et ne les partageait pas.) Je n'ai pas l'intention de la déranger, Chireadan. La magie demande du temps. Même si ça dure une journée entière, peu importe ! Ce qui compte, c'est que Jaskier recouvre la santé.

— Oui. Tu as raison.

Des coups de marteau résonnaient dans la pièce voisine. Errdil habitait une ancienne auberge abandonnée. Il l'avait achetée dans l'intention de la restaurer pour ensuite la tenir avec sa femme, une elfe douce et peu loquace. Le chevalier Vratimir, qui ne les quittait plus depuis la nuit qu'ils avaient passée ensemble au corps de garde, avait tout naturellement offert de les aider dans leurs travaux de réfection. Le couple et lui s'étaient lancés dans la restauration des boiseries dès que s'était calmée l'agitation qu'avait provoquée l'apparition soudaine et spectaculaire du sorceleur et de Yennefer surgissant du mur dans la lueur d'un portail.

— Pour être sincère, reprit Chireadan, je ne m'attendais pas à ce que tu y parviennes si facilement. Yennefer ne fait pas partie des gens particulièrement spontanés quand il s'agit d'aider les autres. Les problèmes de ses semblables ne la bouleversent pas outre mesure et ne l'empêchent pas de dormir. Bref, je n'ai jamais entendu dire qu'elle ait un jour aidé qui que ce soit de façon désintéressée. Je suis curieux de savoir quel intérêt elle a à vous aider, Jaskier et toi.

— Tu n'exagérerais pas un peu ? dit le sorceleur en souriant. Elle ne m'a pas fait si mauvaise impression. Elle aime, certes, montrer sa supériorité, mais par rapport à toute la bande arrogante des autres magiciens, c'est le charme ambulant et la bienveillance incarnée.

Chireadan sourit, lui aussi.

— C'est un peu comme si tu pensais qu'un scorpion est plus beau qu'une araignée parce qu'il a une si jolie queue, dit-il. Prends garde, Geralt ! Tu n'es pas le premier à la juger de cette manière, sans savoir qu'elle a fait une arme de son charme et de sa beauté. Une arme dont elle se sert fort habilement et sans scrupule. Ce qui n'empêche, bien sûr, que c'est une femme d'une beauté fascinante. Ce n'est pas toi qui me contrediras, n'est-ce pas ?

Geralt jeta un regard rapide à l'elfe. Pour la deuxième fois, il crut voir se peindre sur ses traits une rougeur qui ne l'étonna pas moins que ses paroles. Il n'était pas coutumier, chez les elfes de sang pur, d'admirer les femmes humaines. Si belles fussent-elles. Quant à Yennefer, si elle était attirante à sa manière, elle ne pouvait pas passer pour une beauté.

Tous les goûts sont dans la nature, mais en réalité peu de gens qualifiaient les magiciennes de « belles ». Elles étaient toutes issues de milieux sociaux où les filles partageaient un destin commun, qui était de se marier. Qui donc aurait pu songer à condamner sa fille à des années d'études laborieuses et à la torture des mutations somatiques alors qu'il pouvait la marier en nouant des alliances avantageuses ? Qui aurait souhaité avoir une magicienne dans sa famille ? Malgré le respect dont jouissaient les magiciens, la famille d'une magicienne n'en tirait aucun profit car avant d'avoir achevé son éducation, la jeune fille brûlait les ponts avec sa famille ; désormais ne comptait plus pour elle que la confraternité. Aussi seules les filles qui n'avaient absolument aucune chance de trouver un mari devenaient-elles magiciennes.

Au contraire des prêtresses et des druidesses qui ne recrutaient les jeunes filles laides ou infirmes qu'à contrecœur, les magiciens acceptaient toute fille qui manifestait quelques prédispositions. Si une enfant réussissait à franchir le cap des premières années d'apprentissage, la magie opérait : elle redressait et équilibrait les jambes, réparait les os mal soudés, raccommodait les becs-de-lièvre, effaçait les cicatrices, les stigmates et les traces de petite vérole. La jeune magicienne devenait « séduisante » car le prestige de sa profession l'exigeait. Le résultat, c'étaient des femmes pseudo-jolies, aux yeux froids et mauvais. Des laiderons incapables d'oublier leur laideur dissimulée sous un masque magique, cachée non pas pour les rendre heureuses mais pour le seul prestige de leur profession.

Décidément, Geralt ne comprenait pas Chireadan. Ses yeux, ses yeux de sorceleur, avaient enregistré de trop nombreux détails.

— Non, Chireadan, répondit-il à la question de celui-ci. Je ne te contredirai pas. Merci aussi pour cette mise en garde. Mais ici, il s'agit uniquement de Jaskier. Il a tellement souffert à cause de moi, en ma présence. Je n'ai pas réussi à le sauver, je n'ai pas su l'aider. Si je savais que ça le guérirait, je m'assiérais cul nu sur un scorpion.

— C'est justement ce que tu dois te garder de faire, dit l'elfe avec un sourire énigmatique. Car Yennefer le sait et aime bien exploiter ce genre d'information. Ne lui fais pas confiance, Geralt ! Elle est dangereuse.

Il ne répondit pas.

À l'étage, une porte grinça. Yennefer se tenait en haut de l'escalier, appuyée sur la balustrade d'une petite galerie.

— Sorceleur, tu peux monter un moment ?

— Bien sûr.

La magicienne s'adossa à la porte d'une des rares chambres meublées, de bric et de broc, où avait été installé le malheureux troubadour. Le sorceleur s'approcha d'elle en l'observant en silence. Il remarqua son bras gauche un peu plus court que son bras droit, son nez un peu trop long, ses lèvres un peu trop fines, son menton un peu trop rentré, ses sourcils un peu irréguliers, ses yeux...

Il vit trop de détails. Tout à fait inutilement.

— Comment va Jaskier ?

— Tu doutes de mes compétences ?

Il poursuivit son examen. Elle avait la silhouette d'une jeune fille de vingt ans, mais il préféra ne pas chercher à savoir quel âge elle avait réellement. Elle se mouvait avec une grâce naturelle qui n'avait rien d'affecté. Décidément, il était impossible de deviner à quoi elle avait pu ressembler avant de devenir magicienne, ce qui avait été corrigé chez elle. Il cessa d'y réfléchir, ça n'avait aucun sens.

— Ton talentueux ami sera indemne, dit-elle. Il va retrouver ses capacités vocales.

— Tu as toute ma reconnaissance, Yennefer.

Elle sourit.

— Tu auras l'occasion de me la prouver.

— Puis-je le voir ?

Elle l'observa avec un étrange sourire en tambourinant sur le chambranle de la porte puis lui répondit :

— Bien sûr ! Entre !

Le médaillon, au cou du sorceleur, se mit à frémir à un rythme accéléré.

Au milieu du plancher se trouvait une boule de verre de la taille d'une petite pastèque, qui diffusait une lumière laiteuse. La boule marquait le centre d'une étoile à neuf branches, tracée avec précision ; les extrémités des branches touchaient les coins et les murs de la petite chambre. On pouvait voir dans le corps de l'étoile un pentagone peint en rouge dont les sommets étaient indiqués par des bougies noires plantées dans des chandeliers à la forme étrange. Des bougies noires étaient également allumées au chevet du lit où gisait Jaskier, enfoui sous des peaux de mouton. Le poète respirait paisiblement, il ne râlait plus, ne ronflait plus, la grimace de douleur avait disparu de ses traits, remplacée par un stupide sourire béat.

— Il dort, dit Yennefer. Et il rêve.

Geralt observa les dessins tracés sur le plancher. La magie qu'ils cachaient était perceptible, mais il la savait pour le moment endormie. Si elle évoquait la respiration d'un lion assoupi, elle donnait une idée de ce que pouvaient être les rugissements de ce lion.

— Qu'est-ce que c'est, Yennefer ?

— Un piège.

— Pour attraper qui ?

— Pour l'instant, toi, dit la magicienne en tournant la clé dans la serrure.

Elle fit sauter la clé dans sa main et la clé disparut.

— Ainsi, je suis pris, dit-il froidement. Et maintenant ? Tu vas attenter à ma vertu ?

— Ne te vante pas trop ! dit Yennefer en s'asseyant sur le bord du lit.

Jaskier, qui souriait toujours d'un air idiot, gémit doucement. C'étaient à n'en pas douter des gémissements de plaisir.

— De quoi s'agit-il, Yennefer ? Si c'est un jeu, j'aimerais en connaître les règles.

— Je t'ai dit que j'obtenais toujours tout ce que je désirais, commença-t-elle. Il se trouve que j'ai envie d'une chose que détient Jaskier. Une fois que je la lui aurai prise, nous nous séparerons. N'aie pas peur, il ne lui arrivera aucun mal...

— Les choses étranges que tu as posées par terre servent à invoquer les démons, la coupa-t-il. Il n'y a pas d'invocations des démons sans qu'il soit fait du mal à quelqu'un. Je ne te laisserai pas faire.

— Il ne tombera pas un seul cheveu de sa tête, poursuivit la magicienne sans prêter attention à sa remarque. Sa voix sera encore plus belle et il sera très content, même heureux. Nous serons tous heureux. Et nous nous quitterons sans regret, et sans rancune.

— Ah ! Virginie ! gémit Jaskier sans ouvrir les yeux. Tes seins sont si beaux, plus doux que le duvet des cygnes... Virginie...

— Il a perdu la tête ? Il délire ?

— Il rêve, sourit Yennefer. Ses désirs se réalisent dans son sommeil. Je lui ai sondé le cerveau jusqu'au fond. Je n'y ai pas découvert grand-chose. Un peu de cochonneries, quelques rêves, beaucoup de poésie. Passons ! Le sceau qui fermait la bouteille dans laquelle le djinn était retenu prisonnier, Geralt, je sais que ce n'est pas le troubadour qui l'a, mais toi. Alors je te demande de me le donner.

— À quoi va-t-il te servir ?

— Comment pourrais-je répondre à ta question ? dit la magicienne avec un sourire aguichant. Essayons tout de même : ça ne te regarde pas, sorceleur. Cette réponse te satisfait-elle ?

— Non, fit-il en souriant également et sur un ton tout aussi fielleux. Elle ne me satisfait pas. Mais tu n'as aucun reproche à te faire, Yennefer. Je ne suis pas facile à satisfaire. Jusqu'ici, n'y sont parvenues que des personnes sensiblement hors du commun.

— Dommage. Tu resteras donc insatisfait. C'est toi qui y perds. Le sceau, s'il te plaît ! Ne fais pas de grimaces, cela ne sied ni à ton type de beauté ni à ta carnation. Au cas où tu ne l'aurais pas déjà remarqué, sache que vient de commencer l'opération qui va te permettre de me rendre le devoir de reconnaissance qui est le tien. Le sceau est la première traite que tu vas me verser pour la voix du chanteur.

— À ce que je vois, tu as réparti le prix sur plusieurs traites, dit-il froidement. Bien. Je pouvais m'y attendre et je m'y attendais. Mais que le marché soit honnête, Yennefer ! J'ai acheté ton aide et je te la paierai.

Ses lèvres esquissèrent un sourire mais ses yeux violets, grands ouverts et froids, ne souriaient pas.

— Pour ce qui est du paiement, sorceleur, tu peux être sûr de payer.

— C'est moi qui paierai, répéta-t-il. Pas Jaskier. Je vais l'emmener en lieu sûr. Quand ce sera fait, je reviendrai te payer la deuxième traite et les suivantes. Car en ce qui concerne la première...

Il glissa la main dans une poche secrète de sa ceinture et en sortit le sceau de bronze gravé d'une étoile et d'une croix brisée.

— Tiens, prends-le ! Mais pas comme une traite. Accepte-le de la part d'un sorceleur, comme preuve de sa reconnaissance pour l'avoir traité avec plus de bienveillance que l'auraient fait la plupart de tes confrères, même si c'était par calcul. Accepte-le comme preuve de ma bonne volonté, il te garantira qu'après m'être soucié de la sécurité de mon ami, je reviendrai te payer. Je n'ai pas aperçu de scorpion parmi les fleurs, Yennefer. Je suis prêt à payer cette négligence.

— Quel beau discours ! s'exclama la magicienne, les mains croisées sur la poitrine. Émouvant ! Pathétique ! Dommage qu'il soit inutile. J'ai besoin de Jaskier et Jaskier restera ici.

— Il s'est déjà trouvé une fois en présence de celui que tu as l'intention d'attirer ici, dit Geralt en montrant les dessins sur le plancher. Quand tu auras achevé ton œuvre et attiré le djinn ici, en dépit de tes promesses, il est sûr que Jaskier souffrira probablement encore davantage. Car c'est bien le monstre de la bouteille que tu veux, n'est-ce pas ? Tu as l'intention de t'emparer de son pouvoir, de l'asservir ? Tu n'es pas obligée de me répondre, je le sais, ça ne me regarde pas. Fais ce que tu veux ! Attire ici dix démons si ça te chante ! Mais sans Jaskier. Si tu exposes Jaskier à un danger, ce ne sera plus un marché honnête, Yennefer, et tu n'as pas le droit d'exiger un tel prix. Je ne te laisserai pas...

Il s'interrompit.

— J'étais curieuse de voir les sentiments que tu allais éprouver, gloussa la magicienne.

Geralt banda ses muscles, tendit toute sa volonté en crispant douloureusement les mâchoires. Rien n'y fit. Il était comme paralysé, comme une statue de marbre, comme un poteau enfoncé dans la terre. Il ne pouvait même pas remuer un orteil dans sa chaussure.

— Je te savais capable d'intercepter les charmes qu'on te jette, dit Yennefer. Je savais aussi qu'avant d'entreprendre quoi que ce soit, tu essaierais de m'impressionner par ton éloquence. Mais pendant que tu causais, le charme suspendu au-dessus de ta tête opérait et t'a petit à petit brisé. Maintenant, tu peux encore parler, mais ce n'est plus la peine que tu cherches à m'impressionner. Je sais que tu es éloquent. Tous les efforts que tu pourrais faire dans ce sens iront à l'encontre du but que tu poursuis.

— Chireadan..., dit-il en faisant de violents efforts pour lutter contre cette paralysie magique. Chireadan va comprendre que tu trames quelque chose. Il va le comprendre, il est de plus en plus soupçonneux. Il n'a pas confiance en toi, Yennefer. Il se méfie de toi depuis le début...

La magicienne fit un grand geste de la main. Les murs de la chambre s'effacèrent et prirent une texture et une couleur d'un même gris trouble. La porte disparut, comme les fenêtres, les tentures poussiéreuses et les tableaux couverts de chiures de mouche. Tout disparut.

— Et qu'est-ce que ça peut faire que Chireadan comprenne ? fit-elle avec une grimace. Il volera à ton secours ? Personne ne pourra franchir ma barrière.

Chireadan ne volera pas à ton secours, il ne fera rien contre moi. Rien. Il est sous mon charme. Non, ce n'est pas un envoûtement, je n'ai rien fait dans ce sens. C'est tout simplement la chimie de l'organisme. Il est tombé amoureux de moi, ce nigaud. Tu ne le savais pas ? Il avait même l'intention de provoquer Beau en duel, tu t'imagines ? Un elfe jaloux, c'est rare. Geralt, ce n'est pas par hasard que j'ai choisi cette maison.

— Beau Berrant, Chireadan, Errdil, Jaskier. Effectivement, tu vas au but par le chemin le plus simple. Mais tu ne te serviras pas de moi, Yennefer.

La magicienne se leva du lit pour s'approcher de Geralt en évitant soigneusement les signes et les symboles tracés sur le sol.

— Bien sûr que si, que je vais me servir de toi ! Je t'ai bien dit que tu as contracté une dette envers moi pour la guérison du poète. Une broutille, un tout petit service. Dès que ce que j'ai l'intention de faire ici sera fait, je disparaîtrai de Rinde, mais il me reste encore dans cette bourgade quelques... factures à payer, disons. J'ai fait des promesses à plusieurs personnes et je tiens toujours mes promesses. Comme je n'aurai pas le temps de le faire moi-même, c'est toi qui vas t'en charger.

Il luttait, luttait de toutes ses forces. En vain.

— Ne te débats pas, mon petit sorceleur ! dit-elle avec un sourire venimeux. Ça ne sert à rien. Tu as une grande force de volonté et une grande résistance à la magie. Mais tu ne peux pas te mesurer avec moi ni à ma formule magique. Et ne joue pas la comédie devant moi ! N'essaye pas de me fasciner par ta virilité, dure et téméraire. Tu es le seul à te croire dur et téméraire. Pour sauver ton ami, tu étais prêt à tout faire pour moi, même sans charmes. Tu aurais payé n'importe quel prix, tu m'aurais léché les bottes. Et peut-être encore autre chose si je n'avais eu tout à coup envie de me distraire un peu.

Il se taisait. Yennefer se tenait devant lui, souriante et jouant avec son étoile d'obsidienne dont les minuscules brillants scintillaient sur le ruban de velours.

— Dès les premiers mots que nous avons échangés dans la chambre à coucher de Beau, poursuivit-elle, j'ai su qui tu étais. Et j'ai su dans quelle monnaie j'allais me faire payer. Mes comptes à Rinde pourraient être soldés par n'importe qui, même par Chireadan. Mais c'est toi qui le feras car tu dois payer. Pour ta fausse témérité, pour ton regard froid, pour tes yeux qui notent le moindre détail, pour ton visage de marbre, pour ton ton sarcastique. Pour le fait que tu penses pouvoir tenir tête à Yennefer de Vengerberg et la considérer comme une arrogante satisfaite d'elle-même, pour une sorcière calculatrice, et pouvoir en même temps écarquiller les yeux sur ses nichons couverts de savon. Paye, Geralt de Riv !

Elle lui saisit la nuque des deux mains et l'embrassa sur la bouche, qu'elle aspira comme un vampire. Le médaillon de Geralt se mit à frémir autour de son cou, il eut l'impression que la chaînette raccourcissait en le serrant comme un garrot. Il sentit sa tête éclater, ses oreilles se mirent à bourdonner terriblement. Il ne voyait plus les yeux violets de la magicienne, il sombra dans le noir.

Il était à genoux. Yennefer lui parlait d'une voix douce, tendre.

— Tu te souviendras ?

— Oui, madame.

C'était bien sa voix.

— Alors, va et suis mes instructions !

— À vos ordres, madame.

— Tu peux me baiser la main.

— Merci, madame.

Il sentit qu'il allait vers elle en se déplaçant sur les genoux. Dans sa tête dix mille abeilles bourdonnaient. La main de Yennefer embaumait le lilas et la groseille. Le lilas et la groseille... Le lilas et la groseille... Une lueur. L'obscurité.

La balustrade, l'escalier. La tête de Chireadan.

— Geralt ! Qu'est-ce qui t'arrive ? Geralt, où vas-tu ?

— Il faut que je... (C'était bien sa voix.) Il faut que j'aille...

— Par tous les dieux ! Regardez ses yeux !

Vratimir, le visage tordu d'effroi. Errdil. Et la voix de Chireadan.

— Non ! Errdil, non ! Ne le touchez pas et n'essayez pas de le retenir ! Ôte-toi de là, Errdil. Ôte-toi de son chemin !

Un parfum de lilas et de groseille. De lilas et de groseille...

La porte. Le soleil qui explose. La chaleur. L'air étouffant. Un parfum de lilas et de groseille. Il va y avoir un orage, se dit-il.

Et ce fut sa dernière pensée lucide.

VI

L'obscurité. Un parfum...

Un parfum ? Non, une odeur nauséabonde. Une

odeur d'urine, de paille en putréfaction et de haillons mouillés. L'odeur d'une torche qui file, enfoncée dans son support métallique scellé dans un mur aux pierres inégales. Une ombre projetée par la torche, une ombre sur la paille jonchant le sol de terre battue.

L'ombre de barreaux.

Le sorceleur poussa un juron.

— Enfin ! (Il sentit quelqu'un le soulever, l'adosser au mur suintant.) Je commençais à m'inquiéter de te voir rester si longtemps évanoui.

— Chireadan ? Où... ? Par tous les diables ! J'ai la tête qui éclate ! Où sommes-nous ?

— Où penses-tu que nous soyons ?

Geralt se passa les mains sur la figure, regarda autour de lui. Le long du mur d'en face, étaient assis trois gueux. Il ne les distinguait pas bien car ils se trouvaient à l'endroit le plus éloigné du halo de la torche, dans une obscurité presque totale. Près des barreaux qui les séparaient d'un couloir éclairé, un tas de guenilles était roulé en boule. C'était en réalité un vieillard maigrelet, au nez de vigie. La longueur de ses cheveux laineux comme de l'étoupe et l'état de ses vêtements indiquaient qu'il n'était pas là depuis la veille.

— Ils nous ont jetés au cachot, constata-t-il d'un ton lugubre.

— Je suis heureux que tu aies retrouvé ta capacité de tirer des conclusions logiques, dit l'elfe.

— Par tous les diables... Et Jaskier ? Depuis combien de temps sommes-nous ici ? Combien de temps s'est-il passé depuis que...

— Je ne sais pas. Comme toi, j'étais évanoui quand on m'a jeté ici. (Chireadan rassembla de la paille pour s'asseoir plus confortablement.) Est-ce que c'est important ?

— Bien sûr, tonnerre ! Yennefer... Et Jaskier. Jaskier est là-bas, avec elle, alors qu'elle projette... Hé ! Vous, là-bas ? Depuis combien de temps on est enfermés ici ?

Les gueux chuchotèrent entre eux. Aucun ne répondit.

— Vous êtes devenus sourds ? leur demanda-t-il. (Geralt n'arrivait toujours pas à se débarrasser du goût métallique qu'il avait dans la bouche et cracha.) Je vous demande quelle heure il est et si c'est le jour ou la nuit. Vous devez savoir quand on va vous apporter à bouffer.

Les gueux se consultèrent de nouveau et se raclèrent la gorge.

— Messieurs, dit enfin l'un d'entre eux. Laissez-nous en paix et ne nous parlez pas, honorés, nous vous en prions ! Nous sommes de braves voleurs, pas des prisonniers politiques. On n'a pas levé la main sur le pouvoir, nous autres ! On n'a fait que le voler !

— Ouais ! dit un autre. Vous avez votre coin, nous le nôtre. Que chacun s'occupe de ses affaires.

Chireadan grogna. Le sorceleur cracha.

— C'est comme ça, bredouilla le vieillard barbu au long nez. Chacun dans la geôle surveille son coin et reste dans son camp.

— Et toi, grand-père, demanda l'elfe d'une voix railleuse, tu es avec eux ou avec nous ? Dans quel groupe tu te ranges ?

— Dans aucun, répondit fièrement le pépé. Parce que moi, je suis innocent.

Geralt cracha une nouvelle fois.

— Chireadan ? demanda-t-il en se massant les tempes. Qu'est-ce que c'est que ces attaques contre le pouvoir ? C'est vrai ?

— Absolument. Tu ne te rappelles rien ?

— Je suis sorti dans la rue... Les gens me regardaient. Après... Après, je revois une boutique...

— Celle du prêteur sur gages, dit l'elfe en baissant la voix. Tu es entré chez le prêteur sur gages. Tu lui as aussitôt cassé la figure. Tu y es allé fort. Trop fort, même.

Le sorceleur poussa un juron dans sa barbe.

— L'usurier est tombé, poursuivit Chireadan à voix basse. Et tu lui as donné plusieurs coups de pied dans les parties sensibles. Le commis a volé au secours de son patron. Tu l'as jeté dehors, dans la rue.

— J'ai peur de ne pas m'en être arrêté là, murmura Geralt.

— Tes craintes sont fondées. Tu es sorti de chez le prêteur sur gages et tu as marché au milieu de la rue en bousculant les passants et en criant des insanités sur l'honneur de certaine dame. Un groupe s'était formé derrière toi, assez important, dans lequel nous nous trouvions, Errdil, Vratimir et moi. Tu t'es arrêté devant la maison du pharmacien, Nez-de-Laurier, et tu y es entré. Tu en es ressorti quelques minutes plus tard en traînant Nez-de-Laurier par une jambe. Tu as prononcé une sorte de harangue à la foule.

— Qu'est-ce que j'ai dit ?

— Pour dire les choses simplement, tu as déclaré qu'un homme qui se respecte ne doit pas traiter les prostituées professionnelles de putes, parce que c'est lâche et abject. Quant à l'emploi du mot « pute » envers une femme qu'on n'a jamais troussée et qui ne s'est jamais fait payer pour le faire, c'est ignoble et absolument méprisable. Tu as clamé haut et fort que la peine serait prononcée sur place et correspondrait exactement à ce que méritait le salaud en question. Tu as coincé la tête du pharmacien entre tes genoux, tu l'as déculotté et ta ceinture lui a lacéré le fondement.

— Vas-y, Chireadan ! Parle ! Ne m'épargne rien !

— Tu te défoulais sur le fondement de Nez-de-Laurier, et lui hurlait, pleurait, appelait à l'aide les dieux et les hommes, te suppliait d'avoir pitié et promettait même de se corriger. Mais il était visible que tu n'en croyais pas un mot. C'est alors que sont arrivés plusieurs de ces bandits armés qu'il est convenu, à Rinde, d'appeler la « garde ».

— Et c'est à ce moment-là que j'ai levé la main sur le pouvoir ? demanda Geralt en hochant la tête,

— Mais pas du tout. Tu l'avais levée bien avant. Quand tu t'en es pris au prêteur sur gages et à Nez-de-Laurier, qui siègent l'un et l'autre au conseil municipal. Ça t'intéressera sans doute d'apprendre qu'ils réclamaient tous deux que Yennefer soit expulsée de la ville. Non seulement ils ont voté pour, au conseil, mais ils déblatéraient contre elle dans les auberges et la dénigraient d'une manière plutôt grossière.

— Je l'avais deviné depuis longtemps. Raconte ! Tu t'en es arrêté au moment où les gardes municipaux sont accourus. Ce sont eux qui m'ont jeté au cachot ?

— Ils voulaient le faire. Ah, Geralt, quel spectacle ! Qu'est-ce que tu leur as mis ! La scène est indescriptible. Ils étaient armés d'épées, de fouets, de bâtons, de haches, tandis que toi, tu n'avais qu'une canne à pommeau en frêne que tu avais arrachée à un godelureau. Une fois qu'ils ont tous été à terre, tu as poursuivi ton chemin. La plupart d'entre nous savaient où tu dirigeais tes pas.

— Je serais heureux de le savoir, moi aussi.

— Tu allais au temple. Le prêtre, Krepp, membre du conseil lui aussi, a consacré beaucoup de ses sermons à Yennefer. D'ailleurs, tu ne faisais pas mystère de ce que tu pensais de lui. Tu lui promettais de lui apprendre à respecter le beau sexe. Tu parlais de lui en omettant son titre officiel et en ajoutant des qualificatifs qui mettaient en joie les gamins traînant dans ton sillage.

— Ah bon ! murmura Geralt. Ainsi j'ai donc en plus proféré des blasphèmes. Et qu'est-ce que j'ai fait encore ? J'ai profané le temple ?

— Non. Tu n'as pas réussi à pénétrer à l'intérieur. Devant le temple, une unité entière de la garde municipale t'attendait, armée de tout ce qu'elle avait pu trouver au dépôt d'armes, à l'exception de la catapulte, me semble-t-il. Tout laissait présager qu'ils allaient te massacrer. Mais tu n'es pas arrivé jusqu'à eux. Tu t'es tout à coup pris la tête entre les mains et tu t'es évanoui.

— Inutile de poursuivre. Mais toi, Chireadan, comment t'es-tu retrouvé ici ?

— Quand tu es tombé, plusieurs gardes t'ont sauté dessus pour te transpercer la peau avec leur dard. Je les ai houspillés. J'ai reçu un coup de fléau sur la tête et j'ai repris connaissance ici, dans ce trou. À tout coup, ils vont m'accuser d'avoir participé à un complot contre les hommes.

— À propos d'accusation, grinça le sorceleur, qu'est-ce qui nous menace, à ton avis ?

— Si Neville, le bourgmestre, est revenu de la capitale, grommela Chireadan, alors qui sait... Je le connais. Mais dans le cas contraire, le verdict sera prononcé par les conseillers, et donc, bien entendu, par Nez-de-Laurier et l'usurier. Ça signifie...

L'elfe fit un bref geste horizontal au niveau du cou. Malgré l'obscurité qui régnait dans la cave, le geste ne laissait guère de place au doute. Le sorceleur resta silencieux. Les voleurs discutaient à voix basse. Le grand-père emprisonné pour innocence paraissait dormir.

— C'est du beau ! finit par dire Geralt avant de lâcher un juron obscène. Non seulement je serai pendu, mais en plus j'aurai ta mort sur la conscience, Chireadan. Et sans doute celle de Jaskier. Non, ne m'interromps pas ! Je sais que c'est un mauvais tour de Yennefer. Mais c'est moi qui en porte la responsabilité. À cause de ma bêtise ! Elle m'a enjôlé, elle a fait de moi ce que les nains appellent un baiseur.

Hum ! murmura l'elfe. Il n'y a rien à ajouter ! Je t'avais mis en garde contre elle. Tonnerre ! Je t'avais mis en garde et je suis moi-même aussi couillon que toi, pardonne-moi l'expression. Tu es triste en pensant que c'est à cause de toi que je suis ici, mais c'est exactement le contraire, c'est toi qui es ici à cause de moi. Dans la rue, j'aurais pu te retenir, t'immobiliser, t'empêcher de faire ce que tu as fait. Et je n'en ai rien fait. Je n'en ai rien fait parce que j'avais peur que le charme qu'elle avait jeté sur toi se dissipe, j'avais peur que tu reviennes et que... tu lui fasses du mal. Pardonne-moi !

— Je te pardonne facilement. Tu n'as pas idée de la puissance que ce charme avait. Mon cher elfe, un charme ordinaire, je le romps en quelques minutes et sans m'évanouir. Le charme de Yennefer, vous n'auriez pas réussi à le rompre, et m'immobiliser aurait pu vous valoir quelques problèmes. N'oublie pas la garde !

— Je n'ai pas pensé à toi, te dis-je. Je n'ai pensé qu'à elle.

— Chireadan ?

— Oui.

— Tu... Tu l'ai...

L'elfe l'interrompit avec un sourire triste.

— Je n'aime pas les grands mots. Je suis, disons, très fasciné par elle. Ça doit t'étonner qu'on puisse être fasciné par une femme comme elle ?

Geralt ferma les yeux pour évoquer une image. Une image qui l'avait, disons, pour éviter les grands mots, fasciné d'une façon inexplicable.

— Non, Chireadan, dit-il. Ça ne m'étonne pas.

Des pas lourds, un cliquetis métallique se firent entendre dans le couloir. L'ombre de quatre gardiens envahit le cachot. Une clé grinça, le vieillard innocent s'écarta des barreaux d'un bond de chat sauvage, et alla se réfugier parmi les criminels.

— Déjà ? s'étonna l'elfe à mi-voix. Je pensais qu'il leur faudrait plus de temps pour dresser l'échafaud...

L'un des gardiens, un grand gaillard chauve comme un genou et la trogne couverte de vrais poils de sanglier, montra le sorceleur du menton.

— Lui, fit-il d'un ton bref.

Deux autres gardiens attrapèrent Geralt, le soulevèrent brutalement et le plaquèrent contre le mur. Les voleurs se firent tout petits dans leur coin, le pépé au long nez s'enfouit dans la paille. Chireadan voulut bondir, mais la lame d'un sabre collée contre sa poitrine le fit reculer et il retomba sur la terre battue.

Le gardien chauve se planta devant le sorceleur, retroussa ses manches et se massa le poing.

— Monsieur le conseiller Nez-de-Laurier te fait demander si tu te trouves bien chez nous, dans notre petit cachot. Peut-être que tu as besoin de quelque chose ? Peut-être que le froid te tourmente ? Hein ?

Geralt jugea inutile de répondre. Il ne pouvait pas non plus donner de coup de pied au chauve. Les gardiens l'en empêchaient en lui écrasant les pieds avec leurs énormes bottes.

Le chauve prit un bref élan et lui flanqua un coup de poing dans l'estomac. Geralt eut beau bander ses muscles pour amortir le choc, cela ne servit à rien. Il reprit son souffle avec difficulté, plié en deux et contemplant un moment la boucle de sa ceinture, mais les gardiens le redressèrent.

— Tu n'as besoin de rien ? répéta le chauve, dont l'haleine sentait l'ail et les dents gâtées. Monsieur le conseiller sera content d'apprendre que tu ne te plains pas.

Nouveau coup, au même endroit. Le sorceleur eut un hoquet et aurait vomi s'il n'avait pas eu l'estomac vide. Le chauve se tourna de l'autre côté. Il changeait de main.

Vlan ! Geralt contempla une seconde fois la boucle de sa ceinture. Sous la violence du coup, il s'attendait presque à voir un trou dans son ventre, comme s'il manquait des briques dans le mur.

— Alors ? dit le chauve en reculant un peu, de toute évidence pour prendre plus d'élan. Monsieur Nez-de-Laurier te fait demander si tu n'as pas de souhait. Tu n'en as vraiment aucun ? Pourquoi tu ne dis rien ? Tu t'es rouillé la langue ? Je m'en vais te la dérouiller !

Vlan !

Cette fois non plus, Geralt ne s'évanouit pas. Et pourtant il aurait mieux fait car il tenait tout de même un peu à ses organes internes. Pour s'évanouir, il fallait qu'il contraigne le chauve à...

Le gardien cracha, prit un air menaçant, se massa à nouveau le poing.

— Alors ? Toujours pas de vœu ?

— Je n'en ai qu'un, gémit le sorceleur en redressant la tête avec difficulté. C'est que tu crèves, fils de pute.

Le chauve grinça des dents, recula pour prendre de l'élan, dans l'intention de le frapper, cette fois à la tête, conformément aux prévisions de Geralt. Mais le coup ne vint pas. Le gardien glouglouta soudain comme un dindon qui vire au rouge, se prit le ventre à deux mains, poussa un hurlement, un rugissement de douleur...

Et explosa.

VII

— Et qu'est-ce que je dois faire de vous ?

Dehors, le ruban aveuglant d'un éclair fendit le ciel plombé, aussitôt suivi d'un roulement de tonnerre. L'averse se mua en déluge, des nuages bas flottaient au-dessus de Rinde.

Mis sur la sellette devant une vaste tapisserie représentant le prophète Arroche faisant paître ses brebis, Geralt et Chireadan se taisaient, la tête pudiquement baissée. Neville, le bourgmestre, arpentait la salle en grognant et en écumant de colère.

— Maudits, satanés sorciers ! hurla-t-il soudain en s'arrêtant. Pourquoi vous acharnez-vous sur ma ville ? Il n'y a pas d'autres villes en ce bas monde ?

L'elfe et le sorceleur se taisaient.

— Faire une chose pareille ! dit le bourgmestre en s'étranglant de colère. Un geôlier... Comme une tomate ! Réduit en charpie ! En bouillie rouge ! C'est inhumain !

— Inhumain et impie, répéta le prêtre présent dans la salle des débats de l'hôtel de ville. Si inhumain qu'il faudrait être un imbécile pour ne pas comprendre qui se tient derrière tout ça. Oui, bourgmestre, nous connaissons tous deux Chireadan, et cet homme qui se fait passer pour un sorceleur n'aurait pas eu assez de pouvoir pour traiter le geôlier de cette manière. Tout ça est un mauvais tour de cette Yennefer, cette sorcière maudite par les dieux.

Dehors, comme pour confirmer les paroles du prêtre, le tonnerre gronda.

— C'est elle et personne d'autre, poursuivit Krepp. Il n'y a aucun doute là-dessus. Qui d'autre que Yennefer aurait voulu se venger sur monsieur le conseiller Nez-de-Laurier ?

— Hi ! Hi ! pouffa brusquement le bourgmestre. C'est encore ce qui me fâche le moins. Nez-de-Laurier intriguait contre moi, il briguait mes fonctions. Désormais, plus personne n'ajoutera foi à ce qu'il raconte. Les gens se rappelleront la raclée qu'il a prise...

— Il ne manquerait plus que vous vous mettiez à applaudir à ce crime, monsieur Neville, dit Krepp en fronçant les sourcils. Je vous rappelle que si je n'avais pas lancé d'exorcisme sur le sorceleur, il aurait levé la main sur moi et sur la majesté du temple...

— Il faut dire aussi que vous n'avez pas ménagé Yennefer dans vos ignobles sermons, Krepp. Même Berrant s'en est plaint. Mais c'est vrai, certes ! Vous avez entendu, canailles ? cria le bourgmestre en se retournant vers Geralt et Chireadan. Ça ne vous justifie en rien ! Il est hors de question que je tolère ce genre de bagarres ! Bon, allez ! On y va ! Dites-moi tout ce que vous avez à dire pour votre défense parce que, sinon, je jure sur toutes les reliques que je danserai avec vous d'une manière dont vous vous souviendrez jusqu'à la fin de vos jours ! Sortez-moi tout, tout de suite, comme à confesse !

Chireadan poussa un profond soupir et regarda le sorceleur avec des yeux suppliants. Geralt soupira lui aussi, s'éclaircit la voix puis se lança.

Il raconta tout. Enfin, presque tout.

— Alors, c'est ça le fond de l'affaire, dit le prêtre après un silence. C'est une sale histoire ! Un génie libéré de sa prison. Et une magicienne qui a des vues sur ce génie. Pas mal comme machination ! Ça peut mal finir, très mal finir.

— Qu'est-ce que c'est qu'un génie ? demanda Neville. Et que veut cette Yennefer ?

— Les magiciens, expliqua Krepp, tirent leur pouvoir des forces de la nature, ou plus exactement dans ce qu'on appelle les quatre éléments, soit les principes constitutifs de tous les corps. On les appelle couramment les « forces naturelles ». Ce sont l'air, l'eau, la terre et le feu. Chacun de ces éléments a sa propre dimension, que les sorciers, dans leur jargon, appellent « domaine ». Il y a le domaine de l'eau, le domaine du feu, etc. Ces dimensions, auxquelles nous n'avons pas accès, sont habitées par des êtres qu'on appelle des génies.

— On les appelle ainsi dans les légendes, l'interrompit le sorceleur. Car pour autant que je sache...

— Ne m'interromps pas, le coupa Krepp à son tour. Il est apparu clairement au cours de ton récit, sorceleur, que tu n'en sais pas grand-chose. Alors maintenant, ferme ton clapet et écoute les gens qui en savent plus que toi. Pour en revenir aux génies, il y en a quatre sortes, de même qu'il y a quatre domaines. Il existe les d'jinni, qui sont des êtres aériens ; les marides, liés à l'élément de l'eau ; les d'ao, les génies de la terre, et les iphrites, qui sont les génies du feu...

— Tu abuses de ma patience ! l'interrompit Neville. On n'est pas à un cours de catéchisme. Sois bref ! Qu'est-ce que Yennefer attend de ce génie ?

— Ce génie, bourgmestre, est un réservoir vivant d'énergie magique. Un sorcier qui dispose d'un génie à tout moment peut concentrer cette énergie sous forme de formules magiques. Il n'est pas obligé de tirer laborieusement son pouvoir de la nature, le génie le fait pour lui. Alors le pouvoir du magicien devient immense, il est proche de la toute-puissance...

— Je n'ai pas entendu parler de mages tout-puissants, grimaça Neville. Bien au contraire, le pouvoir qu'aurait la majorité d'entre eux est visiblement exagéré. Tantôt ils ne peuvent pas faire ci, tantôt ils ne peuvent pas faire ça...

— Le magicien Stammelford, le coupa le prêtre en retrouvant le ton, la pose et l'expression d'un professeur d'université, a déplacé un jour une montagne parce qu'elle masquait la vue qu'il avait de son beffroi.

Or personne n'a jamais réussi à le faire, ni avant ni après. D'après ce qui se raconte, Stammelford avait à son service un d'ao, un génie de la terre. Il existe des documents qui mentionnent des exploits du même ordre accomplis par d'autres magiciens. Des lames de fond et des pluies catastrophiques sont assurément l'œuvre de marides. Des colonnes de feu, des incendies et des explosions sont le boulot des iphrites du feu...

— Les tornades, les ouragans, les vols supraterrestres, murmura Geralt. Geoffrey Monck.

Krepp lui accorda un regard plus amène.

— C'est juste. Tu as tout de même quelques connaissances, à ce que je vois. On dit que le vieux Monck connaissait un moyen de contraindre les d'jinni, les génies de l'air, à le servir. Selon la rumeur, il en avait plus d'un. Il les aurait gardés dans des bonbonnes et utilisés au fur et à mesure de ses besoins, trois vœux par génie. Car un génie, messieurs, ne réalise que trois vœux ; ensuite, il est libre et se réfugie dans sa dimension.

— Celui du bord de la rivière n'a réalisé aucun vœu, dit Geralt d'une voix ferme. Il a tout de suite sauté à la gorge de Jaskier.

— Les génies, répliqua Krepp en prenant des airs supérieurs, sont des êtres méchants et pervers. Ils n'aiment pas ceux qui les mettent en bonbonne et leur ordonnent de déplacer des montagnes. Ils font tout pour empêcher qu'on prononce des vœux et par ailleurs, réalisent ces derniers d'une manière incontrôlable, imprévisible. Ils les réalisent parfois littéralement, aussi faut-il faire attention à ce qu'on dit. Pour asservir un génie, il faut une volonté de fer, des nerfs d'acier, un pouvoir puissant et de très grandes compétences. D'après ce que tu nous as raconté, tes compétences, sorceleur, étaient insuffisantes.

Geralt en convint.

— Elles étaient insuffisantes pour asservir ce gredin. Mais je l'ai chassé, il s'est enfui si vite que l'air hurlait. Et c'est déjà quelque chose. Yennefer, certes, s'est moquée de ma formule d'exorcisme...

— Qu'est-ce que c'était ? Cite-la-nous !

Le sorceleur la cita mot pour mot.

Le prêtre passa par toutes les couleurs de l'arc-en-ciel.

— Quoi ? Comment oses-tu ? Tu te moques de moi ?

— Pardonnez-moi ! bégaya Geralt. Pour être honnête, je dois dire que... que je ne connais pas le sens de ces mots.

— Alors ne répète pas ce que tu ne comprends pas ! Je me demande bien où tu as pu entendre une horreur pareille !

— Ça suffit, dit le bourgmestre en les interrompant d'un geste. Nous perdons notre temps. Bon ! Nous savons donc pourquoi la magicienne a besoin de ce génie. Mais vous avez dit, Krepp, que ce n'était pas bien. Qu'est-ce qui n'est pas bien ? Qu'elle se l'attrape et qu'elle aille au diable ! Qu'est-ce que ça peut me faire ? Moi, je pense...

Personne ne sut jamais ce que Neville pensait précisément à ce moment-là, dans la mesure où il ne s'agissait pas de rodomontades. Un carré lumineux, une lueur, apparut soudain sur le mur, à côté de la tapisserie du prophète Arroche, et ils eurent la surprise de voir atterrir au milieu de la salle de l'hôtel de ville... Jaskier.

— Innocent ! hurla le poète d'une voix mélodieuse

de ténor, très pure, en s'asseyant par terre et en parcourant l'assistance d'un regard hagard. Innocent ! Le sorceleur est innocent ! Je souhaite qu'on croie à son innocence !

— Jaskier ! s'écria Geralt en retenant Krepp qui s'apprêtait visiblement à faire un exorcisme et, qui sait, peut-être à prononcer une malédiction. D'où sors-tu ? Comment es-tu arrivé ici, Jaskier ?

— Geralt ! cria le barde en sautant de joie.

— Jaskier !

— Qui c'est, celui-là ? hurla Neville. Par tous les diables ! Si vous n'arrêtez pas avec vos charmes, je ne réponds plus de moi. Il est interdit de jeter des charmes à Rinde ! Il faut d'abord déposer une demande écrite, ensuite acquitter un impôt et une taxe fiscale, et... Mais dites-moi, ce ne serait pas le chanteur qui était l'otage de la magicienne ?

— Jaskier ! répéta Geralt en étreignant le poète. Comment es-tu arrivé jusqu'ici ?

— Je ne sais pas, avoua le barde avec un air piteux et inquiet. Pour être franc, je ne sais pas exactement ce qui m'est arrivé. Je ne me souviens pas de grand-chose, et que la peste m'emporte si je peux dire si ce que j'ai vu était la réalité ou bien un cauchemar. Je me rappelle cependant une belle fille aux cheveux noirs, avec des yeux ardents...

— Qu'est-ce que c'est que cette histoire de belle fille aux cheveux noirs ? le coupa Neville, en colère. Au fait, monsieur ! Au fait ! Vous hurliez que le sorceleur est innocent. Comment dois-je le comprendre ? Nez-de-Laurier se serait administré lui-même une raclée sur le cul, de sa main ? Car si le sorceleur est innocent, ça n'a pu se passer que comme ça. À moins qu'il s'agisse d'une hallucination collective.

— Je ne sais rien de ces histoires de culs et d'hallucinations, dit fièrement Jaskier. Ni de nez de lauriers. Je le répète, la dernière chose dont je me souvienne, c'est d'une femme élégante vêtue d'une harmonie de noirs et blancs de très bon goût. La susmentionnée m'a brutalement jeté dans un trou lumineux, très probablement un portail magique. Elle m'avait auparavant donné un ordre clair et précis : une fois parvenu à destination, je devais dire immédiatement, je cite : « Mon vœu est qu'on me croie quand je dis que le sorceleur n'est pas responsable de ce qui s'est passé. Tel est mon vœu, pas autre chose. » Ce sont ses mots exacts. Certes, je lui ai demandé ce que ça voulait dire et quel en était le but. La belle ne m'a pas laissé finir. Elle m'a engueulé d'une manière peu distinguée, attrapé par la peau du cou et lancé dans le portail. C'est tout. Et maintenant... (Jaskier se redressa, épousseta son pourpoint, arrangea son col et son jabot, sale mais élégant.)... Vous serez aimables, messieurs, de m'indiquer le nom et l'adresse de la meilleure auberge de la ville.

— Dans ma ville, il n'y a pas de mauvaises auberges, dit lentement Neville. Mais avant de pouvoir le vérifier par toi-même, tu vas pouvoir étudier la meilleure prison de la ville. Avec tes compagnons. Vous n'êtes pas encore libres, canailles, je vous le rappelle ! Voyez-vous ça ! L'un raconte des histoires à dormir debout et l'autre jaillit du mur en protestant de l'innocence du premier : « je souhaite qu'on me croie », hurle-t-il. Il a le front de souhaiter qu'on...

— Par tous les dieux ! s'exclama le prêtre en prenant tout à coup sa tête chauve entre ses mains. Je comprends maintenant ! Le vœu ! C'est le dernier vœu !

— Qu'est-ce qui vous arrive, Krepp ? dit le bourgmestre en fronçant les sourcils. Vous êtes malade ?

— C'est le dernier vœu ! répéta le prêtre. Elle a forcé le barde à prononcer son dernier vœu, le troisième. Il lui était impossible de s'emparer du génie tant qu'il n'avait pas réalisé le troisième vœu. Et Yennefer a tendu un piège magique, elle a certainement attrapé le génie avant qu'il ait eu le temps de se réfugier dans sa dimension ! Monsieur Neville, il faut absolument...

Dehors, le tonnerre gronda. Si fort que les murs en tremblèrent.

— Par tous les diables ! murmura le bourgmestre en s'approchant de la fenêtre. Ça n'est pas tombé loin. Pourvu que ça ne soit pas sur une maison, il ne me manque plus qu'un incendie... Par tous les dieux ! Regardez ! Regardez-moi ça ! Krepp ! Qu'est-ce que c'est ?

Tous se ruèrent comme un seul homme vers la fenêtre.

— Oh là là ! hurla Jaskier en portant ses mains à sa gorge. C'est lui. C'est le fils de pute qui m'a étranglé !

— C'est le d'jinni, cria Krepp. Le génie de l'air !

— Au-dessus de l'auberge d'Errdil ! s'exclama Chireadan. Au-dessus de son toit.

Le prêtre se pencha si fort qu'il faillit tomber par la fenêtre.

— Elle l'a attrapé ! Vous voyez la lumière magique ? La magicienne a pris le génie au piège !

Geralt regardait sans rien dire.

Jadis, des années auparavant, alors qu'il n'était encore qu'un gosse et suivait un enseignement à Kaer

Morhen, la résidence des sorceleurs, sa camarade Eskel et lui avaient attrapé un gros bourdon de la forêt, qu'ils avaient attaché à une cruche posée sur la table avec un long fil qu'il avait tiré de sa chemise. Ils étaient tordus de rire devant le spectacle du bourdon qui se démenait au bout de sa laisse quand Vesemir, leur précepteur, les avait surpris et leur avait administré à chacun une correction.

Le djinn qui tournoyait au-dessus du toit de l'auberge d'Errdil se comportait de la même manière que le bourdon. Tantôt il prenait de la hauteur, tantôt il descendait ; tantôt il remontait, tantôt il piquait et tournait en rond en bourdonnant furieusement. Car le djinn, exactement comme le bourdon de Kaer Morhen, était attaché par des fils emmêlés, provenant d'une lumière multicolore aveuglante, qui l'enserraient solidement et aboutissaient au toit. Cependant, le djinn disposait de plus larges possibilités que le bourdon attaché à la cruche. Un bourdon ne pouvait pas démolir les toits avoisinants, mettre en lambeaux des toitures de chaume, détruire des cheminées, écraser des tourelles et des mansardes. Un djinn le pouvait. Et il le faisait.

— Il détruit la ville ! hurla Neville. Ce monstre détruit ma ville !

— Hi ! Hi ! se mit à rire le prêtre. À bon chat, bon rat, me semble-t-il. C'est un d'jinni d'une puissance exceptionnelle ! En réalité, je ne sais pas qui attrape qui, si c'est la sorcière qui l'a attrapé ou lui qui a attrapé la sorcière ! Ah ! Vous allez voir que le d'jinni va la réduire en poudre et ce sera très bien ! Justice sera faite !

— Je chie sur la justice, glapit le bourgmestre sans

se soucier du fait que des électeurs pouvaient se tenir sous ses fenêtres. Regarde ce qui se passe, Krepp ! C'est la panique, la ruine ! Tu ne m'avais pas dit ça, espèce d'imbécile chauve ! Tu jouais les beaux esprits, tu discutais et tu ne m'as rien dit des choses importantes ! Pourquoi ne m'as-tu pas dit que ce démon... Sorceleur ! Fais quelque chose ! Tu m'entends, sorcier innocent ? Débarrasse-moi de ce diable ! Je te pardonnerai toutes tes fautes mais...

— Il n'y a rien à faire, monsieur Neville, grogna Krepp. Vous n'avez pas fait attention à ce que je vous disais, c'est tout. Je parle toujours dans le vide. Je le répète, c'est un d'jinni d'une puissance extraordinaire ; si ce n'était pas le cas, la magicienne l'aurait déjà capturé. C'est moi qui vous le dis, l'effet de l'envoûtement va faiblir, et alors le d'jinni l'écrasera et s'enfuira. Et ce sera fini.

— Et ma ville, pendant ce temps, sera tombée en ruine ?

— Il faut attendre, répéta le prêtre. Mais pas les bras croisés. Donnez des ordres, bourgmestre ! Que les gens évacuent les maisons voisines et qu'ils se préparent à éteindre des incendies. Ce qui se passe maintenant là-bas n'est rien par rapport à l'enfer qui va se déchaîner quand le génie en finira avec la magicienne.

Geralt releva la tête, son regard croisa celui de Chireadan, avant de le fuir.

— Monsieur Krepp, se lança-t-il soudain. J'ai besoin de votre aide. Il s'agit du portail par lequel Jaskier est passé pour venir ici. Le portail relie toujours l'hôtel de ville au...

— On ne le voit même plus, dit froidement le prêtre en montrant le mur. Regarde toi-même !

— Même invisible, un portail laisse une trace qu'on peut stabiliser par une formule magique. Je vais passer par cette trace.

— Vous devez avoir perdu la tête. Même si ce passage ne vous met pas en pièces, où aboutirez-vous ? Vous voulez vous retrouver au cœur du cyclone ?

— Je vous ai demandé si vous pouviez jeter un charme pour stabiliser la trace.

— Un charme ? (Le prêtre releva fièrement la tête.) Je ne suis pas un sorcier impie ! Je ne jette pas de charmes ! Je tiens mon pouvoir de ma foi et de la prière !

— Vous le pouvez, oui ou non ?

— Je le peux.

— Alors, mettez-vous au boulot ! Le temps presse.

— Geralt, fit Jaskier. Est-ce que tu es vraiment devenu fou ? Tiens-toi loin de ce satané étrangleur !

— Silence, s'il vous plaît, dit Krepp. Et un peu de sérieux. Je prie.

— Au diable ta prière ! explosa Neville. Je file rassembler des hommes. Il faut faire quelque chose au lieu de rester planté là à discuter ! Par tous les dieux, quelle journée ! Quelle satanée journée !

Le sorceleur sentit Chireadan lui effleurer l'épaule. Il se retourna. L'elfe plongea son regard dans le sien, puis baissa les yeux.

— Tu vas là-bas... parce qu'il le faut, n'est-ce pas ?

Geralt hésita. Il avait l'impression de sentir le parfum de lilas et de groseille.

— Je crois que oui, répondit-il avec hésitation. Il le faut. Excuse-moi, Chireadan...

— Ne t'excuse pas ! Je sais ce que tu ressens.

— J'en doute. Car je n'en sais rien moi-même.

L'elfe sourit. D'un sourire qui n'avait rien de joyeux.

— C'est justement ça, Geralt. On ne sait pas ce qu'on ressent.

Krepp se redressa, prit une profonde inspiration.

— Le portail est prêt, dit-il en montrant avec fierté un carré à peine visible sur le mur. Mais il est fragile et ne tiendra pas longtemps. Je ne suis pas sûr non plus qu'il ne soit pas interrompu. Avant d'y pénétrer, monsieur le sorceleur, faites votre examen de conscience. Je peux vous bénir, mais pour ce qui est de la rémission de vos péchés...

— ... Le temps manque, acheva Geralt. Je le sais, monsieur Krepp. Pour ça, le temps manque toujours. Sortez tous de la salle ! Si le portail explose, vous aurez les tympans crevés.

— Je reste, dit Krepp lorsque la porte se fut refermée sur Jaskier et l'elfe. (Il agita les mains pour créer autour de lui une aura frémissante.) Je déploie une protection, à tout hasard. Si jamais le portail craque..., j'essaierai de vous en tirer, monsieur le sorceleur. Mes tympans ? La belle affaire ! Des tympans, ça repousse.

Geralt lui lança un regard plus bienveillant. Le prêtre sourit.

— Vous êtes un homme brave, dit-il. Vous voulez la sauver, n'est-ce pas ? Mais la bravoure ne vous servira pas à grand-chose. Les djinns sont des créatures rancunières. La magicienne est perdue. Vous serez perdu, vous aussi, si vous allez là-bas. Faites votre examen de conscience !

— Il est fait, dit Geralt en se tenant devant le portail qui luisait faiblement. Monsieur Krepp ?

— Je vous écoute.

— Cette formule d'exorcisme qui vous a tellement contrarié... Que signifient les mots ?

— En vérité, l'heure n'est pas à la plaisanterie ni à la bouffonnerie...

— S'il vous plaît, monsieur Krepp.

— Eh bien ! dit Krepp en allant s'abriter derrière le lourd bureau de chêne du bourgmestre. C'est votre dernier vœu, alors je vais vous le dire. Cela signifie... Hum ! Hum ! « Fiche le camp et culbute-toi toi-même. »

Geralt entra dans le néant, et le froid glacial étouffa le rire qui le secouait.

VIII

Rugissant et tourbillonnant comme un ouragan, le portail le propulsa avec impétuosité, le cracha avec une forcc à lui déchirer les poumons. Le sorceleur atterrit sur le plancher sans contrôler sa chute, la bouche ouverte, reprenant haleine avec difficulté.

Le sol frémit. Il pensa d'abord que c'était lui qui tremblait après son voyage à travers l'enfer étourdissant du portail, mais il comprit vite son erreur. C'était la maison tout entière qui vibrait, qui tremblait encore et encorc.

Il regarda autour de lui. Il ne gisait pas dans la petite chambre où il avait vu Yennefer et Jaskier pour la dernière fois, mais dans la grande salle restaurée de l'auberge d'Errdil.

C'est alors qu'il la vit. Elle était à genoux entre les tables, penchée sur sa boule magique. La boule diffusait un halo laiteux qui filtrait à travers les doigts de la magicienne en une lueur rouge. La lueur projetée par la boule formait une image. Tremblotante, vacillante, mais nette. Geralt voyait la petite chambre avec l'étoile et le pentagone tracés sur le sol, maintenant incandescents. Il voyait les liens multicolores, ardents et crépitants fusant du pentagone, qui disparaissaient au-dessus du toit d'où parvenaient les rugissements furieux du djinn captif.

Yennefer l'aperçut, se redressa brusquement et leva la main.

— Non, cria-t-il. Ne fais pas ça ! Je veux t'aider !

— M'aider ? grogna-t-elle. Toi ?

— Oui.

— Malgré tout ce que je t'ai fait ?

— Oui.

— C'est intéressant. Mais au fond, ça n'a pas d'importance. Je n'ai pas besoin de ton aide. Fiche le camp d'ici tout de suite !

— Non.

— Fiche le camp ! hurla-t-elle avec une grimace qui n'augurait rien de bon. Ici, ça devient dangereux ! La situation échappe à mon contrôle, tu comprends ? Je ne parviens pas à le dominer, je ne comprends pas ce qui se passe, le gredin ne faiblit pas. Je l'ai attrapé lorsqu'il a eu accompli le troisième vœu du troubadour, je devrais déjà l'avoir dans ma boule. Or il ne montre aucun signe de faiblesse ! Par tous les diables, on dirait qu'il devient de plus en plus fort ! Mais je le vaincrai, de toute façon, je le briserai...

— Tu ne le briseras pas, Yennefer. C'est lui qui te tuera.

— Il n'est pas si facile de me tuer...

Elle s'interrompit. Le plafond de l'auberge s'était

tout à coup mis à briller, il s'illumina tout entier. La clarté fit disparaître la vision projetée par la boule. Un grand carré de feu se dessina sur le plafond. La magicienne jeta un charme en levant les mains, des étincelles jaillirent de ses doigts.

— Sauve-toi, Geralt !

— Qu'est-ce qui se passe, Yennefer ?

— Il m'a localisée, gémit-elle en rougissant sous l'effort. Il veut s'en prendre à moi. Il crée son propre portail pour pénétrer dans la maison. Il ne peut pas couper les liens, mais il va entrer ici par son portail. Je ne peux pas... Je ne peux pas l'en empêcher !

— Yennefer...

— Ne me distrais pas ! Je dois me concentrer... Geralt, tu dois t'enfuir. Je vais ouvrir mon portail, tu pourras te sauver par là. Fais attention, ce portail te jettera quelque part au hasard, je n'ai ni le temps ni la force d'en faire un autre... Je ne sais pas où tu atterriras... Mais tu seras en sécurité... Prépare-toi...

Un grand portail répandit un éclat éblouissant sur le plafond, gonfla et se déforma ; la tête que le sorceleur connaissait surgit du néant : informe, faisant claquer ses lèvres pendantes, elle hurlait à vous en percer les tympans. Yennefer bondit, agita les mains et cria une formule magique. Un enchevêtrement de lumière fusa de ses doigts et s'abattit sur le djinn comme un filet. Le djinn poussa un rugissement et fit bourgeonner ses longues pattes qui se lancèrent, tels des cobras, à l'attaque de la gorge de la magicienne. Yennefer ne recula pas.

Geralt se précipita vers elle, la repoussa et la protégea de son corps. Le djinn, prisonnier de la lumière magique, sauta du portail comme le bouchon d'une bouteille, se rua sur eux, la gueule grande ouverte. Le sorceleur serra les dents et le frappa du Signe, sans effet apparent. Mais le génie n'attaqua pas. Il fut propulsé en l'air, juste sous le plafond, gonfla dans des proportions impressionnantes, écarquilla ses yeux pâles en regardant Geralt et poussa un rugissement. Ce rugissement résonna comme un ordre, une injonction que Geralt ne comprit pas.

— Par ici ! cria Yennefer en montrant le portail qu'elle avait fait apparaître sur le mur près de l'escalier. (Par comparaison avec le portail créé par le génie, le portail de la magicienne avait un aspect pitoyable, fragile et extrêmement provisoire.) Par ici, Geralt ! Sauve-toi !

— Je ne me sauverai qu'avec toi !

Parcourant l'espace de ses mains, Yennefer criait des formules magiques, les liens multicolores lançaient des étincelles, crépitaient. Le djinn se mit à tourner comme une toupie, tantôt en tendant les liens, tantôt en les relâchant. Il se rapprochait lentement mais inexorablement de la magicienne. Yennefer ne recula pas.

En un bond, le sorceleur fut près de Yennefer, il lui fit un habile croche-pied, l'attrapa d'une main par la taille et plongea l'autre dans sa chevelure, sur sa nuque. Yennefer poussa un horrible juron et lui donna une bourrade sur le cou. Il ne la lâchait pas. L'odeur pénétrante d'ozone qu'avaient créée les formules magiques n'avait pas tué le parfum de lilas et de groseille. Geralt déséquilibra la magicienne qui ruait des quatre fers, en lui donnant des coups de pied dans les jambes, et l'emporta d'un bond dans le néant opalescent et tremblotant du petit portail.

Un portail qui menait dans l'inconnu.

Ils s'envolèrent, étroitement enlacés, heurtèrent un sol de marbre sur lequel ils glissèrent en renversant au passage un énorme chandelier et aussitôt après une table d'où tombèrent des coupes et des compotiers de cristal et un énorme plat d'huîtres sur un lit d'algues et de glace pilée. On entendit un hurlement et un cri strident.

Ils étaient allongés au beau milieu d'une salle de bal éclairée par des candélabres. Des messieurs richement vêtus et des dames étincelantes de joyaux avaient interrompu leur danse et les observaient dans un silence stupéfait. Les musiciens, sur une petite galerie, achevèrent leur morceau dans une cacophonie qui cassait les oreilles.

— Espèce de crétin ! s'écria Yennefer en essayant de lui arracher les yeux. Satané idiot ! Tu m'as gênée ! Je l'avais presque !

— Tu parles que tu l'avais ! répondit-il en criant lui aussi, fâché pour de bon. Je t'ai sauvé la vie, espèce de sorcière idiote !

Comme un chat en colère, elle lui postillonna à la figure, ses mains répandaient des étincelles. Geralt détourna la tête et lui immobilisa les poignets. Ils roulèrent alors au milieu des huîtres, des fruits candis et de la glace pilée.

— Avez-vous une invitation ? demanda un homme de belle prestance, avec une chaîne dorée de chambellan sur la poitrine, qui les regardait d'un air hautain.

— Va te faire voir, imbécile ! hurla Yennefer en essayant toujours d'arracher les yeux de Geralt.

— C'est un scandale, dit le chambellan d'un ton appuyé. Vraiment, vous exagérez avec votre téléportation ! Je me plaindrai au conseil des magiciens. J'exigerai...

Personne ne sut jamais ce que le chambellan voulait exiger du conseil des magiciens. Yennefer se dégagea, secoua l'oreille du sorceleur de sa main délivrée, lui donna un grand coup de pied dans la cuisse et sauta dans le portail qui s'éteignait sur le mur. Geralt s'élança à sa suite en la saisissant par les cheveux et la taille d'un geste expert. Yennefer, qui avait elle aussi acquis une certaine pratique, le bouscula d'un coup de coude. Sous la violence de son geste, l'emmanchure de sa robe craqua sous le bras, dévoilant une poitrine parfaite de jeune fille. Une huître sauta de son décolleté déchiré.

Ils tombèrent tous deux dans le néant du portail. Geralt put encore entendre les paroles du chambellan.

— Musique ! Jouez, s'il vous plaît ! Il ne s'est rien passé. Oubliez ce regrettable incident !

Le sorceleur était persuadé que chaque nouvelle traversée du portail accroissait le risque d'un malheur et il ne se trompait pas. Ils arrivèrent au but, à l'auberge d'Errdil, mais ils se matérialisèrent trop haut, sous le plafond. Dans leur chute, ils brisèrent la balustrade de l'escalier et atterrirent sur une table dans un vacarme assourdissant. Il était impossible que la table résistât, et elle ne résista pas.

Lorsqu'ils rencontrèrent le sol, Yennefer se retrouva en dessous. Geralt était persuadé qu'elle était évanouie. Il se trompait.

Elle lui donna un coup de poing dans l'œil et lui lâcha en pleine figure une bordée d'insultes qui n'aurait pas fait honte à un fossoyeur nain ; or les fossoyeurs nains étaient des gens d'une obscénité inégalable. Les jurons étaient accompagnés de coups furieux et désordonnés portés à l'aveuglette sur tout ce qui se présentait. Geralt lui saisit les mains et, désireux d'éviter un coup de tête, fourra son nez dans le décolleté de la magicienne, qui sentait bon le lilas, la groseille et les huîtres.

— Lâche-moi ! hurla-t-elle en se débattant comme un poney. Idiot ! Imbécile ! Crétin ! Lâche-moi, je te dis ! Le lien va craquer, je dois le renforcer, sinon le djinn va s'enfuir !

Il ne répondit pas alors même qu'il en brûlait d'envie. Il augmenta sa pression en essayant de la clouer au sol. Yennefer poussa un horrible juron, se débattit et lui donna un coup de pied dans l'entrejambe en rassemblant toutes ses forces. Avant qu'il eût réussi à reprendre haleine, elle s'arracha, hurla une formule magique. Il sentit une force monstrueuse le soulever de terre et le lancer à travers toute la longueur de la salle ; puis, avec une impulsion qui lui coupa le souffle, il heurta les deux battants d'un buffet sculpté qu'il démolit copieusement.

IX

— Qu'est-ce qui se passe ? (Jaskier, cramponné au rebord de la fenêtre, se tordait le cou pour percer le rideau de pluie.) Qu'est-ce qui se passe là-bas ? Dites-le-moi, par tous les diables !

— Ils se battent, hurla l'un des curieux dans la rue, en s'écartant vivement de la fenêtre de l'auberge. (Ses camarades en loques prirent eux aussi l'escampette en claquant leurs talons nus dans la boue.) Le sorcier et la magicienne se battent.

— Ils se battent ? s'étonna Neville. Ils se battent pendant que l'autre misérable ruine ma ville ! Regardez, il a encore renversé une cheminée ! Et il a pulvérisé la briqueterie ! Hé ! Mes braves ! Courez là-bas ! Par tous les dieux, c'est une chance qu'il pleuve, sinon il y aurait un incendie terrible !

— Ça ne va plus durer longtemps, dit le prêtre Krepp d'un ton lugubre. La lumière magique faiblit, le lien va craquer. Monsieur Neville ! Ordonnez aux gens de reculer ! Là-bas, l'enfer va se déchaîner ! Il ne va rester que des éclats de bois de votre maison, monsieur Errdil ! Qu'est-ce qui vous fait rire, monsieur Errdil ? Tout de même, c'est votre maison ! Que trouvez-vous de si drôle ?

— J'ai assuré cette masure pour une belle galette !

— Votre police d'assurance couvre les accidents de magie et les dégâts causés par les phénomènes surnaturels ?

— Bien sûr.

— Vous avez agi sagement, monsieur l'elfe. Très sagement. Je vous félicite. Hé, braves gens, aux abris ! Que ceux qui tiennent à la vie s'éloignent !

À l'intérieur de la maison d'Errdil, on entendit un fracas assourdissant, un éclair fusa. La foule recula et s'abrita derrière des piliers.

— Pourquoi Geralt est-il allé là-bas ? gémit Jaskier. Pourquoi, par tous les diables ? Pourquoi s'est-il obstiné à sauver cette magicienne ? Diantre ! Pourquoi ? Chireadan, est-ce que tu comprends, toi ?

L'elfe eut un sourire triste.

— Oui, Jaskier, acquiesça-t-il. Je comprends.

X

Geralt fit un écart pour éviter une nouvelle flèche d'un orange flamboyant, qui fusait des doigts de la magicienne. Elle était visiblement fatiguée, ses traits étaient fragiles et lents, il les évitait sans grande difficulté.

— Yennefer ! cria-t-il. Calme-toi ! Comprends enfin ce que je veux te dire ! Tu n'y arriveras pas !

Il ne put achever. Des mains de la magicienne jaillirent des éclairs rouges très fins qui l'atteignirent en de nombreux endroits et l'immobilisèrent. Ses vêtements émirent un sifflement et se mirent à fumer.

— Je n'y arriverai pas ? articula-t-elle, debout au-dessus de lui. Tu vas voir tout de suite de quoi je suis capable. Il suffit que tu restes couché dans ton coin et quc tu ne me déranges plus.

— Retire-moi ça ! rugit-il en pestant et en se débattant dans la toile d'araignée ardente. Je brûle, par tous les diables !

— Reste couché sans bouger ! lui conseilla-t-elle, le souffle court. Ça brûle seulement quand tu t'agites... J'ai pas de temps à te consacrer, sorceleur. Nous avons un peu badiné, mais point trop n'en faut. Il faut que je m'occupe de ce djinn car il est prêt à fuir...

— À fuir ? hurla-t-il. C'est toi qui devrais fuir ! Ce

djinn... Yennefer, écoute-moi attentivement ! Il faut que je t'avoue quelque chose... Il faut que je te dise la vérité. Tu vas être surprise.

XI

Le djinn, au bout de son lien, s'agita dans tous les sens. Il décrivit un cercle, tira sur les cordes qui le retenaient et balaya la tourelle de la maison de Beau Berrant.

— Il pousse de ces rugissements ! dit Jaskier en fronçant les sourcils et en se protégeant instinctivement la gorge ! Il pousse des rugissements horribles ! Il est sacrément furieux, on dirait !

— Il l'est, dit Krepp.

Chireadan lui jeta un rapide coup d'œil.

— Pardon ?

— Il est furieux, répéta Krepp. Et ça ne m'étonne pas. Moi aussi, je serais furieux si je devais accomplir à la lettre le premier vœu que le sorceleur a exprimé par hasard...

— Comment ça ? s'écria Jaskier. Geralt a exprimé un vœu ?

— C'est lui qui avait le sceau qui retenait le génie prisonnier. Le génie accomplit ses vœux. C'est pour ça que la magicienne ne peut pas maîtriser le djinn. Mais le sorceleur ne devrait pas le lui dire, même s'il l'a deviné. Il ne devrait surtout pas le lui dire.

— Tonnerre ! gronda Chireadan. Je commence à comprendre. Le geôlier de la prison... Il a explosé...

— C'était le deuxième vœu du sorceleur. Il lui en reste encore un. Le dernier. Mais, par tous les dieux, il ferait mieux de ne pas le dire à Yennefer.

XII

Penchée sur lui, elle était immobile et n'accordait plus la moindre attention au djinn qui se débattait au bout de ses liens au-dessus du toit de l'auberge. Le bâtiment trembla, du plâtre et des éclats de bois tombaient du plafond, les meubles, ébranlés par les secousses, se déplaçaient sur le plancher.

— Alors, c'est donc ça ! siffla-t-elle. Toutes mes félicitations ! Tu as réussi à me tromper. Ce n'est pas Jaskier, c'est toi qui l'as ! C'est pour ça que le djinn lutte si fort ! Mais je n'ai pas encore dit mon dernier mot, Geralt ! Tu me sous-estimes, tu sous-estimes mon pouvoir. Pour le moment, je vous ai encore en main, le djinn et toi. Il te reste encore un vœu, un dernier vœu ? Alors, prononce-le ! Tu libéreras le djinn et alors je le mettrai en bouteille.

— Tu n'en as plus la force, Yennefer.

— Tu sous-estimes mes forces. Ton vœu, Geralt !

— Non, Yennefer. Je ne peux pas... Le djinn peut le réaliser, mais il ne te le pardonnera pas. Quand il sera libre, il te tuera, il se vengera sur toi... Tu ne réussiras pas plus à l'attraper qu'à te défendre contre lui. Tu es épuisée, tu tiens à peine debout. Tu vas mourir, Yennefer.

— Je prends le risque ! cria-t-elle, furieuse. Qu'est-ce que ça peut te faire, ce qui va m'arriver ? Songe plutôt à ce que le djinn peut te donner ! Tu as encore un vœu ! Tu peux lui demander ce que tu veux ! Profite de ta chance ! Profites-en, sorceleur ! Tu peux tout avoir ! Tout !

XIII

— Ils vont mourir tous les deux ? hurla Jaskier. Ce n'est pas possible ! Monsieur Krepp, ou je ne sais trop comment on vous appelle... Pourquoi ? Le sorceleur pourrait tout de même... Pourquoi il ne s'enfuit pas, par toutes les pestes aussi pénibles qu'inattendues ? Pourquoi ? Qu'est-ce qui le retient là-bas ? Pourquoi n'abandonne-t-il pas cette satanée sorcière à son sort pour s'enfuir ? Enfin, ça n'a pas de sens !

— Ça n'a aucun sens, répéta Chireadan, amer. Absolument aucun.

— C'est du suicide ! Et de l'idiotie pure !

— Après tout, c'est son métier ! intervint Neville. Le sorceleur sauve ma ville. J'appelle les dieux à témoin que s'il vainc la magicienne et chasse le démon, je le récompenserai largement...

Jaskier arracha de sa tête son minuscule chapeau orné d'une plume d'aigrette, cracha dessus, le jeta dans la boue et le piétina en répétant des mots divers en différentes langues.

— Enfin, il a..., gémit-il soudain. Il a encore un vœu en réserve ! Il pourrait la sauver et se sauver lui-même ! Monsieur Krepp !

— Ce n'est pas si simple, réfléchit le prêtre. Mais si... S'il exprimait le bon vœu... S'il liait son sort au sort de... Non, je ne pense pas que l'idée lui vienne. Et il est même préférable qu'elle ne lui vienne pas.

XIV

— Ton vœu, Geralt ! Plus vite ! Qu'est-ce que tu souhaites ? L'immortalité ? La richesse ? La gloire ? Le pouvoir ? La puissance ? Les honneurs ? Plus vite ! Il n'y a pas de temps à perdre !

Il se taisait.

— Être un homme, dit-elle soudain avec un sourire mauvais. J'ai deviné, n'est-ce pas ? C'est bien ça que tu souhaites ? C'est bien ça dont tu rêves ? Tu rêves d'être libéré, d'être libre d'être celui que tu veux être, et non pas celui que tu dois être. Le djinn exaucera ce vœu, Geralt. Prononce-le !

Il se taisait.

Elle se dressait au-dessus de lui dans les scintillements de sa boule de cristal, dans son halo de magie, au milieu des jaillissements des rayons lumineux qui enchaînaient le djinn, les cheveux flottants et ses yeux lançant des flammes violettes, droite, svelte, noire, terrifiante...

Et belle.

Elle se pencha brusquement, le regarda droit dans les yeux, tout près. Il sentit son parfum de lilas et de groseille.

— Tu te tais, siffla-t-elle. Alors, que désires-tu, sorceleur ? Quel est ton rêve le plus intime ? Tu ne le sais pas ou tu n'arrives pas à te décider ? Cherche en toi ! Cherche profond et à fond parce que, je le jure sur le pouvoir, tu n'auras pas de seconde chance !

Et soudain il sut la vérité. Il savait. Il savait qui elle avait été, quels étaient ses souvenirs, ce qu'elle n'avait pas pu oublier, le passé avec lequel elle vivait. Il savait qui elle avait été avant de devenir magicienne.

Car les yeux qui le regardaient, des yeux froids, perçants, mauvais et intelligents, étaient ceux d'une bossue.

Il prit peur. Il n'avait pas peur de la vérité, non. Il avait peur qu'elle le lût dans ses pensées, qu'elle découvrît qu'il avait deviné. Qu'elle ne le lui pardonnât jamais. Il étouffa cette idée en lui, la tua, la jeta de sa mémoire à jamais, l'effaça définitivement, et il ressentit un énorme soulagement. Il sentait que...

Le plafond craqua. Le djinn, emmêlé dans un réseau de rayons qui s'éteignaient déjà, s'abattit droit sur eux en poussant des rugissements, des rugissements où perçaient le triomphe et des envies de meurtre. Yennefer se rua à sa rencontre, de la lumière jaillit de ses mains. Une lumière très ténue.

Le djinn ouvrit la gueule et tendit ses pattes vers elle. Le sorceleur comprit brusquement qu'il savait ce qu'il souhaitait.

Et il prononça son vœu.

XV

La maison explosa. Briques, poutres et planches volèrent en éclats dans un nuage de fumée et d'étincelles. Le djinn fusa de la poussière, aussi grand qu'une grange. Rugissant, se pâmant d'un rire triomphant, le génie de l'air, le d'jinni, enfin libéré, enfin libre, qui n'était plus lié par aucun engagement, aucune volonté autre que la sienne, décrivit trois cercles audessus de la ville, arracha la flèche de l'hôtel de ville, prit son essor et s'envola dans le ciel, devint de plus en plus petit et disparut.

— Il s'est enfui ! Il s'est enfui ! s'écria Krepp. Le sorceleur est parvenu à ses fins. Le génie s'est envolé ! Il ne menacera plus personne !

— Ah ! fit Errdil avec une admiration qui n'était pas feinte. Quelle ruine superbe !

— Par tous les diables ! Par tous les diables ! hurla Jaskier, tapi derrière le rebord de la fenêtre. Il a détruit toute la maison ! Il ne peut pas y avoir de survivants ! Personne n'a survécu, c'est moi qui vous le dis !

— Le sorceleur Geralt de Riv s'est sacrifié pour la ville, dit Neville d'un ton solennel. Nous ne l'oublierons pas, nous lui rendrons hommage. Nous lui élèverons une statue...

Jaskier retira un débris de terre séchée que la natte de roseau avait laissé sur ses manches, secoua son pourpoint des écailles du crépi mouillé par la pluie, regarda le bourgmestre et en quelques mots bien sentis exprima son opinion sur le sacrifice, la mémoire, l'hommage, et tous les monuments de la ville.

XVI

Geralt regarda autour de lui. Des gouttes de pluie coulaient lentement dans la pièce par le trou du toit. Alentour s'amoncelaient décombres et bouts de bois. Par un curieux hasard, l'endroit où ils se trouvaient avait été totalement épargné. Pas une planche, pas même une brique ne leur était tombée dessus. C'était comme si un bouclier invisible les avait protégés.

Yennefer, en rosissant légèrement, s'agenouilla à côté de Geralt, les mains posées sur ses genoux.

— Sorceleur, dit-elle en se raclant la gorge. Tu es mort ?

— Non, dit Geralt en s'essuyant le visage pour le débarrasser de la poussière.

D'un geste timide, Yennefer lui effleura le poignet, lui toucha légèrement la main.

— Je t'ai brûlé...

— Ce n'est rien. Quelques ampoules...

— Excuse-moi ! Tu sais, le djinn s'est enfui. Définitivement.

— Tu le regrettes ?

— Pas trop.

— C'est bien. Aide-moi à me lever, s'il te plaît !

— Attends ! chuchota-t-elle. Ton vœu... J'ai entendu ce que tu souhaitais. J'en suis restée stupéfaite, réellement stupéfaite. Je pouvais m'attendre à tout sauf à ça. Qu'est-ce qui t'y a poussé, Geralt ? Pourquoi... Pourquoi moi ?

— Tu ne sais pas ?

Elle se pencha sur lui, jusqu'à le toucher. Il sentit ses cheveux au parfum de lilas et de groseille lui frôler le visage et tout à coup il sut que jamais il n'oublierait leur parfum, leur contact si doux ; il sut que jamais il n'en avait connu d'aussi parfumés ni d'aussi doux. Yennefer l'embrassa et il comprit que plus jamais il ne désirerait d'autres lèvres que les siennes, tendres et humides, sucrées sous le rouge à lèvres. Tout à coup il sut que désormais, il n'y avait plus qu'elle, son cou, ses épaules et ses seins libérés de sa robe noire, qu'il n'existait plus que sa peau, plus délicate et plus fraîche que toutes celles qu'il avait connues auparavant. Il plongea son regard dans ses yeux violets, les plus beaux yeux du monde, des yeux qui pour lui, comme il le craignait, seraient...

Tout. Il le savait.

— Ton vœu, chuchota-t-elle, ses lèvres tout près de son oreille. Je ne sais pas si pareil vœu peut se réaliser. Je ne sais pas s'il existe dans la nature un pouvoir capable de réaliser pareil vœu. Mais si c'est le cas, tu t'es condamné. Tu t'es condamné à moi.

Il la fit taire d'un baiser, d'une étreinte, d'un effleurement, d'une caresse, de caresses, puis de tout son être, de toute sa pensée, d'une unique pensée, de tout, encore et encore. Leurs soupirs et le bruissement des vêtements qu'ils éparpillaient sur le sol rompirent le silence. Ils le rompirent tout doucement, ils se montraient paresseux, précis, tendres et prévenants, et même si ni l'un ni l'autre ne savait très bien ce qu'étaient la tendresse et la prévenance, ils y parvinrent parce qu'ils le souhaitaient très fort. Ils ne se pressaient pas, et pourtant le monde entier cessa soudain d'exister, pour un minuscule, pour un très court instant, qui leur parut durer toute une éternité car c'était, en effet, toute une éternité.

Et puis la réalité reprit ses droits, mais elle les reprit différemment.

— Geralt ?

— Oouuui ?

— Et maintenant ?

— Je ne sais pas.

— Moi non plus. Car, vois-tu, je... je ne suis pas sûre qu'il valait la peine que tu te condamnes à moi. Je ne sais pas m'y prendre... Attends ! Qu'est-ce que tu fais ? Je voulais te dire...

— Yennefer... Yen...

— Yen ! répéta-t-elle en s'abandonnant totalement. Personne ne m'a jamais appelée comme ça. Redis-le, je t'en prie.

— Yen !

— Geralt !

XVII

La pluie avait cessé. Au-dessus de Rinde, apparut un arc-en-ciel qui fendit le ciel de son arche multicolore tronquée. Elle donnait l'impression de sortir du toit en ruine de l'auberge.

— Par tous les dieux ! murmura Jaskier. Quel silence... Ils sont morts, je vous dis. Soit ils se sont entre-tués, soit mon djinn les a achevés.

— Il faut voir, dit Vratimir en s'essuyant le front avec son bonnet froissé. Ils sont peut-être blessés. Peut-être faudrait-il appeler un physicien ?

— Plutôt un fossoyeur, constata Krepp. Je la connais, cette magicienne, et le diable se lisait aussi dans le regard du sorceleur. Il n'y a pas à dire, il faut creuser tout de suite deux trous au lamentoir. Avant qu'on l'enterre, je conseillerais d'enfoncer une cheville de tremble dans cette Yennefer.

— Quel silence ! répéta Jaskier. Il y a un instant on entendait voler jusqu'aux chevrons des toitures, et maintenant on n'entend plus voler que les mouches.

Ils allèrent jusqu'aux ruines de l'auberge en se tenant sur leurs gardes, précautionneusement.

— Que le menuisier fasse les cercueils ! déclara Krepp. Dites au menuisier...

— Chut ! l'interrompit Errdil. J'ai entendu un bruit. Qu'est-ce que c'était, Chireadan ?

L'elfe dégagea son oreille en pointe et pencha la tête.

— Je n'en suis pas sûr... Rapprochons-nous encore !

— Yennefer est en vie, dit soudain Jaskier en tendant au maximum son oreille de musicien. Je l'ai entendue gémir. Oh ! La voilà qui gémit de nouveau !

— Oui ! confirma Errdil. Je l'ai entendue aussi. Elle gémit. Elle doit atrocement souffrir, c'est moi qui vous le dis. Chireadan, où vas-tu ? Fais attention !

L'elfe s'éloigna de la fenêtre écroulée par laquelle il venait de jeter un regard prudent à l'intérieur.

— Allons-nous-en ! fit-il brièvement. Ne les dérangeons pas !

— Alors, ils sont tous les deux vivants ? Chireadan ? Qu'est-ce qu'ils font ?

— Allons-nous-en ! répéta l'elfe. Laissons-les seuls ! Qu'ils restent là, elle et lui avec son dernier vœu. Allons les attendre dans une auberge ! Ils ne vont pas tarder à nous rejoindre. Tous les deux.

— Qu'est-ce qu'ils font ? redemanda Jaskier, curieux. Dis-le-nous donc, par tous les diables !

L'elfe sourit. D'un sourire triste, très triste.

— Je n'aime pas les grands mots, dit-il. Et c'est une chose qu'on ne saurait dire sans employer de grands mots.

La voix de la raison 7

I

Dans la clairière, se tenait Falwick, revêtu de son armure complète à l'exception de son casque, son manteau rouge carmin de moine rejeté en arrière sur l'épaule. À côté de lui, un nain géant, trapu, barbu, portant un haubert sous une pelisse de renard et coiffé d'un camail, avait les bras croisés sur la poitrine. Tailles, qui ne portait qu'une courte tunique en tissu doublé, arpentait la clairière en faisant des moulinets avec son épée dégainée.

Le sorceleur embrassa la clairière du regard en retenant son cheval. Tout le pourtour scintillait des cuirasses et des capelines de soldats armés de lances.

— Tonnerre ! grommela Geralt. J'aurais dû m'y attendre.

Jaskier tourna bride et jura tout bas à la vue des lanciers qui leur coupaient la retraite.

— Qu'est-ce qui se passe, Geralt ?

— Rien. Ferme ta gueule une fois pour toutes et ne t'en mêle pas ! Je vais essayer de nous sortir de là en racontant quelque mensonge.

— Que se passe-t-il, je te demande ? Encore une dispute ?

— Ferme-la !

— C'était tout de même une idée stupide d'aller en ville ! gémit le troubadour en regardant vers les tours du temple tout proche, qu'on pouvait apercevoir au-dessus de la forêt. On aurait dû rester tranquillement chez Nenneke et ne pas mettre le nez hors de l'enceinte...

— Ferme-la, je t'ai dit ! Tu vas voir, tout va s'expliquer.

— Ça n'en a pas l'air.

Jaskier avait raison. Ça n'en avait pas l'air. Tailles faisait toujours les cent pas en agitant son glaive, sans regarder de leur côté. Les soldats observaient la scène, appuyés sur leurs lances avec l'air morne et indifférent de professionnels chez qui le fait de tuer ne provoque pas de poussées excessives d'adrénaline.

Ils descendirent de cheval. Falwick et le nain s'approchèrent à pas lents.

— Vous avez offensé Tailles, un homme de haut lignage, sorceleur, dit le duc sans préambule ni les formules de politesse usuelles. Et Tailles, comme vous vous en souvenez certainement, vous a jeté son gant. Il n'était pas correct de vous provoquer dans l'enceinte du temple, aussi avons-nous attendu que vous quittiez les jupons de la prêtresse. Tailles vous attend. Vous devez vous battre.

— Vraiment ?

— Oui.

— Et vous ne pensez pas, monsieur Falwick, grimaça Geralt, que ce Tailles de haut lignage me fait trop d'honneur ? Je n'ai jamais eu l'honneur d'être adoubé chevalier, et quant à ma naissance, mieux vaut ne pas en rappeler les circonstances. Je crains de ne pas être assez digne... Comment dit-on, Jaskier ?

— Incapable de donner réparation et d'aller sur le pré, récita le poète en gonflant les lèvres. Le code de chevalerie constitue...

— Le chapitre de l'ordre obéit à son propre code, le coupa Falwick. Si c'était vous qui aviez défié un chevalier de l'ordre, celui-ci aurait pu à son gré vous refuser réparation ou vous l'accorder. Mais c'est la situation inverse : c'est le chevalier qui vous défie, et ainsi vous élève à sa dignité, bien entendu uniquement le temps nécessaire pour laver l'affront. Vous ne pouvez pas refuser. Refuser cette dignité vous en rendrait indigne.

— C'est d'une logique ! dit Jaskier avec une grimace simiesque. Je vois que vous avez étudié les philosophes, monsieur le chevalier.

— Ne t'en mêle pas ! (Geralt dressa la tête, regarda Falwick dans les yeux.) Achevez, chevalier. J'aimerais savoir vos intentions. Que se passera-t-il si je m'avère... indigne ?

— Que se passera-t-il ? (Un rictus se dessina sur le visage de Falwick.) Eh bien ! Je te ferai alors pendre à une branche, coquin !

— Du calme ! dit soudain le nain d'une voix éraillée. Contrôlez vos nerfs, monsieur le comte. Et pas d'injures, s'il vous plaît.

— Ce n'est pas à toi de m'apprendre les bonnes manières, Cranmer ! dit le chevalier avec un air pincé. Et souviens-toi que le prince t'a donné des ordres que tu dois exécuter à la lettre.

— C'est vous qui n'avez pas à me donner de leçon, comte, dit le nain, le poing sur la hache à double tranchant glissée dans sa ceinture. Je sais exécuter des ordres, je me passerai de vos leçons. Monsieur Geralt, permettez. Je suis Dennis Cranmer, capitaine de la garde du prince Hereward.

Le sorceleur salua le nain avec raideur en le regardant dans les yeux, des yeux gris clair, couleur d'acier, sous des sourcils filasse broussailleux.

— Battez-vous avec Tailles, monsieur le sorceleur ! poursuivit calmement Dennis Cranmer. Ça vaudra mieux. Il ne s'agit pas d'un duel convenu à mort, vous devez juste réduire votre adversaire à l'impuissance. Allez sur le pré et laissez-le vous réduire à l'impuissance !

— Pardon ?

— Le chevalier Tailles est le favori du prince, dit Falwick avec un sourire fielleux. Si ton glaive le touche au cours du combat, mutant, tu seras puni. Le capitaine Cranmer t'arrêtera et te livrera à Sa Majesté et tu devras comparaître devant elle. Pour être puni. Tels sont les ordres qu'il a reçus.

Le nain n'eut pas un regard pour le chevalier, il ne quittait pas Geralt des yeux. Le sorceleur esquissa un sourire assez horrible.

— Si je comprends bien, dit-il, je dois me battre en duel parce que si je ne le fais pas, je serai pendu. Si je combats, je dois laisser mon adversaire me blesser parce que si c'est moi qui le blesse, je serai condamné au pilori. Quelle joyeuse alternative ! Mais je pourrais peut-être vous épargner des ennuis ? Je vais me fracasser la tête contre le tronc d'un pin et me réduire ainsi moi-même à l'impuissance. Cela vous satisfera-t-il ?

— Trêve de plaisanteries ! siffla Falwick entre ses dents. N'aggrave pas ta situation ! Tu as offensé l'ordre, vagabond, et pour cette offense, tu dois être puni, je pense que tu l'as compris. Le jeune Tailles, de son côté, a besoin de se couvrir de gloire en vainquant un sorceleur, gloire que le chapitre de l'ordre veut lui assurer. Sinon, tu serais déjà pendu. Si tu te laisses vaincre, tu sauveras ta misérable vie. Nous ne tenons pas à te voir mort, nous voulons simplement que Tailles t'égratigne la peau. Et une peau de mutant comme la tienne cicatrise vite. Allez, on y va. Décide ! Tu n'as pas le choix !

— C'est ce que vous pensez, monsieur le comte, dit Geralt en accentuant son rictus. (Il jeta un coup d'œil circulaire pour évaluer le nombre des soudards.) Mais moi, je pense l'avoir.

— Oui, c'est vrai, reconnut Dennis Cranmer. Vous avez le choix. Mais alors le sang coulera, des flots de sang. Comme à Blaviken. C'est ce que vous voulez ? Vous voulez avoir du sang et des morts sur la conscience ? Car le choix auquel vous pensez, monsieur Geralt, signifie du sang et des morts.

— Vous argumentez de bien charmante façon, capitaine, c'en est même fascinant ! se moqua Jaskier. Vous essayez de prendre un homme que vous avez attaqué dans la forêt par des sentiments humanitaires, vous en appelez à ses grands sentiments. Vous lui demandez, si je comprends bien, de daigner ne pas verser le sang des bandits qui l'ont attaqué. Il doit avoir pitié de ces sbires parce qu'ils sont pauvres, qu'ils ont femmes et enfants, et qui sait, peut-être même une mère. Mais ne vous semble-t-il pas, capitaine Cranmer, que vous vous inquiétez prématurément ? Parce que moi, quand je regarde vos lanciers, je vois leurs genoux trembler rien qu'à l'idée de se battre avec Geralt de Riv, le sorceleur qui vient à bout d'une strige à mains nues. Il n'y aura pas d'effusion de sang ici, personne ne subira de dommages. À l'exception de ceux qui se casseront une jambe en détalant jusqu'à la ville.

— Moi, dit calmement le nain en prenant un air supérieur et agressif, je n'ai rien à reprocher à mes genoux. Jusqu'à présent, je n'ai jamais fui devant personne et ce n'est pas aujourd'hui que je changerai d'habitudes. Je ne suis pas marié et si j'ai des enfants, je ne sais rien de leur existence ; quant à ma mère, une dame que je ne connais pas plus que ça, je préférerais la tenir en dehors de cette affaire. Mais les ordres qui m'ont été donnés, je les exécuterai. À la lettre, comme toujours. Sans en appeler à vos sentiments, monsieur Geralt de Riv, je vous demande de prendre une décision. Quelle qu'elle soit, je m'y conformerai.

Le nain et le sorceleur se regardèrent les yeux dans les yeux.

— Bien ! finit par dire Geralt. Réglons cela ! On ne va pas y passer la journée.

Falwick redressa la tête, ses yeux lancèrent des éclairs.

— Par conséquent, vous êtes d'accord ? dit-il. Vous consentez à vous battre en duel avec le chevalier né Tailles de Dorndal ?

— Oui.

— Bien. Préparez-vous !

— Je suis prêt, dit Geralt en enfilant ses gants. Ne perdons pas de temps ! Si ce duel vient aux oreilles de Nenneke, ça ira mal. Réglons cela rapidement ! Jaskier, garde ton calme ! Tu n'as rien à voir là-dedans. N'est-ce pas, monsieur Cranmer ?

— Absolument ! confirma sèchement le nain avant de regarder Falwick. Absolument, monsieur Geralt ! Quoi qu'il arrive, cela ne concerne que vous.

Le sorceleur dégaina son glaive.

— Non, dit Falwick, en sortant le sien. Tu ne te battras pas avec ta lame de rasoir. Prends mon épée !

Geralt haussa les épaules. Il prit l'épée du comte et fit un moulinet pour l'essayer.

— Elle est lourde, constata-t-il froidement. Nous pourrions nous battre avec des bêches avec un égal succès.

— Tailles a la même. Vous êtes à armes égales.

— Vous avez vraiment beaucoup d'humour, monsieur Falwick. Vraiment beaucoup !

Les soudards s'espacèrent sur le pourtour de la clairière. Tailles et le sorceleur se faisaient face.

— Monsieur Tailles ? Que diriez-vous de me présenter des excuses ?

Le petit chevalier pinça les lèvres, mit sa main gauche dans son dos et s'immobilisa en position d'escrimeur.

— Non ? dit Geralt en souriant. Vous n'écouterez pas la voix de la raison ? C'est dommage.

Tailles fléchit les genoux, se releva d'un bond et passa à l'attaque à la vitesse de l'éclair, sans avertissement. Le sorceleur ne fit même pas l'effort de parer les coups, il esquiva la pointe aplatie de l'épée d'une rapide volte-face. Le petit chevalier traça un large moulinet, la lame cingla l'air. D'une agile pirouette, Geralt échappa à la lame, bondit sur le côté en souplesse et d'une feinte courte, légère, fit perdre la cadence à Tailles. Celui-ci poussa un juron, donna un coup ample de la dextre, perdit un moment l'équilibre, essaya de le récupérer, instinctivement, maladroitement, la garde haute. Le sorceleur frappa avec la vitesse et la force de la foudre, il cogna droit devant en tendant le bras sur toute sa longueur. La lourde épée grinça bruyamment en croisant la lame de Tailles qui, violemment repoussée, alla lui heurter le visage. Le chevalier poussa un hurlement, tomba sur les genoux, le front dans l'herbe. Falwick accourut et se baissa. Geralt ficha le glaive en terre et se retourna.

— À moi, la garde ! hurla Falwick en se relevant. Attrapez-le !

— Ne bougez pas ! Que chacun reste à sa place ! râla Dennis Cranmer en effleurant sa hache.

Les soldats s'immobilisèrent.

— Non, comte, dit lentement le nain. J'exécute toujours les ordres à la lettre. Le sorceleur n'a pas touché le chevalier Tailles. Le gamin s'est cogné à son propre fer. Par malchance.

— Il a le visage massacré ! Il est défiguré à vie.

— La peau cicatrise, dit Dennis Cranmer en plantant ses yeux d'acier dans le sorceleur et en montrant les dents. Et la cicatrice ? Une cicatrice, pour un chevalier, est un souvenir glorieux, une source d'éloge et de gloire, de cette gloire que le chapitre souhaitait tant pour lui. Un chevalier sans cicatrice est un pleutre, ce n'est pas un chevalier. Demandez-le-lui, comte ! Vous verrez qu'il est content.

Tailles, qui se tordait de douleur dans l'herbe, crachait du sang, glapissait et hurlait, n'avait aucunement l'air réjoui.

— Cranmer ! rugit Falwick en déterrant son épée. Tu vas le regretter, je le jure !

Le nain se retourna, sortit lentement sa hache de sa ceinture, se racla la gorge et cracha généreusement dans sa dextre.

— Oh, monsieur le comte ! grinça-t-il. Ne parjurez pas ! Je déteste les parjures et le prince Hereward m'a donné le droit de les punir en leur tranchant la gorge. Je préfère oublier ces stupides propos. Mais ne recommencez pas, je vous en prie !

Falwick, haletant de colère, se tourna vers Geralt.

— Sorceleur, fiche le camp d'Ellander ! Immédiatement et sans délai !

— Je suis rarement d'accord avec lui, marmonna Dennis en s'approchant du sorceleur pour lui rendre son glaive, mais cette fois, il a raison. Partez d'ici au plus vite !

— Nous suivrons votre conseil, dit Geralt en ceignant son baudrier. Mais d'abord... j'ai encore un mot à dire à monsieur le comte. Monsieur Falwick !

Le chevalier de la Rose-Blanche cligna nerveusement des yeux, s'essuya les mains sur son manteau.

— Revenons un moment au code de votre chapitre, poursuivit le sorceleur en se gardant de sourire. Il y a une affaire qui excite ma curiosité. Admettons que je me sois senti dégoûté et offensé par votre attitude dans toute cette affaire, que je vous aie défié à l'épée, ici, maintenant, sur place, qu'auriez-vous fait alors ? M'auriez-vous considéré comme suffisamment digne pour croiser le fer avec moi ? Ou auriez-vous refusé de le faire, même en sachant qu'en cas de refus, c'est moi qui vous aurais tenu pour indigne, même, pour qu'on vous crache dessus, qu'on vous rosse et qu'on vous donne des coups de pied dans le fondement sous les yeux de vos fantassins ? Comte Falwick, veuillez avoir l'extrême obligeance de satisfaire ma curiosité.

Falwick pâlit, recula d'un pas, regarda autour de lui. Les soudards évitaient son regard. Dennis Cranmer fit une grimace, tira la langue et lança un jet de salive à une bonne distance.

— Bien que vous vous taisiez, continua Geralt,

j'entends dans votre silence la voix de la raison, monsieur Falwick. Voici ma curiosité satisfaite. Maintenant, à mon tour de satisfaire la vôtre. Si vous êtes curieux de savoir ce qui va se passer si votre ordre décide d'importuner d'une manière ou d'une autre notre mère Nenneke et ses prêtresses, ou s'il impose trop sa présence au capitaine Cranmer, alors sachez, comte, que je vous retrouverai et que sans me soucier d'aucun code, je vous saignerai comme un porc.

Le chevalier blêmit encore davantage.

— N'oubliez surtout pas ma promesse, monsieur Falwick ! Viens, Jaskier ! Il est temps qu'on y aille. Salut, Dennis !

— Bonne chance, Geralt ! dit le nain avec un large sourire. Salut ! Je suis infiniment heureux de cette rencontre. J'espère qu'il y en aura d'autres.

— C'est réciproque, Dennis. Alors, au revoir !

Ils s'éloignèrent au pas, avec une lenteur ostensible, sans se retourner. Ils ne passèrent au trot que lorsque la forêt les dissimula.

— Geralt, dit tout à coup le poète. Nous ne partons tout de même pas directement dans le Sud ? Il va falloir faire un détour pour éviter Ellander et les terres de Hereward ? Hein ? Ou est-ce que tu as l'intention de poursuivre cette démonstration ?

— Non, Jaskier. Ce n'est pas mon intention. Nous allons couper par la forêt, et après nous obliquerons vers la route des Marchands. Rappelle-toi bien ! Pas un mot de cette noise devant Nenneke. Pas un seul !

— J'espère que nous allons partir sans tarder ?

— Nous partons immédiatement.

II

Geralt se pencha, vérifia l'anneau de son étrier, qui venait d'être réparé, régla son étrivière qui sentait le cuir flambant neuf, encore raide et qui avait du mal à entrer dans la boucle. Il rectifia la sangle, installa les besaces et la couverture roulée derrière sa selle ainsi que son glaive d'argent attaché dessus. Nenneke se tenait à côté, immobile, les bras croisés sur la poitrine.

Jaskier s'approcha, menant son hongre bai par la bride.

— Merci pour ton hospitalité, vénérable, dit-il gravement. Et ne sois plus en colère contre moi. Je sais, de toute façon, que tu m'aimes bien.

— Certes, approuva Nenneke sans sourire. Je t'aime bien, fainéant, même si je me demande pourquoi. Salut !

— Au revoir, Nenneke.

— Au revoir, Geralt. Fais attention à toi !

Le sorceleur eut un sourire sarcastique.

— Je préfère faire attention aux autres. À la longue, c'est plus sûr.

Iola apparut entre les colonnes du temple tapissées de lierre, en compagnie de deux jeunes adeptes. Elle portait le coffret du sorceleur. Elle évitait son regard avec gaucherie. Son sourire gêné et la rougeur de sa frimousse poupine couverte de taches de rousseur formaient un ensemble charmant. Ses compagnes ne se privaient pas de lancer des regards chargés de sous-entendus et avaient du mal à retenir leurs rires.

— Par la Grande Melitele, soupira Nenneke. Voici tout un cortège pour vous dire au revoir. Prends ton coffret, Geralt ! J'ai complété tes élixirs, tu as tout ce qui manquait. Ainsi que le remède. Tu sais lequel.

Prends-en régulièrement pendant quinze jours ! N'oublie pas ! C'est important.

— Je n'oublierai pas. Merci, Iola.

La jeune fille inclina la tête, lui tendit le coffret. Elle aurait tellement voulu lui dire quelque chose. Mais elle n'avait aucune idée de ce qu'il convenait de dire, des mots qu'il convenait d'utiliser. Elle ne savait pas ce qu'elle aurait dit si elle l'avait pu. Elle ne le savait pas. Et pourtant elle le désirait.

Leurs mains se frôlèrent.

Du sang ! Du sang ! Des os comme des baguettes blanches brisées. Des tendons, telles des cordes blanchâtres, qui explosent sous la peau en train d'éclater, lacérée par de longues pattes hérissées de piquants et des dents pointues. L'horrible bruit d'un corps déchiqueté et des cris, des cris impudents et rendus effrayants par leur impudence. Par l'impudence de la fin. De la mort. Du sang et des cris. Des cris. Du sang. Des cris...

— Iola ! ! !

Avec une rapidité inattendue chez une personne de sa corpulence, Nenneke s'approcha de la jeune fille allongée par terre, tendue, secouée par des convulsions, et la maintint par l'épaule et les cheveux. L'une des adeptes était comme paralysée ; l'autre, plus vive, s'agenouilla sur les jambes de Iola. Iola s'arc-bouta en ouvrant la bouche pour pousser des hurlements muets.

— Iola ! criait Nenneke. Iola ! Parle ! Parle, mon enfant ! Parle !

La jeune fille se raidit encore davantage, elle se mordit les lèvres, serra les mâchoires, un mince filet de sang coula sur sa joue. Nenneke, rougie par l'effort, cria des mots que le sorceleur ne comprit pas, mais son médaillon lui tiraillait la nuque si fort qu'il se pencha instinctivement, écrasé par un fardeau invisible.

Iola s'immobilisa.

Jaskier, pâle comme un linge, poussa un profond soupir. Nenneke se redressa sur ses genoux, puis se leva avec difficulté.

— Emportez-la ! dit-elle aux adeptes.

Les jeunes filles étaient maintenant plus nombreuses, de nouvelles étaient accourues, graves, effrayées et silencieuses.

— Emportez-la ! répéta la prêtresse. Faites bien attention ! Et ne la laissez pas seule ! J'arrive tout de suite.

Elle se retourna vers Geralt. Le sorceleur, immobile, tripotait les rênes dans sa main moite.

— Geralt... Iola...

— Ne dis rien, Nenneke !

— Je l'ai vu, moi aussi. L'espace d'un instant. Geralt, ne pars pas !

— Il le faut.

— Tu as vu... tu l'as vu ?

— Oui. Ce n'est pas la première fois.

— Et alors ?

— Il ne sert à rien de regarder derrière soi.

— Ne pars pas, je t'en prie !

— Il le faut. Occupe-toi de Iola ! Au revoir, Nenneke.

La prêtresse hocha lentement la tête, renifla et essuya une larme d'un geste sec, brusque, du poignet.

— Adieu ! chuchota-t-elle sans le regarder dans les yeux.

Achevé d'imprimer sur les presses de

BUSSIÈRE

GROUPE CPI

à Saint-Amand-Montrond (Cher)

en mars 2005

POCKET - 12, avenue d'Italie - 75627 Paris Cedex 13

Tél. : 01-44-16-05-00

— N° d'imp. : 50758. —

Dépôt légal : avril 2005.

Imprimé en France